U0547758

王家新作品系列　　诗论随笔集

人与世界的相遇

王家新 著

广西师范大学出版社
·桂林·

目 录

人与世界的相遇 / 001

与蝎子对视 / 009

朝向诗的纯粹 / 012

一切的峰顶 / 016

我们这个时代的写作 / 020

冯至与我们这一代人 / 022

岸 / 034

维特根斯坦札记 / 043

谁在我们中间 / 061

饥饿艺术家 / 066

卡夫卡的工作 / 076

读叶芝日记 / 084

对隐秘的热情 / 088

拉赫玛尼诺夫 / 098

夜莺在它自己的时代

    ——关于当代诗学的答问 / 104

当代诗歌：在确立与反对自己之间 / 121

俄耳甫斯仍在歌唱 / 134

阐释之外：当代诗学的一种话语分析 / 144

文学中的晚年 / 160

"迟到的孩子"

    ——中国现代诗歌的自我建构 / 166

一个诗人该怎样步入世界 / 177

从黑暗中递过来的灯 / 184

哀歌

    ——纪念苇岸 / 193

从一场蒙蒙细雨开始 / 206

一份"现代性"的美丽 / 223

没有英雄的诗

    ——纪念阿赫玛托娃 / 231

当代诗歌：在"自由"与"关怀"之间 / 261

汉语的未来 / 282

取道斯德哥尔摩 / 291

伽利略测量但丁的地狱 / 297

费尔达芬札记 / 305

火车站，小姐姐…… / 336

承担者的诗：俄苏诗歌的启示 / 346

诗与诗人的相互寻找 / 364

附录

回答四十个问题 / 379

回答普美子的二十三个问题 / 405

越界的诗歌与灵魂的在场：王家新访谈 / 435

后记 / 447

人与世界的相遇

一

我很赞赏斯宾诺莎的一句话：不哭，不笑，但求理解。这正是一个起点。面对复杂的世界，我们所遇到的正是一个不再简单地说出"是"或"否"，而是怎样更真实、更深刻地把握它的问题。

同时，就我们这代人来说，写诗的过程好像就是诗本身逐渐意识到它自己的过程。人们早就提出"把诗当成诗"，但这句话到后来才被深刻化，那就是必须把诗当成一种自身具足的、具有本体意义的存在。诗有它自身的自律性。看起来是你在"写"诗，实际上却往往是你在听命于它。有时它甚至像卡夫卡的城堡，在前方隐隐出现，你却失去了通向它的道路。

在我看来，这些正是一个诗人所面临的难题。也许一个人在最初写诗时不会想到这些（那时我们都很自信），但或早或迟他将困惑于此。他也必须穿过困惑达到一种更智慧的境地。这正如江河笔下的夸父:"上路的那天,他已经老了/否则他不去追太阳/青春本身就是太阳。"(《太阳和他的反光·追日》)这里面正暗含着一种深刻的转换。

二

那么,要真正接近诗并更深刻地把握世界,对自我的"超越"就不能不是一个前提。诗人当然必须体现出人类的自我意识,必须更深切地揭示出人自身的存在,但目前的问题是许多人已习惯于把文学的主体性视为一种"自我中心",不是自我封闭,就是用一种绝对的"自我"君临一切。问题就在这里:在一些诗人那里,诗不得不再次降为"工具"——一种自我表现的工具。诗和世界的存在都不得不听命于这个"自我",其本身却失掉了意义。

还是想想莫里亚克的这句话吧:只有到了不再热衷于自己时,我们才开始成为作家。创作是必须从自我开始的,但"自我"却往往是一座牢房。只有拆除了自身的围墙,我们才能真正发现人与世界的存在,才能接近诗并深入它。而诗人之为诗人,只在于他能感知到诗,并且具备一种使诗得以"现身"的本领。所以诗人并不等于诗,诗人也大可不必把自己看得比诗更重要。所以面对着世界和"上帝"的存在,T. S. 艾略特会这样说:"我们能希望获得的唯一的智慧,是谦卑的智慧。"并且只有这种谦卑才是"无穷无尽的"。(《四个四重奏》)

对诗的理解就是如此不同,或者说需要一个过程。一个人写诗,往往是在有话要说的情况下拿起笔来的;他写诗,是迫于一种生命内在的需要。当他成熟一些后,他懂得了如何使自己从诗的表层退出而潜入其内部,让他所创造的世界替他说话。当他达到更高境界,体验到"天地有大美而不言"后,他就不再热衷于所谓的"自我表现"了,他澄怀观道,心与道合,在对现实和自我的双重超越中,以诗的光芒为我们照亮出一个世界的存在。到了这种程度,他就可以像毕加索一样说:我不探索,我发现;就可以像"悠然见南山"的陶渊明那样,在世界的呈现面前惊奇不已,并于心淡意远的一瞬,与"见"到的一切凝为一体。

三

诗,正来自这种人与世界的"相遇"。

就一个诗人来说,在平时他只是一种日常存在,只有在某种与世界相遇的时刻,他才成为"诗人"。因为这种相遇唤起了他内在的精神性和感知力,使他产生了与某种"存在"的呼应,从而超越现实生活进入诗中。

这里所说的"世界",既不是抽象的,也不局限于某一物,而是诗人在他的直观中"见"出的世界本身:它首先是感性的,同时又具有某种诗的意味。它是诗人通过具体的物象所把握的存在本身,是在语言的运作和造化活动中,世界的存在由隐到显的呈露。

有这样一则著名的禅宗公案：老僧30年前未参禅时，见山是山，见水是水；及至后来，亲见知识，有个入处，见山不是山，见水不是水；而今得个休歇处，依然是见山只是山，见水只是水。（《五灯会元》）

"得个休歇处"后所带来的正是一种更深刻、智慧的转换，即把世界的存在看成是一个自在的本体，不再以人的主观意愿来肢解这个无言独化、自身具足的世界。针对人类那种"盲人摸象"式的虚妄，现象学哲学也曾提出"回到事物本身"。回到事物本身即要求我们摒弃那个主观性太厉害了的"自我中心"，转而把世界的存在本身认作感知的对象，进而融于其中，以重新获得人与世界的交流。

这种转换，可以说是一种"以我观物"到"以物观物"的转换（参见叶维廉《中国古典诗和英美诗中山水美感意识的演变》）。"以我观物"即以自我君临一切，把主观的东西强加到客体上，结果是把一切都弄成"我"的表现，以放大了的自我涵盖住整个世界的存在。"以物观物"则视自己为万物中之一物，拆除自我的界限而把自身变为世界呈现的场所。宋人邵雍曾指明这二者的区别与利弊："以物观物，性也；以我观物，情也。性公而明，情偏而暗。"如果说道家的心是"空"的（空故纳万境），先哲们在论诗时也很讲求"虚以待物"（虚怀而物归）。人往往是被束缚在自身的局限性里的。要与万物达成交流，就需要破除自我的排他性而增大心胸的涵容性。这样，不是诗人用他的主观去淹没世界，而是诗本身通过他而呈现、而歌唱了。在这种情形下，人才会真正成为"诗人"。这时你就会感到：不仅仅是你在写诗，而且诗也在"写"你；在你感知到诗的同时，诗也以其自身的力量影响着你。就是在这种看似"被动"的情形下，诗人进入了一种"神与物游"的境界。

意义还在于，这种"以物观物"的方式不是"降低"了人，而是有助于我们从更高的层次上观照人与世界的整体存在。世界既然是作为"无言独化"的世界，那它就是超乎一切人为的限定的，要把握它，就必须破除一己的主观的虚妄，而将自己带入世界之中，深入其中而将自己"物化"（庄子语，意指物我界限消解，万物融化为一）。像中国画中的那些山水人物，不是凌驾于万物之上，而是在万物存在的空间里浑然"坐忘"成一块石头。消除了人为的干扰和障碍，才能让世界"呈现"出来，让事物与事物自成一种境界。这种"与物同一"的结果，是事物自身的由此生长和展开，而在这种事物本身的协调里，像哲人们所描述的那样：物既客亦主，我既主亦客。"相看两不厌，唯有敬亭山。"可以由我到物，也可以由物到我，物与我相呼相应相互演化，共同构成一个浑一的诗的空间，"老黄杨树那强劲的叶子/潜入风中，召唤着我们/消失在宇宙的莽原里/在那里，我们坐在草底下/得到永生，就像尘土"。这是勃莱的一段诗。这位深受中国道家和古典诗启示的美国诗人，创造出了一种多么高超的境界！他不仅仅是在"表现自我",而是与"道"合一了。古人讲"山水是道",海德格尔也认为所谓"真理"不是别的,而是存在物"本身的被照亮",是事物由隐到显而自成世界的现象。如果是这样,那么诗人在事物呈现时所做出的凝视、呼应和感悟,就有可能在其纯粹的一瞬间,使世界向我们显出"真身"。

四

　　这就是我理解的"相遇"。这种相遇产生了"精神"的东西,也产生了诗。正如法国现象学美学家杜夫海纳所指出的那样:当我们知觉或认识事物时,意义就是作为对我们呈现的事物本身。意义产生在人与世界相遇的时刻。(大意)因而,他会这样告诫我们:"人愈深刻地与事物在一起,他的存在也愈深刻。"

　　这又使我想起了陶渊明。他的诗中没有故作玄虚的东西,没有"神秘""无限"之类的字眼,却有着与世界的一次次相遇。如果说"道"既不可见又不可言,他却在自然、农事和日常生活中"见"出了它。是的,除了世界的存在本身,此外并无其他神秘可言。进入这个世界之中,以最朴素的心境去感应和接受万物,那种"诗"的东西才会经过我们而呈现。这时,诗人往往不再刻意寻求什么,却会在一种"神遇"中,出乎不意地被诗所俘获。受过东方诗启示的拉美诗人帕斯有这样一首《惊叹》(叶维廉译):

静
　　不在枝头
在空中
　　不在空中
瞬间
　　一只蜂鸟

诗人之所以"惊叹",正因为他在一种猝然相遇中,受到震动和启示,把握住了"此中有真意"的存在本身。诗中去掉了一切多余的东西,却体现出一种深刻的"悟性"。的确,这种相遇类似禅的"顿悟"。诗以及世界的本相往往隐而不露,只是在某个瞬间才向人们呈现。抓住了这个瞬间,也就"当下即得"地把握住了世界的存在。李泽厚认为禅的秘密是以瞬时形式体现永恒,在瞬间的永恒中,体验到"我即佛、佛即我"的最高境界。诗的"秘密"也往往如此。当然,这种"相遇",这种"悟道",不是说来就来的,它需要以对生存的全部体验为基础。如果但丁离开了他的"地狱"和"炼狱",一开始就来到了"天堂",那么这种"天堂"又有什么意义?有一句古希腊格言是这样说的:向上之路即向下之路。

　　这并非虚妄的臆想,而是一再被人们体验到的诗的超越。这种与世界的相遇,是智慧的喜悦,是诗的美好而幸运的机缘。正是这种相遇,沟通了人与诗。在这种相遇里,是你找到了诗,也是诗找到了你。是你对世界的返回,也是事物对你的造访。的确,如同叶芝所说：智慧不是阴冷的食肉兽，而是一只蝴蝶。当它轻盈自在地飞起的一刹那，你不能不为之凝神，并再次感到世界的神奇。

与蝎子对视

美国诗人沃伦（Robert Penn Warren）在谈到他的创作时曾这样说过：有时候，你就只捡到一组词。你也不知道它有什么意义，例如"佛蒙特州小屋旁小溪中的一块圆石"。这不成诗，只是一个物象。但是有一天，我刚游完泳躺在圆石上让身体吹干的时候，这块圆石便使我想到头一句了。写诗有时候就是这么偶然的。

这唤起了我的同感。我想起了我写过的一首诗《空谷》。我毫无计划要写这首诗，但不知怎的，在我的记忆中出现了几个印在红色峡谷斜坡上的脚印。我以为想过就忘了，但这几只脚印却不断地在我眼前出现，依稀难辨却又难以忘却，直到它后来生长为一首诗。

正如海德格尔所说：语言是"存在的居所"。出现在我们头脑中或是笔下的某个意象、某个词，有时它不是别的，它正是"存在的显露"。也就是说在它的背后还有更多的东西。它之所以抓住了我们，是因为它在要求显露它自己。我们与之邂逅，正是与世界的相遇。

这正如古老的陶片，它虽然只是一个断片，但却无比锋利地刺激着我们的想象、经验和情感……它不仅在时间的黑土之下，也在我们的潜意识中闪着光。我们想着它时，记忆中不仅会渐渐形成一只完整、光洁的陶罐，我们的生命同时也延伸到了历史的纵深……

问题在于这样的语言断片，这样的意念或图像能否在你的身上发生反应，能否唤起和生发出更多的东西，能否抓住那一道光芒而整个地照亮自己。

还是在去年夏季的一天，一个久已淡忘的词"蝎子"出现在了我的面前。我一下子意识到我有了一首诗。是一首什么诗呢？说不清。但我却想到了少年时上山搬动石块寻找蝎子的经验。我又真切地看到了那只蝎子从红色石沙中向我走来，而我出神地看着：惊讶、狂喜、不能自已……但是等我从这种状态中回来，这又仿佛是非常遥远、遥远的情景了。岁月使我暗自吃惊。于是我很快就写下了这首《蝎子》：

> 翻遍满山的石头
>
> 不见一只蝎子：这是小时候
>
> 哪一年、哪一天的事？
>
> 如今我回到这座山上
>
> 早年的松树已经粗大，就在

岩石的裂缝和红褐色中
一只蝎子翘起尾巴
向我走来

与蝎子对视
顷刻间我成为它足下的石沙

一首诗就这样形成。这真像英国诗人麦克尼斯所说:"世界出现得比我们所想象的还要突然。"但好好想来,这个世界其实就一直在你的身上存在着,它就这样生长了这么多年,直到突然被你意识到了,并由语言显现出来。就像这诗中的蝎子,过去是寻它而不遇,直到写这首诗时,它向我走来了。这种诗的经验如此强烈,以至于会使我们在与它对视的刹那间神骸俱消。

说到底,诗是"生长"起来的:它只能从你自身的经验中生长出来,换言之,一种什么样的经历决定了你会写一种什么样的诗。这是一个前提。但是,如果你因此认定诗就在那里,并且毫无悟性地"挖掘"一番,那就错了。你得从词语出发,你得留意于在某一刻突然抓住你的东西:某种语言的迹象,与蝎子对视的刹那,或是从深海中突然浮现出来的一道鱼的脊背,等等。你要抓住它们,就像普鲁斯特一再回味"玛德莱娜"茶点一样,这样,它们就会渐渐回到你这里来,而你通过语言的不断显示、反应和生成活动,直至从中见出生命。

朝向诗的纯粹

张枣一开始写诗即引人注目,他的《镜中》曾使许多人为之倾倒。但他最好的诗,我以为还是《何人斯》。《镜中》固然很美,但毕竟是一时的灵动之作,到了《何人斯》,诗人则有意识地为自己增大了艺术上的难度。他力图使诗歌返回到它的本源,不仅在一定程度上恢复了汉语言本身的纯粹和魅力,而且为现代"抒情诗"的建立提供了一种新的可能。

何人斯?作者使我们感到了她的"清洁的牙齿",但有时又有声无形,只是一个幻影,一个令"我"钟情并且困惑的存在。全诗即在与她的对话中展开,在一种动情的询问、回忆、想往和倾诉中展开。它使我们感到了生活本身的亲切,但同时又有一种无法言说的、犹如风行于水上的东西叫人把握不住。它是音乐?或是一切纯净为诗后语言自身的那种魅力?在前几年,我曾对那种抒情的泛滥深以为恶,但读了张枣的这首诗后,我自己的感情似乎又被温暖了过来。诗中的那种纯正、刻骨、多少又有点恍惚的抒情意味让我动心。由此我被带进了一种说不出的氛围中。我想这里面一定有某种秘密在。

秘密就在于：在生活中，感情的纠葛是你与我之间的事，而在诗中，这种情绪的兴发变幻却是语言自身的事，或者说通过语言的处理，诗人已把生活转换为"艺术"，变为另一种更为神异的东西。有时诗人甚至并没有说什么，但那种"语感"却在读者身上发生着更微妙的反映。

说到《何人斯》的语言，我首先想到的是维特根斯坦的一句话："使精神简洁的努力是一种巨大的诱惑。"而在诗中，"精神"是由语言来体现的。张枣所做的，正是一种使语言达到简洁、纯正和透明的努力。与那种彩绘和堆砌的风格相反，张枣去掉了那些附加于诗上的东西，拂去了遮蔽在语言之上的积垢，从而恢复了语言原初的质地和光洁度。像下列诗句：

> 我咬一口自己摘来的鲜桃，让你
> 清洁的牙齿也尝一口，甜润得
> 让你全身也膨胀如感激

当语言透明如水底石沙，生活中如此不被我们注意的东西，现在被我们感知到了。这种质地简洁的语言，令人感到了生活中的那份亲切，那份最使人"销魂"的情意。诗中的一些意象和细节，也大都是这样从人的环境、纠葛、表情和饮食起居中来的。但是也很奇怪,它们不仅使我们感到亲切,同时也感到了异样,以至我们不得不惊异地打量着诗人在生活中所抓住的这一切。

在恢复语言原初的纯洁性的同时,诗人又使它浸润在一种特有的语感和氛围中。这使该诗中那些清澈的诗句,看似像水一样"淡",但又像酒一样醉人。没有任何附加的色彩,却别具魅力。当这样的语言展开自身的呼吸和姿势,"其为物也多姿",它的味道和情意也就出来了:

> 你要是正缓缓向前行进
> 马匹悠懒,六根缰绳积满阴天
> 你要是正匆匆向前行进
> 马匹婉转,长鞭飞扬

在"我们的甬道冷得酸心刺骨"之后,诗人突然来了这一段,令人想起了"言之不足,故嗟叹之;嗟叹之不足,故永歌之;永歌之不足……"当语言的节奏出自诗人自身内在的姿势,它是语言的诗,但具备了音乐的歌唱性。而当语言之中出现了另一种语言——音乐——的时候,诗最终也在我们身上唤起了一种超越自身的东西,那就是"精神"。而我们作为人,也只有在精神性被唤起、出现的时候,才算是真正进入了"诗"的状态。

张枣上大学读的是外语系,后来又成为欧美文学研究生,但他的诗却一点也不"西化"。这在众多的"探索性"作品类同翻译诗的当代诗坛尤为难得。实际上张枣在走一条十分独特的路子。作为一个中国诗人，他意识到他赖以安身立命的不是别的，正是他的母语。他要写出的必须是一种纯正的汉语诗歌。而这已足以使他付出比其他"探索"要艰巨得多的努力。首先，汉语言不单是"五四"以来的现代汉语，它还是一种更深厚的积淀，一种更悠久的传统。要写出这种"汉诗"来，就必须对我们民族自身的语言传统和文化积淀进行一种深入的挖掘。但与此同时，我们要写出的又必须是一种现代诗，一种和我们自身的生命相契合的诗。这就对从事这种尝试的诗人提出了考验。朱光潜先生曾对朱自清的散文这样评价：它使用的是白话口语，但却达到了古文的简练。在读张枣的《何人斯》等诗时，我也有类似的感觉。像"只要想起一生中后悔的事 / 梅花便落了下来"（《镜中》），完全是口语，但里面有文化积淀，像"我如此旅程不敢落宿别人的旅店 / 板桥霜迹，我礼貌如一块玉坠"（《十月之水》），古典的东西被组合在语言中，但这组合方式却是现代的，诗行之间的意味比起古典诗来也更为微妙，更为刺激。当然，这种尝试只是个开始，要使汉语言在进入现代诗歌时变得更为纯粹、更富有生机，这不是一天两天的事，也不是一两个人的事。从某种意义上讲，一种语言的光洁度，是和对它的磨炼程度成正比的。

一切的峰顶

　　1831年8月底,歌德刚写完诗剧《浮士德》,第八十二个生日也要到了。这一天,他突然想到了什么,于是乘着马车前往伊尔美瑙的吉息尔汗群山,去看望很久以前曾居住的一栋山顶木屋。到后,他不等人们搀扶,自己就爬上楼梯,直奔窗边的墙角。那里的木壁上,居然还保存着他用铅笔写下的一首诗。他认出了写作日期——1783年9月1日夜,还有自己年轻时的署名。这就是那首著名的《流浪者之夜歌》(梁宗岱译):

　　一切的峰顶
　　沉静,
　　一切的树尖
　　全不见
　　丝儿风影。
　　小鸟们在林间无声。

等着吧：俄顷

你也要安静。

重读旧作，歌德禁不住泪流满面。据说他把脸转向窗外的群山，感慨万千地沉吟着该诗的最后两句。岁月使人吃惊。近半个世纪前写下这首诗的歌德，还不过是个年轻的诗人，纵然他相当敏慧地刻画了游人面对黄昏来临时的感受，但他对人生的领悟并不像现在这样深，或者说，他并没有深切地感到某种东西对他生命的压力。那最终的钟声并未为他敲响。他只是顺便地写下来，写过了，很可能也就淡忘了。

但是，那时不经意写下的诗，在此时却获得了如此强烈、深刻的撼动力。这是歌德所没有想到的。他到这里来也许是为了追寻往日的旧梦，但却与他最终要面对的遇上了。诗还是那首诗，一字未动，但他忽然醒悟到自己作为人间的旅人，在这个世界上已度过了八十二个春秋。

可以体会到歌德当时的心境：他潸然泪下，但绝不仅是出于感伤。整个一生展现在面前：他"过来了"，并且辉煌地完成了自己。他可以"安静"了，可以向这个世界告别了。即使人生如梦，他也从这种浑然不觉中醒了。

但是，纵然如此，面对着那"一切的峰顶"，在歌德这里仍引起一阵全身心的战栗。可以说，直到现在，他才意识到在自身之外有一种更为强大的存在，意识到那正在迫近的"黄昏"和"死"！

而黄昏的威力是如此强大。当又一个充满喧闹的夏日过去，它自上而下、自远而近地降临了。它沉默如潮涌，却无所不在地笼罩住了一切。它的来临，使众鸟缄默，山与山进入静寂，最终也使人们沉静下来……只有到这时，我们才意识到我们无法逃避对于这伟大的宇宙法则的确认：一种神圣的安宁正在伸展它自身，而我们，正像谁说的那样，几乎不再反抗了。

"看山是一种艺术"，加里·斯耐德这样说过，但我说这也是一种"经历"。像歌德，只有步入人生的黄昏，那"一切的峰顶"才会为他升起：庄严、神圣、不可逾越。正是这辉煌而沉静的峰顶，使人不能不谦卑起来，不能不从心底升起一种敬畏之情……

就拿我来说，早在大学期间就读过这首《流浪者之夜歌》，那时我才20岁，因而轻易地就放过了它。说实话，歌德曾使我失望。我那时更喜欢的是他的反抗命运的同时代人贝多芬。但是现在不同了，恍惚间30岁已过，我这才对歌德有了感应。我惊讶于这首只有8行的短诗：它如此单纯简洁，却展示了我在生活中一次次感到但却无法说出的东西。而到了这时，我也不想再说些什么。是的，在我面前升起来的，是那"一切的峰顶"：它不开口，却说出了一切；它不开口，却在昭示着一切……

又及：

不久前从美国诗人 W. S. 默温的诗集中又读到一首《又一个梦》，我马上就联想到了歌德的这首《流浪者之夜歌》。把默温的这首诗译出来就是：

> 我踏上山中那条落叶缤纷的小路
> 我渐渐看不清了，然后我彻底消失
> 群峰之上正是夏天

多么强烈而高远的境界！我不敢说默温受到歌德的启示，但那"一切的峰顶"又在我的面前升起来了。它把人提升到一个相当高远的境界，然后让他孤独，更为酷烈的是：让他彻底消失。但是，"我"在山中消失了，而群峰之上正是夏天：它热烈、广大、无所不在。"我"算得了什么，只有这群峰之上的夏天是伟大的，值得赞美的。

由此我想到：诗就"存在"在那里，问题是如果我们把自己局限在"自我"之内就不足以揭示出人与世界的存在。诗之为"诗"，也许就在于它不断地把我们带到世界上，在深入自身与超越自身的努力中，最终得以接近那"一切的峰顶"。而这会是一种历尽艰辛的历程。我们都还显得浮躁，但是如果能趋向那种境界该有多好！那时我唯一想的，是坐忘于山前，并在黄昏的扩展中与那样一种存在融为一体……

我们这个时代的写作①

首先，我不信任那种不着边际的玄谈。我怀疑这和诗歌究竟有什么关系。米沃什有这样一句诗："如果不是我，会有另一个人来到这里，试图理解他的时代。"这使我感到了在我们这里最为缺乏的品格。请想想我们这几年所经受的一切。到今天，如果我们仍不能从米沃什所说的这种"试图理解"开始，我们又怎能谈论诗歌？是我们见证了诗歌还是诗歌在目睹我们？

我并不反对"实验"，只是时间本身已把一切很清楚地摆在了我们面前。什么对于我们才是重要的、必要的？如果不具备一种更为坚决、彻底的语言立场，如果我们的写作仍缺乏一种对生存与死亡的承担，如果我们到现在仍不能真正严肃起来，又怎么可能为诗歌打开一个新的局面？我一直在注视着这个时代，但是，也正因此我想起了苏格拉底的话："分手的时候到了。让我死，而

---

① 该文为1991年5月在北京大学中国新诗研究所"中国现代诗的命运和前途"座谈会上的发言，曾刊发在当年伊蕾主编的天津《诗人报》和陈东东主办的《倾向》上。

你们活……"是的,分手的时候早已到了。你必须听从这个声音。这并非意味着要你去扮演什么角色,但是作为一个诗人的命运,你必须把它承担起来。你必须达到一种前所未有的觉悟和坚定。

我现在深切感到20世纪这最后10年对一个中国诗人的重要性。我这一阶段诗的一个主题即是对"晚年"的研究,我还不知这是否可能,但是我们已活到这种程度,或者说我们已来到这里。一个世纪终了之际,总会有人出来说话。谁将开口说话?时间。是到了时间本身来总结一切的时候了。你不能不深感迫切,甚至深感畏惧,但这恰恰又是你作为一个诗人的幸运所在。这真是历史给予的一个机会。这使你有幸把你的思考与写作置于一种时间的压力之下,有幸面对整个20世纪人类的历史,"瞧,这就是我们的时代!"我想,是到了说这句话的时候了。

的确,诗歌的发展已来到一个紧要关头。这种关头并不是轻易到来的,它对我们当然会有所要求。海德格尔讲过:语言的本质是一种天命。我想唯有在一些历史的关头,这种"天命"才会隐隐出现。但愿这一切不会错过、落空。但愿我们能够把自己置于一种更高、更严格的尺度之下,并真正地对之有所感应。

从这个意义上,也可以说是时代本身在造就和选择它的诗人。一切都是命运,因为时代和我们自身而展开的命运。

冯至与我们这一代人

"我不迷信,我却相信人世上,尤其在文艺方面常常存在着一种因缘"——接到香港《诗双月刊》"冯至专号"约稿时[1],我首先想到的,就是冯至本人的这句感叹(冯至《我和十四行诗的因缘》)。的确,冯至和我,和我们这一代诗人是有"缘"的。这不仅是指那种虽然意外但却注定了的相遇,从作为一个诗人的内在生命上来看,我们和冯至是出自同样的血缘的。当然,就我而言,首先是从他那里发现了自己。

那还是十七八年前,1973年,我正在上高中。一位同学知道我爱好文学,便带着我翻山越岭地来到他家里。他挺神秘地打开一只小木箱,从里面翻出了几本发黄的书,其中一本,就是20世纪50年代出版的《冯至诗文选集》。那时,我并不知道冯至是谁,但我却被出现在眼前的诗句惊呆了:

---

[1] 该文为郑敏先生代为香港《诗双月刊》"冯至专号"向本人约稿,该文在《诗双月刊》发表后,亦发表于内地《读书》杂志。

> 我的寂寞是一条蛇,
> 静静地没有言语。
> 你万一梦到它时,
> 千万啊,不要悚惧!

我浑身都战栗了!还有:

> 风吹着发,又长了一分
> 苦闷也增了一寸……

我深感惊异:这简直就像是有人在几十年前专门为我写下似的!从此,这本《冯至诗文选集》就成了我最隐秘的伴侣,在教室最后一排,在寂寞的山区公路上,我抄着,念着;在那荒凉的年代,我几乎吞咽下了它的每一个字词,并从中体会到一种偷吃禁果的奇异之感。是的,是有什么事情发生了。它不仅正好应和了一个"可以教育好的子女"被压抑的内心和青春期的苦闷,更重要的是,它在我心里唤起了一次觉醒,一次真正的生命和诗的觉醒……

直到现在,我想我仍有些不解,为什么在那个山区农民的家里,居然藏有这样的书?并且,它仿佛就在那里等着我似的!我真感到这是一个征兆,或者干脆说,这是"天意"——就在我们发现冯至诗的时候,它也在期待了几十年之后,终于找到了我们这一代文学青年。

我们不妨再回顾一下:1974年左右,一个时代的狂热在它达到巅峰后已开始减弱,从整体上看,十亿人口仍被那一套思维模式和语言文体禁锢着,但是,自由来临的预兆,自从我们接触到这些禁书后,已开始飘浮在空中了。像戴望舒译的《洛尔迦诗钞》,普希金的诗,冯至和何其芳早期的诗,爱伦堡的《人·岁月·生活》,等等,不仅在北京,也在各地知青插队的角落里悄悄地传播着……而这意味着,如同我们此后所看到的那样:一代人的觉醒、自我意识的觉醒,在历尽劫难后,中国诗歌的又一次复苏和觉醒……

因此我想,无论命运多么偶然,冯至和我们这一代诗人发生关系,却是注定了的。正是带着那本《冯至诗文选集》,我从插队的山乡上了大学,并正式开始了诗的写作。渐渐地,我读到了冯至更多的作品,还有,他那些给我们打开另一个天地的翻译……

这里,我不能不谈谈冯至译的里尔克对我们这一代诗作者的非同寻常的意义。1980年年底,《外国现代派作品选》第一册(袁可嘉等编选,上海文艺出版社)的出版,使我们第一次接触到冯至译的里尔克。我体会到什么才是诗歌的美妙、高贵和光辉,更惊叹生命何以达到了这样的境界,而这不能不得自冯至先生的翻译。我们知道,冯至是不会泛泛地来译介这样一位他深爱的诗人的。同创作一样,这同样是一种生命的倾注。因此,正如许多人都感到的那样：像里尔克这样的诗人，在中国，也只有冯至才译得出来，译得好。显然，这不仅是语言能力的问题，这涉及的是两个灵魂间的相互感应，是诗的最深的秘密……

不仅是里尔克的诗在吸引着我们，由冯至译的里尔克《给一个青年诗人的十封信》和《布里格随笔》也出现得恰是时候，它促成了许多青年诗人在那时的一个转变。在这之前，我们已写了好几年不无感伤的"抒情诗"，并且信奉着"诗的本质在于抒情"的浪漫主义诗歌理论，但是，里尔克却一下子道出了更真实、更为本质的东西："啊，说到诗……并不像一般人所说的是情感（情感人们早就很够了），——诗是经验。为了一首诗我们必须观看……必须能够回想……如果回忆很多，我们必须能够忘记，我们要有大的忍耐力等着它们再来……等到它们成为我们身内的血、我们的目光和姿态，无名地和我们自己再也不能区分……在一个很稀有的时刻……脱颖而出。"（《布里格随笔》，冯至译）

这使我震动不已。我相信这是真理，除此之外再没有别的真理。我还没有见过有第二个人把我模模糊糊感到的"诗"说得如此确切、透彻。我在内心里情不自禁地感谢着译者，因为这事关重大，因为这促使了我们由抒情的表现转向对经验的开掘，由青春期的歌唱进入那更为深刻、严肃的生命与艺术的领域……

而这种转变绝不只是体现在我一人身上。可以说，像我这样的在"文革"后陆续出现、成长起来的青年诗作者，可以放过许多名声甚大的诗人（如徐志摩），但对冯至却不能不抱有一种由衷的热爱与认同之情。也可以说，正是体现在冯至诗和翻译中的精神，要在新一代诗人身上实现它自身的要求。

冯至即是这样一位诗人。他的诗只向那些可以称得上是精神同类的人发言，或者说，只和那些对之有深刻感应的生命发生关联。借用一个比喻，如果说这是一个精神的祭坛，你仅仅是来游览观赏那就错了：你必须是来做祈祷的！也只有这样，冯至的诗才会向我们显示出意义。我们可以找出一首卞之琳的诗来研习技艺，但要读冯至，那就必须以自己的生命。我在前面已回忆了最初的学诗历程，但直到今天，我才更深刻地理解了这一切。

首先，我深深感到冯至正是那种我所喜欢的并为这个时代所缺乏的纯粹而严肃的知识分子诗人。冯至的写作是一种"严肃"的写作，这一点格外引人注目，或者说与众不同。这和他的气质有关，和他所攻读的德语文学与哲学有关，但是更根本的，是与他要求自己必须把写作当作一种对真理的探求有关。我们看到，冯至最初的诗并不是那么"严肃"的，虽然它们美丽、真诚。严肃，这是只有当他不再写那些感伤的爱情诗，而是以《北游》（1928）为起点，展开对现实和自身存在的追问才开始获得的。这使我想起了克尔凯郭尔（Søren Kierkegaard）：每个人都必须通过独自面对上帝来找出有关自己生存的真理。而冯至正是曾一度从这位早期存在主义大师那里汲取过深刻影响的。我想，正是出于这种内在生命的迫切需要，冯至才真正严肃起来。而这种"严肃"不仅要求他从此严格排除一切在诗人们那里常见的自伤自怜和自炫的作风（他甚至严格到很少写诗的程度：《北游》以后的10多年，冯至几乎在诗坛"消隐"。我想，这并非他不能写），更重要的是，要求他把写诗与一个人对生命意义的追索，与人格磨炼和真实生存与信仰的最终建立必然地联系起来。在一个"唯美"与"为艺术而艺术"成为时尚的时代，冯至却要求写作"担当"起这一切（我注意到，这是他最常用的一个词）。这正是他的严肃精神所在。正是在这里，冯至把自己与那些"文人趣味"、与那种浪漫才子型的诗人区分开来，而独自走上了一条如他自己所说的"追求真、追求信仰"的道路。

这一切，正如爱尔兰杰出的当代诗人谢默斯·希尼（Seamus Heaney）所说："锻造一首诗是一回事，锻造一个种族的尚未诞生的良心，如斯蒂芬·迪达勒斯所说，又是相当不同的另一回事；而把骇人的压力与责任放到任何敢于冒险充当诗人者的身上。"①

这真是一种非同寻常的承担。"五四"以来的新诗发展中，消沉者沉湎于文人趣味，激进者趋于时代所求，真正能够深入生命与存在的领域，并在那里严肃思考与探求的，并不多。"一个种族的良知"尚未通过文学被完全地锻造出来，这不能不算作一代知识分子的失责（当然，这样讲或许过于苛刻）。我们不能不看到，即使是冯至这样的诗人，所做的也是一种有限的努力。

---

① Seamus Heaney: "Feelings into Words", *The Poet's Work: 29 Masters of 20th Century Poetry on the Origins and Practice of Their Art,* Houghton Mifflin Company,1979.

这就涉及一个"知识分子精神"的问题。这个问题太复杂，但当谈起冯至时又必须被我们正视。中国是个具有几千年封建主义历史和农业文明的国家，传统过于强大，我们经历的革命又是一种农民式的革命。因此，在中国新文学史上，尤其是20世纪三四十年代以来，就必然存在着一种冲突，那就是知识分子精神与农民文化的冲突。而历史又注定了中国现代知识分子是无力在这场冲突中坚持到最后的；他们的"被改造"，使我不禁想起了冯至本人在20世纪50年代所写下的一句诗："人锻炼钢铁，也被钢铁锻炼。"

但是在20世纪40年代初，也正是这场冲突剧烈演化的阶段，在冯至的诗中却闪耀着夺目的知识分子精神。当然，冯至并没有超脱于那个时代，并且他同样持有一种杜甫式的忧患和对新世界的向往，但是他并没有因此而放弃一个知识分子独立的精神存在。写于1941年的那27首十四行诗表明：在日趋强大的压力下，他依然忠实于自己的艺术，并能以个人的坚定信念对抗集体主义的神话。这使我感到了一种难得的品格。我们看到：在形式上，他不忌讳采用在当时已颇遭非议的最"欧化"的形式——十四行体；当然，这还不是重要的，因为十四行体同样也可以汇入时代的大合唱（例如卞之琳1938年用十四行体所写下的"慰劳信"），重要的是在它的精神实质上。冯至在这时唱出的，完全不是他那个时代的"主旋律"，而是个人独具的内心感受；是对生与死，短暂与无限的焦虑与思考，是对生存价值与精神再生的关注与追索，是语言对不可说事物的把握，以及更广大的，个人存在与自然，与宇宙生命的应和。在一个战乱年代，这些纯然是现代主义的主题，这些人类千百年来所不断追索的永恒之谜，恰恰在冯至的诗中出现了。在一个只向诗人和艺术家要求"枪杆诗""鼓动词"和"街头剧"的时代，在一个几乎不容个人精神存在的时代，这不能不是一个奇迹。

这足以让人沉思。何谓"知识分子"？他不仅是社会的一员，他还应是人类千百年来所创造的一个"灵魂"。正因为如此，愈是在动荡和危机的年代，人类的理智和良知愈是要求他能够守住一线文化的命脉，能够拒绝各种现实诱惑，而能独自维系并深化人类更根本的精神存在。正是从这个角度，我们才能理解维特根斯坦为什么会在战壕里仍不放弃他的哲学探索（他被俘时，背包里放着的是20世纪最杰出的一部哲学作品——《逻辑哲学论》——的手稿），才能理解为什么冯至会在那时写出一部与时代气氛决然不同的十四行诗集。而这，却正是一个知识分子诗人的品格与使命所在。

话又说回来，拒绝放弃自己的自我存在与探索，这恰恰又是他"忠实"于自己时代的最好方式。一个知识分子诗人只能通过内省来达到对现实更深刻的"介入"。在冯至那里我们看到：他并非逍遥于时代之外，但他却是坚持从"个人"的写作角度来观看这个世界的。他可以通过散文来表达他对现实的关注甚至愤怒，但是一旦写起诗来，那就必须比这更严肃：他必须对自身的精神存在和一种诗歌的语言高度负责。也正是从这里，一种文学的自由或者说精神的超越终于出现了——他摆脱了现实的拘束而完成了对存在的"敞开":一种对世界的惊异和追问,一种存在的诗意和生命自身的光辉,终于从诗人的笔下诞生了……

的确,这还是在中国诗中很少出现的境界,尤其是在那个苦难时代还很难出现的诗的超越。正是在此意义上,可以说冯至在那个时代"拯救"了中国新诗。他的这种诗歌品格,直接影响了穆旦、郑敏等一批青年诗人的写作,使"五四"以来的新诗在劫难之中却迎来了如一些论者所说的"第二个现代主义的发展期"。

这里,我无意来对历史下什么结论。我并不具备这种资历。我只是着眼于我们这一代诗人能从前辈那里汲取到一些什么。的确,历史是一面镜子,或者说是时间本身在说话。我只想说:一种文学,如果要想获得它的成熟、高贵和尊严,就必须在任何境况下都能保持住一种知识分子精神。显然,这在今天也依然是中国文学最为缺少的品格。

而我所感兴趣并从中受到启示的另一点,就是冯至先生在创作中途所发生的一次深刻变化以及由此趋向的成熟和超越。冯至在评介里尔克时曾这样写道:"在从青春走入中年的路途中,却有一个新的意志产生。"(冯至《里尔克》)这恰好又是冯至本人的写照。我们知道,冯至早慧,20来岁时,即被鲁迅誉为"中国最为杰出的抒情诗人"。这是一个相当高,也相当中肯的评价。但是冯至并不以此自负,他并不满足于早期那种美丽而忧郁的诗风,"我们准备着深深地领受/那些意料不到的奇迹"(冯至《十四行诗集》),而整个20世纪30年代他就这样准备着,直到1941年那个重要的时刻到来,正如我们所看到的那样,经过死生蜕变,一个新的艺术生命开始了——

  这是你伟大的骄傲
  却在你的否定里完成

  这是《十四行诗集》中的句子,从中透出了诗人的坚执和决断。的确,这里现出了一个巨大的跨度,一下子使《北游》的作者变成了另一个冯至,而诗人带着一种新生的喜悦向我们走来。
  这很快引起了同时代人的注目。朱自清在评价冯至的十四行时说:"这集子可以说建立了中国十四行的基础,使得向来怀疑这诗体的人也相信它可以在中国诗里活下去。"(朱自清《新诗杂话:诗的形式》)这是就冯至在诗歌形式上新的贡献而言。更为本质的是,诗人的内在生命由此完成了一次蜕变,这正如他评价的中年里尔克"是怎样从长期的生活与内心的冲突里一跃而跃入晴朗的谐和的境界"。在这些十四行诗里,个人的哀愁不见了,四处闪耀的,是生命与存在的光辉。诗人由早年的自我抒情,一跃而来到一个非个人化的更高领域——在个人生命与宇宙生命之间,在死亡与新生之间,在具体可感的事物与"把不住"的存在秩序之间,形成了一种新的、相呼相应的境界……
  诗人在谈到他的写作时这样说道:"我那时进入中年,过着艰苦穷困的生活,但思想活跃,精神旺盛……从书本里接受智慧,从现实中体会人生,致使往日的经验和眼前的感受常常融合在一起,交错在自己的头脑里。这种融合先是模糊不清,后来通过适当的语言安排,渐渐呈现为看得见、摸得到的形体。"

如果我们再读一段里尔克的话,这些"模糊不清"的就更为清楚了:"艺术是万物的模糊愿望。它们希冀成为我们全部秘密的图像……以满足我们某种深沉的渴求。……这乃是艺术家所听到的召唤:事物的愿望即为他的语言。艺术家应该将事物从常规习俗的沉重而无意义的各种关系里,提升到其本质的巨大联系之中。"(里尔克《关于艺术的札记》,卢永华译)而冯至的这些十四行,正好在一定程度上实现了这种巨大的艺术要求。

在中国现代诗歌史上,经历了这样的转变的恐怕只有冯至一人。现在再读这些在半个世纪前写下的作品,当我感到它们依然是这样新鲜、饱满和成熟时,我真是有些惊讶。

在历史上,一些诗人过去就过去了,但是还有另一些诗人却能奇迹般地获得再生;冯至即是这样一种诗人。现在看来,他的那些十四行诗不仅仍是"可读"的,更重要的,是它们还是"可学"的——可以成为我们在今天直接师承的传统,或者说,成为我们的出发点。说具体点,一个当代诗人再也不会像几十年前的绝大多数诗人那样去写诗了,但他却可以从冯至的某些十四行诗里直接获得创作的启示和冲动。这正是冯至诗的生命力和"当代性"之所在。

"它道破一切生的意义:'死和变'"——这是冯至十四行诗中

写歌德那首的最后一句。在冯至自己的生命历程中也经历了这样的"死和变"，因此，也就保证了他的再生。我想凡优秀的诗人可分为两类：一是天才型的，起点即顶点，无所谓变化和发展；另一类则是生长型的，他磨炼、生长并领受着，如同冯至自己的诗所说，"我们整个的生命在承受／狂风乍起，彗星的出现"，如此，才有着令人吃惊的一跃；而他的一生，也就显现为若干不断向上的阶段。里尔克如此，冯至也正是这样的诗人。遗憾的是，他并未能像前者那样达到自己辉煌的峰顶——在半路上，他被推向了另一个方向。

自然，这不仅仅是诗人自己的悲剧。在今天，当我们试图谈论诗歌时，我们就必须对我们的时代和历史有所意识，就必须接受我们的前辈大半个世纪以来从皮肉上熬出来的真理。付出的代价过多，而剩下的日子不多了。在这20世纪的最后10年，我们的当代诗歌是到了更深入地回溯、发现、反思，并在一个更大的时空背景下重新调整自己的时候了。

正是在这迫人的状态下，我又重读了冯至译的里尔克的《秋日》，"主啊！是时候了……谁这时没有房屋，就不必建筑／谁这时孤独，就永远孤独"，我读着，不禁一阵战栗。是的，当先辈们的呼声传来的时候，它在我们这里要求的，只能是一个更加耀眼、激越的回响。

岸

> 我是岸，我是灯火……
> ——一位诗人的诗

刚从比利时根特回到英国，伦敦"南岸艺术中心"（Southbank Center）的文学主持人杜利（Maura Dooley）即打来电话，请我去听那里的诗歌节朗诵。

"南岸"是英国一个综合性文学艺术中心，一组宏大、别致的现代建筑，坐落在与国会大厦遥遥相对的泰晤士河南岸。在英国，最重要的文学艺术活动大都在这里举行。我知道在那里经常举行诗歌朗诵、诗歌讲座之类的活动，但我没想到又冒出了一个诗歌节！记得在荷兰鹿特丹的国际诗歌节期间，一位从美国来的教授感慨地讲："这仍是欧洲的传统！"意思是说在欧洲仍保持着一个诗歌的传统，诗歌在欧洲仍有它的听众。

是这样吗？我有点怀疑。记得我刚来到英国时，对西方文化的没落及商业化趋向不无痛感,曾在一首诗中这样写道:"落日迸放,英格兰的天空死去。"作为一个诗人,我也早已习惯于对外界不抱什么幻想,甚至习惯于把诗歌看作是一种多余的、只属于诗人个人的东西——人们真的需要它吗?

但是,当我赶到南岸售票处去取杜利为我留下的票时,我惊讶了——马上有好几个人围上来,问我是否退票!我这才意识到诗歌节的受欢迎程度。居然有这么多人赶来想听诗歌朗诵,这真有点让人难以置信。

当诗歌朗诵开始后,我感到满满一大厅的听众并没有白来。第一个出场朗诵的,是爱尔兰诗人保罗·德尔坎(Paul Durcan),他和谢默斯·希尼同为当代爱尔兰诗歌的两大主将。德尔坎年近50,头发灰白,但精神矍铄,目光逼人,朗诵起来,一开始即脱口不凡:

在每一条街每一个孩子都拥有一个疯子
关于他唯一的麻烦他是我们的父亲

大厅里顿时爆发出掌声!德尔坎的朗诵,如同谈话或梦呓,但语调深沉,只见他眉头不时跳动,像突然被疼痛或某个词语攫住一般。他的朗诵就这样控制住了每一个听众。他迫使听众安静下来,极力去捕捉他读出的每一个句子和单词,并在语言出其不意时,联想,领悟……这使我想起了 T. S. 艾略特当年所曾设想的

"把英语诗歌恢复到说话的程度",以及"确立一种对韵文和散文都有效的说话方式"。而这一切,不正是德尔坎的诗所要达到的?

接着出场的,是目前在英国最引人注目的青年诗人西蒙·阿米蒂奇(Simon Armitage)。这家伙让我吃了一惊,因为我们同在荷兰朗诵过,那时他的朗诵庄重而激昂,如同在讲坛上发言似的,没想到回到他的英国后,居然摇身一变,变得这样轻松、幽默!他的朗诵从始到终下面笑声不断,这不仅在于他选读的诗往往具有一种妙不可言的反讽意味,例如《联合行动》①:

> 进行吧,进入被单之下。
> 我想我有一个秘密你可以保存。
> 皮肤之下是黑暗。不清澈。不洁净。
> 这是我的血,我的身体,和种子。
> 吃,喝,干吧,在对我的纪念里。

而且每读一首诗之前,他还要讲几句,不时地幽它一默!西蒙平时极文静的,但一上台,居然有这种左右发挥,把英国人的那种幽默感发挥到极致的本事,这我可真没想到!不过同时我又在想:幽默感固然十分有趣,但一场诗歌朗诵到最后弄得如同"相声晚会",这是否也可以幽默一下?如果从幽默和反讽中透出诗的

---

① 该诗及下文所引出的诗,均由本人译出。

智慧，当然很好，但是，如果一味地追求或迎合这种口味，这种欲望是不是也该控制一下？

与西蒙·阿米蒂奇恰成对照的，是从俄国来的诗人捷纳狄·艾基（Gennadiy Aygi）。他是帕斯捷尔纳克当年的朋友，但一直默默无名，直到近些年才被人们发现，发现他居然"迫使俄语做起了它以前没有做过的事情"。什么事情？在我看来，这也许是对"沉默"的进入，这就像他在一首诗的结尾所写的："在沉默中，天蓝。"他不仅摆脱了俄语诗歌中那种传统的"格律集权"，而且有意识地在诗中造成意义的中断、词的破裂和沉默，达到一种几乎不可诠释的程度。但是，我想他的诗仍与西方现代主义不同，从中透出的，仍是俄罗斯诗歌特有的那种悲剧性力量，像下面的这首《路》（转译自英文）：

> 当没有任何人爱我们时
> 我们开始
> 爱我们的母亲
>
> 当没有任何人写信给我们时
> 我们想起
> 那些老朋友
>
> 而我们必须说出言词

因为沉默使我们惧怕

而动作是危险的

但在最后,在偶尔被忽略的公园

我们向着悲哀乐队的悲哀小号

哭泣

像这样的诗,直达人类的悲剧性内心,虽然艾基朗诵时,脸上一直保持着一种感人的平静。幕间休息时,杜利出现了,这是我们第二次见面,第一次是今年6月在荷兰鹿特丹国际诗歌节。寒暄中杜利问起我这几个月去了何方,我则问起今年刚获诺贝尔文学奖的沃尔科特何时来朗诵,因为我看到节目单上有他。听我这样问,杜利把手一摊:这次他不能来了,他在美国的活动太多,成了一个大忙人,等等。我想这一切是沃尔科特当年艰难出版诗集时绝对没有想到的,听我这么一说,杜利笑了起来。但是沃尔科特是"南岸"的常客,他和布罗茨基经常一起来英国朗诵。他将布罗茨基的诗译成英文,布罗茨基则写文章称他是"英语诗歌在今天所拥有的最好的诗人"。的确,虽然沃尔科特生于加勒比海岸,身上流着黑人的血统,但他的文化意识却是欧洲式的。他的某些和伦敦有关的诗,说不准就出自诗人在泰晤士河南岸眺望伦敦时的经验,那从对岸的雾中透出的,不仅是国会大厦、白金汉皇宫、威斯敏斯特大教堂、大本钟……更是一个语言和文化的帝国：在空间上它曾延至全球，在时间上则可回溯到罗马、希腊时代，甚至可以想象它正来自荷马史诗！为什么不呢？我猜想在沃尔科特看来，正是从荷马史诗中产生了一个诗的帝国，开始了语言的波涛、岸和领土扩张，开始了人类灵魂无尽的追求与回归……当然，沃尔科特并没有发表任何类似感想，但他却有意识地呼应荷马史诗，创作了长达8000多行的《奥麦罗斯》(Omeros)！

朗诵会继续进行。来自南非，现定居于英国的杰克·马帕涅（Jack Mapanje），朗诵了他当年在南非种族主义监牢里写下的一首诗，意思是为什么乌鸦要在他的"屋顶"上叫。悲剧的主题，死亡的意识，却用反讽的手法来写，可谓别具一格。尤其是他那浑厚、富于感染力的黑人嗓音，让我难忘，也让我更多地体会到英语作为一种诗歌语言的魅力。

最后出场的，是来自布拉格的捷克著名诗人米罗斯拉夫·霍卢布（Miloslav Holub），他朗诵的最后一首诗是《与一位诗人的会谈》。该诗起句是一个陡然的、似乎有点"别有用心"的发问："你是一个诗人？"霍卢布同时身扮两种角色，尴尬地把肩膀一耸："是的，我是。"然后便是何以见得何以证明之类的盘问与究诘。到最后，"会谈"突然中止，追问的声音消失，诗人这才如梦初醒，忽然想起来也应该反问一下："Who are you？"——"你是谁？"

这真是一出压台好戏！我高兴诗歌节能以这样一首诗和这样的最后一问做它的结束，它可谓意味深长——你真是一位诗人吗？而我们必须再次面对这种诘问，或者说，必须一再地接受诗歌良知对我们的目睹。

诗歌节结束了，人们排着长队手持诗集等候诗人们的签名。我目睹此景深受感动：是人们还没有抛弃诗歌呢，抑或诗歌还没有抛弃人类？前一段时间国内诗人们来信纷纷谈到"经济暴力"对文学的冲击，其实这很正常。在西方商业化早已开始，恐怕从莎士比亚的时代就已开始，但是诗歌却照样存在。仔细想想，在历史上恐怕从来就没有过一个专门为诗歌而降临的时代，但那些真正的诗人却在非诗的年代开创出了一个个诗的时代！因此，有什么可抱怨的？还是要求你自己吧！

再见，灯火闪烁的南岸艺术中心！踏上昏暗中的泰晤士桥时我又想起了早年读的一位诗人的诗："我是岸，我是灯火……"我的内心一阵涌动，在路灯下忍不住翻开了诗歌节的节目册，读起了卷首诗《约会》。没想到只读到前两句，我便大吃一惊："我将迟到……当我到达，我的头发将会变灰……"这是谁的诗？一个英国人怎么可能写出这样的诗？

再一看作者，原来是茨维塔耶娃！这位痛苦的天才，不可能再到英国来读她的诗了——她早已安眠在遥远的俄罗斯的某个地方。而今年，是她诞生100周年，逝世51周年！此时，我才知道这次南岸诗歌节的第一场朗诵是一个纪念茨维塔耶娃的专场，而我错过了它，我从比利时回来得太晚了！想想看——有12位英国女翻译家和女诗人上台朗诵茨维塔耶娃，这简直是永恒的女声合唱！是诗神的竖琴在发出她圣洁的、不可再冒犯的声音：

我将迟到,为我们已约好的
相会,当我到达,我的头发将会变灰……
是的,我想我将被攫夺
在春天,而你赋予的希望也太高了。

我将带着这种苦痛行走,年复一年
穿越群山,或与之相等的广场、城镇。
(奥菲妮娅不曾畏缩于后悔!)我将行走
在灵魂和双手之上,勿需战栗。

活着,像泥土一样持续。
带着血,在每一河湾,每一灌木丛里。
甚至奥菲妮娅的脸仍在等待,
在每一道溪流与伸向它的青草之间。

她吞咽着爱,充填她的嘴
以淤泥。一把金属之上的光的斧柄!
我赋予我的爱于你:它太高了。
在天空之上是我的葬礼。

我读着这诗,我经受着读诗多年还从未经历过的战栗,我甚至不敢往下看……我合上书,几乎是全身哆嗦着走过黑暗中的灯火闪烁的泰晤士河上的巨大铁桥。我还要坐地铁穿过大半个伦敦,才能到达我在伦敦北区的"家",而那仅仅是个旅居之所。我想我这一生要抵达的,会和茨维塔耶娃的一样远,甚至比她的要更为艰巨——"当我到达,我的头发将会变灰"——那就尽出自己的一生,朝向这种永不到达与完成……

维特根斯坦札记

限度

"我们会说,手势试图描述它,但是做不到"(维特根斯坦《哲学研究》①,以下简称《哲》)。这就是"限度"。限度无法克服,但我们却可以尽量深入、确切地把它显现出来。卡夫卡的"K"只能在山下瞻望、徘徊;如果他能如入无人之境一般进入城堡,还会有这部小说吗?正是某种限度在制约着、造就着人们自身的存在。

而这不是宿命主义。这是哲学从它对"绝对""无限"的虚妄激情中冷却下来后所达到的明澈。在哲学的天空中总是充满过于诱人的蛊惑,但是维特根斯坦从不向虚无挑战,相反,他的一生都在对这种诱惑进行抵制。"不可能引导人们到达善,只可能引导他们到达此地或彼地。善在事实的范围之外。"(维特根斯坦《文

---

① 维特根斯坦:《哲学研究》,汤潮、范光棣译,生活·读书·新知三联书店,1992。

化与价值》①，以下简称《文》）。他从来就把自己严格限制在自身的工作范围之内。他一生要到达的，是车轮切实摩擦到大地之处，而非它高悬起来的地方。

这不仅仅由于他性格上的冷静，更出自他对人类知识的全部洞察。这使他看到人们高谈的所谓"哲学"，并非别的，恰恰是"某种需要哲学治疗的东西"；这使他被引向了哲学的最隐蔽的症结所在：它的语言的根基。"我的语言的界限意味着我的世界的界限。"（维特根斯坦《逻辑哲学论》）

这使我意识到，对"限度"的意识总是和一个人所能获得的智慧、洞察力一起到来，和一个人对他自身工作的艰苦反省一起到来。"能就诗歌可说的实在少得令人吃惊；就是在这些少量东西中，也有大部分最终是错误的，或毫无意义。"（T. S. 艾略特）而另一位"大师"庞德也没有"大"到无边无沿的程度，他也曾这样说：我们只能以微小的创新来变革传统。

但是，对限度的意识并非一种"消极意识"。限度总是关涉"可能"与"不可能"，它总是让人在某一方面回避，而在另外的地带竭其所能。在此意义上讲，一个能意识到自身限度的人又总是一个能够听到"召唤"的人：那种"不可能的可能"。

---

① 维特根斯坦：《文化与价值》，黄正东、唐少杰译，清华大学出版社，1987。

"留在那里"

"缺乏哲学实践的人路过了草中藏有困难的所有地带。相反,具有哲学实践的人会停住脚,觉察到附近存在着他还看不见的困难。"(《文》)

维特根斯坦就这样迫使我们意识到自身的困难。"写作缓慢,这说明我遇上了某种障碍,而这是我以前轻易就绕过去了的。"(拙作《词语》)正是这种"放慢",开始使我们和事物居住在一起,并在那里发现对写作来说更为隐蔽的东西……的确,我们还不能轻易地说出。有些东西,如果我们并没有真正地从我们的生活中经历它,即使说出来也白搭——用维特根斯坦的术语来表述,它只是一个装饰性的"把手",和机器的启动不会有关。

可以说这就是写作:它是从对"阻力"的发现才真正开始的;它能达到的成就,也与它所克服的阻力的大小成正比。因此,我从不信任"流畅",也从不设想自己会成为一个多产作家。相反,我倾心于一种"有难度的写作"。而在文学的领域里,对难度的保持其实也就是对"高度"的保证。在维特根斯坦那里我得到的启示是:那种快步行进的人只是虚假地"解决"了问题,因为他绕过了或者说掩饰了困难。因此文学的前进怎么可能与时代"同步"?相反,它往往有赖于一种更深刻的回溯。

工作

在哲学的自我发展中,可以说维特根斯坦是为了"结束一个时代"而到来的,"我们所毁灭的只不过是一些空中楼阁,而我们清理它们赖以建立的语言地基。"(《哲》)我想,20世纪的所谓"解构"即从这里开始,虽然维特根斯坦使用的是另一个更为朴实的词:清理。

通过对语言的清理以消除人类智性的蛊惑,并试图给出一个新的地基,这就是维特根斯坦所从事的基本工作。哲学的混乱,世界的混乱,其实都出自人们对语言的使用,或者说被语言使用——甚至连我们自己都是语言活动的一个产品。例如,"当我遵从规则时,我不选择;我盲目地遵从规则"(《哲》),这又意味着什么?卡夫卡说:笼子在寻找鸟。而维特根斯坦给出了另一个隐喻:捕蝇瓶。

一种更为彻底的哲学清理由此展开。"发条一点点松开,受制于字词"(《哲》),而这不仅仅形成了对哲学自身的挑战。正因为他深入到事物的根基,他所做的一切都可被导向一个更宽广的语境。"神学是一种语法"(《哲》),同样,假神学或伪神学也是一种语法,都可以来一次维特根斯坦式的语法分析。当哲学的虚妄已变为哲学本身,当旧有的意识形态又在演化成新的形态,当几千年以来的"文化修辞"仍在变本加厉地修辞着人们,我们为"结束一个过去的时代"所从事的工作就永不完成。

从炼金术到化学

要在维特根斯坦的作品中寻找格言的果实是容易的,它就在那里,但要把握住他的思路却极其困难。有时我们甚至会感到这是一种"没有语法的语言"。

这正是维特根斯坦:他把我们带入了通常的理性思维所不能带入的哲学风景里。和黑格尔的三段论不同,维特根斯坦把自己的方法论表述为"哲学问题具有这种形式:'我不知我的出路在哪里。'"(《哲》)。这样,哲学不是作为一种既成真理的表达,而是被作为一种在探寻本身中所不断形成的思想领悟。这就是维特根斯坦式的"思":它体现出的,往往不是理性推断而是"思的可能性",是一种出乎不意的领悟力,有时甚至是一种"超现实主义"式的联系事物的方式,比如他这样举例:一个人说"很快就会停止的",并且意指疼痛,但当被人问他"你指的是什么"时,他回答说"隔壁房间的噪音"。(《哲》)

这颇似禅宗"公案",初看让人摸不着头脑,但继之顿开悟性。当然,这不是玄学游戏,这首先出自一种对"说"的高度严格:"疼"是可以直接说出的吗?所以,在这里我们看到了这个"一转念"!一转念之间,思想活动没有被卡死而是出乎不意地通向了希望。

当然这一切来之不易。一个通晓规则的人才敢于"犯规",一个长期在语言活动中"出生入死"的人才有可能惊动语言本身,一个和真理亲如骨肉的人才能对它的"疼"产生感应,以至于不去想方设法说出它倒是不可能的。

不消说,维特根斯坦对其哲学使命有着一种高度的自觉,那就是不是去建立一个体系,而是由他开始来导致一种哲学方式的彻底转变。在他那里,当哲学的深刻困境被把握,他必然会要求一种对别的哲学家来说是不可想象的思想方式:"当困难从本质上被把握后,这就涉及我们开始以新的方式来思考这些事情。例如,从炼金术到化学的思想方式的变化,好像是决定性的。"(《文》)

而这正是维特根斯坦终生致力于的事。我的意思是:当一个思者真正进入"思",思本身也必然会要求他能在长期的艰巨思考中有一个飞跃,而这才是决定性的。正如里尔克的诗所言:你接住了自己抛起来的东西,这算不上本领;只有当你一伸手接住了神抛给你的,这才算得上本领;而这不是你一个人的事,这乃是整个世界的力量。——请想想为此我们需要做出一种怎样的努力!

"疼"

不消说维特根斯坦的哲学具有一种巨大的挑战性质。他是从何处开始的?他从哲学家们最意料不到的一个地方开始:"疼"。

"疼",这是指进入我们肉体和意识中的某种东西,但最终,它是语言中的某种东西。我们感到了"疼",但我们却说不上来。我们说不上来,而它就在那里,它甚至迫使我们倾尽心力倾听于它。

因而维特根斯坦会在他的哲学研究中一再地回到这里来。有时即使他避开谈"疼",而谈"红色"、"字词"和"齿轮"时,"疼"仍在那里——"我变成了石头而我的疼痛仍在继续。"(《哲》)

这样,这种初看起来仅为肉体感觉的"疼",在维特根斯坦那里成为一个具有哲学意义的命题。"疼",这是维特根斯坦的"基本词汇"之一。这个从不被人留意的语言中的疼,一经提出,竟成为对人类所有"言说"的巨大质疑和挑战!

这不禁使我想到了本雅明的话:"所有的打击来自左手。"比如,维特根斯坦从不告诉人们诸如"哲学是什么"之类的废话,但他却拣出了两个句子"一瞬间我感到了剧疼"与"一瞬间我感到了深深的悲伤",并请他的学生比较:为什么后者听起来有点"奇怪"?——对哲学的"治疗"就从这里开始。

"疼",它首先在要求一种准确无误的感知与语言表达,要求我们在阐述真理时决不似是而非,要求我们充分意识到表达的困难——这正如"疼",它总是拒绝被说出:它既无法被"转移",也不能被固定;一旦我们试图去说,它又总是在它不在的地方!不然它就不是一个维特根斯坦式的命题。

这并非玄学,相反,维特根斯坦意在通过这个命题使哲学从形而上学的虚妄之中回到它的语言的地基中来:正如"疼"只有在语言活动中才存在,那么哲学的全部问题也许就是一个语言的问题。当然,维特根斯坦从不明确告诉人们什么结论。他要做的,仅仅是把人们引向问题所在。

而且他也一直避免把"疼"上升到形而上学的层面上阐释。"如果有人手疼……人们并不安慰手,而安慰疼的人:人们看的是他的脸。"(《哲》)这里,精神性的、"怜悯"的东西出现了,而这只是语言活动本身的结果,并且仅仅到此为止,维特根斯坦很快又回到他自身的工作范围之内。

但即使如此,维特根斯坦的"疼"仍是一种和我们的生命体验深刻相关的东西。虽然它旨在把我们引向语言中的某种存在,引向对人类精神活动与词语的关系的考察,但我们又如何将一般知识转化为"个人真理"?我们只能从自己开始。正是在一种个人亲历与表达困境中我们将发现:当一种"疼"到了深刻无声的程度时,它也就成了一种字词的"疼"、石头的"疼",一种要求被说出的语言中的"疼"……

"带上一把可变的钥匙"

如上所述,维特根斯坦把对真理的言说假定为对"疼"的言说,而"疼"却是拒绝被说出的——"我变成了石头而我的疼痛仍在继续"——这意味着即使最准确的言说也仅是对"疼"的一种"转移":它仍在那里,并且更为尖锐、隐蔽了。

这即是"说"的困境。人类说了几千年,似乎真理与存在仍在言词之外……因此,维特根斯坦在他的晚年会这样写道:"上帝也

许对我说:'由于你自己的嘴,我要来审判你……'"(《文》)

的确,"说"是很困难的,这甚至是一种"冒犯"。从这里,我们才能理解为什么维特根斯坦会这样写道:"如果你奉献了一件祭品后对此感到得意的话,你和你的祭品都会受到诅咒。"(《文》)

但同时人类又一直试图去"说",也许因为真理从来就是个人的:即使别人已说出了一切,你仍不得不一次次重新以自己的方式去说。这就使我想起了保罗·策兰的一首诗:

> 带上一把可变的钥匙
> 你打开房子,在那留下来的
> 未说出的、吹积成堆的雪中。
> 你总是在挑选着钥匙
> 靠着这奔突的血从你的眼
> 或你的嘴或你的耳朵。
>
> 你变换着钥匙,你变换着词
> 一种随着飞雪的自由漂流。
> 而什么样的雪球将渗出词的四周
> 靠着这漠然拒绝你的风。

该诗的题目即它的首行。我不会忘记几年前我在翻译它时所经受的深刻震动。这正是一首如何达到言说的诗:在诗人那里总是存在着一个未打开的雪屋,而我们不能说出;雪球从词的内部、从我们的焦虑中渗出来,我们仍无法说出。也许我们不得不变换着什么:词?钥匙?言说的方式?

这正是维特根斯坦一生的思虑所在。与策兰一样,他们都是从根本上来把握困境的人;同时,他们又都是再次唤起我们对"说"的想象力的人。我想已有人在说 20 世纪哲学的"语言转向"问题。西西弗斯在遭受神的惩罚数千年之后,现在发现他一次次推上去又滚落下来的巨石不是别的,而是词!他注定要与之搏斗的不是别的,正是语言本身。而那种西西弗斯式的"征服峰顶"的努力,其实也正是人类为了重新通向言说而从事的徒劳而不失其意义的巨大努力……

音乐

在维特根斯坦的一生中,总伴随着一种对音乐的领悟。从传记材料来看,维特根斯坦有一个音乐的早年,而这决定一切。实际上在他后来的哲学写作中,他颇像一个技艺精湛的音乐家在"演奏"他的思想。例如,有着数百条哲学断想的《哲》,一再让我想到了巴赫的赋格:那种多声部的呈示与对应,展开与交织……

而这一切不仅涉及修养与风格学。我猜想在这样一个人的一生中不可能不伴随着某种音乐:在他的精神内部,是音乐带来的伤痛、火焰和低语;在他的哲学写作中,是音乐所要抑制与展开的一切。也许，正是音乐使他学会了"领悟"与"倾听"——往往不是在理性的焦虑中，而是在音乐响起的一刻，他长期探索的事物出现在了眼前……

或许正因为这一切，使维特根斯坦不同于其他哲学家那样来生活与工作，并且，使他自认为以一种与现代人完全不同的方式来"呼吸"（《哲》序）。音乐取消了现实空间，它把人直接带到精神之中；而且，音乐使人"怀旧"，使人对那些不再存在的美和精神事物有一种怀乡之思，"我也许正确地说过：早期的文化将变成一堆瓦砾，最后变成一堆灰土。但精神将萦绕着灰土。"（《文》）

一个音乐的早年，决定了维特根斯坦的一生。这使他即使在对"地狱"（逻辑的或生命的）的深入中，也透出了他生命中的明亮。而在他的晚年我们看到：他没有像有的思想家那样（例如尼采、克尔凯郭尔）被他们与之搏斗的巨大的一切所摧毁；相反，他最终达到的，是巴赫式的明澈。

神话

如同不断给人们以启示一样，维特根斯坦又总是引起我的困惑。他似乎总是在逃避着被定义，换言之，往往当我们认为可以把握住他时，却发现他比我们所设想的要更复杂。"继续信仰吧！这毫无害处。"（《文》）——对谁讲话？如果对他人，这意味着嘲讽还是劝告？而对自己，这是否就是一种通达？

显然，维特根斯坦不想成为那种只有一种解释的作家。"这种或那种野兽之所以能幸免灭绝，是因为它们具有躲藏的本领和能力。"（《文》）维特根斯坦太了解这一点。这就是为什么他几乎是怀着一种求生的本能，在文字中与人类的捕捉展开了较量。他的本领如此之高，以至于到最后我们发现是我们自己被暴露在开阔地上，而不是他。

而这就不是人人都能做到的。那么，让我们来看看他的"秘密"何在：他谨防自己落入任何固定模式中；他避免下结论；他力求把话说活，而不是说死；他甚至也不做肯定；他要提供的是思的可能性、思的想象力，因此他总是把自己限制在一种疑问式和假定式里。这里，即使在他的格言中也潜藏着一种非格言化的努力："'节日'的概念。我们用乐曲来修正它。"（《文》）而用乐曲来修正那些过于理念化的时刻，意味着的是再次回到音乐的不可阐释中来。在另一处维特根斯坦还这样写道："如果一首诗的理智毫无掩饰地外露出来，那么这首诗的要点就被讲得过分了，就不能从内心来表达。"（《文》）看来维特根斯坦比许多诗人更懂得"诗"。这也就是为什么他会在写作中要求自身的内心更不易被人觉察，而不是被暴露出来，而且，要求自己的作品具有某种"不完成性"——亦即克制那种以作者来代替读者的欲望，"突然，他停下来，告诉我：'现在你必须做的就是从这里找到你回家的路。'"（《文》）

也许正是这一切造成了维特根斯坦的"晦涩"，造成了他的多义性、不确定性与不可穷尽性。"走下同一条河的人，经常遇到新的水流。灵魂也是从湿气中蒸发出来的。"（赫拉克利特《著作残篇》）而这恰好是我再一次回到维特根斯坦作品中时的某种感觉。正如冯·赖特在评述维特根斯坦的文章中最后所写到的："我有时想，使一个人的著作成为经典的，往往正是这种多重性，它吸引着同时又阻碍着我们去渴求清晰的理解。"

这即是说维特根斯坦的"晦涩"，最终是一种为无数写作者所梦想的神话式的晦涩——一种永远让人捉摸不透，但却蕴含着无穷启示的晦涩。神话是"没有"作者的，因为"作者"已在神话中消失——就像维特根斯坦，不断写下一切又不断从自己的话语中隐身。而这，恰恰又给个人的精神存在带来了一种持久的保证。

当然，一个创造了"晦涩"的人，注定要能够忍受误读与曲解。这在今天看来更是如此：一个作家的深刻、丰富与耐读的程度，是与他受到的曲解程度成正比的——谁让我们生活在一个贫乏而混乱的时代呢？

信仰

曾有人大胆地谈论或臆想过维特根斯坦的信仰问题。例如，根据那句著名的"凡是不可说的，我们必须保持沉默"，来推断维特根斯坦对于"绝对事物"的敬畏。但是人们忘了这句话出现在《逻辑哲学论》的结尾，仅仅出于文本本身的要求——当可说与不可说的界线被划出之后，它像咔嗒一声，使一部哲学作品恰到好处地终止。它和维特根斯坦本人的信仰可以有关，但也可以无关。

但是，如果谈起"信仰"，我想对于维特根斯坦这样的人肯定存在。一个长期孤独地探索真理、不屈不挠的人，怎么可能避开这个问题？实际上，维特根斯坦一生都把自己置于一种严格的尺度之下，"想到上帝，这首先是一位可怕的审判者"，由此我们可以想象在他的内心一直经历着什么。

因此，要把他的工作从事到底，经常需要克服的就不是一个智力的问题，而是一个个人信念的问题。"痛苦逐渐加剧或减少；听见一个调子或句子；这些是精神过程。"（《哲》）在他生命的某些阶段，他不得不加强他的信念，甚至不得不把个人诉诸一种绝对的、至高无上的审判："我所从事的活动真是值得努力的吗？是的，但是只有当来自上苍的光芒照耀着它时才会如此。"（《文》）

但这一切对于维特根斯坦来说，完全是他个人的事。他避免将这一切带入他的工作之中。他也有意识地将记录个人精神生活的笔记与哲学著作区别开来——这是两回事，必须达到一种分离，虽然它们有着深刻的内在关联。这就是说，他要保证他的工作能够在一种不受到自我侵扰的情况下进行，以保证他能够把神学也当作一种语法来处理。他深知他从事的工作远比个人重要，因此他宁愿消失在其中和它的背后，而不是相反。天意如此，生命被赋予必须完成——即使个人也无权打断、干扰——这一被意识到的使命。因此，维特根斯坦在他个人最困难的时刻却说出了这样让我最受震动的话：自杀是肮脏的。

破碎的文本

"如果我写出一个好句子，它偶尔地变成由两行诗格律构成的句子，那么这一句子就是错误的"（《文》），这就是为什么维特根斯坦的哲学作品总是以断片的形式出现。重要意义在于，他正是以这种形式，摆脱了那种黑格尔式的"总体性话语的压迫"（福柯语），或者说彻底结束了那种构造体系的传统的哲学写作。尼采曾称任何构造体系的行为都是不诚实的行为，而在福柯、德里达看来，在这种行为中实际上还潜藏着练习话语权力的欲望——实际上在任何形而上学体系中都有一种专制和暴力的性质。

维特根斯坦没有朝这方面想，但他对拼凑体系的行为进行了本能的抵制。人类总怀着赋予万物以秩序的雄心，但到后来发现了什么呢？你构造了一个体系，但它却是一副僵硬的框架；即使你有所表达，也被这框架扭曲了……的确，除了瞬间领悟的真理，别的还有什么呢？维特根斯坦自己也曾试图做一种整合式的尝试，但他最终发现"我能写得最好的东西永远也不会比哲学断想好。假如我违反这些思想的自然趋向，把它们强行地扭向一个方向，那么这些思想很快就会残废"（《哲》序）。于是他服从了这种"自然趋向"。他要到达的是"这里"和"那里"，而"善"在这一切之外。

但是,透过表面,我们就会发现在维特根斯坦那里仍潜藏着一种努力,那就是力求使这些断片各自成为"文本"——一种美学意义上的构造,一种可以"编号的"、具有自身意义与姿态的语言存在。用他自己的话来表述,是使这些哲学断想成为他漫长、迂回的人生旅途中的"风景素描"。这样,我们就在他那里发现了一位风格家,一种哲学写作中独具的审美力与构造力。他终于达到了许多哲学家所不曾达到的"随意性",而在这种随意性中又体现了一种对语言的珍惜。因而他的哲学断片一再让我想到了古希腊哲人的"著作残篇":因碎裂而弥足珍贵,因残缺而显现出那失落的完整。

这就是为什么我会在维特根斯坦那里感到了一种高度自觉的写作精神——他把哲学归结到写作,哲学家不是真理的垄断者,更不是形而上学城堡里的暴君,而只是文本的提供者,而这高于一切,别的无须解释。"风格适当的写作直接将客车搁在轨道上",别在那里绕思想的圈子,"然后开动客车是我们留给你的事情"(《文》)。

早期与晚期

显然,这是一个人们在研究许多作家、思想家时经常遇到的难题。涉及维特根斯坦,这更是一个困惑:在他一生的工作中出现了一个大的断裂,从而分为"早期"和"晚期",而在这之间却没有任何过渡的"桥梁"——它被维特根斯坦自己的沉默取消了。

"断裂"是必然的。在沉默10多年后重又回到哲学写作上来，他必然会意识到早期的一些问题，但纵然如此，灵魂仍是同一个，"后者只有以我旧的思路为背景，在同前者的对照中才能正确地理解"（《哲》序），因此在变中自有某种不变。一个只有后期而没有前期的维特根斯坦是不可设想的，反之亦然。早期提供了基础和开端，后期则为巨大断裂后的再生——它并不否定早期，恰恰为早期、也为整个一生提供了更为根本的保证。

就个人癖好而言，我似乎对任何"晚期"都更感兴趣——因为墓碑比别的一切更能照亮一生？"哲学家是那种在达到常识性的观念之前必须在自身中纠正许多理智错误的人"（《文》），连从来回避下定义的维特根斯坦也忍不住下了这么一个定义。

而一个晚年的维特根斯坦，我相信比任何时候都更体会到一种巨大的荒谬。首先他意识到当一位教授的荒谬：哲学能教吗，这种唯有通过个人道路才能达到的东西？为此他放弃了它，而到爱尔兰荒凉的海边独居。到了《哲学研究》要出版时，他更加深了某种疑惑："本书的本意是要在这贫困而黑暗的时代，为几个智慧的人带来光明。——而这，当然，不可能做到。"（《哲》序）为什么不可能？是因为外部时代的原因，还是由于自身的问题？

也许什么都有，但更深刻地看，是后者在更致命地折磨着维特根斯坦的晚年。他甚至一度放弃了在生前发表著作的念头——亦即在某种荒谬感加剧的时刻，把生命诉诸不可能。也许，这就是本雅明在论述卡夫卡时所强调的"失败的纯粹性"?只不过失败并不能取消卡夫卡或维特根斯坦一生的意义。他们不能不失败。正是在他们所最终认可的失败里他们向我们走来,并将他们的晚年——一如一位诗人朋友所曾写到的那样——"献给我们的沉思"。

谁在我们中间

1. 诗人创造了一个世界,为了在其中消失。

2. 是否存在着个人语汇、个人的诗学辞典?在《另一种风景》中你写道:"站台是一个词,而无尽的句子就在这个词里。"继续前行吧——记住这一点。

3. 浊雾扑向北伦敦一道斜坡昏蒙的街灯,犹如雅各与天使搏斗,而我曾在那里?不,这已是从语言中出现的另一个人:他就在那里。

4. 当我们以忘却的方式记住,诗就在那里生长。

5. 我这样来限定写作:一种把我们同时代联系起来但又从根本上区别开来的方式。但即使我不做这样的限定,诗歌也依然在做它自身的双向运动。

6. 倾心于那些仅属于个人的秘密:日记、断片、某些修改稿、批注……例如从奥登的"我们必须去爱否则死"到他多年后改定的"我们必须去爱并且死",这中间发生了什么?谁在修改着一位诗人?

7.的确还有一种我们从不知道的语言,在这一代人都把他们的诗写出来之后。

8.在我这里一直有个对话者,但是当我写作时,他消失了。于是我不得不把他重新追溯出来,从一种更深远的黑暗中。

9.庞德《诗章》:"佩里帕鲁姆,这不是地图上见到的大地,而是舟子们航行的大海。"这即诗歌的考古学,它教我们的不是去辨识,而是如何学会在时间中迷失。

10.写作,把终生的孤独化为劳动。

11.深入黑暗,再深入,直到你能够在那里忍受无名。在那里,卡夫卡的布拉格仅仅在一种死者的记忆中展开。

12.如果你不能创造出自己的神话,起码应创造出自己的"晦涩"——因为这是一片死亡的开阔地。

13.在任何一个我喜欢的作家那里都有着他们的"基本词汇"。这是他们的风暴,他们的界石、游动悬崖与谜语:这是他们一生的宿命。

14.诗歌并非乌托邦,它首先是地狱。

15.倾听那种只偶尔出来说话的人:倾听并寄期望于他们,纵然他们可能永远不再开口——如果是这样,你同样会在沉默中找到并挨近他们。

16.我们在我们自己的声音中沉默:谁在说话?

17.需要一些更为确切、坚实的东西:就像歌剧院的石柱撑开音乐的空间。

18. 关于我们自己有什么好说的？但是罗兰·巴特在《罗兰·巴特》中却把自己转变为"他"。正是这样一种转换，使一张唯有"上帝能看见的脸"，有可能被你自己所瞥见。

19. 写什么？写。在你执笔之际，过去会在你的身上要求着它的未来——如果在你的诗中突然出现了峡谷、风景和使者，他们所走的路，可能会比你能追忆的还要遥远……

20. 如果一定要给诗歌下一定义，我只能称它为盲者的明镜——如果他真的从中看到了什么，那首先会是一种彻骨的战栗……

21. 与峰顶相比，我更倾心于"斜坡"：它提供一种回头俯瞰的角度，同时又让人不断感到来自更高处的召唤。

22. 一个多么美好的词"破裂"，为了我们能够从中不断地获得。

23. 谁写下了《杜伊诺哀歌》的第一章？是迎风走下海滨的里尔克，还是空中响起的一个声音？我们必得学会在说的同时去听。

24. 诗歌的到来，总在一种无以名之的更新里。

25. 就在萨宾娜与弗兰茨疯狂做爱的那一刻，她却莫名地听到"背叛的金色号角"为她奏响。当一位诗人把某一种诗写到一个极限时，他可能也必得如此。

26. 通向天国的门是窄的，而自负却把人变为庞然大物。

27. 在他的作品中，还有一座带花园的楼阁的顶层，从来无人敢于走上去——也许那是最高的禁忌，只在一道闪电中显现。

28. 那些能够游刃有余地同他自己的时代开着玩笑的人，我们只好称之为大师。大师的身上有一个魔鬼。

29. 一片空茫中，我们总想通过写作触及某种东西：它就在那里，而我们的全部期待只是听到猝然的一声（那是一种石头的震动？）。

30. 去成为，还是不去成为？——天命执笔于哈姆雷特之际，言词的节奏迟疑；言词成为一种试探……

31. 写作是一种迎接。但这种迎接却常常以推迟甚至逃避的方式进行——领会这一点，否则你得到的仅为虚无。

32. 我们不是诗人。诗人是那种一开始就带来一种命运的人，是使夜的眼睛变绿而他自己消失的人。而这样一位诗人，我们除了进入写作就无法与他相逢。

33. 你热爱汉语，你贪婪地呼吸着她的气息，当你从另一种语言中回来。这是归来的奥德修斯：一个在风暴中经历了一切的人，由此却倾心于母语的不贞。

34. 我们一再被告知：诸神离去，此乃世界的黑夜。但我依然感到仍有某种伟大的事物在我们中间，虽然我们永远不可能再以伟大的语言把它们说出……

35. 即使在冬天里写作你也要记住：这只能是从你的诗中开始的雪……

36. 谁在"自白"？普拉斯一生都在致力于一个神话，直到美狄亚与安提戈涅在她的诗中得到再生。最后她杀死她自己,正是为了让这些奉行神谕的人出来说话。

37. "这一切是我们的变形记"——卡夫卡通过写作使自己变为K,奥登则在后来变为在语法恐怖笼罩下的蒙田。这一切仅仅由于写作内部的挤压,这一切,还将在你进入词语后继续发生。

38. 在一个依然是集体主义的时代,希望仅在于个人不计代价的历险,在于一种彻底的偏离:在那些小小的流派之外,是伟大的游离者。

饥饿艺术家

扬·米斯基（Jan H. Mysjkin）是我在比利时认识的一位诗人，"我早就认识你了，王！"他热情而幽默地伸出手来。原来，我的比利时翻译伊歌（Iege Vanwalle）在翻译我的诗时，曾找过他帮忙推敲词句。这在欧洲是一个传统，诗歌翻译必须经过诗人之手，而扬·米斯基在比利时可谓有影响的诗人，而且是多次获得翻译奖项的法语诗歌翻译家。

在见扬·米斯基之前，伊歌曾提醒我"他有点怪"。我问怎么怪，伊歌却答不上来。但是一见到扬，我却有种莫名的亲切之感。扬留着一头长发，人到中年微微发胖，平易近人，虽然也有着他的"大师派头"。他可以坐在那里，半晌不说话，冷不防冒出一句，让人想半天。比如，当伊歌谈到现在一些大学很穷，穷得连汉学系也办不下去时，扬插了这样一句："他们的思想更穷。"说这话时，他的眼睛依然平视前方，虽然当时我和伊歌都笑了起来。

"二战"期间，当人类文明遭受到前所未有的威胁时，本雅明曾声称他要做欧洲最后一位知识分子,而这在当时近乎一种绝望的坚持。见到扬·米斯基后,我又想到这一点。只不过这一次不是在流亡或思想的毒气室中坚持,甚至也不是在知识分子成堆的地方或什么文化圈中坚持。使我一开始不敢相信的是,扬以及他的朋友、画家巴特(Barte van Warlle),像这样有一定知名度的诗人、艺术家(在我去比利时之前,荷兰的国际诗歌节主任马丁·莫伊就曾向我推荐过扬·米斯基),他们的"职业"居然是在一家毛纺厂做工。我去过那家工厂,20世纪60年代的旧式工厂,机声震耳,尘灰呛人。但是因为他们可以在这里只做周末工,平时居家写作、画画,他们选择了这一"职业"。的确,他们是那种真正意义上的知识分子,但却不是"文化人",而这出自他们自己的选择。像巴特,比扬年长近10岁,在我看来属于"萨特的一代"(他本人也酷爱萨特,一再要带我去巴黎看萨特的墓地)。他很早就把艺术视为一生的事业,早年曾在比利时和巴黎学习艺术和哲学,但因一生拒绝与任何官方艺术机构及文化掮客合作,他至今仍在"圈"外。他也不想混入那些被他蔑视的"圈"内。我想没有比巴特更彻底、更一意孤行的人了,连他的妻子和女儿们也时常为他叹息。他耻于把自己的作品摆在那些商业性质的画廊,却在一家废弃的旧工厂里举办了他的大型作品展。我看过它的录像,并深受震撼,虽然在这之前我去过那么多欧洲著名的画廊和博物馆。这一次我面对的是"真实":不留情面的真实。尤其是其中的一件"作品",至今仍使我不时想起:一个恍若罗丹的《思》那样的雕塑头像,被半埋在一堆土石废铁之中。正是被置于这样的"语境"之中,艺术获得了它最强烈的话语功能。摄像机缓缓移动,而这个被"活埋"的头像在揭示着它在一个物化世界被吞噬的命运,艺术在发出无言的呼喊……

也许这就是艺术在今天这个时代的命运——它在许多地方许多人那里被掩饰起来,而在扬·米斯基和巴特这里赤裸裸地呈现出来。我想我并非只是在讲一个个别人的故事。如果人们看看德国著名评论家汉斯·迈耶的《我们不再有文化》,就会了解在当今世界发生的一切:"这边是艺术的绝望,那边是文化工业的堕落。"这就是"西方知识分子"生活于其中的现实。当我知道扬在后来辞去了那份毛纺厂的工作后,我问他能否以写作为生,"你指的是写诗?"他一笑,"我只靠翻译为生。下次到我家,我给你看看这里的诗人们自费出版的诗集和诗刊。"

我在当时心里又是一震。也许人们会问,在欧洲不是有贵族社会保护艺术的传统吗?不错,里尔克、叶芝……但是又有谁保护过莎士比亚、莫扎特和凡·高?即使在叶芝写于葛拉高雷夫人庄园的名诗《柯尔庄园的野天鹅》里,我们也感到了一种预感,那就是一种高贵文明的消逝,因此59只光辉的野天鹅只能让诗人痛心。在荷兰参加国际诗歌节期间,我们也曾被安排到一家富豪、艺术爱好者家中做客。偌大的私人花园、游泳池、玫瑰花丛、仆人用托盘送来的各式点心和饮料,据说也时有诗人被邀请到这里度假写作。但是这一切在我看来,都不过是对过去时代的某种模仿;它制造着一种短暂的幻觉,却不能改变更广大的现实本身。事实是,各方对诗歌节的资助愈来愈少,以至于诗歌节主任马丁·莫伊先生不得不到处奔走寻求新的资助。这是在欧洲,美国呢?我没有去过美国,但我手边却有中国诗人菲野到那里后写下的《诗人在美国》一诗:"美国,我看不见你。/我是贫民区的永久居民。/我看不见你藏在摩天大楼后面的脸。"而那个新大陆的讴歌者惠特曼是否知道:"你的儿子,还有你的孙子,/除了没有钱的痛苦再没别的痛苦……"

这大概就是那些曾把西方视为"神话"的人所共同经受的幻灭。我还想起我在伦敦时一位中国诗人从欧洲大陆打过来的电话:"妈的,在中国没有自杀,来到这里后倒想要自杀了!"这大概也是忍受不了某种破灭吧。但是忍受不了也得忍受。我的体会是:一个从来没出过国门的人,来到国外就必须"死"一次,三个月一死、半年一死或是一年一死。总之,你得在没有任何人帮助的情况下经受一种彻底的破灭或生死蜕变。

我经历过这种生生死死,只不过好在我似乎从来不是那种想要通过写诗来"改变命运"的人。我想在国内的经历已足以使一个人获得对于命运的某种认知。只不过来到国外后,一些以前你自以为已解决了的问题会重新暴露在你的面前,直到你发现你不可能再绕过它们。

因此,一次在与扬和巴特聚会时,我谈到了卡夫卡的《饥饿艺术家》。他们太了解这个寓意深长的绝食艺人的故事。他们一时都沉默下来。那一晚我们谈到很晚。第二天巴特的妻子克瑞丝激动地告诉我:"王,巴特昨晚说梦话了,而且用的是英语!""是吗,他说什么?""他说:'谢谢你,王!'"而我一听,泪都差点掉下来了。我还能说什么?原来"饥饿艺术家"们一直在承受着如此难以想象的孤独!甚至,他们在今天仍蒙受着时代的羞辱,正如当年的绝食艺人在广场上忍受孩子们向他投掷石子一样。但是,孩子们是无辜的,无论是卡夫卡,还是扬·米斯基、巴特,也都无意加恨于这个世界。更深刻地讲,"饥饿"是他们自己的选择,因为那里并不是没有什么可吃的;但他们却注定要成为"饥饿"的体现者——这看上去是神的意志,但也正好出自他们自己的良知。因此不可设想他们会改变这一命运。他们知道自己正在世人眼中变成某种"怪物",甚至知道自己终会在履行这一"神职"的同时变成祭品本身,但他们仍会坚持下去。本雅明在论述卡夫卡时曾说过这样一段让我终生难忘的话:

> 如果我们要公正地评价卡夫卡……我们不能忘记一样东西:它是失败的纯粹性,失败的美。导致这种失败的环境是多种多样的。我们可以说,一旦一个人认可了最终的失败,所有的事情便一件接一件地出现在他的面前,仿佛出现在梦中。而再没有如卡夫卡强调自己的失败时的狂热那样令我们难忘。

在卡夫卡的失败里卡夫卡是伟大的,在本雅明的失败里本雅明益发优秀，而在巴特的失败里巴特保持了作为一个人和艺术本身的尊严。纵然这些东西在今天已被视为过时，并被一再嘲弄，但是让我们向这些失败的人敬礼吧——不仅是为了他们的承担，也为了在一个扼杀精神的年代闪耀起诗歌的明亮！

写到这里我就想起了海子，"一只空杯子内的父亲啊，/内心的鞭子将我们绑在一起抽打"，这是海子的诗，而对此我一直不愿轻易言说。这里只提及一点：海子死后，从他的胃中，医生仅找出了两瓣橘子。最后的食物。最后的饥饿。正是这最终暴露出来的命运在将我们抽打！我们悼念他，因为这是一个"替我们去死"的人，而我们今天又如何？ 海子去了。海子的死我们还没来得及细想，接踵而至的打击、震撼和巨变像梦幻一样出现在了我们眼前。似乎转瞬间我们已来到一个市场经济的时代。诗歌失去了早先的那种压力，但是诗人们发现自己活得并不轻松——事实上，贫穷在加剧地伤害着人们的肉体和心灵。愈来愈多的人"下海"只是面上的事，在这样一个时代，谁不生活在金钱的暴力和诱惑之中？"板斧，沉甸甸的/比起思想来更有分量"，这是北岛早期的诗；而现在某些诗人一梦醒来发现，钱比他妈的诗歌更重要！于是他们所做的一切，包括以"诗"的名义所做的一切，几乎都可以追溯到金钱的秘密里了。诗人西川在《诗歌炼金术》中写道"可以写无产阶级的诗……可以写资产阶级的诗，但就是不能写小资产阶级的诗"，这是一种很有意思的说法。小资产阶级的诗和生活口味且不去说，如果我们面对现实，我们倒是会发现一种"中产阶级神话"

或是一种仿中产阶级意识形态正在文化人中出现。于是在他们的做派和文字中我们闻到一种"先富起来了"的感觉，在某些人的诗中还频频出现了"超豪华"式的意象及场景……总之，无论实际上如何，他们已通过"诗"，先行进入到一个市场经济的新时代了。

　　但是在时代的这种加速中，谁能留下来和诗歌守在一起？时代的主题仍是诱惑：钱、权力、名声。怎样抵制这种诱惑，恐怕连老浮士德在今天也会变得虚弱无力。我理解钱对生活的重要，尤其是对买书的重要，但我却不能忍受从这个时代散发出的某种贪婪的气息。我当然并非纯净之人，纯净到像有些人所精心扮演的那种程度，但我想我起码在某些事情上承受住了。例如在比利时和英国，我曾两次谢绝了大学的朗诵、讲学邀请。原因不在别的，正在于他们的朗诵费要远远低于付给具有教授头衔的人的报酬。这就是说，他们在讲"等级"。他们身为知识分子，却比其他人更势利地维护着一个等级制度（难怪索尔仁尼琴会怒骂美国一些知识分子丧失了道德勇气）。那好，如果你们讲等级，我也讲——只不过我无意于为个人"要价"，但我必须为诗歌保持一份尊严。我当然需要钱，但我宁愿像成千上万的中国留学生那样去打苦工，靠双手劳动养活自己。实际上我也这样做了，并且自以为这是出国两年间做得"最对得起自己"的事情。当我在伦敦一家中国餐馆做周末工时，老板偶尔发现华文报纸上有我的诗，大吃一惊："啊呀，你是诗人？你可屈了才呀。"我一笑。我知道即使他知道我是诗人也不会给我涨工钱的。我早已习惯了这个社会的虚伪和冷酷。

《中国人，为什么你总是长不大？》这是我在国外看到的一篇文章。那么，诗人，当你一觉醒来发现这个世界并不是为你一人而存在，更不是为了诗歌而存在时，你又该怎么办？

我被邀请到扬·米斯基家。它处在一座老式公寓的第二层和第三层，再加上小阁楼，一个"躲进小楼成一统"的所在。"这里一没电视二没女人。"扬幽默地对我说（电视在他看来是一种最不能忍受的存在），但他却有上万册藏书！这使我惊讶不已。我沿着一排排的书架望过去：庞德、里尔克、艾略特、瓦雷里、卡夫卡、博尔赫斯、维特根斯坦、阿赫玛托娃……每个作家都有一大排，而且是不同语言译本的；最后，我的目光落在放在临窗书桌上的一本荷文版精装书：《中国古典诗歌》。我感动了。我感到了一种生命的充实和广阔，感到了世界在一位诗人面前的贫乏。我理解了为什么当这样一位诗人讲"他们的思想更穷"时头依然朝向前方，同样，我理解了"饥饿艺术家"们在这个荒谬的世界里依然在坚持着什么。在同扬谈到写作时，他说："我的诗不多，我想保证它的quality（品质、质量）。"而我受到一种深深的激励。我之所以受到激励是因为我看到：在一个日益商品化的时代，在一个人们纷纷要"换一个活法"的时代，依然有人不屑，依然有人拒绝把文学降为一种改变命运的手段。而把写作保持在一种难度里，也就是把文学保持在它自身的质地里，保持在一种不灭的光辉里……

扬·米斯基要到巴黎去了，我将在他的公寓里住一段时间。扬的女友是巴黎一家大学的欧洲诗歌讲师，再加上他的法国文学翻译,因此他总是在比、法之间来回奔波。我送他到火车站,帮他提一箱沉甸甸的书。站台上,想到他又要离开,我感叹地讲:"我们都是这个世界的漫游者。"他一笑,把英语中的"world"(世界)变为"word"(词语)。一字之变,世界变成了词,或者说词语变成了世界。我在心里又是微微一震。一字变动,帮助我抑制住了某种不无伤感的情绪,而意识到了那更为根本的命运。是的,这仍是一个彻底的"马拉美主义者":世界的存在是为了一本书,或者说世界只有在对词语的深入中才存在。因此你还指望别的什么?作为诗人,你只能和词语守在一起,并且愈是在一个流离失所的时代愈是要和它相依为命——因为你已被一种语言所挑选,就像饥饿选中了那些绝食艺人。

就这样,我被留在扬的那个"秘密写作间"里。在那些个茫茫的冬日里,有时我听着庞德的朗诵磁带,看着窗外远处移动的火车,一种苍茫时空所带来的梦幻之感,使我感到我就在那列火车里……而当更深入的阅读持续到深夜,一个个在书中辛劳跋涉的灵魂就向我显现,从曼德尔施塔姆的"诗歌是饥饿的事业",到波齐亚的"我的贫困还没有完成:它需要我"……在长久的沉默之后,我感到自己又和人类运转不息的精神秘密地结合在了一起。我有了一种写作的要求。或者说当我感到以前所有的痛苦还不是什么痛苦的时候,我就再次来到了诗歌的面前:

  卡夫卡的饥饿艺术家仍坐在小广场上:那里并不是没有

什么可吃的,但他们体现的却是饥饿本身。因此在人们的嘲笑中他们仍会将这一命运默默地坚持下去。

这写于两年前的那个异国的冬天。今天,当我回到自己的国家后,我更清楚地看到了这一切。

卡夫卡的工作

卡夫卡是那种很难归类的作家。例如，卡夫卡主要在"叙事"的领域里工作，也经常被划入"现代小说的开创者"之列，但我们可以称他为"小说家"吗？我们发现很难这样简单地称呼他。即便撇开别的，单就卡夫卡的"小说"来看，例如《饥饿艺术家》《乡村医生》《在流放地》等，我们能称它们为一般意义上的小说吗？我们姑且称它们为小说。这就是说，在卡夫卡作品的内部，在他的整个文学工作中都包含着一种巨大而晦暗的性质，正是它在阻止着我们进行通常的分类。我们称卡夫卡为小说家或是称《饥饿艺术家》为小说时，我们便是在绕过一个难题。

也许，这就是一直暴露在我们面前而我们从来没有去深究的所谓"卡夫卡现象"——该术语出自米兰·昆德拉，只不过昆德拉仅用它来表述卡夫卡作品的历史预言维度，亦即社会生活对卡夫卡小说的模仿，而我希望以它来把我们引向文学工作本身的考察。一个不可定义的卡夫卡，实际上是在昭示着文学的尚待照明的领域；或者说，从卡夫卡那里开始的一种巨大努力，将迫使我们对文学、对"文学作为工作"（罗兰·巴特）进行重新认识。

当然，这种重新认识也势必包含着一种对于我们这个时代的写作的想象。长期以来我一直想潜心研究一个作家的秘密，从文本的裂缝或不透明处开始，从一个作家不被人注意的地方开始，直到把这种研究变成一种对我们自身的重新认知。这就是说，能否从中听到某种对我们自己的召唤，其重要性远远大于揭示真理。

为此我们得首先撇开"异化""荒诞"这类人们所热衷谈论的命题，以进入到卡夫卡的工作中。我自己也曾迷惑于人们对卡夫卡的种种高深莫测的评说，但现在在我看来，卡夫卡的"秘密"只存在于他整个的工作之中，存在于他不断从自己的失败开始的写作生涯中。人们说卡夫卡是个天才，是个预言家，但卡夫卡首先是一个比我们任何人都更深入地投入到文学内部工作的人。如果说他具有一种"洞见神灵的能力"，那也是在写作中反复练习的结果。热拉尔·热奈特在《叙事话语》中曾称像《奥德修纪》或《追忆似水年华》这样的鸿篇巨著，不过是以某种（修辞）方式扩大了"奥德修斯回到伊萨卡或马塞尔成为作家"这类陈述句。那么如此看来，卡夫卡的一生无论多么隐晦复杂，在其核心是叙述了一个人如何成为一个作家的故事，换言之，是记录了一个人如何舍弃个人生活而以语言来承担一切的艰巨历程。卡夫卡的生活与写作都由这一点所决定，在他的作品中所体现的那种人与世界的异化、矛盾悖谬关系（人们用"荒诞"表述的正是这种关系），以及他本人所遭受的西西弗斯或普罗米修斯式的磨难，都可以归结到这里来。卡夫卡坚持不懈地通过写作想要认识的，并不是那些和他自身的这种存在并无深刻关联的主题，而正是艺术家的命运。这使他最终写出了像《饥饿艺术家》这样的他认为有存留价值的少数几个作品。据说临终前卡夫卡在病榻上还坚持通看《饥饿艺术家》的校样，"他不禁长时间泪如雨下"（罗纳德·海曼《卡夫卡传》）。而为什么卡夫卡会如此被这篇作品感动，是因为艺术最终成为一种深刻的自我观照。一切到最后都如此本质，他在一种彻底的黑暗中所洞见的，乃是艺术本身的命运。

因此，这是一个如同弗拉迪米尔·贺兰所说"从草稿到作品，我在不断的惨败中漫游"的人。正是在这种"惨败"中，包含了文学工作最深刻的性质。赫伯特·克拉夫特在《卡夫卡小说论》中，也曾提出"正文"与"变异文"两个概念。例如《城堡》第一版时只有18章，该版问世后，编者马克斯·布洛德又在整理作家遗稿时发现了第18章的续篇和第19、20章以及其他不同稿本。不仅如此，人们还在卡夫卡的随笔中发现了《城堡》的雏形。而克拉夫特的原则是以正文为准进行解读，反对人们以任何变异文来代替正文，无论他是卡夫卡的生前好友，还是大作家托马斯·曼。

克拉夫特无疑是对的。但是，从"变异文"到"正文"，这中间发生了什么？"变异文"不可混同于"正文"，但是通过对它们的对照，我们却有可能更多地洞见一些什么。可以说文学的秘密就在于这个如何形成它自身的过程中。还有，这种修改和删定体现了一种什么性质,谁在修改一个作家?总之,这里有着足够多的有待去考察的问题。在卡夫卡的格言中还有着这样挺费解的一条:"在你与世界的斗争中,你要协助世界。"其实,如果我们把这里的"世界"变为"文学",我们就可以更深刻地领悟到卡夫卡的工作的性质。人是不可能同一个虚设的世界进行角逐的,他只能在他具体从事的工作中"协助"对方;而以个人的失败来换取文学的胜利,或者说以无尽的"变异文"来达到对"正文"的肯定,这正是卡夫卡一生的意义所在。

此外,我们还要注意到:《城堡》最终没有完成,正如卡夫卡的所有长篇作品都没有完成一样。而这种"未完成"并非由于作家精力不济,却是出于作家对文本内部某种性质的自觉,甚至可以说,愈是伟大的作品,就愈是不可能完成。在卡夫卡的日记中,有这样一段让我难以忘怀的话:

> 任何不能在活着的时候应付生活的人都需要用一只手来挡开点那笼罩着他的命运的绝望……但他可以用另一只手草草记下在废墟中看见的一切,因为他以一种与众不同的方式看,而且看到的更多;总之,他在有生之年就已死去,但却是真正的获救者。

只有深入到文学巨大而黑暗的内部地带的人才会做出如此的记录,才会获得如此透彻的对自身命运的自觉。很难说这样的日记就不是"作品"。正如卡夫卡的小说远远不同于一般的叙事性作品,卡夫卡的日记也远远超出了私人领域,而开始对整个文学讲话。的确,还很少有人像卡夫卡那样全身心地投入文学工作,被它抓住,并永无解脱。这就是为什么我感到卡夫卡的日记、书信、随笔和一些小说,其实都是在讲着"同一个故事",一个西西弗斯或普罗米修斯式的故事,而神灵的惩罚就在于:被缚在岩石上的盗火者,兀鹰撕咬着他的肝脏,因为它们在不停地再生!普罗米修斯式的痛苦也就是卡夫卡在他的写作中所经受的没完没了的磨难。而这个故事和每个从事文学的人有关,与每个渴望探求存在意义的人有关,因而卡夫卡会对整个文学讲话,卡夫卡会从一个内省的王国被人们引向四面八方。这里我又想起了"作家中的作家"一说,可以说正因为卡夫卡这样的作家,现代文学才开始了自己的呼吸。

正因为卡夫卡以其全部"受难"的一生承担了这一切,那种福楼拜式的超然和宁静在他看来是不可想象的。卡夫卡曾以不胜向往的心情在日记中记下福楼拜书信中的一句话:"我的小说是礁石,我紧紧靠在它上面,至于世界发生了什么,我一概不知。"而卡夫卡自己却不能从艺术中得到这种庇护。命运似乎从来就是以不同方式造就着人的。当卡夫卡一次次试图靠近这种"礁石"时,他却被卷入更凶猛的涡流之中。这就是说,正是对文学的投入加剧了卡夫卡自身的冲突与无助。这使我们看到在卡夫卡与他所从事的文学之间首先存在着一种雅各与天使搏斗的关系。他一生的挫败感即从这里开始,而不单是生活中的那些遭遇。他在文学中要经历的是如此艰巨,以至他自己成为一个永无解脱的西西弗斯(卡夫卡在日记中一再提到这个神话)。卡夫卡注定了是为一种从不存在的文学,一种西西弗斯式的"顶峰"而工作的。这就是为什么我们会在他的日记和书信中觉察出一种乌托邦的味道,虽然在他的小说中我们感到的却是一种反乌托邦式的写法。在他的格言中就有着这么一条:"善在某种意义上是一种绝望的表现。"反过来说亦可。

一个难以归类的作家恰恰又是作家中的作家,卡夫卡使我意识到这一点。布罗茨基在论述加勒比海岸诗人德里克·沃尔科特时说过这么一句话:"边缘并非世界结束的地方,恰恰是世界阐明自身的地方。"真理往往就以这种悖论的形式出现。在一种偏离正统、无法归类的边缘性写作中,倒是更深刻地体现出我们这个时代文学对自身的意识。或者说随着原有的文学分野的瓦解,文学自身的性质突现了出来。这使我们回到了开头所说的"卡夫卡现象",其实它并不只是在卡夫卡那里存在着。《追忆似水年华》是一部"纯小说"吗?按热奈特的分析,它通过议论对故事、随笔对小说、叙事话语对叙事的"入侵",通过对传统小说的偏离而与宗教文学的某些形式的接近(例如奥古斯丁的《忏悔录》),从而"在其水平上结束了体裁(各种体裁)的历史"。另一个例子是博尔赫斯,他大概是20世纪唯一一个既在诗歌上独树一帜同时又在小说上堪称一绝的作家。但其实他的诗歌、小说、随笔与评论等都是可以"混编"的,其中有着以一贯通、相互协奏或者说互为变奏的性质。博尔赫斯在向我们揭示着某一类作家或一种整体写作的类型。话再回到卡夫卡,也许他本意是以小说对存在进行探索,但在这个过程中他使小说这种样式发生了变化。他以其特有的"卡夫卡式的梦魇"模糊了文体的界限,从而来到一个更为晦暗的地带。在此,可以说卡夫卡是一个反小说的小说家。在他的整个工作中都体现了一种"存在的勇气",那就是敢于把小说写得不像小说,从而在一种艰巨的历险中体现出叙事的可能性——不单是某一样式的可能性,而是文学的可能性。卡夫卡的一生都是为此而工作的。卡夫卡为什么会对我们讲话?因为在其工作的核心地带,是我们这个世纪的文学在一种巨大压力下对自身的意识。正是这种意识一再在卡夫卡那里形成它自己、反省它自己,并最终使卡夫卡成为一个对所有作家来说都是"必要"的人,一个在20世纪的文学炼狱中出生入死的人,一个使我们陷入梦魇,同时又为我们打开门和道路的人。

最后我想说的是,在今天这个时代重新谈论卡夫卡,这意味着的是我们再次从他那里感到了一种对写作的召唤。的确,我们正处在一个各种话语力量交汇、冲突的时代,处在一个所谓话语转型的时代。原有的文学分野正在模糊、消失,一种新的写作有待形成。正像"人们必须觉察出传统意义上的艺术的终结"(黑格尔)一样,我们同时还必须听到一种新的召唤。而这一切,势必会成为当今文学自我意识的一部分。正是这种自我意识将引领写作走出原有的封闭体系，而在一种更为开阔的语境中形成它自身。文学分类的失效，是"文本"的出现；而作家、诗人们的自我重新设计，也将使他们成为另一个人。后一种情况肯定十分复杂，但是我期望在我们这时代能有一批"知识型"的作家出现。这不单是经验型的、感觉型的或思想型的，而是一种能够将自己置身于一个更大的文化语境中，不断地吸收、转化，将各种话语引向自身，转为为自身的写作；是一种将对人类各种知识和经验的洞察与对文学自身的意识相互作用，最终在文本中达到一种奇妙的混合的写作。当然，并非这样的作家个个都会成为对文学讲话的人。在一个看似"怎么都行"的时代，文学自身的尺度仍将是严格的。当我们谈论"卡夫卡的工作"，意味着只能是像卡夫卡那样不计一切地为文学而工作；而如果谁要"继承卡夫卡的遗产"，这意味着的也只能是：他必须首先能够继承卡夫卡的痛苦。

读叶芝日记

说来也怪,我从不记日记,却爱好读一个作家的日记。例如卡夫卡的日记和言辞片段(人们称之为"格言",其实它们恰恰是"反格言"的),按传统文学观念它们不是"作品",但对我来说却构成了个人精神最隐蔽的源泉。我珍惜它们甚于许多鸿篇巨制,因为一个痛苦的灵魂就在这些片段之间呼吸。

雅斯贝尔斯在论述克尔凯郭尔和尼采时,专有《反对体系》一节,他这样说:"体系只能相应于已经结束或已经确定的事物,而存在却正与此相反。体系哲学家正如一个人造了城堡,自己却居住在邻近的小茅屋里。他自己并不居住于他所思考的事物之中。"

我想这也就是我喜欢叶芝日记[①]的原因。正是在这些日记里,诗人叶芝成了一位自我分析家。这些日记成为他精神生活的秘密掩体。此外,这些言辞片段又具有一种"未完成性",用罗兰·巴

---

① 叶芝:《叶芝文集》卷二《镜中自画像:自传·日记·回忆录》,王家新编选,日记部分由陈东飚、西川译,东方出版社,1996。

特的术语来说,它们是刺激你思考的"可写文本"而非仅供消费的"可读文本"。例如,下面是一些我从中摘抄出来的句子:

"灵魂是一个流亡者而没有意志。"(这就是说对意志和理性的摆脱是这种灵魂出现的前提。)

"没有懒惰就没有智慧,全速奔跑的人都既没有脑袋也没有心。"(这意味着什么?这意味着写作也应该"放慢"或"减速",让那些全速奔跑的人一个个都超过你吧。)

"爱也创造面具。"(这么说爱是一种乔装,一种欲望的修辞。但这并不是说这种爱就是假的。即使人们真爱,人们也是在从事一种修辞。说人是"文化动物",这便意味着面具已长到他们脸上。)

如此等等。我的思想一再从这些断片开始——或许正是为了让"叶芝"再次来到我们这里完成他自己?

读叶芝日记,最出乎预料也最使我震动的,是他对自身"黑暗一面"的暴露与认识。叶芝,一直被人们视为某种诗性灵魂的光辉象征,因为他诗歌中的那种独有的高贵与美。但是这些日记对诗人另外一面的暴露却到了令人难以置信的程度,例如日记的第198条:

> 昨晚,很迟走回家,在经过运河桥时我感到一种欲望,要把一枚我珍视胜于我所有的任何事物的戒指扔进运河,就因为是她给我的。它出现了一两刻,但几乎就像我在圣马力诺时感到要把自己扔下悬崖的欲望一样强。有一回我与一个亲爱的朋友散步在一座树林里时,手里提着一柄斧头,那冲

动有一刻采取了一种凶杀的形式,它在我抓着斧头而非斧柄的一刻消失了。我父亲说当他在一辆公共汽车顶上,而有另一辆经过时,他想从一辆跳到另一辆上。在每一个心灵里是否都有暴烈的疯狂,等待着某次纽带的崩断?

这真使我震颤不已。在这里,叶芝无情地写出了在自己身上存在的那种不可理喻的破坏冲动甚至凶杀冲动,并且还要把它们写到历历在目、呼之欲出的程度!有一刹那我在想:这是怎么啦?富于意味的是,叶芝还把这类暴力冲动与他的父亲,甚至与"每一个心灵"都联系起来,他是否要执意地以自身为证,以进入到整个人类的黑暗历史之中?

这引起了我的不安,也就是说,这种日记具有一种迫使我们反观自身的强大力量。最后我得出结论:"可怕"的不是叶芝,而是我们自己。我们中国作家和诗人温良恭俭让惯了,或者说虚伪惯了,以至对自身的黑暗视而不见。我们可以说"爱情比我们更古老"之类,但就是不能像茨维塔耶娃那样"奋不顾身"地说:"然而,在我胸膛里,恶比爱情还古老!"我们的禁忌太多。我们缺乏的正是这种深入到"恶"之中的勇气和能力,最后也就把自己架空为一种不真实的存在。我们不了解在人类的智慧里还有着一种"邪恶的玄学",不懂得人们其实还可以把"恶"转化为一种积极的能量——起码在创作的领域如此!我们总是以道德尺度规范一切,而忘了艺术还有着它自身的尺度。我们的诗神是一位圣洁的天使,但是如果没有一个狂暴的上帝,我们又如何构成对自身的审判?

因此,我不能不向一个更诚实,也更有力量的叶芝致敬。叶芝日记并没有降低诗人在我心目中的形象,相反,它使我意识到了一个真理:真正的诗歌在手持一盏灯火走向我们时,也必然会使我们意识到我们生命中潜在的更深广的黑暗!

此外,叶芝之所以没有"从一辆车跳到另一辆上",没有屈从于内心中的黑暗暴力,那是因为他同样具有高度的自制力。弗洛伊德的名言是"哪里有自我,哪里就有超我"(当然,这句话也可以倒过来说),这在叶芝日记中得到活生生的见证。叶芝似乎从来就是一个"自我争辩家"(用他的话来说:同别人争辩产生雄辩,同自己争辩产生诗歌),正是在这种自我争辩中,在这种"雅各与天使的角力"之中,暴力构成了生命内部的张力,恶被转化到精神的领域,而光明最终照亮了我们。下面是日记的第44条:

> 我不得不克制一种激进的愤怒。我完全作为一个作家通过我的风格逃避它。一个人的艺术不是从自己灵魂里的斗争中创造出来的吗?美不是对自我的一场胜利吗?

答案当然如此,在人类自身的地狱里发生的一切,都曾在叶芝那里发生,但是他比我们所想的还要伟大。而这种伟大,恰好与他所从事的自我搏斗及付出的代价成正比。

对隐秘的热情

早年读康·帕乌斯托夫斯基的随笔和小说,总让我着迷。后来一再想重读,由于种种原因而搁置下来。这就像告别一个我们曾为之倾心的港口,时间一长,从记忆里也升起烟水茫茫了。

帕乌斯托夫斯基的小说,有人称为"诗意小说"。它不是时代的纪念碑,相反,它把我们从一片众声喧嚣中引开,或者说它在我这里唤起了对生活隐秘的想象和激情。如果说要对我(我想不仅是我)现在的某种"诗学气质"进行追溯,它最早也应出自在这位苏联作家那里受到的洗礼。当从《夜行的驿车》(这是帕乌斯托夫斯基的一篇小说或散文?我至今仍难以区分)上走下一个面目苍白的安徒生,当他为了他的"童话"而忍痛和一位美丽的女性永别时——伴以在全维也纳响起的晚祷钟声——我想我在那时受的,是一个人在早年岁月中所能经受的最隐秘的战栗。由此,我知道了在这一生中什么是我能够得到的,什么又是我必须付出的。在那永不为世人所知的一刻,钟声加大着我们生命的坡度和倾斜度。

也许更重要的是：钟声只可独听。

写到这里，我不能不转向这个我们正置身其中的时代：它是喧嚣的。但是，在它的加速中，我们是不是有一种被裹挟之感？为什么一个"未被完全杀死的过去"又在这个时候前来找我？我们在得到什么的同时是不是又对自己欠下了更多？

这里的思想与语言，正来自一种醒觉和反省。首先使我痛感到的，是生活中的某种秘密感的消失：一个大众传播的时代已把一切摊到一个平面上，甚至连所谓"文化"也不再成为精神生活的掩体。而当一切被暴露到一个一览无余的开阔地上时，你就有了一种重新回到个人世界、回到不被人知的黑暗里去的要求。一次，戴安娜王妃悄悄溜到伦敦市区一电影院，她渴望能有这么一次，但散场时却发现记者的镜头正等着她。我们可以想见一个人在那种情形下所能有的绝望和愤怒："你们毁了我的生活！"

其实这种"围猎"无处不在。我之所以想起一个英国王妃的遭遇，是因为它正在成为更为普遍的时代生活的表征。的确，这是一个把一切统统化为所谓"大众消费"的时代，但又是一个在暗中瓦解个人的精神存在的时代，正是在这样一个时代，我不禁想起了维特根斯坦笔记中的一句话："这种或那种动物之幸免于难，是因为它们具有躲藏的本领或能力。"

这可谓沉痛之言。如果说在生活中谁都难以躲起来，通过写作我们则有可能做到这一点，即可以在语言中经历一个人的变形记或遁身法。在这样一个时代，我甚至认为一个作家有必要在作品中创造出他自己的"晦涩",让别人以为可以给你贴上什么标签时,却发现你比他们所设想的更复杂、更不可捉摸。的确,这是一种较量。在时间的围猎声中,你也只有通过这种对"晦涩"的创造,才能最终战胜对个人精神存在的简化和取消。

这就不仅出自一个作家自我保护的必要,重要的是,这也是为了人类精神存在的尊严及其想象力所从事的斗争。正是从这里,我们由个人转向时代的普遍境遇。在经历了"十亿人民八个样板戏"的时代之后,我们很难说已获得了个人精神的充分发展,很快又面临着另一种大一统的灾难:大众传播、大众文化的兴起,正以商业化社会特有的贪婪,无情地吞噬着这个时代仅存的精神。T. S. 艾略特当年所描绘的"《波士顿晚报》的读者们,像一片成熟了的玉米地在风中飘摇",如今正演化为一种全球性的景象。人们曾欢呼大众传播及大众文化在消解权力话语的历史进程中所起的作用,却没有意识到它同时也在使我们的精神生活日趋简化、平面化和模式化;它使成千上万的人为同一阵风所煽动,它使我们像一片玉米地那样彼此混淆、相仿。生活变化了吗?的确变了。只不过它愈是变化,就愈是一成不变——一种文化产品的"繁荣"甚至过剩,其实是在掩饰一个时代内在的贫乏……

也许这就是人们乐于谈论的所谓"后高速公路时代的快餐店风貌",一个"一次性消费"的时代,一个文化炒作的时代。这里,我无意把一切归罪于大众传媒本身,我只想说它正好迎合了人类逃避自我与逃避真实命运的需要。维特根斯坦说人的身体的本能是要从水下浮上来,而他的哲学要做的,是使人能够沉下去。那么大众文化与传媒正相反:它正好利用了人类本性上的弱点。它以光怪陆离的文化消费为诱引,实际上暗中取消了文化与精神的深层结构;它像制造肥皂泡一样制造出种种虚幻的现实感,从而使那种真正的人文关怀显得不合时宜……

3年前我在诗片段系列《反向》中曾写下一则题为《诱惑》的短章:"在这个时代,如果我不能至死和某种东西守在一起,我就会飘浮起来;飘在大街上,或一首诗与另一首之间。"

但是,与时代和人性中的某种趋势逆向而行,这远比我们设想的要更为艰难。为此我们不得不经常卷入与自身的搏斗。且不说大众文化与传媒,就时下的文坛本身而言,连真实的、能够触及良知的痛苦也没有了,连说"不"与唱挽歌的能力和资格也没有了。一个民族的普遍状况如此,以至于它的在灵魂上尚待发育壮大的文学也委顿下来,混迹、消失在一个所谓"小品文时代"的聒噪之中……

这里,我无意于来给时代下什么诊断,这超乎了我的能力,并且我自知在我的判断里会带有连我自己也深感刺耳的个人音调。我只是倾心于某种精神的可能性、文学存在的可能性,就在它们与时代生活的巨大摩擦与反差中。我想几乎任何一种写作都不能不有赖于它对自身所处的时代的意识,正是在一种"向外看"中,卡内蒂这样写下了"在他死后他需要有人能够继续他的痛苦"(《钟的秘密心脏》[①])。的确,文学面对世界能做些什么呢?在今天它似乎什么也不能做。它所能做的,只是在世俗的虚荣中继续它自身的痛苦,在时代的喧嚣中进入它自身的宁静——其软弱与力量、不屈与高贵,都在于此。

是的,能做的只在于如何忠实于自己和把握自己。为了一生而知道一些事物,并把它们保持在秘密里,或如卡内蒂所说:"限制一个人所期望显现的领域。保持一个人更大的部分敞开。"(《钟的秘密心脏》)一种生活与写作的艺术,就体现在这种对自身的限制与敞开、对时代的投入与游离之中。时下人们经常谈论文学的"边缘化"问题,其实就文学本身而言,它一直就处在对现世的既投入又偏离之中。也只有置身于这种双向运动之中,你才会发现"边缘"本身也是一种呼唤。

我们依然处在时代生活的巨大涡流与日常纠葛中。我们每天都在经历着与自身的相逢与分离。我们在语言中才和那些闪耀的事物居住在一起,但是我们又必须去生活:就像一只悬空的轮子必须接触到大地上,这是我们的宿命。我们唯有在生活中才能听到某种呼唤,哪怕生活本身同时又在分离着我们、阻隔着我们。也许正是生活的喧嚣与无意义使文学成为一种必须,并迫使我们一再发问:这就是我们所要的生活?

而当我这样想时,我就感到仍有人在一个个不眠之夜之后再

---

① 埃利亚斯·卡内蒂:《钟的秘密心脏》(*The Secret Heart of The Clock*)。本文所引用的《钟的秘密心脏》片段,均由本人译出。

次出发,仍有某种伟大的事物在我们昏睡时越过了边界;我就想起了一句诗:"你必须改变你的生活"——仿佛这不是一个名叫里尔克的诗人写下的,而是一种当空响起的、我们必须听从的无上指令。

事物就这样区别开来:在一个混世的人那里活着需要借口(他们总是善于找到借口),而在一个不愿混世的人那里生命需要某种更根本的保证。我们又如何在一个所谓"怎么都行"的时代获得这种保证?

我们只能从一种个人的救赎开始。如果说"五四"以来的人文关怀一直偏重于一种社会启蒙,在今天,一种更为深刻、独立的精神存在,就只能从对我们自身的反思、追问和拯救开始。而对此我们已欠得太多——如果追溯起来,是整个历史对"个人"欠下的太多。这里,我无意于倡导一种生活层面上的个人主义,但我却乐于看到我们这个时代的写作能够在摆脱种种意识形态的虚妄后归于一种"个人写作"。而这种个人写作并非"自我表现",它只能从布罗茨基、里尔克、卡夫卡这样的作家那里找到其光辉的例证。说到底,它意味着的是能够从众人中"出来",而以个人的方式来承担人类的命运与文学本身的要求,或者说以个人的历险来体现一种精神的可能性、文学的可能性……

所谓"存在的勇气",就体现在这种与任何普遍性话语规范相背驰的偏离之中。如同文学的力量来自肯定,我们在今天需要重获这种与我们的信念相伴随的激情与想象力;我们需要在深入时代的同时又成为它的游离者和批判者；我们甚至需要有勇气孤注一掷，在人们纷纷转身离去后，能独自深入到一个更为隐秘的世界中去……

当然，这一切并非易事。仔细想来，能否以个人的信念和精神存在对抗住集体主义的神话，这在将来的岁月中对我们每个人仍是个考验。尤奈斯库在剧本《犀牛》中所描写的那种可怖的"犀牛症"，大概不会绝迹。抗不住诱惑的人蜕变成了那种厚皮动物，竞相加入横冲直撞的队伍中，以至于到最后连贝朗热的女友也离他而去，因为她不愿"与众不同"！犀牛的大军所向披靡，而那种仍在坚持着人性的人，看上去倒像是一头怪物了！

这就是在20世纪一再上演的变形记：它将继续下去。如同戏剧模仿了生活，生活也一再地模仿着戏剧。是到了反省和警觉的时候了。想想"文革"时你未能被"吸收"加入红卫兵或红小兵时的痛苦，想想在一个历史转型期你生怕"跟不上时代"的惶恐，或是设想整个广场上的人都在如痴如狂地随着台上的歌星扭动——如果你不调头走开，你能否抑制住就在你体内发生的那种"内模仿"？

我想我们并不陌生昆德拉解剖过的那种所谓"现代情结"：要跟上时代，要不惜一切代价地取得现世的认同。而在这种比学赶超的全民运动中，谁能耐得住寂寞？谁能承受得住一种刺人的失落感甚至被遗弃感？谁又能不是吃不着葡萄说葡萄酸而是真正地放开了眼量？——唯有那些与神同在的人能够。

当然，能够抗住一个时代的狂热，这或许也需要一种巨大的疯狂。当阿根廷队战胜荷兰队，举国狂欢唯博尔赫斯不为所动时，一位球迷责问说："难道你不爱国？"博尔赫斯这样答道："当然爱，但我还没有战胜（荷兰的）斯宾诺莎呢。"

大海需要平静下来，一位朋友早就这样写过；或如昆德拉所说"艺术只有对抗时代的进步才能获得它自身的进步"——真理就这样愈来愈以悖论的形式出现。或许，历史的发展有着它的"趋势"，对此我们无话可说，然而艺术本身却不必与时代"同步"：它应有它自身的尺度和尊严。换言之，在艺术的领域只有真假和高下之分而无是否"先进"可言。当众多的人忙于追逐时尚时，我们所看到的那些真正的艺术家，却在通过一种巨大的回溯来接近本源。

而当我们这样做时，我们这才意识到"在文学中留下一些未说出的事物是重要的"（卡内蒂）；才会体会到"词的沉默发自上帝的沉默"（俄国诗人艾基）；或者说反交流才能获得另一种交流：与那更高的精神存在的交流。能够这样做的人才是真正可期望的人。在《谁在我们中间》中我曾写道："我只倾听那种只偶尔出来说话的人：我知道我必须倾听并寄期望于他们，纵然他们可能永远不再开口——如果是这样，你同样会在沉默中找到并挨近他们。"

当然，这只是一种设想。但是，这种设想却能够使我们始终保持着对精神的想象力。如同本雅明所说"所有的打击出自左手"，我想正是那些始终生活在一个秘密的精神世界里、"只偶尔出来说话"的人,而不是那些自以为无所不知的当代文化英雄,要更能打开我们的精神空间。

是的,对生活隐秘的热情总是与我们对存在的某种可能性的想象一起到来,甚至与一种自我放逐的"喜悦"一起到来。我到过巴黎,更熟悉冬雾中的伦敦,梦里不知身是客,在那里神使鬼差地过了两年;直到偶尔读到本雅明的"巴黎教会了我迷失的艺术",才感到有某种东西照亮了这种天路历程。的确,这是一门"艺术"。而这需要反复练习才能学会,需要完全摆脱对一种文化群体的依赖才能学会,需要一次次战胜对"独自去成为"的恐惧之后才能学会……

这就使我想到了加缪,想起了他的短篇小说集《流放与王国》。流放与王国并置,并非被逐出王国而后流放,而是在一种自我放逐中去经历一个精神王国的可能性。因此对加缪来说,这种流放本身即是王国,是我们作为无所凭依的个人能够从神明那里获得的一切。

这种诗意的思想,在加缪的自传性随笔《反与正》(加缪随笔集《置身于苦难与阳光之间》)中也得到了体现。其中人与存在的相遇,一个人所具有的受难激情与所能蒙受的神恩,使我怦然心动。"我到过维也纳,逗留了一星期。我永远是我自己的囚犯。然而,在把我从维也纳载往威尼斯的火车上,我期待着某种东西。"这样的行旅无疑是一种"天路历程"——在它的启程与告别中,包含着人的死亡、受难与再生。而这一切不为人知,它只是在对具体存在境遇的投入中默默进行,在一种受阻的激情中人开始"要求着一种伟大",一种能够超越个人存在的重要时刻:在伊比扎,"我注视着……群山向着大海缓和地低斜。夜晚正在变成绿色。在最高的山上,最后的海风使风磨的叶片转动起来。由于自然的奇迹,所有的人都放低了声音。以致只剩下天空和向着天空飘去的歌声……"

正是这样一个时刻,加缪找到了它。在这一刻人体验着生活的全部意义,在这一刻他超越了自己。而这一刻并非轻易地降临。加缪向我们所昭示的,正是这样一条通过个人放逐而向存在敞开的无畏历程。

现在,当我重新走在北京喧闹的大街上,一个隐秘的英格兰花园仍在伴随着我。这里是一句古老的箴言:"当你归来你将成为陌生人。"但即使你哪里也不去,你每天仍在经历着某种启程与归来。问题只在于我们能否像加缪那样始终对生活保持一种隐秘的激情,一种存在的勇气,一种从灰暗中透出生命本身的明亮的能力。这就是目前我能得到的答案,确切地说,是我在一个怯懦的时代所能听到的唯一的召唤。这种召唤,如用诗人勒内·夏尔的诗句来表示,那就是:"个人的历险,不计代价的历险,是我们人类共同的晨曦。"

拉赫玛尼诺夫

我是一个音乐外行,身边也没有什么音乐界朋友。没有任何人向我推荐过拉赫玛尼诺夫。我是六七年前在北京一家书店偶尔买下一盘他的钢琴作品磁带的。从名字上看,我猜他是俄国人。当时,对我来说,钢琴加俄国——这就够了。这会是我想听到的音乐。

果然,拉赫玛尼诺夫的音乐从此成为我生活中不可分开的一部分。回想六七年前的北京,那时的人们似乎还没有想到要"换一个活法",在冬天里不时有雪落下,树木也显得比现在更黑。拉赫玛尼诺夫的时而沉郁时而明亮的音乐就在这样一个"黑白照片的时代"为我闪耀着,它伴随着我经受着北中国的风霜与寒流,伴随着我写下了一首首诗,它还伴随着我一直走向了风云变幻的异乡——1992年初我出国,在我随身带的音乐磁带中就有拉赫玛尼诺夫的这盘。

我再说一遍,我是一个音乐外行。当我还是一个少年,我曾梦想自己成为一个钢琴家,但时代并没有为我提供这样一架可把我的激情和梦想都投入其中的神奇乐器,而是一片文化沙漠。因此,我在这里完全是从非专业的角度来谈论音乐的。好在我已不在乎把一位音乐家"误读"成一位诗人。实际上当我倾听拉赫玛尼诺夫,出现在我眼前的,已完全是一幅幅个人的精神风景。我在倾听时如此投入,以至我时常感到是"另一个我"坐在钢琴前演奏——这样的音乐怎么可能是从别人那里迸发出来的?那只能是我,在朝我的钢琴深深地俯下身去……

  因此我要写下这篇文章,为了我的感激,也为了试试看能否显现出那位"只为我出现"的音乐中的魂灵。当然,听拉赫玛尼诺夫,人们也许会首先联想到柴可夫斯基。但在我看来,这只是一种对俄罗斯的悲剧性或精神之谜的个人领悟和沉浸。柴可夫斯基的音乐我曾经着迷过,但现在已不大去听(除了他的《第一钢琴协奏曲》)——它在形式技巧和抒情上都过于夸张。可以说听老柴的一些音乐,你要么被一种哀伤所压倒,要么和他一起去"啜泣"——但往往并不是因为那高于一切的美,而是因为命运的打击或不幸。但拉赫玛尼诺夫的音乐已不是这样。他同样有着一个痛苦的灵魂,但却很少铺陈,而是"克制陈述",一种柴可夫斯基式的抒情在他那里一再被深化或抑制,因而不仅更纯粹,也具有了某种出乎意料的"迸发性":有时在一段不断增强的钢琴敲击中,或在弦乐的协奏中,某种精神的闪耀或迸发,使我几乎到了不可承受的程度。应该说,这种被抑制或深化的悲剧性,更具有一种致命的力量。

从经历上看，拉赫玛尼诺夫和斯特拉文斯基十分相近。他们同是俄国人，后来同样移居到欧洲其他国家，最后定居于美国。斯特拉文斯基是时代的创新者，风格强烈而又怪诞，善于不断地捉弄和震撼听众。而拉赫玛尼诺夫，生活在同样的世纪却又似乎呼吸着另外的气息。重要的是，在我看来他始终坚持着音乐的"个人性质"。他曾两度谢绝担任波士顿交响乐团指挥的邀请——虽然那个位置很辉煌——而宁愿独自和他的钢琴守在一起，并通过它对个别人——一个只为他出现的人——讲话。的确，拉赫玛尼诺夫的音乐不属于20世纪音乐的"主流"。或者说，他一生下来，即是音乐中的流亡诗人。

这就使我想起了肖邦（拉赫玛尼诺夫的作品中就有《肖邦主题变奏曲》）。他们都是纯粹的钢琴诗人，尤其是作品中都有一种"流亡"的性质，一种关于"家园"的无尽追忆；或者说在他们的这类作品中，个人灵魂的出现，往往是带着某种失去家园的伤痛的。肖邦的忧伤更为透明，那无可慰藉的乐思，往往令人心碎。而拉赫玛尼诺夫，同样抒写着家园的挽歌，但有着自己的抒情语言和形式。在他的音乐中画面感更为开阔和丰富，在一种精神的流放中，更多地带有一种人世的沧桑感和变幻感，深沉中有着宏大的一面。正如斯特拉文斯基评价的：拉赫玛尼诺夫的早期作品是"水彩"的，后来转向了"油画"。它带着一种在俄罗斯这样一个辽阔的国家才具有的文化底蕴和精神重负。

这就是为什么我会对拉赫玛尼诺夫产生一种内心的呼应。德彪西或别的什么人的音乐都很美,但总是显得和我无关。但是拉赫玛尼诺夫的音乐,无论是什么,当它响起时,我都感到了有一种东西前来找我——而这已不是"俄国加钢琴"可以解释的了。这里面有着一种更为深刻的精神性质。人们尽可以说拉赫玛尼诺夫的音乐是"俄罗斯式"的,但这已不再重要。实际上拉赫玛尼诺夫在他后来的创作中一直在排除那种表面化的俄罗斯情调,而使自己的音乐叙事愈来愈与一种人的灵魂世界与天路历程深刻相关。

正是这一点,让拉赫玛尼诺夫与柴可夫斯基也有了区别。老柴的音乐也许太过于"俄罗斯化"了,他的某些作品给人的画面感往往是暴风雪施虐的俄罗斯大地,带有一种情调和色彩上的规定性;而在拉赫玛尼诺夫的音乐中,却出现了更难以辨认的个人精神生活的风景和因素。这也许和他自1917年流亡他乡后不断迁徙和漂泊的生活经历有关。在他的作品中,总是给人告别与上路、这里与那里、空间不断变换的画面感。这使我感悟到:在艺术中对自我的抑制,往往是一种空间感的出现。拉赫玛尼诺夫没有像老柴那样用情感去淹没一切,却在把我们不断地置于人类精神生活的广阔与无穷之中。

与此相关,和其他音乐家完整的音乐程式相比,拉赫玛尼诺夫的音乐可以说是"片段"的。音乐,往往被视为一种"时间的艺术",但在拉赫玛尼诺夫那里,却出现了一种如法国诗人奈瓦尔所说的"片刻的空间"。这种"片刻的空间"虽然转瞬即逝,并且互不连接,但却使我们从中瞥见了一个世界。让我惊异的正在这里:当人们被柴可夫斯基的悲怆或华彩乐章所淹没时,在拉赫玛尼诺夫的音乐中却透出了某种空间,或"迸发"出了某种更为本质、纯粹、震动灵魂的音质。这和一般音乐中的那种"抒情高潮"不一样,这是一种精神的闪耀,一种经过深刻的个人受难才出现的东西。我甚至想说,这是一种从肉体的伤痛中产生的光芒。正是这种迸发,这种突然的明亮感,在提升着作为倾听者的我们——它把我们从峰回路转中导向了一个神恩笼罩的境界,虽然它转瞬又会消失。

旅英两年间,当我独自坐火车在时而晦暝时而阳光迸射的英格兰旅行,或是在黄昏时独自散步,伴随着我的,正是这样一种音乐。没有这样一种音乐,一个人在异乡度过的艰难岁月就是不可设想的。因此,我理解阿赫玛托娃为什么会在晚年写下的一首哀歌前引用奈瓦尔的一句诗作为题记:"你,曾经安慰过我的人。"而这个在风雪之夜"先是告辞,而又慷慨留下 / 至死同我守在一起"的人,在我看来只存在于像肖邦或拉赫玛尼诺夫的音乐中。或者说,在我们的倾听中,这个无形而又"安慰过我们"的人,已和音乐化为一体。

但,拉赫玛尼诺夫的音乐不仅在安慰着我们,不仅会触动我们人性中最软弱的部分,另一方面又在提升着我们,使我们在音乐中犹如在写作中,由于和某种东西结合为一体,变得不再沉湎于悲伤,而是"不再相信个人的不幸"。是的,作为一个写作者,如果你热爱这样的音乐,你就必须忍受住个人的伤痛而珍惜你的语言，并把它带入一种光辉里。1992年冬，我在伦敦和比利时写作一个诗片段系列《词语》。我想通过这个诗片段系列打开一个更开阔的精神空间，使它与我们的人生历程和20世纪的动荡历史相称，同时又带有一种个人灵魂的追寻……写到最后一部分时，这样一个片段出现了：

> 正是在音乐的启程与告别中，拉赫玛尼诺夫才忍受住了流亡者的伤痛，而把柴可夫斯基的悲歌变成了一种无处不在的精神的闪耀……

拉赫玛尼诺夫就这样再次出现，成为这首诗乃至我的生活中必不可少的一部分。在今天，它还成为我们所守望的风景和某种最后的安慰——不要认为我说得太绝对，请环视一下这个我们生活于其中的世界吧。因此，在一个"充斥着复制品，却为意义的空洞所困扰"的所谓"后现代"时代里，我宁愿和这样的音乐守在一起，而且我也不再设想我会和其他任何人——哪怕是一位美丽的女性——一起来倾听或"分享"。音乐只可独听。当我这么说时，不要以为这太绝望，因为它同时也出自感激。

夜莺在它自己的时代

——关于当代诗学的答问

你刚从贵州诗会上回来。似乎好多年没举行过这样的全国性诗歌研讨会了,感觉如何?

也许这是最后一次。一次告别式。这样说或许有点感伤,但却能道出本质。的确,这是一次转型时代的诗会,它带有一种自我争辩、自我清理的性质。在诗片段系列《另一种风景》中我曾写道:"在通向未来的途中我遇上了我的过去,我的无助的早年:我并未能把它完全杀死。"不说别人,现在我发现我自己经常就处在这样的境地。

你在一篇文章中曾谈到我们这个时代的写作,其实在某种意义上就是为了"结束过去"而工作的;这和你以上说的是否有关?

实际上过去永不结束，但我们却有可能在某种较为彻底的追溯中获得某种新的开始。只不过在诗会一开始，有人恐怕并没有意识到这些。他们乐于回顾这些年来与诗坛保守势力的光荣战绩，而忘了即使在所谓现代诗"同一阵营"里，也存在着无穷的差异性。

我想这也是批评就整体而言脱离当下写作的原因。批评，如用帕斯的话来说，应和创作构成一种"永久的共生"关系，如"新批评"之于当时的现代主义诗歌，罗兰·巴特之于新小说派小说；唯其如此，才能使批评保持足够敏感，使它成为文学自我意识的一个最富于激发性的部分。而在我们这里，用钟鸣的话说，批评至少脱离文本5年，或10年……

当然，也许批评总是比创作迟一步，或者说批评有理由与创作拉开一段距离。这些都不是问题。问题是在我们这里依然存在着一个潜在的模式：在批评上以"朦胧诗—后朦胧诗"或"朦胧诗—新生代（到海子为止）"为轴线展开，后来又冒出来一个顾城事件；在理论上又总是以"现代主义—后现代主义"或是抽象的"纯诗"为支撑，表现为一种非历史化的理论悬空倾向。我想正是这个体系限制了人们的批评视野，导致了批评与文本的脱节，导致了对20世纪80年代末以来"个人写作"的遮蔽。这就是说"一个过去的时代"在我们的批评行为中还远远没有结束。

这是不是你曾经说过的"对批评的绝望"?

问题是怎样理解。我的意思是,如果我们一直因循这个体系运转下去,一种现代诗学的建立恐怕就不能指望。我这样讲并非呼吁批评界都来关注写作。实际上对当下写作并不是没有"关注",只不过许多让人读了哭笑不得罢了。也许正是这一点加深了所谓"对批评的绝望"。记得会下有人对我说"你这样讲太残酷",是吗?其实应该说残酷的不是诗人,也不是批评家,而是我们的生存。我们看似生活在一个"交流"的时代,但却没有交流。似乎语言一出来就成为化石,人们已相互隔绝到不可沟通的程度。因此从根本上讲,对批评的绝望乃是出于这种对交流的绝望。

你这样讲我能理解。过去讲隔行如隔山,现在即使同行间也隔得厉害。李商隐有句诗"车走雷声语未通",其实这也是发生在批评与创作,甚至批评与批评之间的"故事"。人们的确各自生活在相互隔绝的话语世界里。即使看上去有交流,其实中间也隔着一部昆德拉的"错误词典"。

所以我想起了巴赫金。当然,这并不意味着我们要去照搬他的理论,而在于在他那里体现了一种"对对话的想象"。

只不过这种"对话"首先是建立在对"差异性"的认知上的,也就是说,我们应学会把"差异性"作为批评的前提来接受。那些在会议一开始就希求达到"共识"的人，用意虽好，但在意识形态上仍受制于那些支配了我们多年的东西。他们似乎在今天仍觉得人们可以"被代表"，可以"统一起来"。他们有意无意仍在使用一种"覆盖性话语"，而这只能导致对个人的简化和取消。

因此不能不强调"差异性"问题。我想个人写作正是建立在"差异性"上的，与之相对的则是群体性或整体性。的确，任何整体性的理论企图都带有强行规范和同化的性质。比如，以"朦胧诗—新生代"为轴线来概括这些年来的诗，导致的正是对个人写作的遮蔽。这其实是另一种形态的"制服化"。而在实际上，"朦胧诗人"们都无奈于这个"集体命名"，许多后起的诗人也不承认他们属于什么代或什么派。在这样的标本分类中，最终存在的只是集团性社会现象，诗人充其量不过是用来作证的"群众甲"或"群众乙"罢了。

问题是人们已惯于用这种"宏大叙事"来代替对个人文本与诗学世界的深入。在一些批评家那里，甚至有一种抑制不住的"总结欲"，这是不是对权力意识的一种不自觉模仿？

也许正是多少年来人们在其政治、历史语境中所经受的一切形成了这种惯于"对整体讲话"的方式，这种"君临"事物的姿态。但是，一个个人写作的时代的到来宣布了这种批评的失效。人们当然会记住在现代诗的进程中批评所曾产生的历史性积极作用,但到今天,我想我们应多少反省一下这种"总结式"的、"检阅式"的、"强加于人式"的批评,至少,应尽量避免把批评变成一种"权力练习",而是把它变成"对文学探索法则的永无休止的陈述"(罗兰·巴特)。

再回到"差异性"上来,因为在我看来批评正是从对"差异性"的洞察开始的。在艺术的领域,我想没有对所有人的真理,而只有对个别人的真理,宣称占有了普遍真理那只能是一种虚妄。"我们所观察到的不是自然本身,而是暴露到我们追问方法面前的自然"(海森堡),为什么我们就不能这样来考虑问题?

也许,这是一个"习惯"或不习惯的问题。有人曾这样对我讲:"总不能无政府主义吧?"但他没有想到在艺术的领域,其实差异本身就是秩序。我这样讲并不意味着"怎么都行"。我想我仍在坚持着某种尺度,只不过我们不能"以我划线",更不能以此来"改造"他人。似乎中国文人总是不能摆脱一个"自我中心"。早年反朦胧诗的人显然是以"正统"自居,而在现代诗这一边,有人是不是也有着那么一种"正宗感"或"主流意识"?

我想,让我们还是学会如布罗茨基所说,从时间和空间的无穷里而不是从个人的野心和妒忌里说话吧。这正是对诗人品质的一种检验。就批评而言,也只有从差异性入手,我们才能从一个看似"一览无余"的开阔地进入到一个错综复杂的诗歌地带,才能真正进入我们要着手的工作。现在,即使就单个诗人的写作来看,也不那么简单了。诗人们正在学会限制写作主体的权限,而让文本成为能够衍生多重意义的生成性话语场。那么，批评能否与这种文本"共生"？换言之，它能否重新恢复对诗歌讲话的能力？

与"差异性"相关，是否还有一个"个人写作"的问题？

是的，只不过有人对此不以为然，他们声称他们从来就主张诗歌是一种个体精神劳动，言下之意没有必要弄出这么一个说法来。但是他们没有意识到个人写作并不等于风格写作或个性写作。李白、杜甫各有风格，但我们能否说他们是"个人写作"？个人写作是在特定的历史语境中提出来的。这个历史语境就是多少年来这种或那种意识形态对我们的塑造，更远地看，还有几千年以来的文化因袭。我们作为所谓"文化人"正是被这些东西反复地修辞着、塑造着，旧的尚未脱去，新的又在制约着我们，以至于稍有松劲（在思想与语言行为中）就十分困难。在某种意义上，"不是我们说话，而是话说我们"，指的正是这种情况。我想这就是我们在中国提出"个人写作"的特定历史语境。词在具体的使用中才有意义，抽去了"个人写作"的历史背景及上下文，它就什么也不是。

那么，在这样一个历史语境中提出"个人写作"也就有了意义，其意义在于自觉地摆脱、消解多少年来规范性意识形态对中国作家、诗人的同化和支配，摆脱对于"独自去成为"的恐惧，最终达到能以个人的方式来承担人类的命运和文学本身的要求。有人望文生义,把"个人写作"贬为一种"锁进抽屉"里的写作,其实在我看来个人写作恰恰是一种超越了个人的写作。它和"文革"结束后那几年的"自我表现"有着根本的区别。"自我表现说"从抽象的人性价值及模式出发,而个人写作则将自己置于广阔的文化视野、具体的历史语境和人类生活的无穷之中。换言之,它是封闭的,但又永远是开放的。它将永无休止地在这两者之中形成自身。

此外还应看到,"个人写作"已不仅是一种理论上的设想。20世纪80年代末尤其是90年代以来,中国当代诗歌就其最具有实力与探索意识的那部分而言,其实已进入到一个个人写作的时代。无视这种转变,批评就会失效。在20世纪80年代末我们所经受的一切,并没有使我们返回到类似于早期"今天派"那样的写作之中,而是以个人的方式对诗歌的生存与死亡有所承担。而在此后的发展中,有人在一篇评论中说我"完成了在一种新的写作中彻底结束旧的写作的艺术行为",我想完成这行为的并不止我一人,有人完成得更好,或是更早。总之,在我看来有那么一些诗人,正是他们构成了一个既不同于朦胧诗也有别于新生代的个人写作的时代。

你有这么肯定吗?

是的,起码在我个人看来是如此。无论如何,把朦胧诗之后的现代诗归结为"新生代"或"后朦胧诗",这是我所不能接受的。这些年有许多编本纷纷以"朦胧诗""后朦胧诗"或"后现代诗"命名,甚至把外国诗人也"朦胧"了进来,这本来是一种商业策略,是我们这个时代恶俗气氛的一部分,但不可思议的是我们的批评家屈从了它,那么,以后如有新的诗歌出现怎么办?称它为"后后朦胧"?

也许时间上的延续给人以错觉。但是,朦胧诗与20世纪80年代后期以来的个人写作,即使在时间上前后相续,其间却有内在的断裂。福柯在研究思想史时提出了"知识型构"一说,这一时代不同于另一时代是因为知识型构不同,并由此导致了人们思想方式及话语形态的不同。比如,出了弗洛伊德之后,人们写小说包括读小说就和以前不同了。与此相关,从一个时代进入另一时代,福柯又有"转型"一说。人们创造历史,往往不是由于惯性的延续,而是由于具有"断裂"性质的转型。正是西方意识中的裂隙和非连续性使一个时代与另一时代分离开来。这样,用于描述的意象就不是"时间之河",而是"知识岛屿"。评论家耿占春就曾借用勒内·夏尔的"群岛上的谈话"来描述中国当代诗歌,这表现了他的敏感。的确,"个人写作"之所以成为一种现象,正是由于它和以前的朦胧诗及新生代具有一种深刻的断裂性质,换言之,它是在一种"为结束过去而工作"的自觉努力中形成的。而这种断裂,甚至也发生在早期部分朦胧诗诗人身上,例如北岛后期的写作。这种转变如此之大,以至北岛发出这样的感慨:"往事如驶离的大船，过去的我们与此刻的我们正在告别，互相辨认。死去的朋友们成为那船的主人。"(《今天》冬季号)为什么我们的评论就不能敏感到这一点？

当然，历史的"断裂"并不是一刀切的，这就是说它不会同时发生在每一个人身上，也不会同时发生在每一个地方。因此任何分歧都不足为怪。每每想到我们这个奇特混杂、各种话语并存的时代，我都不禁想到恩斯特·布洛赫所说的："不是所有人都存在于同样的现在，他们凭借他们在今天可以被看到这一事实而仅仅外在地存在于现在，但这并不意味他们与别人正生活在同样的时代。"

又是"时代"，似乎你经常使用这个字眼。你是自觉地或不自觉地？

我想是自觉的。但我知道许多人在尽量避开这个字眼，由于多少年来它所浸染的意识形态色彩。的确，这是一个如维特根斯坦所说的那种应送回去"清洗"的词。但是，问题只在于怎样使用它。今天我们在这里所谈的"时代"，我想它主要指的是转型期的生存境遇、文学发展及前后相关的历史语境。如果我们对之不能获得一种切实、深刻的意识，写作很可能就是盲目的，甚至是无意义的。说实话，我不信任那种脱离了具体时代语境的写作。我之所以对某种批评"体系"不满，就在于它那种非历史化的理论悬空倾向。我这样讲包括了对我自己的反省。我过去在从事批评写作时，其实也过于迷恋自"新批评"以来对文学"自律性""内部规律""诗本身"或"语言本体"的强调，由此偏于只看文本而不讲语境一端。现在我明白了批评的任务往往正是重建文本赖以产生并生效的历史语境，以使文本获得意义。我想这才是一种成熟的、富有历史感的评论。

谈到这里，在创作上我们也必须反省。我深感有那么多的诗人竟相成为"纯诗"的俘虏。一些人对自身的生存及语言经历很难谈得上有什么切身的感受，一上来就直奔马拉美和里尔克。他们其实在从事一种鸵鸟式的写作，"为永恒而操练"，却忘了自己是什么人，处在一个什么时代以及怎样一种文化背景下。他们写得并非不漂亮，但就是很难和我们的现实生存经验和语言经验发生一种切实的摩擦。也许是出于一种对过去的反拨，一些诗人禁忌重重，非"纯诗"不嫁，直到他们在米沃什那里发现对"政治"及"历史"的处理照样具有一种诗学的意义！

是的，如果没有语境的压力，语言如何迸发出它的光辉？我想我渐渐理解了马克思在"巴黎手稿"中所说的一句话：世界上只有唯一的一门科学，那就是历史。并且我同样欣赏"新历史主义"的"历史的文本化与文本的历史化"。我想我们现在需要的正是一种历史化的诗学，一种和我们的时代境遇及历史语境发生深刻关联的诗学。许多东西来得太轻易，那是因为人们绕过了问题而不是解决了问题。

你谈的这些使我想到了有人对批评家的划分：一种关注于"变化、断裂、时间"，另一种则强调"固定、延续、空间"，你倾向哪一种？

就今天这里谈的，似乎倾向前一种，但事物并不是那么截然分开的。一种明澈的意识可以将时间空间化，同样也可以将空间时间化。"佩里帕鲁姆，这不是地图上见到的大地，而是舟子们航行的大海"（庞德《诗章》），这正是空间的时间化，是诗意与历史感的诞生。所以批评家追随的不应是教条，而是变动不羁的生命。

只不过在目前我宁愿强调"时间"和"断裂"。当人们仍用那种"几十年一贯制"的方式和口吻谈论文学时，我在贵州诗会上引用了黑格尔在《美学讲演录》中的一句话："人们必须觉察出传统意义上的艺术的终结。"我欣赏这里所使用的"觉察"，它体现了一种历史感及对自身时代的敏锐意识，而又和我们这里的"PASS某某"或"取代意识"判断有别。具体地讲，当我们意识到朦胧诗的时代已结束时，并不是要否定朦胧诗本身，而是意识到我们不再可能像朦胧诗时代的人那样写作了。用福柯的话说，每个时代都有自身的"知识型构"。比如我们仍可以在今天谈论过去的时代，就像梁小斌在诗会上谈论王老九的"诗歌文本"一样，但是它只是在我们这个时代的视野中才暴露出它的文本潜意识的。当我们把"过去的材料"吸收、纳入本时代框架内，我们看上去在挪用,但实际上它们往往已发生了质的变化。比如济慈的夜莺就曾飞入博尔赫斯的诗中,但那已是一只"现代主义的"夜莺了。

你是否认为当前乃至此后一段时间,是一个话语转型的时代?

是的,我们的确处在一个"转型时代"。而这样一个在我们这里引起巨大动荡、不适、惶惑甚至骨肉沉痛之感的时代,必然会要求一种与它相称的人文话语、知识话语包括诗歌的出现。放开来看,这种转变势必发生,并且它不仅会是"词"的变化,还将会是"骨子里"的转变。

而相对于这一历史要求,我深感我们过于迟缓。我们的诗歌,在这个时代真像波德莱尔所写的那只信天翁,它本来是"云霄里的王者",可是一旦被捕捉,放逐于甲板上,却显得笨拙滑稽起来。在一片嘲笑声中,它"巨大的翅膀反倒妨碍行走"!

因此在这个时代,我并不看重那些徒具信念的人,过于悲壮的人,倒是看重那些能够深刻经历自身危机的人。我想还是海德格尔说得透彻:"拯救并不仅仅是把某物从危险中拉出来。拯救真正的含义,是把某个自由之物置入它的本质中。"诗的写作者,作为"文化修辞"的主要承受者,长期以来支配着我们的那些东西在今天不能不受到检验。但是如果我们不想躲避,不想与一个"过去的时代"一起结束的话,就不能不反省自身。躲是躲不开的,"边缘"也不会边缘到哪里去。也许只有这样,我们才能再一次获得创作的活力。

这就是"转变"的内在依据。也只有获得一种从内部变化的能力和依据,我们才能经由过去的封闭而导向开放。也许,诗歌在今天失去部分读者并不可怕,可怕的是如果它不经由这场转变它就将失去"对文学讲话"的能力。因此我们最好不再抱怨:谁还读诗!而要问:诗歌在今天存在的必要性在哪里?

我们一定要这样追问。而且我相信我们一定会为诗歌重获这种"存在的必要性"。当别人从道德的角度把今天看作一个混乱的时代时,我却宁愿从文学角度把它视为一个蜕变的时代,一个富于挑战和激发性的时代。我想我已经听到了某种召唤。

这是不是说"话语转型"已在诗歌的领域发生?

我想是的。例如反讽意识与喜剧精神在当代诗歌中的体现,陈东东甚至把他去年写的一组诗命名为《喜剧》,而这在几年前是不可想象的。按说这本来是一个唱挽歌的年代,但是诗歌的智慧却在于它能超越单一的悲剧感,而在挽歌与讽刺之间达到某种平衡。可以说正是具有反讽意味的写作"救了我们一命",它把我们从一个"过于悲壮"的时代,引向了一个更为开阔的诗学世界。

另一显著的变化是叙事话语在诗歌中的出现,或者说对一种诗性叙述的尝试。这在孙文波近几年的诗中尤为突出。他一再从具体的生活事件出发(例如"搬家"),写出来的却是灵魂的遭遇,这就是说他掌握了一套对时代和自己的生活进行透视和讲述的本领。相对于那种"青春抒情"或曰"青春崇拜诗歌"(郑敏),我相信这是一种更为成熟的写作。我们总是一再把诗歌归结为抒情、意象或是词语的奇特组合,殊不知它往往还暗含着一种叙事。例如,美国汉学家王靖献的《唐诗中的叙事性》,就为我们重新解读传统提供了一个新的角度。总之,我相信一个只知抒情而不懂叙事的文学不会是一种成熟、成年人的文学。我们生活在一个如此纷乱、混杂的时代,我们总该首先试图给自己的生活"讲出一个故事来"来吧。

你所谈的我也颇有感受。似乎诗歌在今天重又到了自我设计的时候,是不是这样?

我想是的,诗歌永远追随的是对它自身的想象力。我们常常讲到"坚持",其实这不应理解为对任何观念的固守,而应归结到在这个时代对一种精神的想象力的坚持。诗歌之死,其实首先就是想象力之死。

正如我们已看到的,在这个时代,诗人们正在加速进行他们各自的变形记,谁也无法预测这种演化,但我猜想部分作家和诗人将由过去单一的思考型、抒情型、经验型或感觉型向知识型转化,由规范的体裁写作向混合型写作转化。而这种转化,将把诗歌从它的"闺房"引向四面八方,亦即将诗人们引向一个更大的文化语境中，吸收、转化，将各种话语或异己因素引向自身、转化为自身。帕斯捷尔纳克说过：有人认为"艺术像一口喷泉"，而实质上它却是一块海绵。这就是说，诗歌是一种吸收、容纳的艺术。而在我们这里，诗歌的"胃口"还必须更为强大，它不仅能够消化美国诗人辛普森所说的"煤、鞋子、铀、月亮和诗"，而且还必须消化更多。

知识型作家必然是混合型作家，是一种反体裁作家。在《卡夫卡的工作》一文中我已谈道：一个难以归类的卡夫卡，实际上结束了体裁写作的历史，从而开辟了文学的尚待确定的领域。在卡夫卡那里体现出的"存在的勇气"，在我看来还意味着敢于把小说写得不像小说，从而在一种艰巨的历险中体现出叙事的可能性。那么，为什么我们不试一试？为什么我们总是画地为牢，而不让文学呈现出它本来的自由？

文体界线的消失，是一个"文本"时代的到来。我在国内一些作家、诗人的写作里，以及在博尔赫斯那里，在巴塞尔姆的《白雪公主》那里，甚至在维特根斯坦的哲学写作那里都感到了这一点。20世纪90年代初，我在写出了一批诗后，意识到我必须在文体和叙述方式上找到一种新的可能性，于是写出诗片段系列《反向》，而它似乎为我打开了一个更开阔的、可以自由出入的空间，在这之后我又接连写出了《临海的房子》《词语》《另一种风景》等诗片段系列。对之，有人甚为兴奋，也有人很难承认它是"诗歌"；有人称之为"长篇散文诗"，也有人干脆说它是"诗"，还有编辑在发稿前打电话问我是放在随笔栏呢还是放在诗歌栏。我想这正是我想要达到的。我要写出的正是一种难以归类甚至无以名之的东西。写到今天，我不想写那种人人都说好的东西，不想把写作正好维持在一种审美的"平均数"上。为谁写诗？我只希望我写的东西最起码对我本人具有"召唤性"，能够带动我、激励我往前走，哪怕它们本身不够"完美"。顺带说一下，我已不再以"完美不完美"来衡量当下写作，而以"有意义或没意义"来看它与当今文学发展的关系。放开来看，古希腊哲学、文学残简也可以说是不完美的，卡夫卡的《城堡》甚至没有写完，但我想不是他们本人，而是后来的读者，或者说是"时间"，赋予了它们以"经典性"的光辉。

那么现在在你看来，我们不仅要改变一下口味，而且要以新的眼光重新看待文学？

如果你换上这样一副眼光，许多东西可能会变得不习惯起来。例如办刊物，现在国内绝大部分刊物一小说、二散文、三诗歌、四评论，最后一个什么大奖赛广告，几十年一贯制，让人望而生厌。我曾开玩笑说，如果让我主编《××文学》，那我首先改换它为《文本》好了。文本的时代是一个不那么循规蹈矩的时代。在这样一个时代，文学的版图颇像前南地区，也就是说在那里存在着一片"混乱的领土"，你不知道边界从哪里开始，到哪里结束——

一切有待于靠"战争",也就是靠写作加以解决。只不过有一点我们要记住:界线的瓦解,是为了使文学的内在质地突现出来。换言之,在一个看似"怎么都行"的时代,文学仍有着它自身的尺度。

我们正处在一个转变的时代。什么在变?评论家李震撰有《神话写作与反神话写作》一文,其中一些观点可取,但当他把一切纳入一个二元对立模式时,我就不能接受了。我曾对他讲:"难道就不能既坚持神话写作同时又从事'反神话写作'?"换言之,难道我们就不能从自身发现某种偏离自身,甚至反对我们自身的东西?的确,不一定"换一个活法",但必须"活得更开"——当我们这样做时,我们就在写作中来到一个更为开阔的时代。

当代诗歌：在确立与反对自己之间

近年来的诗歌虽然看上去不那么张扬，也一次次引起了"呼唤家"们的失望，但它暗中体现的转变却十分重要，也有待于纳入诗学层面上来认识。如果说 20 世纪 80 年代中期的诗大体上是反叛的、抒情的、自恋的，这几年的诗则是反讽的、叙述的、多声部的；如果说 20 世纪 80 年代末 90 年代初的诗是凝重的、内聚的、承受式的，这几年则朝向一种开放和自我颠覆。这种演变体现了诗歌在一个话语转型期特有的危机，但也体现了一种不断在"确立与反对之间"（欧阳江河）所获得的活力，体现了一种诗性话语重构的可能性。

1. 反讽意识与喜剧精神

20 世纪 90 年代以来（甚至可以说自"五四"以来），中国现代诗真正达到成熟的标志之一应是反讽意识的呈现。它以一种终于获得的历史反省精神为倚持,而对某种单一的悲剧感和写作主体的超越,使诗人们有可能对时代生活和自己的灵魂世界进行更为透彻的透视。陈东东把他1993年底写的一首长诗命名为《喜剧》,而这在以前还是不可想象的。该诗由"龙华""歌剧院""闸北""动物园""外白渡桥""图书馆""七重天"七个部分构成。对埃利蒂斯的爱琴海情有独钟的诗人开始转向一种"本地的抽象",或者说,以他惯有的超现实主义感受力和这个时代的喜剧方式对中国语境进行了观照和诗性转化。在诗人的叙述中,从那来路不明的"女高音亡灵",到"承包斋堂的和尚";从中国式的"判官",到一对"合写新诗篇"的夫妻;一会儿"七十七级高台阶涌起",一会儿又"滑向了死亡的无调性",一会儿"乘肺叶迫降",一会儿又置身于动物园,"两种身份被合为一体";这种半歌唱、半低语,"阴阳怪气"而又不无讥讽的叙事,早已不是那种单纯的诗篇,却使我们想起了莫扎特的一部轻歌剧。

当然,诗人们在骨子里依然是"严肃"的,只是他们意识到离开了反讽与喜剧精神,他们的生存困境就不可能得以言说,诗歌也不可能从过去单一的视角中摆脱出来。在我前年写于北戴河的《边界》一诗中,出现了这样的段落:"但如果不把邻近的房地产公司与最远处的/那片眺望大海的岬角也包括进来/它能否构成灵魂的全部风景?/商摊已斜向带岗卫的深宅大院,在政治/与夏天之间是一个松弛的海湾。/(而更为松弛的,是在一首悲歌的斜坡/与喜剧的肚腹之间)……"只存在于经济运转领域的"房地产公司",现在却被纳入灵魂的领域中来透视,政治喜剧以及写作上的困境也一同在一种不无反讽的语气中出现。可以说,正是这种写作引领诗人自己从一个"过于悲壮的时代",进入到一个更为开阔的诗学世界。

当然,反讽性话语在诗歌中出现,也许和一个时代的文化征候有关。正如我们看到的,原有的神话构型和意识形态话语在今天被颠覆,被戏仿和改写,被进行这样或那样"后现代"式的处理,这些已成为社会总体的话语实践的一部分。然而,当"反讽"成为一种风尚的时候,恐怕也是到了应该"反它一讽"的时候。当代诗歌中的反讽正是出于这种自觉才出现的,因而它是一种更具写作难度和美学批判精神的反讽,是和当今那些"顽主"的调侃深刻有别的反讽。例如孙文波的《献媚者之歌》,在一种戏仿中暗含了加倍的沉痛;朱朱的《一位中年诗人的自画像》,则以简洁的语言勾勒,揭示出一代人的悲喜剧,在反讽的句法中又不失苍凉;而肖开愚许多诗中的"性喜剧"则暗含了一种美学上的颠覆,一种比字面上复杂得多的诗歌意识。总之,和流行文化风气不同,诗歌中的这种反讽恰恰使过去不成问题的"成了问题"——正是从这里出现了一种"写作难度",而它同时也就是一种文化批判和历史反思的难度。

2. 多声部写作

　　显然，反讽总是相对于"写作主体"而进行的，它意味着对诗人自身的多角度、多重性观照和处理。陈超曾指出当代诗歌中的"对抗与互否"性质，这种内在的冲突和分裂，在近几年的诗歌写作中进一步加剧，致使许多文本不再是单一声音的传达，而是获得了多重指向与意义。这说明在一个动荡的时代，写作主体的稳定性、连续性和同一性在经受一种前所未有的威胁与挑战，这使诗人的形象也在改变。20世纪90年代初诗人的形象还是一种"守望"与"坚持"的姿态，近几年以来，他们却发现自己落入了一个更复杂的、危机四伏的格局之中。"超稳定的精神结构"已形同虚设，守望者们被卷入了存在的戏剧之中。而这意味着诗人们必须再一次经历他们自身的变形记和神话。西川诗中的诗人形象一直带有一种朝圣者和歌唱者的性质，但近年来"他"变得有点让人无从捕捉了。他的近作《另一个我的一生》，构思新颖，设想自己如果托生在欧洲的另一个城市"该是什么样子"。这种对生命的设想不仅显示了它的多种可能性，也显示了对一个固定不变的"主体"的某种消解。西川及其他诗人的近作让我想到了帕斯所说的："我们每个人同时就是好几个人……伟大的作家……充满活力的作家，哪怕只写五行字，也依旧保持自我的多样性，保持我与其他的我之间的对话。取消多样性就是自相摧残。被取消了的我，肉体的我，不体面的我，恬不知耻的我，都应通过作家的喉舌来表达自我。"①

显然,对中国诗人而言,这需要一个不无痛苦的自我颠覆的过程。只有这样,他们才能从"自我"的神话中,从某种僵硬的文学观念和写作惯性的控制中摆脱出来,以让自身中那被反复抑制、不可化简之物出来说话。在这个意义上,真正能够获救的人是那些能够深刻经历自身危机的人,是那些能够不断打破原有模式,为了从中更真实地获得的人。肖开愚20世纪80年代末以来的写作以"风格多变"见称,换言之,在他的诗中不断出现反对他自身、偏离他自身的东西。"和谐"在他那里并不一定是诗歌的美德,相反,让这位诗人着迷的是危机,是语言的转向,是从自我的裂缝中突然迸发出来的声音。为了摆脱理性的暴力和风格的捕捉,他总是在不停地跳跃,为此他甚至沉湎于肉体感官的自我迷失中。他是那种自觉意义上的诗人,无论人们是否适应他这种自我颠覆式的写作,他给我们带来了出乎意料的东西。可以说,肖开愚和其他一些诗人的诗,显示了一种人们所说的由"古典文本"到"疑问文本""解构文本"的转变。文本的构成,不再是朝向自我闭合,而是具有了"异质共生"的性质。

用"多声部写作"来描述当下写作似乎还过于简单,但它毕竟和我们正置身其中的一个"杂语"时代产生了关联。正是在这种多种话语并起、交汇并相互冲突的话语实践中,在文学中还出

---

① 奥克塔维奥·帕斯:《批评的激情》,赵振江译,云南人民出版社,1995。以下帕斯的话出自同书,不再单独加注。

现了一种巴赫金式的"狂欢化",例如莫言近期小说中的那种泥沙俱下、时出规范、带有灾难和颠覆意味的语言狂欢。这种语言的狂欢节也开始在诗歌中上演,例如陈东东的《喜剧》,而西川近年的两首长诗《芳名》和《造访》,在惯有的诗风中又引入了"好人读坏书,小马走邪路"之类的"胡说八道",以大雅大俗的话语并置,显示了对古典意义上的话语等级的颠覆,在一定程度上实现了他所说的"在最好的状态,诗人胡说八道都是好诗"。①

3. 从创作到"写作",从作品到"文本"

"创作"是一个广被使用的概念,与它相关的尚有"灵感""作者""独创性""天才""创造力"等等。从柏拉图的"灵感说"到雪莱的"诗人是未经承认的立法者",诗歌的"创作"被神秘化、神话化了。久而久之,这一观念像那些"成功的意识形态"一样,"理所当然"地被人们接受。除了部分现代主义作家对它的质疑(例如艾略特的"非个人化"理论)、解构主义思想家对它的消解外,许多人恐怕仍在这一观念的支配下。例如海子对于天才的迷信,以及他在"创作"上超出了诗歌本身限度的雄心。海子显然一直在把诗人与造物主等同起来。在这种意义上,可以说海子死于浪漫主义的诗歌观念。如果在他的精神中平衡以某种现代知识分

---

① 西川:《诗歌炼金术》,《诗探索》1994年第2辑。

子的写作意识，也许他不至于最终走向祭坛的。

因此，进入现代物质文明社会以来，"创作"这一观念就日益显得可疑（虽然并不排除在这一观念下可以写出好诗）。"创作"基于对"创作主体"的迷信，而随着对自身的不断追问、质疑，诗人们渐渐从中摆脱出来，转向接受罗兰·巴特在《作者之死》中提出来的那些思想。在此意义上，可以说中国现代诗自20世纪70年代末到现在，体现了一个由"创作"到"写作"的转变历程。

"写作"这一概念的出现，显然伴之于对自我神话的消解，还出于诗人们对文学的"互文"性质及"工作"性质的自觉。这种"互文性"提示了一切文学文本其实都是由其他文本"织"成的，都是朝其他文本开放的，其意义也只有在与其他文本的相互关联中才能引出。"没有文学'独创性'，没有'第一部'文学作品：全部文学都是'互文的'"，伊格尔顿强调到如此程度，但它和中国古人的"无一字无来历"一样，达到了一种认识上的彻底。

但正是在这里，引起了一些人的惶惑，因为"互文性"这一概念在其根本上揭示了文学乃是一种语言的自我反映，而非"对现实的反映"或作者的自我表现。一些当代诗人有意识地对其他文本进行改写、引用、转化、误读或反讽性处理，曾一度引起一些人的不适。但是，如果我们更彻底一些，就会看到写作虽然看上去是对现实的反映，它有时的确也能达到对生存的揭示，但它处理的"现实"实际上是一种"已被写过的现实"，即某种扩大化了的、由信码构成的文本本身。"我的世界的边界即是我的语言的边界"(维特根斯坦),这意味着"现实"不可能在语言之外,文学文本不可能参照一种超语言的超验世界,正如有的论者已指出的那样,"现实"自始至终都是话语的自我创造。因此,我们在上文提到的向存在敞开,它意味着的是一种不断向已被书写、正被书写的现实敞开,意味着的是不断从事一种话语的自我吸收和转化。

当然,对此的忧虑仍然存在。西川在《关于诗学中的九个问题》一文中说道:"近年来统治中国诗坛的就是这么一种鉴赏的风气:诗人凭借鉴赏力来写作",并相应提出诗人应靠"创造力"来写诗。西川的忧虑有一定的现实依据,但问题是一个诗人的"创造力"从何而来,属于天赋,还是全部知识经历和文学经验的一种转化?创作与鉴赏力是否一定是分开的?此外,那种看上去属于文本互相参照的写作,是不是正好体现了一种特殊的"创造力"?本雅明曾声称其最大野心是"用引文构成一部伟大著作",我想这绝不是一时的狂想,它出自对文学、文化的全部认知。艾略特的《荒原》出来后,曾被不止一人指责为"掉书袋"或"学院气",诗人威廉斯甚至说它对诗歌是"一场灾难"。但是《荒原》却承受住了时间的考验。它开辟了一种与浪漫主义诗歌截然不同的现代知识分子写作的可能性,它那从对各种文本的拼贴、改写、引用和转化中所透出的奇特魅力及"创造性"正被越来越多的人所认识。帕斯在晚年就这样说过《荒原》:"一台通过一部分与另一部分之间以及各个部分与读者之间的旋转与摩擦而发射诗歌含义的奇妙的语言机器。坦率地说,我喜欢《荒原》胜过《太阳石》。"

而西川本人的诗歌之所以越来越开阔、庞杂，我想其重要原因就在于他有着宽厚的知识结构，在于从他开始写作时就坚持的"写作与阅读的一体化"。而这种一体化，在谢默斯·希尼那里再一次得到了精确的表达："你可以这么说，当我的根与我阅读到的东西交会，我就成了一名诗人。"

问题在于我们能否更为彻底地省察我们自身写作的性质。深入来看，任何意识形态化话语都有一个特点，就是断然否定自身的文化构造及修辞性质，不然它就不会达到控制大众的目的。罗兰·巴特对此有着深刻的洞察。在他看来，"健康的"符号让人意识到它自己的随意性、人为性和制作性质，它并不打算冒充"自然"的符号，相反，那些冒充"自然"的符号，那些竭力以"紧靠着上帝"的面貌和形式出现的话语，总是抹去自己的暧昧之处，以把自身"自然化"，使自己在公众面前看起来像自然本身一样无可置疑、天经地义。因此，在这样一种文化政治的语境中，文学的"坚持不懈地暴露自身的性质"就有了重要意义。

话说回来，由"创作"到"写作"的转变，它除了显示中国诗人这些年所经历的深刻历程，在实际上也并没有导致文学的萎缩。相反，它给在前几年几乎已陷入绝境的写作本身打开了一个更大的充满可能性的空间。它所带来的结果之一就是导致了由"作品"到"文本"的转变，由封闭性写作到混合性、开放性写作的转变。"作品"是封闭的、规范化式的体裁写作；就意义结构而言，"作品"体现为一种朝向自身的封闭运动，即使有裂缝或歧义，也能通过"作者"的操纵而达到秩序的重建。但是一个文本时代的到来却动摇了这种作品构造模式,也迫使我们对原有文学观念和自己的写作进行修正。肖开愚带有实验性质的反风格化、反文学化的写作,王家新自诗片段系列《反向》以来的一系列"诗片段写作",都曾引起不同的注意和反响,而于坚后来的《0档案》,则被称为一起"惨重的诗歌事故",有人视之为"不折不扣是一个巨大的语言肿瘤",有人则视之为一堆语言垃圾,是"语言的自杀",但无论如何,《0档案》显然出自一种自觉的写作,它以一种极端的形式暴露了意识形态话语对人的改写,并在对公共书写的戏仿中道出了某种震动人的力量,在一种反诗意化中透出诗歌的某种可能性。显然,于坚和许多诗人一样不再把写作维持在一个审美平均数上,但他更具一种挑衅性。他不仅破坏了,也在戏弄着人们对"诗歌"的阅读期待,这种破坏是有意义的,只不过它带有一种过于明显的文化先锋意味。

臧棣曾把"后朦胧诗"界定为"作为一种写作的诗歌",亦即"从传统意义上的写诗活动裂变为以诗歌为对象的写作本身",这是相当确切的。如果说这在20世纪80年代后期以来体现为一种对自身的自觉建构,近几年以来它则转向一种自我颠覆,以把自身从一个封闭体系里引出。一些诗人现在更倾向于在一个更大的话语场中运作,这不仅指他们开始了一种"跨文类"写作(例如钟鸣等诗人的随笔写作),而且指他们在任何写作中都取消了以前所设定的界线,例如抒情诗歌与叙事文类、"创作"与批评、文学文本与非文学文本，等等。这种努力，把诗歌引向一种反体裁、反体系、反风格模式和形式限制的"混合型"写作。例如肖开愚在《动物园》一诗中运用的那种"手挽鸟后，相互耳语"式的小说化了的对话体，陈东东在《喜剧》中运用的不是歌唱而是"歌剧"的处理方式，欧阳江河借助于他惯有的修辞手段对各种不同文化语境的处理以及最终使它们"具有陈述的与启示的双重性质"，这些都再一次突出了诗歌作为一种"吸收、转化"的艺术的魅力及可能性。而西川在他近年的长诗《芳名》《造访》中，则试图将"歌唱性的诗歌、戏剧性的诗歌、叙述性的诗歌"综合为一体，体现了一种更为复杂、宏大的诗歌意识。

4. 叙事的可能性

以上粗略考察了 20 世纪 90 年代以来诗歌演变的几个方面。爱默生早就说过："每个新时期的经验要求有新的表达，世界总是在期待着自己的诗人。"这几年诗人们的努力，显然正是为了与这种巨大的"要求"相称。正是生活本身的非连续性和零散化，使"片段成为唯一信赖的形式"（巴塞尔姆）；正是对各种话语冲突和游戏的介入使"语言的狂欢"在诗歌中成为可能；同样，正是当代生活的"小说化"和对自身困境的体验，使诗人们产生了"讲出一个故事来"的叙事要求。

于是我们还看到一种诗性叙述的出现。近几年以来，诗歌不单是"对词的关注",也不单是抒情或思考,它们往往还暗含了一种叙事。而这种带有叙述性质的写作,导致了诗歌对存在的敞开,它使诗歌从一种"青春写作"甚或"青春崇拜"(郑敏)转向一个成年人的诗学世界,转向对时代生活的透视和具体经验的处理。这种叙述性诗歌,张曙光早就开始尝试,他在20世纪80年代中期即写下了《1965年》等诗,以一种追忆、感悟性质的叙述来处理已被我们遗忘的经验。到了20世纪90年代,更多的诗人在摆脱隐喻或象征模式的同时,引入了叙事或陈述的性质。例如孙文波的《散步》《地图上的旅行》《叙事诗》《搬家》等一系列诗作,在对时代生活的透视中,又混合着讥讽与愤怒、见证与观照、对话与旁白,在一种叙述语调中,在对具体经验的处理中,又透出灵魂的经历;相比之下,肖开愚的叙事更多富于想象力的成分,是一种对生活的可能性的试探甚至嘲讽;而欧阳江河在"对文明的考察、对事件和处境的洞悉"的同时依然保持着他对玄学的嗜好,着意要使他陈述的一切"最终变得不可陈述";翟永明则由《女人》式的诗歌自白或《静安庄》式的隐喻写作转向一种不露声色的对生活本身的陈述。

总之,叙述性诗歌的出现是20世纪90年代一个相当重要的迹象,比起那种单纯的"歌唱性写作",这可能是一种更具难度,也更为成熟的写作。如同海因所说:"它是一种在展开叙事的过程中,对诗人写作能力进行全面考察的有益尝试。"而这种尝试,使"没有形容的日子"(莫非)获得了可被诗歌谈论的可能。说到底,在诗歌中叙事的呈现，是一种话语的可能性的呈现；由于这种努力，诗歌正从一个"纯诗的闺房"中被引出，导向对存在的开放。而这种"开放"并不意味着对自身的放弃，而是意味着一种"关系"的重新建立，意味着"用文本的间离性的概念取代文本的自律性"，意味着再一次形成社会生活和诗歌语言的"循环往复性"。这当然并非轻而易举之事。如果要重新恢复诗歌"对文学讲话"的能力，如果要在文学与社会、诗歌与时代之间重获一种"能动的振荡"的审美维度，中国诗人们尚需付出更大，也更富于想象力的努力。

俄耳甫斯仍在歌唱

一

几年前的一个初冬晚上,当我在英格兰东北部城市纽卡索"诗歌之家"朗诵完后,一位上衣兜里插着好几支铅笔的画家找到我说:"我喜欢你的《卡夫卡》一诗,卡夫卡是我的英雄……"而我在心里一愣。卡夫卡一向被人们称为"弱的天才",他自己也认为一切障碍都能摧毁他,怎么能说他是"英雄"呢?

近期读到福柯(Michel Foucault)的《什么是启蒙》)①,我又想到了纽卡索那位默不多言的画家。不过这一次我不再感到困惑。几年来自觉或不自觉的精神经历,许多尚待形成的思想,都在读这篇文章时被"点燃"了。可以说我又受到一次激励,一个在灰色平庸的年代默默忍受的人所能受到的最内在的激励。

---

① 米歇尔·福柯:《什么是启蒙》,汪晖译,《天涯》1996年第4期。

话再回到福柯的文章。它分为两个部分,第一部分谈康德意义上的"启蒙","启蒙"被理解为一个把人们从"不成熟",亦即"在我们需要运用理性的领域却接受别人的权威"的状态中解放出来的过程。那么,我们在今天是否已完成了这一解放过程?因此福柯就从康德那里回到了当下:面对人们所热议的"现代性"问题。正是在这里,福柯独特的眼光和精神气质体现了出来。与那种把"现代性"规定为一个时代或一组时代特征的通行做法相反,福柯问道:"我不知道我们是否可把现代性想象为一种态度(attitude)而不是一个历史的时期?"

那么,福柯所要想象的是一种什么"态度"?再一次,福柯运用了他的历史谱系学。这一次他推举的是诗人波德莱尔。当波德莱尔把现代性定义为"短暂的、飞逝的、偶然的"时候,他比任何同代人都更敏锐地体现了一种现代的时间意识;但是在福柯看来,对波德莱尔而言,"成为现代人并不在于认识和接受这个永久的时刻;相反,它在于选择一种与这个时刻相关的态度",而这种态度,并不是对现时代的顺从和认同,恰恰相反,这种态度"存在于重新夺回某种永恒的东西的努力之中,这种永恒之物既不在现在的瞬间之外,也不在它之后,而是在它之中"。

这就是福柯试图推举的"现代性"。在一个日趋破碎、混乱的当下,他使波德莱尔"英雄的"一面展示在我们面前。他通过这位现代文学的先驱告诉我们,与许多人理解的相反,"现代性"并不是对现时代的盲目认同,它不仅是一种对于飞逝的现在的敏锐意识,它其实还是一种把现在"英雄化"的努力——虽然这种努力往往带有一种徒劳的意味。

这就是我会受到激励的原因。福柯以他强有力的论述和洞见,再一次逆转了人们对"现代性"的看法。的确,我们怎样面对当下?是屈从于现代生活的消解性力量,还是奋力从虚无中创造出意义?我们的写作怎样重新通向希望?近些年来,人们对"后现代"的拥抱,对原有的神话、价值和意义的消解,已使我们回到一个所谓"平面"上来。但是,当一种浅薄的"后现代"风尚挟裹着我们前行的时候,我们是否已忘了我们应"有所选择"?我们为什么写作?是为了给一个消费时代做一些文化点缀,还是坚持逆流而上,以我们自身的方式加入世世代代的诗人对其"天命"的承担之中?

二

这里是另一个例子:叶芝。我之所以一再提到叶芝,不仅出于个人偏爱,还因为这样一位诗人的启示,使我意识到正是一个"破碎的当下"使意义的重建成为一种必须。作为一个"献身文明并属于文明"的诗人,叶芝对20世纪现代生活的碎裂与混乱的敏感和痛感,并不亚于任何现代主义者,"一切都四散了,再也保不住中心"(《基督重临》),这是他的一句广被引用的诗。但叶芝并没有顺从于这种现代生活的混乱,相反,他的存在的勇气在于"选择一个与这个时刻相关的态度"，在于他坚持一种心灵与诗歌的重新整合，以把激情与反讽、信仰与智慧熔铸为一个整体，用他自己的话来说："血、想象、理智"交融在一起。

《雕塑》[①]是叶芝晚年写下的最后几首诗之一。我难忘在译它时所经受的深刻激励。诗人首先从那些受惠于毕达哥拉斯黄金分割律的大理石或青铜雕塑开始，进而反思整个人类文明的历史，最后又回到了给诗人以终生影响的1916年爱尔兰复活节起义，至此，一种"烈士暮年，壮心不已"的境界在叶芝诗中出现了：

> 当皮尔斯把库弗林传召到他的一边时，
> 什么样的步伐穿过了邮政总局？什么智力
> 什么计算、数字、测量，给予了回答？
> 我们爱尔兰人，生于那古老的教派
> 却被抛置在污浊的现代潮流上，并且
> 被它蔓延的混乱狂暴地摧残，
> 攀登入我们本来的黑暗，为了我们能够
> 去追溯一张用测锤量过的脸廓。

皮尔斯和库弗林都是殉难的英雄，邮政总局为起义事发点。在事过20多年后，叶芝再一次为这次历史事件所迸发的光辉所笼

---

① 叶芝：《叶芝文集》卷一《朝圣者的灵魂：抒情诗·诗剧》，王家新编选，东方出版社，1996。

罩。如同诗中所写,这是一个为任何智力、计算和测量都无法解答的历史和精神事件。正是这次起义,使爱尔兰民族精神达到了一个"英雄的悲剧"的高度,使晚年的叶芝,在面对死亡的逼近时却达到了一种更高的肯定,"我们爱尔兰人,生于那古老的教派"。这里,与其说叶芝由个人上升到"我们爱尔兰人"之间,不如说他开始处在一种被提升的精神存在中对我们说话。

而这种提升正是诗的力量所在,是作为一个诗人应该永不放弃的时刻。正是这种提升使一个诗人有可能和精神的尊严重新结合在一起。饶有意味的,是"攀登入我们本来的黑暗"一句中所使用的"攀登"(climb)一词,它强有力地逆转了"堕入黑暗"之类的修辞成规。这就是说,"黑暗"因为"攀登"一词的使用而陡然成为一种"高度":只有置于这种神恩笼罩的尺度下,一个诗人才有可能"追溯一张用测锤量过的脸廓",亦即显现出为伟大文明和信仰所造就的生命。

叶芝最终达到了这样的肯定,这使他的诗超越现代的混乱和无意义而向"更高的领域"敞开。这正是他的力量所在。因此艾略特会这样感叹:叶芝在"已经是第一类[①]中的伟大匠人之后,又成为第二类中的伟大诗人"。[②]

对叶芝的这种努力,诗人谢默斯·希尼在《欢乐或黑夜:W. B.

---

① 指"非个人化"。
② T. S. 艾略特:《叶芝》,王恩衷译,选自《艾略特诗学文集》,国际文化出版公司,1989。

叶芝与菲利普·拉金诗歌的最终之物》中，有着充分而富于启示性的阐发。希尼要面对的问题即是：面对现代生活的灰暗现实，是像拉金那样取一种"中性的调子"呢，还是坚持从虚无中创造出意义，以成为叶芝那样的"至福的歌喉"？为此他分析了叶芝的《寒冷的苍穹》一诗。此诗的著名开头是：

突然间我看见寒冷的、为乌鸦愉悦的天穹
那似乎是冰在焚烧，而又生出更多的冰。

关于此诗，据说是叶芝闻讯毛特·冈与他人成婚，在精神上经受重创后所作，叶芝则自述此诗是一种尝试，去描绘寒冷而超然之美的冬日天空在他身上激起的感情；但无论创作背景如何，这两行诗本身正如希尼所说"是对意识的震颤，对华莱士·史蒂文斯所称的'精神的高度和深度'的全部尺度敞开的一瞬间的生动记录。诗行间的震荡戏剧化了刹那间的觉悟，没有藏身之所，人类个体生命在巨大的寒意中得不到庇护"。显然，叶芝的寒冷天穹不仅具有彻骨、超然之美，它更是一种对诗人的激发，是丰盈生命的映现，因此它会唤起我们生命中一种更高"认可"的冲动。而拉金的《高窗》一诗："而突然间／在高窗的深思中有甚于词语的闪现／阳光穿透玻璃／在它之外，深蓝的大气，显示着／无物"，这就是为拉金瞥见的天空，在高窗之外是一种精神的缺席，"正义与不义在那里都无迹可求"，它无法对我们生命中的"认可"冲动产生一种作用。①

的确,这里是两种不同性质的诗歌。叶芝的寒冷天穹,虽然显现出一种"巨大的寒意",但却不是一种消极性力量,相反,它在震颤我们的同时也激发着我们去呼应它。至于"焚烧"着的冰的意象,如希尼所说,显示了叶芝的雄心是要"确立诗性想象力水晶般的尺度,而人们应以此为生命的准则"。为说明这一点,希尼还举出叶芝的其他诗文,例如,对叶芝来说,在莎士比亚悲剧中男女英雄死亡的一刻所获得的幻象扩张以及随之而来的历史性静穆中,有某种东西是启示性的,它们"超越了情感而被带至原初的冰雪"。而拉金的诗作,却缺乏这种升华或转化,它顺从现实的贬损而瓦解了认可的冲动。拉金的诗歌往往结束于困境,或超然物外的冷漠,而叶芝在"一点也不天真"的同时,最终到达了一种诗歌的提升、转化和敞开。

因而希尼不满于拉金,认为他"放弃了俄耳甫斯式的努力,历尽艰辛拖着生命在斜坡上攀"。在拉金的令人沮丧的现实屋宇下,我们无法张扬生命的尺度。

希尼的这种评论,自然会引起不同的反响。美国著名诗歌评论家海伦·文德勒(Hellen Vendler)在一篇谈论希尼的文章中曾为拉金辩护,"希尼身上那个工作中的艺术家强烈地抵制拉金式抑郁

---

① 谢默斯·希尼:《欢乐或黑夜:W. B. 叶芝与菲利普·拉金诗歌的最终之物》,姜涛译,选自《希尼诗文集》,作家出版社,2001。以上希尼的话均引自该文。

的诱惑,这种抵制显露出它觉悟到,这样的抑郁对希尼所拒绝放弃的执拗的社会希望构成了威胁"。[①] 但我想文德勒教授只说对了一半。她看出了希尼身上的那个"工作中的艺术家"是一种洞见,正是这个艺术家在要求希尼"抵制拉金式抑郁的诱惑",但并非只是为了某种"社会希望",而是为了希尼所意识到的作为一个诗人的"天职",或者干脆说,为了"俄耳甫斯"——他必须让这个神话中的诗人原型即使在死亡面前也要竖起他的七弦琴!

这一切,用希尼自己的话来说,一个诗人必须"尝试一种在观照环境之时又超越其环境的写作方式",由此"生发出我一直所称道的'诗歌的纠正'的力量"。而他在这篇文章中所做的,正是一种"诗歌的纠正"。谁也没有否定拉金的意义和价值,但是一个诗人却有权选择,而且在今天还必须"有所选择"。

三

毫无疑问,叶芝中晚期的诗所体现的那种"精神英才的伟大劳役",使福柯所说的"英雄的一面"在今天依然成为一种可能。但是,我们还应看到,这种英雄化"绝不天真"。正如廉价的信仰经不起检验,虚妄的言说也不能导致对生命的确保。叶芝的诗之所以能对我们产生真实的激励,是因为它出自一种艰巨的语言和

---

① 海伦·文德勒:《在见证的迫切性与愉悦的迫切性之间徘徊》,黄灿然译,《世界文学》1996年第2期。

精神劳作，并始终伴随着复杂的自我反省意识。换言之，这种英雄化之所以可信，正如福柯在谈论波德莱尔时所表述的那样："无须说，这种英雄化是反讽的。"

前一段时间重读叶芝，一个发现正是我从他那里感到的反讽精神。在我的早年印象中，叶芝一直是一个激情的、痛苦而高贵的抒情诗人，但现在我感到了一个"双重的叶芝"，一个严格无情的自我分析家，一个不断进行自我争辩甚至自我嘲讽的反讽性形象，而他诗歌中的力量，往往就来自这种矛盾对立及其相互的撕裂和撞击。歌德当年曾说过"爱尔兰人在我看来就像是一群猎狗，穷追着一只高贵的牡鹿"，而叶芝对此甚为欣赏，并在日记中用来加以自嘲。然而，在这样的反讽中诗人和诗歌一点也未失去其尊严，在这样的反讽中我们感到的是"随时间而来的智慧"而不是意义的消解，是一个诗人所达到的精神超越而非角色化的自恋。

一种深刻的区别就在这里。那种当代顽主式的调侃，是不可与福柯所说的这种"英雄化的反讽"或"反讽的英雄化"相比的。在波德莱尔和叶芝那里，他们始终坚持着"英雄的一面"，他们知道如何在荒诞中生存，如何在虚无中创造出意义。他们的目光永不朝向虚无。写到这里，我甚至还想到了晚年杜甫："江汉归思客，乾坤一腐儒。片云天共远，永夜月同孤。落日心犹壮，秋风病欲苏。古来存老马，不必取长途。"（《江汉》）在颠沛流离、极度孤独和自我解嘲中，诗人并没有堕入消极性的虚无，而是将我们再次提升到一个"落日心犹壮"的阔大境界。正是在这个由诗歌所产生的临界点上，诗人达到了一种肯定——这不单是对自身的肯定，更是对某种天地精神、某种造就我们的力量的肯定。

这一切，向我们揭示着一种永无休止的精神劳役。我们这些诗的写作者，即使处在一个所谓"后现代"的时代，仍生活在一种严格的尺度下。在《什么是启蒙》的结尾，福柯以一种感叹性的笔调这样写道："我不知道是否我们将到达成熟的成年。我们经验中的许多事情使我们相信，启蒙的历史事件没有使我们成为成熟的成人，我们还没有达到那个阶段。"而我相信，一个瞻望历史而做出如此沉思和期望的人，在其本质上也是一个英雄。

阐释之外：当代诗学的一种话语分析

在《通向一种文化诗学》的结尾，美国新历史主义批评家格林布拉特（Stephen Greenblatt）曾这样说："为了对这种实践做出回答，当代理论必须重新选位：不是在阐释之外，而是在谈判和交易的隐秘处。"[1]格林布拉特的这种设想无疑具有某种理论上的想象力，同时它在我这里也引起了一个问题，那就是：当一些西方学者在面对中国当代文学时是否也能做到这样？如果说他们的阐释在一些中国读者看来有时仍处在"阐释之外"，是不是因为他们过于受制于自身的角度，同时又无视对中国语境的隔膜？

我提出这个问题，其意倒不在于西方话语本身（其实任何人都有理由从自己的角度对中国文学进行解读，甚至"误读"），而在于我们应正视这样一种现象，那就是某种"阐释之外的阐释"多少年来却在以这种或那种方式作用于一些中国作家和诗人的写作

---

[1] 斯蒂芬·格林布拉特：《通向一种文化诗学》，盛宁译，选自《新历史主义与文学批评》，张京媛编，北京大学出版社，1993。

意识及叙事策略。自20世纪70年代末到现在，西方对中国诗歌的看法及要求已有多种，我们已熟悉的一种是视中国诗歌也要求它们作为意识形态对抗的产物。似乎不对抗，中国诗歌就失去了意义。"对抗"当然具有它的意义，尤其是诗歌作为一种与总体性话语压迫持异的力量出现之时；但问题是他们过于把文学与政治绑在一起，并且似乎已简单到不能接受某种更复杂、更具有个人写作性质的东西。更重要的是，他们还不了解在中国这样一个国家，如果不能摆脱那种既对抗又同构的模式，文学就不可能从某种意识形态的恶性循环中走出。

后来又有了一种新的看法——它显然出自对以上这种倾向的反拨，并出自对中国诗歌的辩护，尝试对一些中国当代诗人的作品进行一种非政治化解读。例如荷兰的中国诗歌翻译家和研究者柯雷（Maghiel van Crevel），就为此做了大量开创性工作。但是，在他的理论阐释中，也透出了某种值得注意的倾向，例如他对多多的研究得出的"结论"是"多多作品的鸟瞰图显示了一种按时间顺序的背离政治性与中国性的发展""他这10年来的诗与其说是关于中国人的境遇，不如说是关于人的境遇；以悖论的方式，他的诗是如此个人化以至获得了普遍性""因而多多的诗证明了中国文学存在着在政治之外的领域复活的可能性……他的诗并不限于Gregory Lee所说的是'中国现实的复杂的反映'，并且……也肯定不是'骨子里的中国性'"。[①]

[①] 柯雷：《多多诗歌的政治性与中国性》，《今天》1993年第3期。

柯雷的研究，对于消解那种对中国文学的政治化阐释及"阅读期待"无疑具有意义，对于促进中国诗歌不是作为政治性窗口而是作为诗歌本身进入"国际视野"也肯定有着它的积极作用。但是，他的某些判断及其潜在的逻辑也引起了我的不安，因为它会造成这样一种印象，似乎背离中国性与政治性是获得某种"普遍性"的前提，而这在理论和实际上都有待商榷。首先，多多的诗歌显然不是那种对抗性诗歌，西方读者也不一定非要了解中国背景才能欣赏它们，但同样显然的是——如果从写作的角度来看，多多到现在恐怕仍受制也受益于他的"中国经验"。换言之，多多诗歌的"个人化"，本身就包含了对政治性和中国性的个人承受与独特处理，因此它会和一个荷兰诗人的个人化不同，而且和处在同样境遇的苏联诗人布罗茨基的诗歌也不同；正是从这里，产生了话语的具体性和差异性。因此，柯雷的话其实也可以反过来说：与其说多多近些年来的诗是抽象地关于人的境遇，不如说它们首先是关于一个特定的中国人、中国诗人的具体境遇的。如果说多多的诗歌有一种对人类根本命运的触及，那首先是从他对自身存在的进入才开始的。下面是多多写于1993年的《依旧是》的开头部分：

> 走在额头飘雪的夜里而依旧是
> 从一张白纸上走过而依旧是
> 走进那看不见的田野而依旧是

> 走在词间、麦田间，走在
> 减价的皮鞋间，走到词
> 望到家乡的时刻，而依旧是
>
> 站在麦田间整理西装，而依旧是
> …………

显然，这里一点也没有"背离中国性"；相反，这里出现的是一个特定的"回到"早年的田野，"站在麦田间整理西装"的沉痛的望乡者，而非处在郁金香花丛中的随便一个什么人。一个"悖论"是：多多在超越意识形态对抗模式时却比其他人更有赖于他的中国经验和中国语境提供的话语资源，在成为一个"国际诗人"的同时却又更为沉痛地意识到自己的中国身份和中国性——"依旧是"这种话语方式即揭示了这种无法摆脱的宿命感。看来诗歌是"矛盾"的产物，诗人自己也是。而这种相互冲突、纠结的复杂关系，是那种非此即彼的思想方式所难以应对的。多多的诗歌无疑有着一种超越国别与语境限制的普遍性，但它并非凭空而来，它首先从一种话语的"具体性"而来，而且一点也不以背离中国性（骨子里的）和政治性（广义上的）为前提；这就如同叶芝或希尼等西方诗人作品中的永恒、普遍价值是从他们自己的不可混淆的具体性中而来一样。因此，我们为中国诗歌从事一种诗学意义上的辩护，并不一定要使某些问题成为一种禁忌。实际上一部直接或间接处理政治历史问题的作品，例如叶芝的《1916年复活节》，有可能要比那些苍白的"纯诗"具有更高的文学价值。中国诗歌肯定具有超越其政治、历史语境限制的可能，但那种普泛化的"国际诗歌"却是不存在的。如果我们背弃自身的写作依据而"走向国际化"，为一顶虚设的桂冠角逐，很可能会将自己架空为一种可疑的、不真实的存在。且不说背离中国性与政治性之不可能，即使果真背离了这一切，达到一种纯之又纯、国际了又国际的程度，它还会对中国诗歌（以及对其他诗歌）构成意义吗？

这一切构成了我们对自己多年来的写作进行历史反省的一部分。我并不否定中国诗歌自20世纪80年代以来的那种非政治化、非意识形态化的努力，而且我自己也一直怀着某种文学独立、自足的梦想，但是，在付出了很多代价之后，在20世纪80年代末以来，我们却不得不重新考虑问题（我在那时写下的《瓦雷金诺叙事曲》一诗，即体现了一个写作者在纯洁艺术与真实命运间所陷入的"两难"境地）；而在此后中国社会、经济、文化的变化尤其是商业大潮的冲击，再一次加重了我们所感到的内在危机。因此我们不得不问：为什么一度"先锋"的诗歌，进入20世纪90年代后却几乎失去了"对文学讲话"的能力？为什么在意识形态的"对抗仪式"或"反对峙"表演中一些中国诗人能意识到自身的角色，在今天却变得茫然无措起来？为什么诗歌如此经不起社会生活的挑战，又如此受到历史的捉弄？而且我们还要问：多年来我们的诗歌意识是不是已被扭曲到一种畸形的程度？在我们的写作中是不是多了一些什么，又少了一点什么？

因此我感到了一种话语的自我清理的必要。这种话语清理，如同有人所说"不是借助铁铲的活埋行为"，而是"主要表现为一种技艺精湛的手术刀的行为"[①]，以找到我们自身的症结所在。我们不能不看到，多年来在中国现代诗写作中占支配地位的，一直是一种非历史化的诗学倾向及"纯诗"口味。出于对历史的反拨，20世纪70年代末期人们提出了"回到诗本身""让诗歌成为诗歌"的主张，这本来无可非议，然而许多人在试图摆脱意识形态的同时却又陷入了另一种虚妄。到了20世纪80年代中后期，"语言本体"以及罗兰·巴特的"不及物写作"更是被片面理解并被抬到压倒一切的位置上，加上中国文人的趣味主义与功利之心，致使大部分写作成为一种"为永恒而操练"的竞技，一种与翻译同步却与诗人自身的生存相脱节的行为。我这样讲包括了对我自己的反省。的确，在那些年里，现实仅被限定为在诗歌之外谈论的事情，文本与语境老死不相往来，据说这一切都是为了艺术的"纯粹"或"自足"。被视为"新生代"代表性诗人之一的韩东就曾这样宣称："世界是不完美的……假如我们为了使它完美而加入这个不完美的世界，我们的诗必然是不完美的。"[②]这是什么逻辑？然而这正是

[①] 臧棣：《后朦胧诗：作为一种写作的诗歌》，选自《中国诗选·理论卷》，成都科技大学出版社，1994。

[②] 奚密：《把灯点到石头里去：中国当代实验诗歌》，《现代汉诗》1993年秋冬合卷。

20世纪80年代的逻辑,或者说,是一种曾支配了众多中国诗人的"集体潜意识"。人们试图避开以前中国作家所曾陷入的历史悲剧,但是由于他们这种天真的理解,尤其是一种"二元对立"式的思想方式的支配,他们并未能从根本上给中国诗歌提供出路,相反却造成了自身写作的某种畸形。"诗人永远像上帝那样无中生有,热爱虚幻的事物"。只不过在达到这样的"终极"理解后诗人恐怕还得回到他所弃绝的"世俗"生活中来,因为很显然,一种真实的、富于活力的写作并不能从超凡绝尘中产生。韩东自己在今天的为人称道的小说写作就证明了这一点。我并不否定"新生代"诸流派诗人在向朦胧诗挑战时所具备的某种意义,但他们在消解神话的同时又在制造新的神话;重要的是,在流派喧嚣之后,一种不断地向存在"敞开"的话语能力却未能有力地形成,一种在中国语境中诗歌品格及感受力的铸造更是没有怎么考虑到的事。这就是这些年来一旦社会生活发生震荡,诗歌一下子就显得那么苍白、虚幻、不真实的原因。

在此意义上,可以说20世纪80年代末是一种结束——它大致上标志着一个看似在反叛实则在逃避诗歌的道义和美学责任、看似在实验实则绕开了真正的写作难度的时代的结束。而对于此后中国诗歌的转变,人们当然可以从不同角度来认识,但是它对于一种非历史化的诗学倾向的扭转则是应该首先加以正视的。因此,我不大同意欧阳江河把"中年写作"作为理解20世纪80年代末以来国内诗歌首要线索的说法。① 虽然欧阳江河声明这不是一个年龄概念，但在其论述中往往仍以抽象的年龄状态代替了具体的历史时间以及它对存在的连续性和稳定性（这当然包括了我们每一个人的写作）所造成的颠覆和中断。从欧阳江河所描述的"中年写作的迷人之处"看来，它其实几乎可以放在任何一个时代、一个国家、一种语境的诗人身上，但和当时经历着一场深刻震撼的国内诗歌并无更深刻、切实的关联，这就是说太普泛化了以至失去了它的具体针对性。我相信国内诗人在那一两年要试图解决的是另外一些更为重要的问题。且不说别人，就是欧阳江河自己在那时写下的《拒绝》等诗作，我想也是抽象的时间递进被具体的历史进程所改变的结果。为什么当我们对之进行一种诗学认识时，却要避开这一真实的历史境遇（或是仅仅把它局限为一种背景）呢？

也许这就是问题所在。在这里我看到了一种在中国式的"意识形态焦虑"（Ideological anxiety）中所形成的种种"情结"以及它对我们的支配。比如"永恒"情结以及人们曾提到的"现代"情结等等。前者使一些中国诗人一上来就希求达到永恒、普遍的"终极性境界"，却忽视了其写作与自身的历史境遇及当下生存的脱节；后者则使人们不惜一切地要跟上国际潮流，却绕过了作为中国诗人必须在他们自己的写作中加以解决的种种问题。我想正是这种种"情结"，造成了"朦胧诗"以后中国现代诗的某种非历史化倾

---

① 欧阳江河：《89后国内诗歌写作：本土气质、中年特征与知识分子身份》，《花城》1994年第5期。

向（附带说一句，人们曾感叹"北岛所开辟出来的道路过早地被后起的诗人切断了"[①]，我想这也许和北岛自己有关。一个印象是，当北岛意识到政治对艺术的某种伤害后，便开始从"历史给他的角色"中退出，而执意成为一位纯诗的修炼者。而这种选择，我想给他后来的写作同时带来了正反两方面的作用）。我一点也不否认中国现代诗20世纪80年代以来在诗艺、语言形式革新和风格多样化等方面的进展，但在这个过程中人们也付出了他们没有意识到的代价，那就是一种面对现实、处理现实的品格和能力的弱化，甚至丧失。这就是这些年一旦社会发生变化和震荡，诗人们就变得不适甚至"失语"的原因。"当年先锋今何在"，我想已不止一人提出了这样的问题。显然，技巧的娴熟并不能代替一种内在的缺乏，它只有和如臧棣所说的"一种不断向存在敞开的特殊的诗歌感受力"相结合并构成互动关系时，才能有效地恢复诗歌的话语功能。那种非历史化的抽象写作或不及物写作纵然可以把诗歌写到纯之又纯的程度，但它们能否和人们当下的生存及语言经验发生一种摩擦？能否和目前中国社会的"话语实践"（Discursive practice）发生一种深刻的关联？答案可能是否定的。我想正是这种写作几乎葬送了诗歌，或者说使诗歌的轮子悬在了空中。对此，诗人肖开愚在一两年前的一篇文章中曾不无沉痛地说："近十几年，生活，或被公认或被默许为一个犯忌的词语，小说家、艺术家和

[①] 非默：《我们这个时代的写作》，《今天》1992年第1期。

大多数诗人都愚蠢地回避它,迫使常识成为少数人拥有的秘密:从现实生活产生伟大的艺术。也许这就是一个公开的阴谋,以全面遗忘表达当代社会对诗歌的厌恶。"①

看来一种"自我疗治"是必要的,"向历史的幸运跌落"是必要的,重获一种参与意识与美学批判精神也是必要的。无论人们把诗歌设想得多么超然,在一个人们一生下来即被意识形态纳入它的再生产程序之下的社会里,它其实一直就处在某种文化焦虑和冲突的中心地带。这一切,正如程光炜所描述的,"我们即使在梦境里也从未走出过那个不可捉摸的寓言"②。这一切构成了我们真实的困境。而这个多年来一直伴随我们的历史困境正是在政治与文学之间,在给定的生存、话语条件与文学的自由表达之间,在写作的道义承诺、责任与个人的自由意愿之间反复形成的。正是在这一基本的历史境遇中,产生了如同布罗茨基所说的"我们的变形记,我们的神话",产生了我们的精神分裂症。而为了真正从这一历史困境中"走出",我们无疑要继续消解那种对抗式写作,因为它只能使中国文学陷入某种恶性循环里;同样,那种一厢情愿的逃避与僭越,也被其实践证明为一种拔着自己头发升天式的妄想。例如曾有人这样评述过"非非主义":"非非就是以这种'不在'③征服了写作中的意识形态……达到了一种纯语言(或方程)

---

① 肖开愚:《生活的魅力》,《诗探索》1995年第2辑。
② 程光炜:《误读的时代》,《诗探索》1996年第1辑。
③ 指非非诗人们提出的"反文化、反语义"、"前文化还原"以及"零度写作"等。

的状态。"① 那么人们是否果真"征服"了意识形态？这不过是一种"精神胜利法"，一种恐怕连非非诗人们自己也不再相信的神话（虽然"非非主义"在当时提出来并不是没有意义）。重要的是这种"征服"，这种"取代意识"本身，就已相当地"意识形态化"了。看来意识形态之所以被人们称为"魔法"，正在于它恰恰会在那些反抗它或试图逃离它的人们那里显示自身的存在。

因此在我们的这种历史境遇中，承担本身即是自由。我们不可能再有别的自由。这是我们的命运，同时这也提示着中国现代诗多少年来最为缺乏的能力和品格。这种"承担"当然属于一种难以简单界定的诗学行为，但我想它首先意味着的是把我们自己置于历史与时代生活的全部压力下来从事写作；同样，这种承担也不限于某种道德姿态，它在今天还会要求我们从一个更为开阔的视野来反观我们自身；例如，在一种对生存的洞察中，使那些"显然是政治的东西失去政治的意义"，同时又使"没有政治意义的带上政治意义"。正是通过这种承担，我们的写作才有可能介入到目前中国的话语实践中并成为其中富有变革、批判精神和诗性想象力的一部分。否则，等待着诗歌和一切"严肃文学"的，很可能就是自生自灭。我想已有愈来愈多的国内诗人意识到这一点。臧棣在去年写的《绝不站在天使一边》一文中这样说道："我对在知识界中已成行话的'边缘意识'心存疑虑。既然已颠覆了关于中

---

① 柏桦：《非非主义的终结》，《现代汉诗》1994年春夏合卷。

心的假设，那么也必须取消边缘。边缘离天使太近，离历史太远。而有关知识的一切话语从来就是一种奋争。因此，我想到了南非诗人布莱顿·布莱顿巴赫（Breyten Breytenbach）的'要保持批评的态度，绝不能站在天使一边'。"①

显然，"绝不能站在天使一边"并不是要否定天使，而是意味着对非历史化写作的一种纠偏，对那种"二元对立"式思想方式的消解。"二元对立"是意识形态化语境中最为普遍的一种话语方式，正是它把文学与政治、文本与语境、中心与边缘、永恒与当下、普遍性与具体性、责任与自由等等对立起来或是相互隔绝起来，造成了20世纪80年代以来中国现代诗的某种病态和畸形。因此，要在今天重新达到对写作的认定，就有赖于对这种话语方式的消解；或者说有赖于我们从某种封闭和隔绝中出来，不再从种种对立而是从种种关联和相互渗透中来重新考虑文学的问题。

正是就这些问题，前一段我和诗人孙文波等进行了讨论。针对那种非历史化的抽象写作，孙文波说我们肯定是在一个中国的话语场中写作。我们不可能不在它的牵制下写作，也在它提供的可能性中写作。这里，我们提出"中国话语场"，我想正是从一个更大的范围看到了语境的历史具体性以及它对写作的限定和要求。如果我们不是抽象地谈论民族、文化、社会和语言，而是把这一切纳入具体的历史语境与话语实践中来，就会看到一个有别于其

---

① 北京《为你服务报》"知识分子如何对社会发言"专版，1995年8月31日。

他语境,而在我们这里发生,运作和演变的话语场——虽然它同样处在全球文明的笼罩和压力之下,并与之构成一种互动关系。一个国内诗人不能不受制于这个巨大、动荡的话语场,而在海外的中国诗人也将和它构成某种特殊的关系。完全脱离了这个话语场的写作,也许它自认为已达到了"属于所有时代"的境地,但却很难设想它与这个时代的中国文学有着什么深刻的关联及意义。这里,我想再以布罗茨基为例。布罗茨基看上去是那种属于全人类的诗人,但他的写作仍有其不可混同的具体性和指向性,换言之,他一直试图在对俄国文学讲话(虽然他所讲的对其他文学也同样有效),例如他流亡西方后写下的大量文学随笔以及组诗《言辞片断》等。《言辞片断》第一首的开头即是:"波罗的海沼泽锌灰的碎浪旁/我出生,成长,在那成双前行的碎浪旁……"我想正是从这样的写作中才产生了他的不同于其他西方诗人的独特意义的。我们可以用布罗茨基取自里尔克那里的一个比喻来形容他自己的写作:它有如"教区最边沿上一所房舍"透出的灯光,它使"居民观念中的教区范围大大地扩展了"[1],换言之,它扩大了人们对俄国文学的认识。但是我们却应记住,这样的意义并不是单凭这所房子获得的,而是相对于整个"教区"而获得的。离开了这个"教区",它又有什么特定的意义?它可能什么都不是。

因此,所谓"国际诗歌"是不存在的,那种抽象的非历史化写

---

[1] 约瑟夫·布罗茨基:《从彼得堡到斯德哥尔摩》,王希苏、常晖译,漓江出版社,1990。

作也并不能获得它所期望的意义。前往与回返,离心力与向心力,普遍性与具体性,都与一种写作所依据的话语场的存在深刻相关。德勒兹和加塔利在《反俄狄浦斯》中指出:"离心力并不永远逃离中心,而是再一次接近中心,只是为了再一次撤离中心:这就是剧烈振荡的性质。一个人如果只寻找自己的中心,看不到自己也是构成圆圈的一部分,那么这种剧烈振荡就始终使他不知所措。"①而这种剧烈振荡,这种双向运动、冲突与"不知所措",恰好也正是在我们这里一再所发生的"故事"。

那么提出"中国话语场",在某种意义上正是为了结束这种"不知所措",为了使我们的写作在我们所意识到的历史条件下重新达到一种自我限定,重新考虑我们的写作依据、差异性、具体性及指向性等问题。近几年来,国内一批诗人的写作逐渐透露出的,正是这样一种诗学意识。例如陈东东的一首长诗《喜剧》,它由"龙华""歌剧院""闸北""动物园""外白渡桥""图书馆""七重天"七个部分组成,其间不仅有来路不明的亡灵,还穿插了中国式的"判官"以及"承包斋堂"的和尚。这说明对埃利蒂斯的爱琴海情有独钟的诗人已开始转向一种"本地的抽象",开始对中国语境进行一种自觉的包容和诗性转化。其他一些诗人,例如孙文波、西川、肖开愚、翟永明、张曙光等人的近作,也都向我们提示出一个"中国话语场"的存在以及它对诗歌的重构所具有的重要意

---

① 吉尔·德勒兹、菲利克斯·加塔利:《反俄狄浦斯》,转引自《新历史主义与文学批评》,张京媛编,北京大学出版社,1993。

义。正是自觉地置身于这个混乱的充满活力的话语场中,我们才有可能把我们的写作从一个"纯诗的闺房"中引出,恢复社会生活与语言活动的"循环往复性",并在诗歌与社会总体的话语实践之间重新建立一种"能动的振荡"的审美维度。

当然,提出"中国话语场",并不意味着我们会局限于此。正是从某种"国际视野"里,我们才提出这个问题,并以此作为我们对写作的自觉。而在实际上,这个话语场与世界也绝不是隔绝的,毋宁说,它集中体现了当今世界各种话语的交汇与冲突。另外,这和人们所说的"重返精神家园"以及"本土性"也根本不是一回事。前者意味着的是一种简单的价值认同,而后者则是一个抽象的非历史化的概念,因为它倾向于抽象地、静止地来设定文化本质,而不是把它放在具体的、变动的历史实践中来认识。还有人(欧阳江河)曾提出把"本土气质"作为认识20世纪90年代国内诗歌的线索之一,这作为对写作的某种自我限定是有意义的,但这个提法本身在理论上却显得模糊。实际上,"本土气质"作为一种文化遗传,一种"自然而然"的东西,不能和一种自觉的文化建构和话语实践等同。在任何一部国内流行的大众消费读物中,难道不是具有更充分的"富于中国特色"的"本土气质"?但它却和一种严肃的写作无关。因此,"本土气质"恰恰应成为一种文化批判和反省的对象,而非我们认同的规范。而就具体实践而言,"本土性"的追求在今天中国的电影界、美术界以及文学界中往往已成为一种文化投机主义的叙事策略及商业手段。也许这类精心制作和包装的"文化中国"恰好迎合了某些西方人对"他者"和文化差异性的要求，但在根本上并不是一种严肃的写作。

因此说到底，提出"中国话语场"，出于一个中国作家和诗人的责任以及我们对写作的重新认定。我们曾一再逃避作为一个诗人的责任，但我们却未能避开历史的捉弄。因此，如何使我们的写作成为一种与时代的巨大要求相称的承担，如何重获一种面对现实、处理现实的能力和品格，这是我们在今天不得不考虑的问题。

文学中的晚年

英国作家 E. M. 福斯特有一次说过他曾设想在《印度之旅》这部书的中部应该有一个"洞",诗人谢默斯·希尼认为在一首诗中也恰好如此,"它将在这些诗作的中央敞开,以引导读者深入,超越"[①]。当然,问题在于怎样设置或形成这个"洞",并对它进行怎样的理解。

记得在 20 世纪 90 年代初,在一次"中国现代诗的命运和前景"座谈会上,当人们纷纷对诗的当下处境表示忧虑时,我说到我现在对"晚年"感兴趣,想对它进行一些"研究"。一些人笑了起来,大概是因为我所说的和会议主题不太协调吧,或是因为那时的我——一个才 30 来岁的年轻诗人——还远远没有到谈论这类话题的时候。但我知道,这样一个"晚年"其实也就是希尼所设想的那种黑暗而透出亮光的所在,它早就在"一部书"的中间等着

---

① Seamus Heaney: "The Main of Light", *The Government of the Tongue*, Farrar, Straus and Girous, 1990.

我们。

　　说来也是，不知从何时起，当我买到一部作家、诗人的作品全集或选集后，我总是越过其早期作品或"成名作"而从后面开始读起。这是因为墓碑比其他事物更能照亮一个人的一生？是的。如果一位作家有了一个更为深刻或伟大的晚年，他才是可信赖的；而那些名噪一时到后来却江河日下的人，在我看来终归不过是文学中的过客。的确，在历史上能构成"经典"意义的诗人，总是那些愈写愈好的人，或后期作品比早期更耐读甚或更"晦涩"的人——正是从这样的作家、诗人那里，我感到了一个对我来说至关重要的文学中的"晚年"。

　　显然，这里谈的"晚年"不是一个年龄概念，而是文学中的某种深度存在或境界。这样的晚年不是时间的尽头，相反，它改变了时间——它在时间中形成了一个可以吸收时间的"洞"；它会使时间停顿，并发生维度和性质上的改变。这样的晚年才是"无穷无尽的"！

　　而为什么我会在那个会上谈到这一点，是因为我感到自20世纪80年代中期以来，我们其实一直处在如诗人郑敏所说的"青春崇拜"的诗歌氛围中。"新生代"的反叛和骚动，几位青年诗人的先后自杀与死，诗人的自恋和明星化，大学朗诵会上一阵阵狂热的喝彩，这一切多少左右了我们这个时代的诗歌风尚。记得很早时我就曾对一位朋友讲："不要为大学生写诗，为一个'老人'写吧。"约瑟夫·布罗茨基也谈到他在写诗时总是会想到（晚年）奥登会怎么看这首诗。换言之，诗人最隐蔽的对话者和审判者，只存在于文学的晚年之中。而20世纪80年代诗坛的"青春崇拜"，看似让人兴奋，实则遮蔽了文学的这一真正尺度。

因此，在这种情形下，当我倾心于文学中的晚年的时候，也正是希望更多的"黑暗"或"断裂"进入到我们的诗中的时候；或者说，这样一个晚年的存在，将迫使我们避开许多人在当下所追逐的东西，而进入到文学的"内部"去工作。1991年秋，在诗片段系列《反向》中我曾写下这么一段："大师的晚年是寂寞的。他这一生说得过多。现在，他所恐惧的不是死，而是时间将开口说话。"这即是当时我想抵达的某种境界，它产生的不是气度或风度，不是青春的三姐妹，而首先是一个但丁式的地狱。或者说在这样的晚年一个文学的"法庭"将会形成，时间的威力将震撼一位作家的良知，并迫使他重新为自己的存在找出根据。我认为，在"成名"之后或经历了写作的早期阶段后，一个诗人敢不敢或能不能进入到这样一个"晚年"之中，这将对他构成最根本的考验。

也可以说，诗人叶芝所说的"精神才智的伟大劳役"就体现在这样的晚年里。正是在这样的艰巨劳作中，杜甫、叶芝、里尔克为世世代代的诗歌确立了伟大尺度，只是我们尚未进入到它的秘密之中。荒谬的是，大师们自己早已不看重的"成名作"到处流传，以致成为他们的标志，而他们的晚年却像"黑暗的银河系"一样，至今仍处在人们的视线之外。

所以有朝一日，我要为《秋兴八首》写出一系列个人札记，或是带上一卷《杜伊诺哀歌》到一个海边的村子独自住上半年。所有这些，都是我希望去做的事情。但在这里，我想先谈谈另一位我所倾心的作家，他就是英籍德语作家埃利亚斯·卡内蒂。我是1993年在伦敦一家书店里发现他的《钟的秘密心脏》(*The Secret Heart of The Clock*)的。我一打开书，读了几段，即意识到与我想要"研究"的"晚年"遇上了。这些作家在晚年所写下的日记、札记和言辞片段，用他自己的话来说，恰像"书法中的最终抽搐"，本质，竭其一生，而在一个黑暗的晚年为我们显现出文学中最根本的东西。我没想到这样一个地方有这样一本书在等着我。我的目光落在这样的句子上不动了：

> 戈雅在他的晚年：他的丑儿子，他的继承人。那个已经在学画画的9岁女孩，也许，是他的女儿。他的母亲，特丽莎，她的唠叨戈雅已经不能听见：他的聋，作为一种拯救。

这就是出现在卡内蒂那里的"文学中的晚年"：对于那些伟大的作家或艺术家，他们的"儿子"总是丑陋的——对那些从天上盗火、把秘密泄露给人间的人，命运必将以此作为报复（这就是为什么卡夫卡临终前要烧掉他自己的作品）。更为不堪的是：这样的"丑儿子"，却注定要代表他进入未来。这里出现了伟大的哀怜，但又有一种深刻的反讽，"文学中的晚年"即从这里开始。至于那个已在学画画的9岁女孩，卡内蒂有意使用了"或许"这样一个不确定的词，来表示她与戈雅的关系。纵然这个小女孩代表着未来和希望，但对于一个已进入"晚年"之境的灵魂，已显得恍若隔世，或可有可无了。而母亲，那个曾生养下一个伟大艺术家的衰老生命，她的唠叨戈雅已不能听见，或，已不必去听。因为在艰巨的生命求索中戈雅已独自来到一个无以名之的境界，以至于他对这个世界的听而不闻，反倒成为一种对个人的拯救。

　　短短的言辞片段，却从词语的整合中产生出了如此的悲剧性力量——这只能使我默然，并在沉默中被提升到一个更开阔的生命之域。这使我想起了晚年的杜甫和叶芝，想起了那句千垂不朽的诗赋：烈士暮年，壮心不已。而在一个卡内蒂式的晚年里，其"壮心"恐怕已不是一般意义上的人生抱负，而是一种更根本的精神冲动——一种往往是通过自我反省和追问所产生的"更高认可"的冲动。我曾读过另一个诺贝尔文学奖获奖诗人的日记，他总是在那里谈论外界对他怎样评价。但在卡内蒂那里，他从不让这一切进入他的笔下（对于生命的受难与拯救，诺贝尔奖又能如何？）。对他，晚年不是接受别人爱戴的时刻，相反，应是一个"耳聋"的时刻；是一个独自步入存在的洪流，让一个审判的年代为他自己升起的时刻：

　　　　这种持续的不可磨灭的感情，不可被死亡和绝望减弱……是的，这是真的，我仅在这里是我自己，坐在我的桌前，面对树上的飞叶，它们的飞逝搅动着我，为那过去的二十年。只在这里有这种感情，我的丑陋的奇妙的抵押品，从未动用，

> 也许我需要拥有它,为了在死亡面前不垂下我的手臂。

面对这样的文字,我唯有惭愧。一个人在其晚年对自己一生所做的痛苦反思,从内心溅起的激情以及"更高认可"的冲动,这一切都在深深地"搅动"着我:它使我感叹于命运的艰难,但也使我意识到我们那被赋予的生命。它使我再一次来到"诗歌"的面前。

的确,这样的晚年不是时间的尽头,相反,它才是一个迟来的开始。我们只有不断地回到这里,回到千百年来文学为我们创造的"晚年""洞穴"或"黑暗"里,我们一生的写作才能获得更为根本的保证。"黑暗就在那里",身在其中与身在其外的写作不可能是一回事,而那种看似已经"出来"实质上仍在"里面"的写作更是一种不易达到的境界。卡内蒂就曾这么富有意味地写到一位旅居巴黎、早年曾被关在集中营里的老相识:"他仍生活在陀思妥耶夫斯基的'死亡之屋'里,只是分开单独住而已。他知道那是他的吸引力的更大的部分。他已被释放,但仍在那里。他微笑,咧开了嘴,为他的自由……"

"死亡之屋"在陀思妥耶夫斯基全部创作中的位置,不正像那个黑暗而神秘的"洞"之于 E. M. 福斯特的《印度之旅》?不正像我们在这里谈的"晚年"之于一个人一生的写作?卡内蒂已从中出来,但他仍在那里——他比我们任何人都更深入、更无畏地进入过那里。因此,像这样的作家无论变换任何写作题材和角度,他都会处在文学的内部对我们讲话。

"迟到的孩子"

——中国现代诗歌的自我建构

中国现代诗歌的历史,大概要从1917年《新青年》开始发表胡适等人的"白话诗"算起。这种历史,如用弗洛伊德的语言,可以说是一种典型的"弑父"行为。在"文学革命"的大旗下,一种深刻、巨大的文化与语言的"断裂"开始出现,以致使数千年以来一直保持着某种连续性的"传统"渐渐成为和我们不再有直接关联的东西。

这就是"历史"。与其怀着乡愁式的冲动,不如"历史地"看待这种历史,因为正是它造就了中国现代新诗和我们自身。这种历史不仅不可逆转,它还预设了我们在今天的焦虑。进一步说,我们作为诗人或批评者,无论自觉或不自觉,都已加入了自"五四"开始的这种历史,在成为它的一部分的同时,还必须为它付出代价——换言之,我们正陷入这种历史的开创者们在当初不曾体认到的困境。这种困境,如同人们已感到的,是一种在"传统"与"现代"、"西方"与"本土"之间反复形成的两难困境。

我认为,近些年来普遍的文化与诗学焦虑即由此而生。事到如今,我们不能不回过头来反省这种历史困境,一些问题也不能不提出来。比如,在切断了与传统的联系后,中国新诗如何或凭什么来建构自身?这种历史建构到今天是否已获得了一种"合法"的文化身份?或者放开来看,中国现代诗歌在经过了近百年的艰辛努力后,是否已成为世界现代诗歌的一个不容置疑或不可取代的一部分?

显然,要回答这些问题,不能仅仅我们自己说了算。历史发展到今天,中国现代文学和诗歌还必须纳入一个更开阔的时空关系中得到定位和表述。比如,虽然我们天经地义地认为自己是"中国诗人",我们的作品也被国内的读者和批评家认可,也有人不断以"中国现代汉诗"或别的什么来命名这种诗歌。但,一旦它被译介到西方,这一切会不会遇上问题?实际上,我们很可能会被一个多少了解中国传统和西方现代诗歌的西方人视为一个"国籍不明的诗人"。著名的美国汉学家史蒂芬·欧文教授(Stephen Owen,即宇文所安)就曾这样对北岛的诗发问:"这还是中国文学吗?或是发轫于中文的诗?"[①]

这说明在一些人的眼光中,中国现代诗歌的文化身份迄今仍

[①] 史蒂芬·欧文:《何谓世界诗?》,原文刊于美国《新共和》1990年11月号,中译文见《倾向》1994年第1期。

是不明确的,我们的"身世"是可疑的,我们的"创造性"是打折扣的。我们的诗歌或被看作一个(西方诗歌的)"变种",或被视为一个来路不明的孩子(因为它看上去和中国传统很难说是一种"父与子"的关系)。"什么样的自行车"?瑞典诗人约然·格莱德尔在打量北岛的诗时曾发出这样好奇的疑问。[①]那么,人们可能还会这样对我们发问:"谁是你的父亲?"或"什么时候你最后一次见到你的父亲?"

这样的发问纵然令人难堪,但也触及问题所在。因此,它即便不是被一个西方人提出,也应被我们自己提出。的确,中国现代诗歌必须在世界面前为自身的存在,为自己的"合法性"问题做出辩护,必须对"什么样的自行车"这类问题进行回答。是到了正视困境而不是回避它的时候了。因为对困境的正视,乃是一种"历史意识"的产生,也会促成我们的文化自觉。实际上,如果深入考察20世纪90年代诗歌,就会发现身份的危机感和主体性的重构正在成为一种诗学焦虑的中心。例如,诗人西川1989年9月写下的《世纪》一诗原来的结尾是"我是埃斯库罗斯的歌队队长"(指诗中的"我"在世纪的尽头遇见的"长者"),但在1997年出版的诗集中,这一句却变成了"我曾是孔子门下无名的读书郎"。虽然对这样的改动我持保留意见,因为和全诗似乎不太协调,但从中仍透出某种重要信息。它显示了原有的诗歌身份在今天所受到

---

① 约然·格莱德尔:《什么样的自行车:评北岛诗歌》,《今天》1990年第1期。

的威胁和质疑，显示了诗人们在一种文化焦虑中对自己写作的调整，重要的是，它或许还涉及中国诗歌的又一次自我重构和方向性定位。

谈起文化身份，可以说中国新诗在一开始是没有"身份"的，因为它以切断与传统的联系为前提。没身份即是它的身份。就中国新诗的历史建构而言，一方面，"身份"不是一个给定之物，甚至也不是（传统的）"创造性转化"，因为从根本上讲它乃是（或愈来愈是）"在传统之外出现的一个审美空间"（臧棣）；另一方面，这种"身份"也不可能从外面简单"拿来"或"引进"，它只能出自一种复杂、艰巨的话语实践。这里，正如有的论者指出的那样：话语是第一的，主体性是第二性的，"主体性存在于话语的运用之中"。①

自我的建构，往往需要"他者"的参照系。大致上讲，中国新诗正是在东西方之间、在传统与现代之间来实现自己的自我建构的。它从一开始到现在，似乎一直处在如维特根斯坦所曾描述的那个位置："人类的共同行为是一种参照系统，我们通过它译解一种未知语言。"②

但是，这样说仍不够确切。中国现代诗歌不是用那种"横向移植"加"纵向继承"的简单配方可以解释的，它也从来不是一

---

① 徐贲：《走向后现代与后殖民》，中国社会科学出版社，1996。
② 维特根斯坦：《哲学研究》，汤潮、范光棣译，生活·读书·新知三联书店，1992。

种文化构成上的平衡。事实上,在多种关系中,中国现代诗歌和西方近现代诗歌有着更为直接和亲近的关系。正如我们所看到的,中国新诗并非在一个封闭、单一的文化语言共同体内产生,相反,它一开始就是在外力冲击下的产物。值得留意的是,20世纪初英美俄等国的现代主义诗歌也都不是在单一的传统内,而是在多重参照中形成自己的"现代性"的(例如庞德之于东方诗,曼德尔施塔姆把"阿克梅主义"定义为"对于世界文化的怀乡之思")。那么,中国现代诗歌要获得自身的存在,获得自己的"现代性",更需要借助于外力的冲击。这里,我们可以借用巴赫金的一句话:自我是一个"礼物",它从别人那里得来。

所以,这里我想把问题首先集中在怎样认识中国新诗与西方的这种关系上。以上讲过中国新诗在其开端及草创期的"无身份性",而这种无身份性同时为模仿和创造提供了可能,具体考察起来,情形更为复杂,很可能是在模仿中创造,或是在创造中又有反响。问题在于怎样看待这一切。如果不是历史地看问题,不是进入到特定的文化语境中而是只就某些现象来做文章,就很难建立起中国现代诗歌这种自我建构的"可理解性"。实际上,中国现代诗歌在一些西方学者眼中迄今仍是作为一个"迟到者"和"模仿者"。例如,在欧文教授看来,某位著名中国当代诗人(北岛)的作品,不过是一种"令人难为情的""通过阅读我们诗歌[①]遗产

---

① 指西方诗歌。

而创作的诗歌的翻译稿"。曾热心翻译过北岛诗歌的杜博妮教授（Bonnie S. McDougall）似乎也非常失望地对中国现当代文学中的"模仿癖""剽窃的策略"及"创造力的危机"进行了尖锐的批评，并断言"谁迟到就会永远迟到"。①

这类批评在国内也并不是没有。无论这类批评正确与否，它在遮蔽了某种东西的同时仍说明了某种东西。所幸的是，时间会化解这种忧虑。中国20世纪90年代诗歌——我指的是它最为坚实、成熟的那部分——中西方的影响正在消退，创作与翻译"同步"的现象也已从根本上扭转。例如，曾受过西尔维娅·普拉斯影响的翟永明"已把普拉斯还给了普拉斯"（钟鸣）。对希腊超现实主义诗人埃利蒂斯情有独钟的陈东东也早已转向"本地的抽象"。由于历史的原因（而非个人"创造力"的原因），中国现代诗歌曾作为一个"迟到的孩子"，但在付出了比西方同行艰巨得多的努力之后，中国当代诗歌最好的那一部分正出现在与其他西方诗歌"同一地平线上"。时间差的消失，正使它们处于一种平行关系之中。

但这并不意味着中国现代诗歌就已"回归本土"。在身份危机和文化焦虑中，大陆诗人并没有像有些台湾诗人在当年那样猛杀回马枪。如果考察起来，"西方"在当代诗歌中仍"无处不在"，就如同它在目前中国大陆的文化现实中无处不在一样。但是，我们会发现中国当代诗歌与西方诗歌的关系已发生一种重大改变，即

---

① 杜博妮：《外来影响的焦虑：创造性、历史性、后现代性》，《今天》1991年第3、4期合刊。

由以前的"影响与被影响"关系变为一种平行关系或对话与互文关系。

具体讲，中国诗人已由盲目被动地接受西方影响，转向有意识地"误读"与"改写"，进而转向主动、自觉地与西方诗歌建立一种"互文"关系。而这种关系的建立，对中国现代诗歌的自我建构来说，具有重大意义。的确，改变或重建与西方诗歌的关系，这是中国诗人在20世纪90年代所做的重要工作之一。西方现代诗歌仍被中国诗人们所关注，但不再是作为一个摹写的"范本"，而只是作为自我建构的一种参照。20世纪90年代的不少诗歌文本，在切入自身的文化现实的同时，都有意识地并且是在富有意味地与其他西方文本发生一种相互指涉的"互文"关系。这种"互文"关系既把自身与其他文本联系起来，同时又区别开来。富有意味的是，在西方影响减退的同时，中国现代诗歌的语境却日趋开阔，它不仅包容了本土现实，甚至也延伸到西方历史和文明中。这显示了中国现代诗歌在一个更大范围，或者说在全球文明的压力下来建构自身的抱负和趋向。显然，这种具有"互文"性质的诗歌，也只有在一种国际性的视野中才能被完全理解。

而在这同时，诗人们也在重新思考和处理与中国自身传统的关系。我们会发现，"传统"作为多重参照之一，正被重新引入现在，在20世纪90年代的诗歌建构中起着虽不那么明显但却十分重要的作用。一个悖论是："传统"的被重新发现和认识，完全是因为对"西方"的敞开。中国诗歌自屈原以来，一直是一个封闭的自我指涉、自我参照的互文体系。中国古代诗人在写作中有意识地建立与前代诗人及文本的互文关系，用黄庭坚的话说，已到了"无一字无来历"的程度。这样，毫不夸张地说，一代代的中国诗歌几乎都是一种"互文本"，以致我们要完全读懂一首古诗，还需要了解其他无数个文本乃至整个文学史。

但是，像这样一个自足，封闭，数千年来一直在相互指涉、自我反映的互文体系（人们称之为"传统"），随着进入"现代"，却开始变得有点失效了，以至于处在这个封闭体系内的伟大诗人，例如杜甫，对一些中国现代诗人的亲近程度竟不如某些西方诗人。这是历史事实。我们只有在充分了解和认识"西方"后，或者说在经受了一种现代主义的"洗礼"后，才有可能回过头来与被搁置的"传统"重新建立一种关系。也只有在这种情形下，像杜甫这样的在中国自身传统内具有充分经典性意义的诗人，其意义才会被我们重新引发出来。"父亲"会回来的，但往往是在被我们所"遗忘"之后，这就像博尔赫斯在一首诗中所描述的那样：

> 黄昏突然变得明澈……
> 庭院不复存在。雨的傍晚
> 带回了那个声音，我父亲的亲切的声音，
> 他现在回家来了。他从没有死。

"父亲"会回来的，传统也会被重新引入现在。但这不会是一

种"继承与被继承"的关系,而是在一种新的历史、文化条件下建立的"互文"关系。当过去对我们重新开口说话的时候,也正是诗人立足于他们的现实并同历史发生某种对话关系的时候。在这方面,肖开愚在近年写下的组诗《向杜甫致敬》颇耐人寻味。诗人虽然采用了这个题名,但这却不是"向大师致敬的文本"。相反,在这组诗中除了有一两处涉及杜甫或是让人联想到杜甫外,并无更多的字面上的联系。这是一种写作策略,也是一种智慧:诗人迫使我们在他的这个有着强烈的现实沉痛感的关于当代中国的诗歌文本与杜甫之间建立某种联系。他在要求一种富于生产性的、创造性的阅读。

这样,无论西方诗歌还是中国传统,对于中国当代诗人来说,都只是作为某种参照同时存在着。20世纪90年代诗歌同这两者都在发生着关系,虽然这不是一种东西方之间的平衡或折中。中国诗歌正在一个更开阔的时空关系中建构自身,这种情形具体到一些诗人那里,还有一个"共时性空间"的建立问题。所谓"共时性空间",是指诗人在其写作活动中取消了时空限制,而使古今中外那些为他个人深刻认同的诗人,出现在同一的精神空间里。他在写作或精神活动中与他们为伴,而他们成为他秘密的对话者、激励者或守护神,"那些来自过去而又始终就在眼前的诗人"这一诗句就暗示了这一精神存在。我相信每个诗人都有着这么一个"共时性空间",它的存在及变化,都深刻地影响着他的写作。

谈到"共时性空间",这里不能不提到但丁,古罗马诗人维吉尔在《神曲》中出现，引导但丁游历地狱和炼狱，具有重要意义，可以说这标志着诗歌开始成为一种以自身为参照的艺术。诗歌从对神话谱系的依赖中偏移出来，具有了自我反应和循环的性质。神话人物的隐退，使诗歌开始以过去时代的诗人为原型来建立自身的谱系。比如但丁作为"流亡诗人"的原型，奥维德作为"诗人与帝国对立"的原型，都曾出现在不同时代、不同语种的诗歌中。如同从诗歌中产生了诗歌，从诗人中也产生了诗人，一代代的诗歌已构造了它自身的尺度和依据，原型或回声。我相信每个成熟的诗人都处在诗歌自身的这种自我循环中，或者说都有着这么一个秘密的并且在不断演变的"共时性空间"。问题是在中国现代诗人这里，它已远远超出了自身的文化范围。具体讲，中国现代诗人主要是以西方诗人为自我参照的。只不过对此我们大可不必忧虑："汉语中的里尔克"已不是德语中的那个里尔克。中国诗人并不是在盲目模仿，而是出于自我建构的需要，在对西方诗人进行自觉的、富于创造性的"改写"。欧阳江河在论述20世纪八九十年代诗歌时曾特意谈到这一点："隐匿在我们写作深处的叶芝、里尔克、庞德、曼德尔施塔姆和米沃什等诗人也已经汉语化了，本土化了……重要的不是他们在各自的母语写作中原本是什么，而是……在我们的当前写作中变成了什么，以及在我们的今后写作中有可能变成什么。"[1]

---

[1] 欧阳江河：《89后国内诗歌写作：本土气质、中年特征与知识分子身份》，《花城》1994年第5期。

中国现代诗歌正处在这样一种自我建构中。以上谈到中国古典传统作为多重参照之一正被重新引入现在，即使看上去它们并没有出现在一些当代诗人的创作空间或文本里，但恐怕仍是一种"缺席的在场"。这些古今中外的"亡灵"，正以一种交错出现或并置的方式，"隐匿在他们写作的深处"。而这种"共时性空间"的建立，不是那种与翻译或国际潮流的"同步性"可以同日而语的。20世纪80年代渴望的是"赶上来"，或"生怕不现代"，而20世纪90年代诗学却以一种巨大的回溯为其特征之一。中国诗人们正获得一种历史的意识和视野，在选择上也有了更大的余地和主动性。这使得他们有可能在一个更大的范围来建立他们的"共时性空间"。这种自我建构体现了中国诗人的诗歌抱负和理想，也体现了他们在今天所获得的文化自觉。博尔赫斯在谈到19世纪英国作家爱德华·菲茨杰拉德翻译波斯古典名著《鲁拜集》时曾感慨地讲："一切合作都带有神秘性。英国人和波斯人的合作更是如此，因为两人截然不同，如生在同一时代也许会视同陌路，但是死亡、变迁和时间促使一个人了解另一个，使两人合成一个诗人。"[1]那么，中国现代诗歌的历史建构也可能带有这样的性质，它会在一种融会贯通的巨大努力中使两人或多人"合成一个诗人"，换言之，它会以它所成就的一切来形成它自己独特的文化身份。

---

[1] 豪尔赫·路易斯·博尔赫斯：《巴比伦彩票：博尔赫斯小说诗文选》，王永年译，云南人民出版社，1993。

一个诗人该怎样步入世界

在斯图加特山上的"孤堡学院"住了半年,临回国前才去附近的图宾根看了荷尔德林故居及墓地——这是出于习惯,还是出于其他原因?总之,这一次我又把最想看的放在了最后。我是和德国艺术家莫妮卡一起去的,驱车半小时即进入群山环抱的古城图宾根。我们绕过高耸的教堂,出没于被岁月磨损的小巷,一会儿,诗人故居和一条清澈的河流——那和莱茵河一起在荷尔德林的诗中呼吸、闪耀的涅卡河——出现在了眼前:

> 我坐在常青藤中
> 傍着森林之门。
> 金色的正午
> 拜见了莱茵河的源头

一幢黄颜色的、紧挨着河边的圆塔形带尖顶的房子,这就是永远闪耀在德国文学地图上的"荷尔德林塔"(Hölderlinturm)。诗人自 1807 年移居到图宾根后一直"生活"在这里,直到他死去。可以说这是一座"疯诗人之屋",因为荷尔德林在这里时已完全处于疯癫状态。据传他在这里只称自己为"斯卡尔丹内利",谁不小心说出荷尔德林的名字,他就会一怒而去。这就是当时的情形。除了好心的房东及偶尔前来的探访者,整个世界已忘了荷尔德林,甚至连他自己也如此。

然而麻烦在于:诗神并没有放弃这个住在此屋的疯诗人。现在,面对荷尔德林在疯癫时期"写下"的诗,人们唯有惊讶,而不能做出解释。即使像茨威格这样的作家,在给荷尔德林作传时,也只能这样猜测,"他的本质中神性的那一部分、与诗性联系最紧密的部分,像石棉一样耐住了烈火";或这样描绘:"一棵被闪电击中、直到根部都烧焦了的大树的未被触及的最高枝丫还能继续长时间开花。"[①] 这样的解释颇能给人留下印象,然而问题仍在于:荷尔德林为什么会"疯"?或者说诗人们为什么一个个发了疯?为什么疯癫,甚至自杀和诗人具有如此"天然"的联系?为什么不是别的,正是为我们所不能忍受的疯癫在造就一张"传达天国命令的嘴"(尼采)?

恕我冒胆提出了这些问题,因为这一切其实都是"不可追问"的,这就像荷尔德林在疯癫时期的诗:"不要向我问起这个,/ 问了

[①] 斯蒂芬·茨威格:《与魔鬼作斗争:荷尔德林、克莱斯特、尼采》,徐畅译,西苑出版社,1999。

我也不回答你。"

在这个疯诗人之塔里,我就这样经历着内心的战栗。我在二楼上那间似乎仍回荡着喃喃呓语的"诗人之屋"里驻步,我在屋后那个诗魂徘徊的小花园里出神……莫妮卡问我什么感受,我又怎能回答?我仿佛来到这里才意识到:也许正是因为荷尔德林,"疯癫"竟已成为诗人的命运!更令人惊异的是,这种"疯癫"不仅仅把一个个诗人引向了他们的地狱,也引向了语言的最后迷醉。

这里,我不由得想起了海子。1988年秋,《世界文学》请我为他们的"中国诗人与外国诗"专栏组稿,我先约了西川和海子。西川写了《庞德点滴》,而海子寄来的则是《我热爱的诗人——荷尔德林》(写作时间是1988年11月16号,距他赴山海关卧轨自杀只有4个月多一点)。当时我略感诧异,因为荷尔德林的诗翻译过来的并不多,海子却偏偏选中了他!此外,我还感到海子的行文有些异常,例如"这个活着的,抖动的,心脏的,人形的,流血的,琴"(这是他对荷尔德林的形容),等等;我叮嘱编辑不要改动这种语言节奏,但我没想到的是,一个"疯诗人"的命运已经开始在掌握这位孤独的年轻诗人了;更没想到的是,他后来居然以那种惊人的方式,来表达他对荷尔德林以及诗歌本身的"致敬"!

把海子及其殉难与荷尔德林联系起来,我有点战栗了,因为这使我看到"在那双最古老的手中,剪刀已经在闪闪发光了"!因此我向莫妮卡——一个还如此年轻、对生活充满憧憬的女孩子——说什么为好?我只是对她讲起了我在萨尔茨堡访问诗人特拉克尔故居时的经历。特拉克尔故居距莫扎特出生地仅几百米,但却鲜有人知。我是在从维也纳返回斯图加特的途中特意下火车去参观的,进入诗人故居后,女管理员给我放上资料传记片后就不见了。时值降雪时刻,整个诗人故居兼纪念馆里就我一个人,世界似乎从未这样安谧过。我凝神看着这位悲剧性天才的生平与写作的介绍,我在想着他那扑朔迷离的死(有人说他在"一战"战场上服用过多药物致死,有人则断定他是自杀)……然而没想到的是,一个小时后我欲离去赶火车,却走不出去了——门被锁上,女管理员不知去了何方!

我只好留在那里。窗外已是一片昏暝,室内的黑暗也在加深。就在这样的静谧中,我与墙上诗人遗照中的目光相遇了——那是一双深邃的灰蓝色眼睛,神秘,洞穿一切,而又包含着一种让人几乎不敢面对的悲剧性力量!我想避开这种震慑人心的目光,但又一次次来回与它相遇……终于,把我反锁在屋里的女管理员回来了,并忙着道对不起,我则笑着说:"没关系。也许特拉克尔太寂寞了吧,我应留下来多陪他一会儿……"是啊,我还能说什么?

这种超越了生死的"黑暗中的对话"我当然不会忘记。然而在荷尔德林故居,我却未能达成这种与"亡灵"的交流。我想这不仅因为年代久远,更因为我本人的原因。也许我这个人过于理性吧。总之,我在这个疯诗人故居中经受着震动,却又感到茫然,直到离开前,我发现在一楼下面还有一个地窖——也许,在那黑暗深处,我们能与一个诗魂相遇?但是,那里却不让参观。记得在席勒故居，那里也有一个地窖。我曾好奇地问女管理员它做什么用，是不是用来存放酒和食物的？没想到她高声的回答让我吓了一跳："还可以放人呢！"从此我记住了：在这些欧洲人的世界里，除了闪光的河流与美丽的后花园，还一定有着一个黑暗的不为人知的地窖……

让人难忘的还有荷尔德林的墓地。可以说在那里我才感受到某种更尖锐的东西。它处在距诗人故居几公里外的一个墓园里，墓碑上镌刻着荷尔德林神圣的诗句，当莫妮卡向我用英文转述它的意思时，我的目光却被紧挨在墓丘背后的一棵"怪树"攫住了：它刚劲、赤裸，似乎在痛苦地扭曲，又似乎在向苍天伸开痉挛的手掌！我一看到它心里就一震：这棵树和周围其他的树是如此不同，这棵树也"疯"了！在那一刹那我感到诗魂不灭，它化为这棵"疯"树，它伸向雷电而被灼伤，但它仍在生长——这就像受到天神惩罚的普罗米修斯，他忍受着惩罚，因为他那被啄食的肝脏仍在不断地再生！

是的，在普罗米修斯这一古老的神话原型里，正是荷尔德林这一类诗人的命运。他们成为诗神所选中的人，因而注定要承受活在尘世的荒谬；他们试图突破人类存在或语言的"大限"，因而又必受惩罚。因此，他们不发疯谁发疯？从这一意义上讲，"疯"已成为诗人的命数。那些承担此一命运而又不发疯的人也是在发疯，因为他们的疯狂已被强力控制在一种悲剧理性之中，因而更震动人心。特拉克尔是这样的诗人，保罗·策兰也是这样的诗人。

区别在于：如果说荷尔德林的"疯"带有一种先知、圣愚之感，他们的"疯"则更为内在，带有我们这个世纪的悲剧内涵了。

正是在荷尔德林故居，我看到了策兰访问时的签名。也正是因为这次访问，他写下了《图宾根，一月》一诗。而这又是一首"怪诗"！诗的起句是"眼睛说服了/盲目"，这看似在肯定什么，实则含有一种更深刻的反讽——那些试图在"荷尔德林塔"探寻秘密起源的人，似乎看到了什么，但他们究竟看到了什么？人类的"瞎"是可以克服的吗？世界对于一个诗人的伤害是可以消解的吗？历尽纳粹帝国黑暗历史并身受永久创伤的策兰对此并不轻信。对先驱者故居的访问，反而勾起了他对诗人自身命运更为沉痛的感受，因而在诗的后半部，他笔锋一转，"结结巴巴"地发出了如下"感慨"：

> 应，
> 一个男人应，
> 一个男人应步入世界，在今天，带着
> 族长的那种
> 稀疏胡须，他可以
> 如果他谈论这个
> 时代，他
> 可以
> 只是咿咿呀呀地

一遍，一遍，

再一次再一次

"Pallaksch，Pallaksch"

在这种"语无伦次"中，是一个诗人几近疯狂的辛酸，是他对自身命运的悲怆反讽。是啊，在一种古老命运的掌控下，或者说在一种巨大的荒谬感中，一个诗人该怎样步入世界？诗的最后一句应是"关键"所在，也是读者的期待所在，然而荒谬的是，字典上没有这个词！它是一种什么语言？如果硬要将它译出来，它只是一种无意义的"哇啦哇啦，哇啦哇啦"！

而我们所知道的是，1970年4月下旬，策兰在巴黎投塞纳河自尽，年仅49岁。没有遗书，只是在他的书桌上摆放着一本《荷尔德林传》，在打开的一页里有他用笔画出的语句："有时，这个天才深深地潜埋进他那心灵苦涩的泉水里。"

从黑暗中递过来的灯[1]

近 10 多年来，继里尔克之后，另一位现代德语诗人保罗·策兰愈来愈受到一些中国诗人和读者的关注。而在西方，自诗人 1970 年去世后，他的声名也一直在上升，虽然生前他已被视为战后重要的德语诗人之一。现在，策兰的意义已被更多的人认识，无论把他放在自荷尔德林以来德语诗歌发展的背景下，还是 20 世纪整个西方现代主义诗歌的范围中，他都占据着一个十分突出、独特的位置。据统计，目前研究策兰的专著和论文已不下数千种。策兰的诗不仅吸引着诗歌爱好者和研究者，还引起了许多哲学家和思想家的特殊注意。然而，众多的研究和阐释并没有迫使其诗歌交出它的全部秘密，在许多人眼里，策兰仍是一个谜。如同人们迄今仍无法解释他的自杀一样，人们仍得继续忍受他诗歌中无法照亮的"黑暗"。在西方，策兰的诗已成为人们在谈论诗歌"不可译"时常常举到的一个例证。

---

[1] 本文为《保罗·策兰诗文选》（王家新、芮虎译，河北教育出版社，2002）序言。

这样一位诗人之所以成名，并引起广泛关注，和他的早期代表作《死亡赋格》有关。1952年，已定居巴黎的策兰在西德出版了他的第一部诗集《罂粟与记忆》，引起反响。其中的《死亡赋格》一诗震动了战后西德荒凉的诗坛。诗中不仅有着对纳粹暴力、邪恶本质的强力控诉（"死亡是一位从德国来的大师"），而且其独特的悖论式的修辞手段（"早上的黑色牛奶我们晚上喝"）和高度的赋格式音乐组织技巧也使人赞叹不已，使人们意识到出现在他们面前的是一位卓越不凡、可予以高度期望的诗人。"奥斯维辛之后还会有音乐吗？"著名哲学家阿多诺当年曾这样发问，正是在这样的历史语境中，《死亡赋格》成为一个顶着死亡、暴力和虚无写作的象征。它的出现，不仅揭示了历史的创痛，同时也昭示了一场巨大劫难后诗歌写作的可能性。

随后，人们注意到这位诗人不同寻常的背景。策兰的生活和创作和20世纪犹太民族的苦难命运不可分，和纳粹暴政下的恐怖、迫害与流亡不可分，因此他在接受不莱梅文学奖时才会这样说："诗歌不是没有时间性的。诚然，它要求成为永恒，它寻找，它穿过并把握时代——是穿过，而不是跳过。"而策兰自己的全部写作，正是这种穿过历史废墟的语言见证。也正是以这种艰巨的"穿过"，以对苦难内心和语言内核的抵达，他把自己的诗与那些苍白的无病呻吟之作区别了开来。

策兰1920年11月生于泽诺维茨一个讲德语的犹太血统家庭。泽诺维茨原属奥匈帝国，帝国瓦解后归属罗马尼亚（今属乌克兰）。策兰自幼说德语，1938年曾前往法国图尔大学学医，但在第二年回到家乡后即转攻语言和文学。他最初的诗受到法国象征主义、超现实主义和德国表现主义诗歌的影响。1942年，纳粹暴政扩及他的家乡，泽诺维茨被纳粹德国占领，他的父母和当地犹太人被驱逐到集中营，他本人则被强征为苦力修公路。1942年晚，他父亲因强迫劳动和伤寒症死于集中营，后来他的母亲，那热爱德语的母亲，则被纳粹枪杀——脖颈被洞穿。母亲的死，造成了策兰永难平复的精神创伤，后来他的许多诗，可以说就是他与母亲在黑暗中的痛苦对话。"你曾是我的死亡：/你，我可以握住/当一切从我这里失去的时候。"（《你曾是》）当生活中的一切被暴力所摧毁、剥离，"死亡"也就成了策兰诗歌最基本、最黑暗的主题。

1944年，集中营解散，策兰才得以回到家乡一带恢复学业。1945年4月，策兰前往布加勒斯特，为一出版社从事阅稿和翻译工作。1947年底，策兰的生活发生了一个根本性转变，他冒险偷渡到维也纳，并在那里滞留到第二年7月（其间他曾出版过一本诗集《骨灰瓮之沙》，但因排印错误太多被他撤回）。之后，他又前往巴黎，并在数年后获得在法国居留及从事德语教学的工作许可。从此，巴黎成为他的家，在历尽磨难和逃亡之后，他终于把自己安顿下来，虽然在那里他仍感到自己是个凄凉的异乡人。这就是策兰一生的主要背景。策兰自己曾说过，语言是战后留给他的唯一未受到毁损的事物。在历史的废墟上，只为诗人剩下一堵赤裸裸的语言的墙，而策兰的世界就从这里开始。继《罂粟与记忆》出版之后，策兰陆续出版的有《从门槛到门槛》（1955）、《无人玫瑰》（1963）、《换气》（1967）等五六部重要诗集，使他的创作稳定发展到一个令人瞩目的高度。1957—1967年期间，策兰得过许多重要的德语文学奖，人们也愈来愈习惯于把他和里尔克、萨克斯、特拉克尔等现代最重要的德语诗人相提并论。但是人们也渐渐发现策兰的创作在变。许多被《死亡赋格》所震动的读者发现，策兰诗中原有的音乐性和抗议性不见了，其完美的形式结构似乎也"破裂"了，词语和诗节日趋破碎、浓缩，一些隐喻也像密码一样难以破译，这一切令他们不知所措。加上在20世纪60年代以来对政治和社会问题的关注在西德文学中占了压倒性地位，像策兰这样日趋个人化的诗人，渐渐被视为一个"密封性"诗人。

但在今天看来，正是这种深刻变化使策兰成为一个在一般诗人结束的地方开始的诗人。实际上策兰对其写作有着高度的美学自觉。布莱希特式的社会评论诗歌在他看来过于简单、明确，他自己早期诗中惯用的那种生与死、光明与黑暗的辩证修辞也日益显得廉价和表面化（他后来甚至拒绝一些编者将《死亡赋格》收入各类诗选中）。现在，他要求有更多的足够的"黑暗"和"沉默"进入他的诗中。甚至，一种深刻的对于语言表达和公众趣味的不信任，使他倾向于成为一个"哑巴"。像《带上一把可变的钥匙》《在下面》这样的诗表明，策兰已进入到语言的黑暗内部和一种巨大的荒谬感中写作："而我谈论的多余：/堆积出小小的／水晶，在你沉默的服饰里。"(《在下面》)不可否认，策兰的诗至今仍使许多人困惑，对此，策兰引用了帕斯卡的一句话作为自我辩护："不要责备我们的不清晰，这是我们的职业性。"好在人们也开始意识到这些难点、怪异之处和阅读障碍正是它的精髓所在。它们不仅体现了策兰自己的高度的、毫不妥协的个人独创性，也深刻体现了20世纪后半期现代诗歌的艰巨历程。比如，如果说里尔克是一位聚合式的、歌唱式的诗人，策兰在后来则走上了一条完全相反的道路：破裂、收缩、对"词"的关注超过一切。而在这种策兰式的"破碎的文本"中，是词语的显现，是一个诗人需要付出巨大代价才能达到的艺术难度。内行人一看即知，在策兰后期那些看似破碎、晦涩的文本中，无一不体现出一种艰巨复杂的艺术匠心和高度的个人独创性。正因为如此，策兰摆脱了早年受到的各种影响，而形成了他自己的"无迹可寻的个人音调"，或者说，形成了一种足以和时间相抗衡的语言本身的质地。

话说回来，策兰的诗拒绝着浅薄的阐释，但却不是绝对"密封"的。策兰自己也一再认定诗是一种对话，只不过它不是一种客厅里的闲聊，而是一种"绝望的对话"，或一种"瓶中的信息"罢了，"它可能什么时候在什么地点被冲上陆地，也许是心灵的陆地"(《不莱梅文学奖获奖致辞》)。在这样的诗观中，体现了策兰的绝望，但也体现了他的希望——一种绝望背景下的希望。作为一个读者和译者，我自己经常回到策兰这样一首诗来：

我仍可以看你：一个回声，
可用感觉的词语
触摸，在告别的
山脊。

你的脸略带羞怯
当突然地
一个灯一般的闪亮
在我心中，正好在那里，
一个最痛苦的在说，永不[①]

    这首诗给人一种清醒的梦魇之感，或一种在黑暗中痛苦摸索、询问之感。正是在诗人所进入的词语的黑暗中，生与死的界线被取消了——"我仍可以看你"。而这个"你"是谁？死去的母亲？一个终生的对话者？另一个自己？或"一张唯有上帝才能看到的脸"？总之，在策兰的诗歌中，一直伴随着这样一个"你"。从技艺上看，该诗的语言晦涩而又精确，简洁而又透出一个漫长的精神历程。使我受到震动的是，当"你"的出现唤醒了诗人，一声更

[①] 保罗·策兰：《我仍可以看你》，选自《保罗·策兰诗文选》，王家新、芮虎译，河北教育出版社，2002。

内在的、模糊而又痛苦的"永不",陡然显现出诗的深度,或者说,"一个灯一般的闪亮",终于照亮了生命中的那个痛苦的内核。

因此,重要的是我们对策兰所表达的一切有所体验,这些"密封"式的诗才会对我们敞开。策兰对诗的技巧高度关注,尤其是对个人独创性的要求十分苛刻,但他却不是那种故弄玄虚的诗人。他对语言和形式的探求总是相应于一种更内在的要求。著名英籍德裔诗人、策兰诗歌英译者米歇尔·汉伯格在解释策兰的诗为什么"难懂"时这样说道:"它们令人感到困难的是它们自己——一个领域,在那里牛奶是黑色的,死亡是所有环绕着的现实,而非(诗人)刻意描绘使然。"

1970年4月20日,策兰跳塞纳河自尽,享年49岁。策兰的自杀让人震动,更让人困惑。如同他的诗一样,他的死也是一个谜。也许,只有当人们深刻读懂了他的诗后,才能理解他的死?也许,我们对死亡是无知的,正如我们对诗歌和生命本身是无知的一样?

策兰并没有死——他就在他的诗中等着我们。20世纪90年代初的那个冬天,当我初次试译策兰的诗时,我这样写道:"我深感自己笔力不达,但是,当我全身心进入并蒙受诗人所创造的黑暗时,我渐渐感到了从死者那里递过来的灯。"是的,在那个荒凉的冬天里,策兰的诗刺痛了我,也在暗中温暖了我。纯粹出于一种内心的需要,当时我从英译本中转译了策兰二三十首诗。这种尝试,尽管受到了不少诗人和德语文学研究专家的热情鼓励,我还是放下了译笔。我意识到策兰的诗需要我用一生来研读。它要求的是忠诚和耐性,是一种"不为人知的秘密的爱"。它要求我们不断地回到策兰所特有的那种不可转译的词语的黑暗中,直到有一天它被照亮,或被我们更深刻地领悟。

幸运的是,1997—1998年间我应邀在德国做访问作家期间,我的翻译计划受到了我所在的"Akademie Schloss Solitude"文学艺术中心的支持,并得到了一些德语、法语诗人和汉学家的帮助,同时,我认识了芮虎先生。在这之前,芮虎译过格林拜恩等德语诗人的作品,重要的是,在多年的侨居生活之后,他依然保持了对诗歌的忠诚和热爱。我们的合作是这样的:诗歌部分由我从英文中译出,然后由芮虎根据原文校正,诗论及散文则由芮虎直接从德文译出。最后,我们依据原文、不同的英译本及一些研究资料,对我们的译稿再次进行讨论和确定。在这个过程中,我们坚持尽可能地忠实于原作,不妄自"意译"或试图使它变得"流畅"(在某些翻译中就有这种倾向,即把一个艰涩、浓缩的策兰变得流畅,试图使他易被更多的读者所接受)。策兰的诗其实是"朦胧而又精确"的,这要求我们既要尽力进入其内在起源,又要对诗中的每一个字词都予以特别的注意。同时,我们在翻译中坚持保留策兰原诗中的疑难或"晦涩"之处。它们可以被照亮,但不可被取消。那种为了"可读性"而对原作所做的篡改、"润色"或简化为我们所不取。

有意思的是,策兰的诗尽管有点像"天书"一样不可译,但他自己却是一个优秀而又勤勉的翻译家。他译过不少英、法、俄等语种的古典诗歌及现代诗歌，现在，"作为翻译家的策兰"在德语文学界已成为一个话题。策兰的翻译，是他关于诗歌作为对话、生命在于对话的信念的一个例证。尽管这种对话很难实现，但却必须在深入的写作和翻译中进行。

无疑，策兰是德语诗人，但他使用的是一种带有他个人独特印记的德语。策兰历尽德国、犹太民族、斯拉夫和法国多种语言文化的陶冶，又一直生活在德语文化社区的边缘。同另一位英籍犹太裔德语作家卡内蒂一样，可以说策兰也是一位"德语中的客人"。这是一位流亡者的德语，它使策兰与德语文化中心地带保持着一种特殊的关系。但又给他带来了自由。曾有一位德国艺术家告诉我"策兰的诗，即使对于我们德国人来说，也是一种外国语"；还有人因为策兰在诗中经常打破常规使用语言，甚至自造新词，而称这是策兰对德国士兵枪杀他母亲的一种"复仇"。其实这只是一种妄测。在策兰的诗中有的是对苦难的承受，但没有仇恨。任何创造性的诗人都会对他的母语进行挑战，并迫使它呈现出新的可能性，在这方面策兰并不是唯一的一个。在今天，如同策兰自己所自我认同的那样，策兰的全部诗篇已加入并有力地调整了自荷尔德林以来那个伟大而神秘的诗歌传统。

哀歌

——纪念苇岸

一

1999年5月19日傍晚,癌症最终夺去了苇岸年仅39岁的生命。人们震惊于这一消息,我亦如此,虽然我知道这是早晚要发生的事。我就是不能接受这铁一样的事实。几个月前,春节刚刚过后,当苇岸把我叫去告诉我他发现自己已进入肝癌晚期后,我就开始祈求奇迹的出现。我大概是最早知道这一可怕的秘密的人。苇岸当时的想法是不惊动任何人,悄悄离家出走,到南方或到沙漠,走到只剩下最后一口气为止,或是在途中以其他方式告别人世。我则抑制住内心的战栗,要他留下来治病,并用了维特根斯坦的一句话来强力劝阻他:"自杀是肮脏的。"大概,苇岸因为这句话受到了震动。他留了下来。一种对生命的至高信念使他留了下来。在此后的两三个月里,苇岸以惊人的镇定和勇气治病、整理文稿,甚至,他一面忍受住可怕的折磨,一面还要用他的微笑来感染前来看望他的朋友们。到这时,我想已不止我一人在暗中祈求:命运,如果你不能战胜死亡,最起码应给这位生命的爱者和信仰者多留下一些时间吧。

苇岸离去的时候,时间是晚春,生他养他的北京昌平正是一年中最美、最富于生命力的时辰:清澈的京密运河两岸杨树吐絮、小麦抽穗,一片片桃林、杏林谢花之后正在准备累累果实,布谷鸟的动人啼唤从早到晚不时传来,苇岸所赞美过的放蜂人也即将把他们的家挪到初夏野花绽放的山坡上……苇岸,你这大地的守望者,你怎么撇下你终生相爱的这一切就走了呢?

"春天,万物生长,诗人死亡",这不是别人,竟是苇岸自己10年前在悼念海子的文章中最后写下的一句话,让我受到极大震撼的也正是这一点!5月19日夜,我正在写什么东西,电话响了,那是苇岸的妹妹的声音:"家新,苇岸去了……"我放下了笔。我再也不能做任何别的事情。我在命运的威力下战栗。然而,也正是在那一刻,一切都变了,苇岸由我所目睹的在病床上挣扎的垂危者变成了另一种存在:他的形象神采奕奕地在我面前出现,他的声音从昌平的山川风景中升起。久久地,我的耳中传来了阿赫玛托娃在纪念帕斯捷尔纳克时所写下的不朽诗句:

> 昨天无与伦比的声音落入沉默,

树木的交谈者将我们遗弃。
他化为赋予生命的庄稼之穗,
或是他歌唱的第一阵细雨。
而世上所有的花朵都绽开了,
却迎来了他的死期……

二

苇岸在本质上是一位诗人,一位以他的生活和写作向我们昭示生命之诗的诗人。人们说他是一位优秀的"散文家",那是指他在文体上的贡献。实际上他的意义并不限于任何一种文类。与其说他找到了散文这一形式,不如说这一自由的形式正好适合了他——适合了他那罕见的质朴,适合了他对存在的追问,以及他对生命万物的关怀和爱。

请读一读他的《大地上的事情》(五十则)、《放蜂人》、《一九九八·廿四节气》等篇章,那里面有着金子一样的质地。那种质朴、硬朗、富于警策力和诗性光泽的语言,那种对事物本质的抵达,那里面所包含的灵魂和人格的力量,应该使这个时代的许多作家和诗人自愧。

我认识苇岸的时间并不长。几年前我们在什么场合见过,后来通过几次电话,相互寄赠过作品,仅此而已。但是,在他身上和作品中体现出来的许多东西,都让我感到亲近。我知道这是一位可以信赖、可以深交的朋友。去年年中,我在昌平乡下建了一处北方乡村式的房子,并于今年年初搬了过去。这样,我与苇岸更"近"了。虽然我的村子距苇岸所住的县城尚有一二十公里,但一条清澈的沿着燕山山脉流过的京密运河却把两地联系在了一起(海子生前也很热爱这条河流,据苇岸的文章,海子在赴山海关殉难的几天前曾彻夜在这条河的岸边徘徊)。

我与苇岸的交往更多了起来。他不仅使我感到亲近,感到在当今的人际关系中已很难得的那种相互信赖和默契,他的为人、生活态度、朴实而高尚的人格还使我深深地尊敬。他虽然比我年轻3岁,但在许多方面我都把他视为一位更为成熟、稳重的兄长。同他接触或读他的作品,我经常意识到我对自己的要求其实还不够,同时还意识到在生活中我忽略了那么多和我们的存在息息相关的东西:大地的脉络,四季的语言,动物的秘密,历史的昭示。正是这种坚执的信仰、自我完善的要求和对生活不懈的观察使苇岸获得了很多朋友的尊敬。已经有人在说他是"20世纪最后一位圣徒"(林贤治)了,而我感到的是:这首先是一位为我所需要的在精神上血肉相连的朋友。

正因为如此,苇岸的离去,使我感到在我的生活中有一种重要的缺失。海子死了,我震动得说不出话来;骆一禾死了,我好久都不相信。现在,苇岸又离开了我们。我的眼中泪水迷离,我的心中响起了一支悲歌。这一次,我从死亡中感到的是命运的必然性。命运在渐渐夺去我们这一代人中的精华。命运在夺取我们生活中的相互支援和最后一点安慰。就在苇岸离去前的一两个月,他在电话中柔弱地对我说:"家新,你看,你刚搬过来,我就……"我则抢过话头,要他不要往下说。我要他永远和我们留在一起。因为,我们需要他。苇岸,你走了,我们怎么办?如今,我独自驱车在昌平的土地上,穿行在春天的无边细雨、夏日的漫长黄昏、秋天的萧萧落叶和初冬阴郁欲雪的天空下,苇岸,你知道吗?我经常在同你说话。我需要把你带在我的生活里。我在忍受着你的缺席。

三

> 麦子是土地上最优美、最典雅、最令人动情的庄稼。麦田整整齐齐摆在辽阔的大地上,仿佛一块块耀眼的黄金。麦田是五月最宝贵的财富,大地蓄积的精华。风吹麦田,麦田摇荡,麦浪把幸福送到外面的村庄……

这是《大地上的事情》的第十一则。这就是苇岸为什么会立下遗嘱,把他的骨灰撒在他出生的村庄的麦地上。

5月23日上午11时过,苇岸的骨灰撒放仪式开始进行。在我的一生中,似乎还从未见过如此强盛、动荡的麦地,它蓄积起大地的力量,迎向一片斜坡上面那动荡的天空。而天空也显得异常,不然它为什么会把阳光与阴霾强烈地混合在一起?按照乡俗,由苇岸的侄子手捧骨灰瓮,由苇岸的哥哥、弟弟、妹妹沿着麦田撒放骨灰，上百苇岸生前好友和同事跟着撒放花瓣。随着这哀痛的人流，凝视着那混合着花瓣的被撒播的骨灰，我在心里说：苇岸好兄弟，你安息吧。这里是生你养你的土地，山峦刚劲，河水清澈，石头善良，你在这里安息吧。苇岸，这里是你开始的地方，庄稼会在你的喃喃细语中生长，桃花仍会一年一度开放，你在这里安息吧。苇岸，只要高山不死，河水奔流，大地永在，有一个人就会感到你投来的目光，你，安息吧。

凝望这一片默默接纳着苇岸骨灰的茂盛麦地，我还想起了海子，想起了海子生前同苇岸的交往，想起了在海子死后，我读到的他这样的令我战栗不已的诗句：

> 黑夜从大地上升起
> 遮住了光明的天空
> 丰收后荒凉的大地
> 黑夜从你内部上升

而我相信，同海子一样，苇岸也是直接抵达了生命和创造本原的诗人。他的《大地上的事情》，不仅抒写了他对万物的观察、感悟和热爱，而且也处处透出了内在的生命的光辉。他的语言目击了创造。他把麦地、树林、冬日的小灰雀，连同他自己质朴的生命，一起带入了太阳的光流之中。因此，苇岸不仅安息在丰盛的麦地之中，也将永远活在那金子一样闪耀的语言之中。这一切，

用苇岸自己所热爱的布莱克的一句诗来表述就是:"你寻找那美好的宝贵的地方／在那里旅人结束了他的征途。"(《啊！向日葵》)

四

苇岸是北方之子。燕山山脉的赤裸、刚劲，以及从山那边时时吹过来的漠风，造就了他的质朴和正直；清澈的京密运河和浑朴的华北平原则孕育了他亲切、温暖的一面。地处北京西北和正北数十公里之外的昌平，素有"上风上水"之称，这里风景优美，天明地净。一个来访问苇岸的朋友曾这样感叹："昌平，多么好听的名字啊。"是的，这就是苇岸终生相守的土地。方圆仅几十公里的昌平，对于他来说已足够开阔。这里形成了他生命的根基，形成了他的"大地道德"，形成了他精神生活的风景，也形成了他对周遭世界和现代文明的批判。

我深深感到，如果我们没有对大地和"风景"的发自灵魂深处的挚爱，没有对环境和文明进程的沉痛体察和关切，我们就无法理解苇岸的意义。这里，我又想起了海子（的确，"我们都是昌平人"：苇岸、海子、我）。海子曾把诗人分为两类：一类关注自我，"而另一类诗人，虽然只热爱风景，热爱景色，热爱冬天的朝霞和晚霞，但他所热爱的是景色中的灵魂，是风景中大生命的呼吸"(《我热爱的诗人——荷尔德林》)。海子的这些话正写于昌平，写于1988年初冬。

现在，我来到海子、苇岸生活过的昌平生活。我进入，或者说回到了一个和都市完全不一样的世界。我又感到了四季的轮回，感到自己和乡土和大自然的古老的联系，感到了"风景"在我们的精神生活中的重要作用。我一次次惊异于大自然赐予我们的一切，尤其是在冬日傍晚，当彤云在西天的燕山山脉上空迸放，并给远远近近的山峦、树林和平川镀上一层金子一般的夕光时，我都感动得说不出话来。我想我不仅理解了在海子和苇岸那里所发生的生命与风景的深刻呼应，而且也几乎是带着一种战栗理解了：一个倾心朝向这一切的人，他生于此，也必将死于此！

一次，在带苇岸从昌平到北京治病的路上，我边开车，边同他谈起了我的一篇散文《南与北》的构思：我出生在中部偏南的湖北，从小在南方文化的浸润下长大，后来又来到北方工作、生活，现在又移居到北京以北。我告诉苇岸我在这种变动的广阔时空中认识自己。我对他说：我有一种矛盾，我仍对南方感到亲切（比如饮食、口音），但在精神上似乎又注定属于北方。我还对他说：似乎每个人的命运中都有一个指针，而我的一直指向北方，更北……苇岸本来很疲倦，斜躺在后面的座位上，但听到这里他兴奋地坐起来，说这个想法很好，我应该把它写出来。

后来我在苇岸的《路接天际之地》等篇章中也读到类似的思想。苇岸是北方之子，身上带着燕山山脉和华北平原赋予他的气质，但我发现苇岸也有着他的"北方以北"，那就是从俄罗斯文学中展示的一切：它的风雪，它的辽阔大地，它的苦难历史，它的精神性和灵魂的力量。在苇岸的书房中，还挂有托尔斯泰的画像。凝视着这幅画像时我想：在我所了解的中国当代作家中，在一个所谓"后现代"或消费文化正取得"全面胜利"的时代，能够接受这位已被很多人视为"过时"甚或"反动"的伟大作家的审视和目睹，能够始终逆流而上，坚持自己的理想、本性和道德要求的，恐怕只有像苇岸这样的人了！

我想，这就是苇岸在我们今天这个时代的意义所在。苇岸的这种坚持，在一种无助、无援的环境中，使一个人日益显得不合时宜，但也日益显得不同凡响。苇岸因而获得了一种对我们这个时代讲话的力量。他的田野写生或风景素描，超越了一般的对乡土的爱，而包含了一种难得的道德的和文明的批判力量；他的"大地道德"，也不同于一般的生态保护主义或环境保护主义，而体现为一种更为内在的生命准则和精神维度。苇岸的意义，许多人已有很好的论述，这里我想指出的一点是：苇岸是道德主义者，但不是布道的牧师。他的精神尺度只用于个人。他其实对任何道德化的煽情都抱有警惕。他是那种朴实的，同时又永远有着严格的自我要求的人。

那是在今年3月，残冬已过。一天早上醒来，我发现窗外居然又下起了大雪。我惊喜不已，正要准备给苇岸打电话（我知道他对雪的那种发自生命深处的喜爱），他先打过来了。他高兴得像个孩子似的，告诉我他要出去看雪。我连说"去吧，去吧"，我的声音兴奋，但同时我的泪几乎要涌出。我知道，这是一场上苍为苇岸而降下的雪,这也许是他在人世间所能看到的最后一场雪了!我放下电话,想象着苇岸拖着孱弱濒危的身子,艰难地从黑暗的楼道上下来的情景,我的眼睛湿润了。我在心里说:苇岸,这是为你而下的雪,这是来自茫茫天际的雪,你独自去看吧。这一次,我不陪你……

五

1999年对我来说,也许对很多人来说都是多事的一年。先是苇岸的病,继之一场由南而北展开的诗歌论争把我也卷入其中,然后是爱国主义的怒吼响彻京城,然后又是……然而,现在当我平静下来,在冬日的宁静和空旷中,我感到最能触动我的生命根基的,还是苇岸的离去。苇岸的离去,似乎带走了我生命中的很多东西。

我深深感到悲哀,为一代人的命运,也为我们生活中的某种致命缺失。我不明白生活为什么那样残酷,它总是使恶人当道,小人得志,而使好人多灾多难,它总是一再夺去我们生活中那些美好,温暖,给人以希望和安慰的事物。当然,我并不抱怨这个世界,因为它一向如此。我只是感到苇岸这一走,我自己的日子也更艰难了。我只是不明白,苇岸年仅39岁,不抽烟,不喝酒,素食主义者,生命本该细水长流,死亡怎么偏偏挑中了他呢?在苇岸治病期间,我第一次见到他弟弟时,不免大吃一惊:他弟弟的脸色那么红润，浑身透出生命的朝气和活力，和面黄肌瘦的哥哥在一起，我真不相信这是亲兄弟！西川在苇岸的葬礼上感叹地说"写作是一个黑洞"，它又吞噬了一个把自己全部交给它的人！

此外，在苇岸的生活中还有着另外的致命的因素，那就是他的婚姻、爱和离异。苇岸始终爱着他的妻子，但又眼睁睁看着她从自己的生活中离去。苇岸欲言又止地告诉过我一些事情，他没有多说，我也没有多问，但我完全可以想象这一切对他意味着什么。离婚之后，苇岸的性格愈加内向，直到死前，卧室中还挂着几幅他妻子的照片和他们在一起的合影。看到这些照片后我深受触动。在一种孤独无助中，对爱的回忆和坚守几乎成了苇岸生活中唯一的安慰。我认为，正是在这种致命的打击和不可挽回的爱中，死亡加速了。但苇岸永远是那种自我牺牲的圣徒，他对别人从来没有怨恨，有的只是爱、理解和祝福。这使我在他面前经常感到自愧。在平时的交往中，我发现苇岸经常牵念他前妻的生活，希望能对她有所帮助，虽然在我看来他自己是最需要帮助的人。在发现癌症后，苇岸犹豫再三，最后还是决定不把这一消息告诉他的前妻。苇岸不想因此而打扰她，希望她的生活平静，但我还是感到了他那内心深处的愿望，那就是希望她能来看他一次，哪怕只有一次！

命运如此严酷，生命的安慰何在呢？

一个对尘世生活已一无所求的人，他的安慰只能在他那至死不移的爱和信仰里，在那高于一切、赋予他创作生命的上苍那里

（请原谅我说出了这样一个词！）。在病危期间，苇岸数次在电话中，或是把我叫到他的床头对我说："家新，我已接受了一切，我不再恐惧，我只是遗憾……"而我太知道这种遗憾。这是一种生命被赋予而又无法完成的遗憾，这是一种为了那些伟大、美好的事物而生，而准备了这么多年，却又不得不在中途结束的遗憾。5月19日下午，在得知苇岸病情恶化被送到昌平医院后，我匆匆赶了过去。我进了病房，叫了一声"天哪"，便把头扭到一边，我不忍看他在病床上神志昏迷、痛苦挣扎的样子。一个多星期前他还在整理文稿，怎么这样快啊！

5月19日晚6点34分，苇岸的生命停止了跳动。苇岸的哥哥告诉我，苇岸死不瞑目，是他用手指才合上他的眼睛的。

苇岸就这样离开了我们，带着他生命中的苦痛和遗憾离开了我们。苇岸治病期间，我送他了一些音乐磁带，其中有一盘宗教音乐清唱。在苇岸的葬礼上人们听到了它——那缓缓升起的声音，那仰望上苍的声音，那在我们充满感激和苦难的生命中回荡的声音！苇岸的妹妹告诉我，这是苇岸自己的选择，把它作为自己最终的安魂曲。

苇岸，你就这样走了。在你走后，庄稼仍会一茬一茬生长，秋天会到来，雪会降下来，黄昏有时仍会美丽得惊人。而我将忍受你的不在。你的声音仍会响起，虽然它不会再从电话中传来。苇岸，你安息吧。你质朴、高尚的人格会激励我在这个世界上坚持，你那灵魂的力量会时时校正人们对生命和文学的理解。你会永远活在我的生活里,在我孤独时,在我驱车在美丽的昌平乡村公路上时,在我们内心的爱或忧伤像麦浪一样从这大地深处涌起时……

苇岸去了。苇岸的意义正被愈来愈多的人认识。林贤治说得很好:"苇岸的存在是大地上的事情。"而里尔克在一首诗中说得更为伟大:

> 若是尘世将你忘记,
> 就向静止的地说:我流。
> 向流动的水说:我在。

从一场蒙蒙细雨开始[1]

本文集定名为《中国诗歌：九十年代备忘录》，主要目的是在20世纪即将过去的日子里，从理论上对中国大陆20世纪90年代诗歌、对一代诗人10年来的写作历程进行回顾，对人们正在关心的一些诗学问题进行分析、认识和回答。因此，所选文章大都集中在"90年代诗歌"这一论题和一场目前正在展开的诗歌论争上。无须讳言，除了其理论文献价值和纪念意义外，这部文集还有着它的现实针对性。

那么，相对于20世纪80年代（从早期"今天派"到"第三代诗歌运动"，或从"朦胧诗"到"后朦胧诗"），20世纪90年代诗歌能否说是"另一意义的命名"（程光炜）？本文集的许多作者都倾向于这么认为，虽然他们同样意识到历史的那种相互缠绕、纠结性质。20世纪90年代之所以呈现出显著的不同于以往的诗歌景观和诗学特征，是有着诸多深刻历史原因的：一是一批从20世

---

[1] 该文为《中国诗歌：九十年代备忘录》（王家新、孙文波编，人民文学出版社，2000）序言。

纪80年代走过来的诗人们自身的成熟（不可否认，20世纪80年代末他们所经受的一切对这种成熟起到了重要推进作用），一是20世纪90年代社会和文化语境所发生的巨大变化以及诗歌写作对这种挑战所做出的回应，等等。无视这些历史变化以及20世纪90年代创作本身的实绩，反而诡称"89后的写作和49后的写作有何不同"，这至少是对历史本身的亵渎。

的确，"90年代诗歌"不是少数几个诗人和批评家的"幻觉"。"90年代诗歌"体现了一代诗人的共同努力与诗歌发展本身所经历的一场深刻变化。这里，"一代诗人"并不意指年限或经历的接近，相反，它指的是在这一切上不尽相同的诗人，进入20世纪90年代后经由自我修正而在艺术认知和写作实践上所形成的一种自觉或不自觉的呼应。正是这种相互呼应，使他们渐渐出现在同一个诗歌时代的地平线上，或同一个历史的话语场中，例如和20世纪90年代诗歌经常相联系的"知识分子写作""个人写作""叙事""反讽"等，它们并非流派性宣言，也绝不仅是限于某个小圈子里的"知识气候"，它们实际上相当普遍地体现了一个时代对写作的认知和艺术要求。因此，它们不仅体现在目下被强行归属于"知识分子写作"的诗人们那里，而且在众多其他诗人那里以及在一些所谓"民间写作"的诗人那里，也或隐或显地呈现出这种时代性的风尚或征候。这说明了什么呢？这说明中国现代诗歌——在20世纪80年代人们更多地称它为"新诗潮""先锋诗歌"或"实验诗歌"等，进入20世纪90年代后有了一次看似不事声张、实则具有深刻意义的转变,即由在80年代普遍存在的对抗式意识形态写作,集体反叛或炒作的流派写作,非历史化的带有模仿性质的"纯诗"写作,等等,过渡到一种独立、沉潜的具有知识分子精神和文化责任感的个人化写作(需要指出的是,这种写作中的个人性质、知识分子精神和对艺术本身的关注,在以前并不是没有,但却被那个时代掩盖了)。的确,这场经由20世纪80年代而在20世纪90年代实现的转变,或者说这种艺术认知、写作立场和态度的普遍确立,体现了一代诗人的成熟,并且,它在实际上也把历尽曲折的中国现代新诗推进到一个新的、更具有建设性的阶段。

因此,当某些人自去年起出于个人目的而对"知识分子写作"进行攻击以来,许多诗人和批评家在忍无可忍的情势下,起而为它和20世纪90年代诗歌一辩。我相信他们这样做并非为了某个流派或一己的利益,而是为了卫护他们对写作的历史性认知,为了某种对中国诗歌来说至关重要的写作精神和品格。我想,这是目前这场论争中最严肃的意义所在。至于这场论争是否带有一种权力相争的色彩,我的回答也是肯定的——这场由某几个人策划并挑起的"论争",在一种权力欲望和挑衅心理的支配下,从一开始就超出了正常的文学论争范围。但是,被迫应答的一方,却并非为了"争权夺利"(相反,如果出于现实功利考虑,他们最好洁身自好,并落下一个"大度"的美名)。他们可以承受对他们个人的攻讦(那些可笑的诋毁能够"骂倒"他们吗?),但他们却不能一再忍受谎言和暴力,不能忍受那些对于诗歌和严肃写作本身的任意践踏。因此,我在这里完全可以这样说,是中国诗歌的良知通过他们发出了自己的声音。

诗歌是一种古老的技艺,"我们神圣的职业,存在了数千年"(阿赫玛托娃)。一个独立的、有远大目光和创造力的诗人完全有理由超越现实纷争,完全有理由拒绝将自己归属于任何一方。但,这只是问题的一面,另一面是:谁都不可能不与历史发生纠葛就超越历史,诗人也没有这个特权。而在古今中外一切伟大诗人那里我们感到的是:诗歌不仅体现了人类古老的审美想象力和创造力,它更是历史本身锻造出来的一种良知。如西渡所说,正是这种良知在对任何克隆企图说不,正是这种良知使诗歌超出了一般审美游戏而成为人类精神存在的一种尺度,换言之,使诗歌在历史中获得了它的尊严。而在一个良知缺席的时代,我们还能拥有什么?难道我们还需要再付出更多的代价才能看清这一点?

因此,说到底,像"知识分子写作""个人写作"这类命题,和中国现代诗歌在其历史境遇中不断接近、锻造自己艺术良知的努力深刻相关;它们不是对身份的标榜,和炮制流派或"自我神话"的行为也判然有别;它们在根本上属于一些中国诗人在其环境中深入认识自身命运和写作性质的一部分。在这样一种历史处境中,中国诗歌最需要的是什么?果真只是对世界"柔软温和"的"抚摸",或对各式"鲜活场景"的津津乐道吗?本文集许多作者对此说不——这倒不是因为他们和生活处于一种对立关系,而是因为古往今来那些伟大的诗歌在目睹他们。一种创伤累累的诗歌良知，可以被暴力践踏，可以被一个消费时代遗忘，可以在当今被开涮，但它依然在目睹我们。也正是在20世纪90年代初，在纪念帕斯捷尔纳克100周年诞辰的讲话中，一位俄国诗人这样说道："20世纪选择了帕斯捷尔纳克，用以解决诗人与帝国、权力与精神独立这永恒的俄罗斯矛盾。"而在我们这里，情形虽然有所不同，而且肯定更为复杂，但存不存在类似的历史要求呢？如果回答是肯定的，那么诸如知识分子的精神或立场就会是一个诗人不可能避开的问题。谁都渴望做一个纯粹诗人，渴望个人在历史中的自由，但这在20世纪的中国，到底有没有这种"纯艺术"存在呢？（或，它本身是否也就是一种意识形态呢？）

而20世纪90年代诗歌之所以值得肯定，就在于它在沉痛的反省中，呼应并在一定程度上承担了这样的历史要求，并把一种独立的、知识分子的、个人的写作立场内化为它的基本品格。本文集许多篇章涉及10年前开始的那场艺术转变，而这场在历史震撼和复杂诗学意识相互作用下的转变，除了如欧阳江河说的旨在"结束群众写作和政治写作这两个神话"外，我想还要结束一个"纯诗"或"纯艺术"的神话。这种"纯诗"写作（它的另一分支似是在20世纪80年代中后期泛滥成灾的"文化诗"），如按张枣的描述，显示了一种"迟到的"（相对于西方）对于"现代性"和诗歌自律的追求，它在20世纪80年代非政治非意识形态化的文学潮流中自有意义，对于诗人们语言意识的觉醒和技艺修炼也是一次必要的洗礼。但问题在于这种对"语言本体""不及物"或

"纯写者姿态"的盲目崇拜恰好是建立在一种"二元对立"逻辑上的,因此它会致使许多人的写作成为一种"为永恒而操练"却与自身的真实生存相脱节的行为,并且,它会如此经不起历史的震荡。那么,20世纪90年代诗学的意义,就在于它自觉消解了这种"二元对立"模式;它在根本上并不放弃文学独立、诗歌自律的要求,但它却有效地在文学与话语、写作与语境、伦理与审美、历史关怀与个人自由之间重建了一种相互摩擦的互文张力关系,使20世纪90年代诗歌写作开始成为一种既能承担我们的现实命运而又向诗歌的所有精神与技艺尺度及可能性敞开的艺术。

这些,正是20世纪90年代诗人们要从根本上去解决的问题。早在像谢冕先生这样的受人尊敬的学者呼吁诗人们关注历史、现实而不要沉溺于"个人抚摸"之前,他们已在与时代生活的遭遇中发现"那个自大的概念已经死去/而我们有这么多活生生的话要说"(肖开愚《国庆节》),并且在他们的写作中出现了"历史声音与个人声音的深度交迭"(程光炜评论王家新《词语》)。只不过这种富于时代感和个人承担意识的写作,已和艾青式的民族史诗叙事不同,和北岛早期社会公正代言人式的写作也有了区别,如同臧棣所说,这种书写把"历史个人化"了:它不再指向一种虚妄的宏大叙事,而是把一个时代的沉痛化为深刻的个人经历,把对历史的醒悟化为混合着自我追问、反讽和见证的叙述。例如孙文波的《散步》,在一种看似散漫的非社会题材甚至非主题化的个人经验叙述中,却处处透出他与这个时代的争执和一个中国知识分子沉痛而无奈的现实感;而欧阳江河自《傍晚穿过广场》以来,则不断完善和发展了一种"既把自己与时代剥离,又委婉地与其拥抱"(陈晓明)的诗歌修辞学。正是以这些各不相同的个人叙事方式和修辞策略,这一代诗人的写作开始有效地介入到他们的现实境遇中。所以,问题只在于那种对20世纪90年代"个人写作"望文生义式的理解,或那种依然是从老式"反映论"出发对诗歌所做出的要求。至于某些人一再攻击"知识分子写作"只是"知识和技术"而毫无"生命痛感",更不值一驳。只要打开一部20世纪90年代诗歌编年史就会发现,早在有人尚在搬弄胡塞尔"现象学还原"那一套去"梦想"一只老虎或"命名"一只乌鸦之前,这些被攻击的诗人已在他们"存在的现场"了。他们的"知识和技术",不仅有效地确立了一个时代动荡而复杂的现实感,拓展了中国诗歌的经验广度和层面,而且还深刻地折射出一代人的精神史。这里,我愿引述牛汉在一个诗会上的一段发言:"王家新、西川等人以他们的诗证明并非狭窄的'学院派''为艺术而艺术',而是与民族、母体有着较深刻的血肉关联的,他们正成熟起来,正在走向大气。"(《诗探索》1994第1辑)我这样引述,倒不因为这位受一代青年诗人敬重的老诗人提到了我,而是深感惊讶:他几年前的这番话,好像就是针对今天的某种论调而发的似的!

同样,正如许多人已指出的:早在有人指责"知识分子写作"诗人"与西方接轨",甚至诋毁他们为"买办诗人"之前,这些诗人就在一种剧烈而深刻的文化焦虑中自觉反省、调整与"西方"

的关系。比如陈东东在经历欧洲超现实主义艺术洗礼后,转向一种令人耳目一新的"本地的抽象",肖开愚也已从对奥哈拉的欢呼中沉潜下来,写出了像《向杜甫致敬》这样的力作;再比如翟永明"把普拉斯还给美国"(钟鸣)后,转向在本土文化经验和个人家族史中重构叙事;我本人则从《伦敦随笔》开始,不断以"回头看"的方式对在"西方"影响下长大的一代人的文化矛盾和内在危机进行揭示;而欧阳江河的《那么,威尼斯呢》,看上去写的是西方经历,实际上伴随诗人的,却是一场"等你到了威尼斯才开始下"的"成都的雨"。因此,我们完全有理由认为这些诗人的写作是一种置身于一个更大的文化语境而又始终关于中国、关于我们自身现实和命运的写作,也是一种在"西方"与"本土"、"传统"与"现代"的两难境遇中显示出深刻历史意识和中国知识分子的文化责任感的写作。某些人一再抓住一些文本表面出现的"西方资源"大做文章(其手法恶劣已到了变态程度),那是有意要抹杀这种写作的实质和意义。众所周知,中国现代新诗是在"西方"刺激和影响下才开始自己"迟到的"历程的,这种历史不仅预设了我们在今天的文化困境,而且这种历史进程还远远没有完成。事到如今,我们能否完全把"西方"从我们的语言(现代汉语)、写作甚至文化血液中排除出去,或完全"回归"到那个"有水井处皆咏柳永词"的其乐融融的"文化中国"中去呢?有人不是一面宣称"我为什么不歌唱玫瑰",做出一副本土姿态,一面一不留神又让"亚当、夏娃"出现在了他的云南山坡上了吗?还有那首《0档案》，不是在西方"后现代"理论和诗歌的影响下才写出来的吗？受到别人的影响，"改写"别人的文本，却又要以"可怕的原创力"来"吓唬盲目的读者"，并把同时代其他诗人们的写作贬为"读者写作"，这不是太可笑了吗？这究竟是一种自信还是心虚？而那些"知识分子写作"诗人，并不忌讳把那些"接轨"的地方一一暴露出来，这并不仅仅因为他们诚实，更因为他们自信，那就是通过一种艰巨、自觉而又富于创造性的劳作，重建一种与西方的对话和互文关系。他们在20世纪90年代的重要贡献之一，就是把中国诗歌与西方的关系由20世纪80年代的影响与被影响关系变成了这种自觉、成熟的对话和互文关系。有人恶意指责诗人张曙光写到与叶芝、奥登、布罗茨基等人的对话，"俨然一副与这些大师是忘年交的姿态"，那么，与这些光辉的灵魂成为精神上的"忘年交"有什么不好？这种对话不是造就了像冯至、穆旦这样的在中国现代文学史上屈指可数的几个优秀诗人吗？中国诗人们当然需要有一种本土自觉，但他们依然需要以世界性的伟大诗人为参照，来伸张自身的精神尺度与艺术尺度。他们不会因为无端攻讦而收缩他们的互文性写作空间，也不会因为种种丑化而瓦解"在它的传统中通过艰苦努力建构起来的现代性视野"（臧棣），更不会在一种集体煽情的文化原教旨主义的狂热中丧失他们独立的知识分子文化立场。因为他们知道唯有这样，才能真正地恢复"汉语诗歌的尊严"——如鲁迅在大半个世纪前所做的那样！

从以上澄清和辨析来看，20世纪90年代诗歌需要更深入地去认识。在尚未得到充分认识前它已被泼上了一头污水，这大概就是诗歌在我们这个时代的命运吧。从多种意义上，某些人挑起的这场"论争"都是灾难性的。首先，它把诗歌由一个精神领地变成了一个权力场，它以一种"权力话语"之争代替了正常的艺术探讨，这不仅严重毒害了诗坛空气，而且也在公众面前败坏了诗歌和诗人的形象；再加上一些媒体不负责任的炒作，使诗歌在20世纪末与其说再次受到关注不如说成为一个被开涮的对象。其次，他们有意识地编织了一套所谓"民间写作"与"知识分子写作"相对立的理论叙事，把实际上无限多样化的"个人写作"局面再次强行简化为两派之争，这不仅导致了对20世纪90年代诗歌写作本身的歪曲和遮蔽，而且也会给诗歌批评和研究带来有害影响。更值得警惕的是，它会把某些批评变为一种党同伐异的行为。比如近期有一篇评某诗人的文章，某诗人当然可以研究，但评论者的前提却是建立在丑化和否定20世纪90年代绝大部分诗歌上的，什么当"知识分子写作"使"当代诗坛陷入窒息境地"时，某诗人怎么样；什么"当晦涩成了大部分诗歌的通病"，"越来越多的诗人远离生活"时，某诗人又怎么样；什么"当整个诗坛都热衷于麦地啊，王子啊，神明啊"，某诗人又怎么怎么样。那么，这是在评论一位诗人呢，还是在描绘一位"救世主"？这样的"批评"居然又出现在今天，实在让人惊异。因此，作为一个诗歌的爱者，我个人的希望至少是：一、消除这次"论争"带来的不良影响，回到一种独立的、负责任的、专业化的批评上来，或者说回到一种首先面对诗歌和文本而不被一些理论或派别之争所干扰的阅读和研究上来。20世纪90年代诗歌首先是一个文本的实事，它绝不像有人别有用心地宣称的那样只有"说法"而没有文本。即使那些"说法"也都不是抽象的理论预设，而是和诗人们具体的写作实践和复杂诗学意识有一种血肉的关联。因此，如果不面对文本和写作本身而仅仅被一些"说法"所纠缠，反而会失去认识20世纪90年代诗歌的可能性。至于那种热衷于打派仗的"野路子"批评更不足取。它们以其胡搅蛮缠的风格，不仅使严肃的诗歌批评变成了一种胡闹，也在诱使读者的注意力离开诗歌本身。可以说他们什么都敢说都敢做，但就是不敢面对诗歌文本（除了断章取义），因为这些文本使他们一面对就感到"头晕"，更因为这些文本本身就是对他们的论调的反驳。因此，面对尚未得到深入认识的20世纪90年代诗歌和这场"论争"，我完全赞同唐晓渡所说，首先不是一个定性、总结或"表态"的问题，而是"重新做一个读者"或不断去做一个读者的问题。只有这样，20世纪90年代诗歌的意义、魅力、多样性与丰富性、实质与"真相"（这是这次"论争"中使用最多的一个词，愈是要掩盖真相的人愈是要抢着使用它）才会呈现出来；也只有经由这样的阅读，倍受伤害的诗歌才能在一片喧嚣中显露它那无言的力量。其次，坚持对"个人写作"的认知，自觉维护诗歌的多样性和多元化局面。一个较为普遍的看法是，20世纪90年代是一个个人化的写作时代。它看上去没有"轰动效应"，没有"贡献"出什么流派，没有制造出类似于20世纪80年代的那种"集体兴奋",但它对诗歌的贡献正在于它在整体上消解了那种"先锋"意识(实则往往是仿先锋)和文化激进主义姿态,消解了那种集体的、同一的言说方式,而把写作建立在一种更为独立、沉潜的"个人"的基石上,而这对诗歌的建设具有一种实质性意义。然而曾几何时,不仅"民间写作"被煞有介事地炮制出来,而且为了把一批诗人打入另册,"知识分子写作"作为一个写作流派或"阵营"也被发明了出来。20世纪末的诗坛居然再次被"两条路线斗争"的历史阴魂所攫住。有人在一篇文章中这样断言:"这个群体[①]最终必然彻底分化。"并且发誓似的说:"我在灵魂里看到了这一天的到来。"(他在"灵魂里"还能看到别的什么?)这真是天真可笑得可以。不仅"知识分子写作"作为一个流派或群体从不存在(存在的只是那些在艺术上十分独立,在写作上各不相同的具有知识分子精神和严肃写作态度的诗人),"民间写作"作为一个流派在20世纪90年代什么时候存在过?于坚、韩东果真是"民间写作"吗?或者欧阳江河与西川是一回事吗?朱朱、王小妮又属于一种什么"派"?因此,一种严肃的、负责任的批评应该消解这种"两派论"(与此相联系的,还有那种人为制造出来的"南与北"、"软与硬"、方言与普通话、神话与反神话的对立,等等),使人们在这次"论争"中的注意力重新回到对文本、个体、不同艺术个性和写作实践的关注上来,使写作重新回到"个人"上来。前

---

① 指所谓"知识分子写作"群体。

不久读到西川的《解读巴别塔》，在其末节他写到一个噩梦：城里的人们已"武装起来"，"有线电爱好者"与"无线电爱好者"正"准备开战"！而做梦人被一片混乱裹挟不知所措。读到这里，真让人有点哭笑不得。我只是希望这种典型的20世纪梦魇不要再来困扰人们。

是啊，世纪将逝。在这时间的临界点，每个人都在遥望，或回顾。岁月匆匆走过，但它也带来了足够多的东西，供我们在这样的时刻反思。作为20世纪八九十年代中国现代诗歌的参与者和见证人，我不知是有幸赶上了这样一个时代呢，还是在一个错误的时间来到一个错误的地点。不过，虽然沉痛、遗憾和某种荒谬感一再充溢心头，我仍心怀感激。我知道历史就这样"造就"了我们。我也知道了无论我们怎样标举个人的自由，历史的谱系学仍会把我们归结到某一代人上去。那么说到底，我忠实于自己的时代。我也希望我们编辑的这部文集对人们理解这一代人的写作史和精神史有所裨益。写到这里，我的思绪回到20世纪80年代（这也证实了孙文波讲的"从某种意义上讲，20世纪80年代是一个更令人怀念的时代"，证实了为20世纪90年代诗歌一辩并不意味着对20世纪80年代的抹杀）。正是在12年前的夏天，一批后来成为《倾向》主要诗人的朋友在山海关的"青春诗会"上相聚，也正是在这稍后一年，我读到西川《从一场蒙蒙细雨开始》《长期以来》等诗。我在内心里有了一种更为确切的喜悦。我感到在汉语诗歌中正出现一种提升性力量。我意识到只有这样的诗才能冲破现实修辞的层面，进而达到一种对诗歌的精神性和想象力的敞开。当然，一切尚需要磨砺；但，和早期朦胧诗及鱼龙混杂的第三代诗相比，这样的诗注定会伸张我们生命的尺度，注定会给中国诗歌带来一种它所需要的精神和艺术的语言。

　　一代诗人尚需要磨砺，而20世纪90年代带给他们的，却是一些完全超乎想象之外的考验。这种始于20世纪80年代后期的对于诗歌的精神性和纯粹品质的追求，在此后一再受到巨大挑战甚或嘲弄。西川那句被人多次引用的话是："当历史强行进入我的视野，我不得不就近观看，我的象征主义的、古典主义的文化立场面临着修正"，而这种自我修正，在耿占春那里被表述为"一场诗学和社会学的内心争吵"。正是在这种深刻的反省和对我们真实生存的正视和深入中，从一代人的诗歌中又引出了一种历史维度和命运维度，一个渐渐有别于20世纪80年代的诗歌时代在我们面前展开，用西川的诗来表述就是："从一场蒙蒙细雨开始，树木的／躯干中有了一种岩石的味道。"现在，有人攻击"知识分子写作"诗人"借历史的强行侵入"（请注意他们对西川原话别有用心的改动）而"大行其道"，从而成为20世纪90年代的"主流诗人"，甚或"新贵"。那么，我要问的是：当历史"强行侵入"的时候，他们又到哪里去了呢？当严峻的时代要求诗歌对这一切有所承担的时候，他们自己又在干些什么呢？历史的"强行进入"可以有多种形式，在20世纪80年代末，它采取的是强力震撼的悲剧形式，而在20世纪90年代中期它采用了一种喜剧、广告剧乃至荒诞剧的形式。那么,面对这一切,那些正备受攻击的诗人可以说对得起他们的诗歌良知。他们承受住了历史的悲剧震荡和喜剧性变化带来的不同考验——以他们的内在勇气、品质和努力而非什么外在助力。叶芝后期有诗云:"既然我的梯子移开了／我必须躺在所有梯子开始的地方。"那么,我想这就是历史的所谓"造就":它移开了诗人们在20世纪80年代所借助的梯子,而让他们跌回到自己的真实境遇中,并从那里重新开始。的确,历史就这样造就了他们,而他们也创造了历史——创造了中国诗歌的20世纪90年代,和他们的同时代人一起。在20世纪80年代末90年代初巨大的压力和荒凉中,他们的写作参与了对中国诗歌良知和品格的锻造,而在此后文化语境的全面变化和严肃文学的危机中,他们在"确立与反对自己之间"(欧阳江河)又获得了一个新的开始:富有洁癖的诗歌开始向现实敞开。然而,这与那种赶浪潮式的所谓"后现代"写作不同,这依然是一种坚持知识分子的叙事态度和文化整合性的写作(比如那些被一些人视为法宝的"后现代"因素,在他们的诗中都有);重要的是,在他们对当下语境的卷入中,或与一个更复杂的文化时代的遭遇中,依然保持了诗歌对现实的纠正和转化力量,保持了诗歌本身的精神准则、艺术难度和包容性力量。正是他们的这种努力使人们感到:一个具有整合性的诗歌时代就要到了,或已经到了。

我想,这大概也是一种"真相"吧,或是一些人目前正试图要掩盖或搅混的历史。某些人在今天以向"主流话语"挑战的姿态出现，其目的正在于要抹杀或改写一代人的这种写作史。那么，20世纪90年代诗歌是否果真已因某种"话语霸权"或"腐朽秩序"而"窒息"了呢？这不过是一些人的口实。"知识分子写作"作为一种"转型时代的思与诗"（陈旭光、谭五昌），的确在其写作实践中建立起了自身的某种艺术秩序和尺度，也促成了一个时代对于诗歌的认知和某种"知识气候"，但是，这和那种意识形态化的"主流话语"完全是两码事。在我们的这种写作环境中，它永远不会上升为权力话语，它只能是一种对"无限的少数人"讲话的那种话语。有人精心编织了一种"知识分子写作""压制""民间写作"的"真相"，但它的根据何在呢？这一切真是荒唐得可以。即使硬要说"知识分子写作"是一种20世纪90年代诗歌的"主流话语"，那也只能说明：一种独立的、不诉诸"先锋"姿态或商业炒作或集团性力量的知识分子的个人写作正得到越来越多的诗人的认同，正不可逆转地成为中国现代诗歌的普遍写作倾向。现在，有人提出"民间写作"或"另类写作"对此进行"挑战"，这当然可以；然而，相对于权力话语，"知识分子写作"不是一种"民间写作"又是什么？而"另类写作"如不具备一种独立的知识分子的个人立场，它又有什么意义？因此，"论争"的喧嚣过去之后，一切仍会归结到这种独立的、知识分子的、个人的写作上来。这是一代诗人几经曲折所达到的对写作的历史性认知，不会改变。因此我想，"朦胧诗"（早期意义上的）在历史中只能有一次，"第三代诗歌运动"在历史中恐怕也只能有一次，而"民间写作"在今天的提出说到底和写作本身无关,它只是某些人权力相争的策略,也只能把水一时搅混而已;但是,一种独立的知识分子的个人写作,却会在中国现代诗歌的进程中构成一种如耿占春所说的"永不终结的现时"——它不仅创造了诗歌的现在,也将会把诗歌的未来包含在它的自我发展中;或者说,它本身已构成了一种向着未来敞开的写作传统。因此,应当感谢这场论争,更应感谢我们在20世纪所经历的一切,在这回首并眺望的时刻,它让我再一次坚定了这种信念。

一份"现代性"的美丽

"在新诗当中,林庚的分量或者比任何人要重些,因为他完全与西洋文学不相干,而在新诗里很自然的,同时也是突然的,来一份晚唐的美丽了。"这是废名在他的《谈新诗》(20世纪三四十年代废名在北大的讲义合集)中的一段话。废名以他诗人的性情,特意标举了林庚在新诗中的某种特殊意义,同时也勾画出林庚诗歌的主要特色。

而在林庚的诗中,废名又特别激赏《沪之雨夜》一首,认为是一篇"神品"。现在让我们来看这首诗:

　　来在沪上的雨夜里
　　听街上汽车逝过
　　檐间的雨漏乃如高山流水
　　打着柄杭州的油伞出去吧

> 雨水湿了一片柏油路
>
> 巷中楼上有人拉南胡
>
> 是一曲似不关心的幽怨
>
> 孟姜女寻夫到长城

我们发现，诗中最奇绝的乃是它的结尾：在一种雨夜寻梦的老式意境中，突然地（同时也是"反讽"地）来了一种北国的铿锵，全篇随之发生逆转，诗的空间出乎意料地开阔了，它由南到北，由今到古，由雨声连成一片的现代都市之夜到赤裸暴烈的在历史中伸展的北方山脉……重要的是，这"神来之笔"不仅拓开了空间，使寻梦的诗人调头，而且似乎在不经意间，一下子触到了那美丽中的哀音和隐痛，触到了那"更悠久、更古老的寂寞了"（孙玉石）。

因此，我完全理解废名对这首诗的推举，而且认为废名的话在今天看来仍不失为一种提醒，它会使我们意识到在新诗的建构中，传统依然是一种可资利用的资源。只要我们"利用"得好，传统完全有可能在我们的写作中显露出它出乎意料的，甚至让我们惊异的一面。

但是，这只是问题的一个方面。正如洞见与盲目往往相伴随，我发现废名在刻意强调某种东西的同时又在不自觉地把人们引向某种认知偏见，或者说引入一种"二元对立"的模式。而这同样是需要加以注意的。我愿意就此展开探讨，因为这不仅涉及对一个诗人的评价，这已涉及新诗建设中许多至关重要的问题。

首先，林庚的新诗创作果然"完全与西洋文学不相干"吗？非也。实际上，也许正由于西洋文学的刺激，由于已受到某种"现代性"的艺术洗礼，由于新诗的各种"尝试"已有了那么一段历史，他才有可能回过头来重新发现传统，而且这种发现本身已是"现代性"的产物或关联物。比如在《沪之雨夜》中出现的这种别开生面的写法，在古诗中似乎也有，但它更和一种"现代"的写法有关，"是一曲似不关心的幽怨 / 孟姜女寻夫到长城"，这种出其不意的逆转以及由此产生的反讽意味及空间张力，正是一种"典型"的现代写法，这让我们马上联想到现代电影中的蒙太奇、超现实主义式的联想、现代诗中惯有的非逻辑跳跃等等，而不会联想到什么晚唐的幽怨了。更重要的是，这种写法已不单是技巧问题，它着实体现了一种"现代感性"。比如诗人在这里借用了一个人人皆知的典故"孟姜女寻夫到长城"，他不仅巧妙地借其意，也颇具匠心地还原了词语的"物质属性"，把一种听觉知识（南胡中一个"曲目"）转化为历历在目的视觉感受，把一个典故变为一个正在进行的艺术感知过程。这样，莫名的悲哀不仅获得了历史感，也有了一种具体的可感知性。而我们觉得这样写"好"，也正在于我们都已受到一种"现代性"的艺术洗礼。我们已在这种洗礼中形成了一种"现代"的艺术认知眼光。我们正是以这种新的不同于读旧诗的"读法"，才读出了这首诗的"好"。因此，我认为废名的说法也完全可以变过来：与其说这首诗突然来了一份晚唐的美丽，不如说它突然来了一份"现代性"的美丽!

以上说明,林庚的新诗并非和西方文学毫无关系,恰恰相反,只有把它纳入一种"现代性"的视野中其意义才能得到充分理解。这里,"现代性"已远不是一件技术发明,它在根本上体现为一种艺术创造和艺术认知的方式,或者说,一种不同于以往的"眼光"或"读法"。曼德尔施塔姆就曾这样来谈论但丁:"但丁诗歌的语义学循环的建构方式是,打个比方,以'蜜'开始,却以'青铜'结束;以'狗吠'开始,却以'冰'结束。"(《关于但丁的谈话》,黄灿然译)。这里,曼德尔施塔姆正是以一种"现代"的眼光来读但丁的(我们会发现《沪之雨夜》也恰好是以这种方式来"构建"它自身的)。当他这样来"读",我们完全有理由认为他是以一种现代性的艺术尺度测量但丁。

同样,无论自觉或不自觉,我认为林庚也是在以一种"现代"的方式重新发明晚唐。他的那些成功的诗作,如这首《沪之雨夜》,如《无题》("一盆清丽的脸水……")等,其成功就在于把为我们所熟识的传统陌生化了。没有这种"陌生化",就不会有一份出乎意料的美丽。相反,他的那些未能和传统拉开一定距离、仅仅凭借古典文学修养去写的诗,或刻意去承袭晚唐余风、旧诗意韵的诗,在今天看来,反而失去了清新、鲜活的生命力,至少,使它们的艺术价值打了折扣。

这说明了什么呢?用林庚自己的话说,说明"这文化的遗产真有着不祥的魅力,像那希腊神话中所说 Sirens,把遇见她的人都要变成化石"（转引自西渡文章《林庚新诗格律理论批评》）。这说明了问题并不在于要不要与传统发生关系，而在于怎样与传统发生关系（遗憾的是，新诗史上一再出现的争论大都在前一个问题上纠缠，而未能对后面这个问题进行一种更深入的探讨）。这说明传统是可贵的，但简单地"回归传统"只能是死路一条——这不仅不能使我们获得自己，反而会被它吞食或同化，如同林庚所说"变成化石"。时至今日，我想我们已足以看清这种古老传统的"不祥的魅力"了，它会把一个现代知识分子重新变成一个士大夫，把诗歌的创造力仅仅蜕化为一种修养，把存在的痛苦和追问统统化为一种旧式的趣味或性情，把现代文学史上一些本来不错的诗人在一定程度上变成了它的牺牲品……

因此，我们在今天应重新审视我们自己与传统的关系。新诗的曲折历史已表明，它与中国传统的关系并不是一种简单的"继承"关系，更不是一种"回归"关系，而应是一种相互修正和改写的关系，一种互文与对话的关系；在富有创造力的诗人那里，这可能还会是一种"相互发明"的关系。总之，新诗发展到今天，传统对它而言早已不再是一种成规，而只是一种参照，一种资源。传统在今天能否具有意义，完全在于我们怎样来利用它或"生产"它。换言之，一个有出息的当代诗人并不简单是传统的继承者，更应是传统的生产者和革新者。

而要有效地改写传统，如同林庚的诗歌所启示，对西方的利用同样是必不可少的。在一种成熟的心智里，中与西、传统与现代并不是对立的，或互不相干的。那些在今天重新打出"本土"旗号的人（例如近年内诗歌界某些人的宣言），如果不是有意识为自己捞取某种文化资本的话，也不过"梦里不知身是客"罢了。他们多了点"作秀"的欲望，少了点自我反省与历史感。当然，他们的本意也许并不在诗歌建设和诗学探讨，已不在本文的讨论范围。

不过为什么连废名这样的为我们所尊敬的诗人也不自觉地把中与西、传统与现代对立起来，并声称林庚的诗"完全与西洋文学不相干"呢？这倒是值得我们去深思的问题。也许，这里潜藏着一种我们在今天可以理解的焦虑：影响的焦虑。废名借助对林庚的阐释，试图为"受西方影响过深"的新诗指出一条出路，这未尝不可，遗憾的是，正如以上已分析过的，这条"完全与西洋文学不相干"的路子，我们如果真要走，就会发现它不仅无助于新诗的发展和壮大，反而有可能葬送新诗本身。

这样说可能有点刺耳，但又不能不说出来。的确，也许由于历史的限制，新诗史上的许多构想与实践，在今天看来尚不具备一种成熟的心智，重要的是，还缺乏一种足够的勇气。什么勇气呢？存在的勇气，独自去成为的勇气。这使许多本来可望有更大成就的人还没有走出去几步，就已觉得不行了，离"传统"太远了，得赶快回去了——回到传统的安全的屋檐下。他们就是不能战胜潜意识中的那份恐惧，那种脱离开文化母体和文化群体的恐惧。他们不明白新诗在其本质上已是一种脱胎换骨的再造。他们的心理承受力还过弱。他们宁愿牺牲掉这种创造，这种独自去成为的巨大机会,也不愿担当不忠不孝之名("父母在,不远游")。写到这里,我不由得想起了鲁迅。的确,只有鲁迅是最彻底的,因为他战胜了文化上的那种独自去成为的恐惧(虽然他依旧怀有那种"逆子"式的负疚,一如《故乡》中的"我"这个形象所呈示),因为只有他才清楚地意识到:文化并非是先天给定的,而只是一种可能,一种要求于个人的创造,这正如"希望",这正如"路"——其实地上本没有路,走的人多了,或者说有勇气走到底,也便成了路。

那么我们呢?作为一个中国现代诗人,我们命中注定要和母语及本土文化命运——哪怕它是一种虚构意义上的——结合在一起。我们会从血液里保有这种忠诚。但是,好在一个诗人在今天不仅可以有不止一种的忠诚,而且可以不断反省他的这种忠诚。为什么热爱杜甫与热爱叶芝就是互相矛盾的呢?情形也许正相反。米沃什曾写过一首很感人的诗《我忠实的母语》:"忠实的母语啊/我一直在侍奉你/每天晚上,我总在你面前摆下你各种颜色的小碗……"然而米沃什并不是以一种19世纪密茨凯维支的方式在侍奉他的波兰母语,而是以一种20世纪的现代性的方式在侍奉。他忠实于这种现代性,并不亚于他忠实于他的古老的母语。因为离开了这种现代性的洗礼他就不可能重新发现并提升他的母语。所以,诗人的这两种忠诚(我相信它不仅在米沃什一人身上存在着)并不是互不相容的,而是相反相成的;也许正是这两者之间的压力在造就一位诗人。

因此最后我想说：中国现代新诗发展到今天，最需要的仍是一种存在的勇气、一种更成熟的心智、一种更强有力的创造力。唯其如此，我们才能把"两难"（中与西、传统与现代）的文化困境化为一种创造的契机，把看似相互矛盾、冲突的东西化为一种写作内部的张力。中国现代新诗中最有价值和活力的那部分正是在这种矛盾张力关系中形成和壮大的，那么，它在今天和未来的创造者们也一定会把命运的诅咒变为对他们的祝福。

没有英雄的诗[1]

——纪念阿赫玛托娃

诗人画像

他把自己比作马的眼睛,

他扫视着路旁,看,发现,确认,

突然间水洼闪光,

当钻石熔化,冰雪消融……

---

[1] 本文所用的传记材料主要出自罗伯塔·里德(Roberta Reeder)的《阿赫玛托娃:诗人与先知》(*Anna Akhmatova: Poet and Prophet*, St Martins Press, 1994)及阿赫玛托娃散文英译本《我的半个世纪》(*My Half Century: Selected Prose*, Ardis Publishers, 1991),在"你来埋葬我……"一节,选用了东方出版中心《阿赫玛托娃传》(阿曼达·海特著,蒋勇敏等译)中的若干材料,并在此致谢。
本文中的诗,除注明译者的外,其他均为笔者从英译本《阿赫玛托娃诗全集》(*Complete Poems of Anna Akhmatova*, Zephyr Press, 1990)中译出。

这是阿赫玛托娃1936年写下的《帕斯捷尔纳克》一诗的开头一节。把帕氏和马相比较可谓传神，它使人马上想到诗人的那副长脸，那双严肃、专注的眼睛以及他性格中的某种东西。这里，阿赫玛托娃描述了帕氏作为一个诗人使平凡事物变形并闪耀诗性光泽的能力，不过，在这样的赞美中是否还包含了其他一些东西呢？

是的，是很微妙。我们知道阿赫玛托娃比帕斯捷尔纳克年长一岁，并且更早成名，在诗坛和生活中的阅历也更丰富，这一切，赋予了她某种说话的资格，使她可以在帕氏或其他人面前以"诗坛老大姐"自居，可以恭恭敬敬地奉送帕氏一顶"俄国第一诗人"的帽子而又暗含着某种挖苦……

但，这一切或许并不重要，重要的是：在这样的"诗人画像"中显示了阿赫玛托娃自己对"身为诗人"这一角色和命运的反讽性认识。使我看重的也正在这里。正是这种在阿赫玛托娃身上生长、体现的"反讽"品质和才能，使她有可能在苦难的命运中达到一种自我肯定而又不陷入自恋，使她日益高傲而又日益明澈，使她消解诗人的神话而又使诗在我们的生活中无处不在：没有英雄的诗。

没有英雄的诗

《没有英雄的诗》，这是阿赫玛托娃自20世纪40年代开始动笔，到20世纪60年代初才基本完成的一部带有诗剧性质的长诗。

这部长诗的写作伴随女诗人度过了一生中最艰难的时光，从战争的劫难到战后的迫害，从历史的残暴到个人在孤独、贫困中的挣扎……可以说阿赫玛托娃完全是因为这首长诗而活着。如果说每个诗人都有某种"让一本书来总结我们、回忆我们"的写作夙愿，这部长诗则为阿赫玛托娃了却了这桩心事。她本人非常看重这部对一般读者来说也许过于复杂的作品，以至于她把世界分成了不相等的两半：理解这首诗与不理解这首诗的。

但在这里我无意具体介绍这首长诗，我只谈它的题目。"没有英雄的诗"是我从该诗的英译"Poem without a hero"中直译而来的。而在国内现有的一些译介文章中，一律称这首诗为《没有主人公的叙事诗》。为此我曾专门询问过我所信任的俄文诗歌翻译家，他们说从俄文原文中应该这样译。

但，我仍倾向于把阿赫玛托娃的这首长诗，甚至她一生的创作都置于"没有英雄的诗"这样的命名之下来解读。我宁愿这样来"读"，哪怕这是一种"误读"（按照博尔赫斯的说法，为什么原文就不能"忠实"于译文？）。因为这样的命名激活并照亮了我对阿赫玛托娃的认识，因为"没有主人公的叙事诗"过多地带有一种20世纪五六十年代"苏联文学"的色彩，而"没有英雄的诗"却能指向一种和我们今天的生活、和我们当今的诗学实践相关的话语。的确，这就是我心目中的阿赫玛托娃：没有英雄的诗。这是诗，无须英雄的存在；或者说，这种诗里没有英雄，没有那种英雄叙事，但依然是诗，而且是苦难的诗，高贵的诗，富于历史感的诗。正是这样诗在今天依然保持住了它的尊严,或者说,在与历史的较量中,替我们赢回了属于我们个人的精神存在。

被诗歌"留下来"的人

我深深感到,如同历史上的许多诗人,阿赫玛托娃尚未被人们完全认识。人们所知道的只是她早期的爱情诗和后来的《安魂曲》,对她艺术上的发展和一些更有价值的作品则不甚了了。这就如同曼德尔施塔姆所讥讽的某些文学批评,它们只是"把但丁钉在与那些雕刻作品相似的地狱风景上"就算了事,一个作为"诗歌乐器的大师"尚未被聆听。

这次重读阿赫玛托娃,我不仅惊叹于一种常新的诗歌生命力,而且发现了一个有着早、中、后期不同写作阶段的阿赫玛托娃。我感到,纵然在 20 世纪 20 年代后阿赫玛托娃不再写作,她依然会是俄国 20 世纪最优秀的诗人之一——她早期那些独具个性和魅力的内心日记式的诗作已充分具备了"经典"的意义,并注定会受到一代又一代人的喜爱。但阿赫玛托娃却不是那种昙花一现的诗人,她注定要被诗歌"留下来",以完成一种更艰巨,也更光辉的命运。我感到,阿赫玛托娃超出于一般诗人而迈向"伟大诗人"的境界,完全是在 1936 年后她重新回到写作上后的事,而且,和但丁为她的出现有关。1924 年,她曾写过这样一首《缪斯》:

我在夜里静候她的来临，

仿佛生命被系在一根线上。

什么荣誉、青春、自由，在这位

　　　手持野笛的亲爱来客面前算得了什么？

而她进来。她撩开面纱。她格外地察看我。

我问："就是你把《地狱篇》的篇章

口授给但丁的？"她答："是我。"

这真是不同寻常的一首诗。然而耐人寻味的是，在这之后却是诗人10多年的沉默——也许"缪斯"来临得过早？也许这一切正出于她的意志？总之，在这10多年间阿赫玛托娃几乎放下了笔，直到1936年——"我于1936年开始再次写作，但我的笔迹变了，而我的声音听起来也不同了。"（《日记散页》）什么在变？什么不同了？早年，阿赫玛托娃的缪斯是爱情、青春、自由，现在，则是那位更严峻的把《地狱篇》"口授"给但丁的命运女神——在阿赫玛托娃有了足够的阅历、承受了更深刻的磨难后终于进入了她的诗中。请留意这里的"口授"（dictate），阿赫玛托娃认为诗歌是缪斯"口授"的，否则诗人硬写是写不出来的，我想这并不神秘。这种诗歌本身的"口授"，无非是在诗人自己所经历的生活和命运中出现的某种诗性声音，它要通过诗人来言说自己——阿赫玛托娃正是这样一位诗人。她也没有辜负她的痛苦的缪斯。她把她承受的一切都化为了"诗"。从她1936年写下的《但丁》以及此后陆续完成的一系列组诗、长诗和抒情诗来看，一个久经磨难而日趋成熟、开阔，非一般诗人可比拟的"历史风景画的大师"（Chukovshy）出现在了我们面前。

手艺的秘密

的确，阿赫玛托娃的意义并未被我们充分认识。即使她早期的爱情诗，也绝不仅是人们津津乐道的诸如"我竟把左手的手套／戴到我的右手上"（《最后一次会面之歌》）那一点东西。在她那些看似"简单"的早期诗作中所蕴含的"手艺的秘密"，也许至今仍是一个谜。10年前，诗人荀红军出版了他的译诗集《跨世纪抒情》，其中一首阿赫玛托娃的早期诗一直引起我重读的愿望，实际上，这首题为《傍晚》的诗，多年来一直萦绕着我：

> 音乐在花园里
> 以难以表述的忧郁响起。
> 从加冰的牡蛎菜盘中
> 可以闻到新鲜浓郁的海的气息。
>
> 他对我说："我是忠实的朋友！"
> 并抚摸了我的连衣裙，
> 这双手的抚摸

不像是拥抱……

这已和那种常见的抒情诗不同。出现在这里的是某种叙事场景，是对细节的微妙感受，是难以表述的某种气味、暗示和音乐背景，最后这一切化为某种萦绕不去的、美好而又令人绝望的音乐本身。"这双手的抚摸／不像是拥抱"，女诗人特有的敏感，显示了她对情感和感受进行辨别和澄清的能力；语言表达不事铺张，而又深刻显现出内心的直觉，难怪布罗茨基称她为"诗歌中的简·奥斯汀"！

使我受益的正在这里，阿赫玛托娃几乎从一开始写诗就显示了一种"复杂的简单"或者说"微妙到不动声色"的诗歌技艺，显示了一个成熟诗人才具有的那种艺术分寸感和控制力。比如这首诗，她把一切都写到一种历历在目的程度，而又暗含着一丝不易察觉的反讽，一种平静的悲哀和一种不失身份的忧郁。这使我意识到：阿赫玛托娃的诗并非简单地来自一种表达冲动，更出自一种教养。或者说，她的诗从一开始就体现了一种文明，她的优雅、高贵、反讽品质、敏感性和控制力都来自这种文明。这使她即使在最不堪承受的时候也从不在诗中发出刺耳的声音。她的诗是历久弥新的，但又是"古典主义"的。她永远不会像有些女诗人那样易于失态、失控。她更不会允许自己屈服于日丹诺夫时代的野蛮和粗鄙。文明必将战胜黑暗。她惊人的承受力正在于，在经历了整整一个疯狂、野蛮、粗鄙的时代之后，她依然保持了她与生俱来的高傲、自尊和教养。那种日丹诺夫式的咒骂需要去理会吗？不必，因为诗人已写出了这样的诗。

"另一个已化成青铜雕像"

在 20 世纪早期俄国诗人中，也许只有亚历山大·勃洛克是阿赫玛托娃在年轻时曾崇拜过的。在一首早期诗中，她描述过当她拜访诗人时那种几乎不敢正视对方眼睛的感觉。可以说，这种"被笼罩感"已成为女诗人后来"在追忆中写作"的隐秘来源之一。当然，被征服的不只是一方，勃洛克也曾写下一首《致安娜·阿赫玛托娃》，诗中描绘"一条西班牙披巾在你的肩上"，实际上阿赫玛托娃压根儿没有这条异国情调的披巾。但，生活必须遵从艺术，而非相反，以致后来他们再见面时，勃洛克的第一句话即是："你的西班牙披巾哪里去了？"

"致命的"勃洛克！阿赫玛托娃在回忆中还谈到另一次相遇，一次她搭乘邮车经过莫斯科，火车进入某一站时慢下来，人们往下扔邮袋。突然间，像梦一样，勃洛克出现在站台上，她惊讶地喊他的名字，"他回头看，既然他不仅是位伟大的诗人而且是位善于提问的高手，他问：'谁与你同行？'我只来得及回答：'就我一人。'火车就开出去了。"

就这样，这位天才诗人在阿赫玛托娃的生活中远去，并且永远不再出现了。也许这就是命运——它给阿赫玛托娃留下的总是丧失、缺憾、追忆和怀念。日丹诺夫骂得很"对"：阿赫玛托娃是"旧世界的代表人物"，她的诗是一种"来自遥远过去的幽灵，它总是与苏维埃现实格格不入"！不错，这样的批判恰恰从反面揭示了阿赫玛托娃的意义所在：她是一位为"记忆"所准备的诗人。正是凭着这种诗的记忆，她创造了某种甚至比人类的记忆更为长久的东西：

> 尘世的荣誉如过眼云烟……
> 我并不希求这种光环。
> 我曾经把幸福的情感，
> 向我的所有情人奉献。
> 有一个人今天还健在，
> 正和他现在的女友情爱绵绵，
> 另一个人已化成青铜雕像，
> 站在雪花飞舞的广场中间。①

这在飞雪的广场中已化为青铜雕像的"另一个人"，或许正是指女诗人曾热爱过的勃洛克，或许更早的一位：普希金（在阿赫玛托娃后来被迫停笔写作的沉默岁月里，她曾潜心研究普希金，并以此激励自己活下去）。当现实中的爱遭到破坏，或一再蒙受时

---

① 阿赫玛托娃：《爱：阿赫玛托娃诗选》，乌兰汗译，外国文学出版社，1991。

代的羞辱，那永远的勃洛克，或安年斯基，或普希金就会为她出现，并同她至死守在一起。

我想，正是这种秘密的不为人知的爱，在决定着从普希金到阿赫玛托娃的血液循环；正是这些亡灵的存在，这些"青铜雕像"的永久注视，使她不允许自己放弃或垮掉，使她在最不堪的羞辱中说出了这样掷地有声的话："我们神圣的职业，存在了数千年……"

我已学会简单明智地生活

我已学会简单明智地生活，
眺望天空并祈祷上帝；
在暮色降临前做长长的散步，
为了使无益的焦灼平息。

当牛蒡在山谷中沙沙作响，
一串黄红色的浆果点头，
我写欢乐的诗篇，
为这必死、必死而美妙的生命。

我回来。毛茸茸的猫
舔着我的手掌，甜美地叫着，
而在湖畔锯木场的小塔上，

明亮的灯光闪烁。

寂静偶尔被打破,
被飞落屋顶的几声鹳鸣。
如要你曾来敲我的门,
对我,我甚至都没听见。

  一首简洁而美妙的诗就摆在这里,无须我赘言。似乎人人都能读懂,似乎人人都会喜欢。我只是提醒一下,这样的诗并非是诗人在历尽沧桑后写的,而是在很年轻时写下的。而这是用"早熟"之类不能解释的。这只能出自一种天赋。似乎诗人一出现就带着那种洞察一切的目光,而又有着一种安于命运的沉静;或用现在的话说,似乎她一开始就是一种"中年写作"。她从不写"青春的"诗。她也从不像有些女诗人那样"抒情"。这一切,和激情的"水银般好动"的茨维塔耶娃比起来是多么不同!

  此外,诗中出场的场景、细节等等,大概就是曾为马雅可夫斯基所不屑的"闺房中的隐私"吧。但阿赫玛托娃的意义在今天看来,恰恰在于在一个剥夺个人、践踏个人的时代始终坚持了写作中的这种个人性质。即使她后来所写的那些富于历史沧桑感的诗,也完全出于个人对命运的承担。的确,广场上或聚会上的喧嚣会过去,而"闺房中的隐私"——正如我们在这首诗中所感到的——却能持久地体现出人类存在的奥义。

因此让我们问问自己：什么时候我们也能学会这样简单、明智地写作呢？

"为了他我唱起这支歌"

阿赫玛托娃的一生几乎就是苦难的一生（请想想多年来她遭受的屈辱、不幸和不公平待遇……），阿赫玛托娃的一生从来又是高傲的一生。我想，这一切不仅因为她是个自尊心极强的女性，更因为她知道自己高贵的"出生"。在20世纪三四十年代，在那个对人道和文明的践踏日甚一日的年代，她的许多诗作都涉及"伟大人物的受辱"这个隐秘的主题，为此她写那位宁可自尽也不臣服于征服者的埃及王后娄巴特拉，写那位被迫流亡、拒绝认罪从而永无生还可能的但丁——正是为了这位不屈的流亡诗人，她在同样的苦难中唱起了这支歌：

> 甚至死后他也没有回到
> 他古老的佛罗伦萨。
> 为了这个离去、并不曾回头的人，
> 为了他我唱起这支歌。
> 火把、黑夜，最后的拥抱，
> 门槛之外，命运痛哭。
> 从地狱里他送给她以诅咒，

> 而在天国里他也不能忘掉她——
> 但是赤足，身着赎罪衫，
> 手持一支燃着的烛火他不曾行走
> 穿过他的佛罗伦萨——那为他深爱的,
> 不忠、卑下的，他所渴望的……

起句看似平缓，但却牵惹出一种无限的怀念。但丁生前一直未能回到他所思念的故乡，但阿赫玛托娃没有这样写，而是以"甚至死后他也没有回到……"开始了她的哀歌，只有这样写，才能写出一种永久的缺席（多年之后，布罗茨基在他写的关于佛罗伦萨的诗的开头即引用了阿赫玛托娃的这句诗），也只有这样，才能写出诗人与故土的那种爱与恨的深度与强度。

重要的是，这样的开头除了抒发一种怀念外，还为了直接地引出该诗的主题：但丁与佛罗伦萨，或者说，诗人与他的国家和时代（附带说一句，这样的悲剧性主题也一直是历代中国诗歌的主题，而这是两千多年前由屈原一开始就确立下来的，因而带有一种宿命般的性质）。显然，不是对一位意大利诗人的一时兴趣，而是阿赫玛托娃自己的全部生活把她推向了这样的悲剧性主题。同样显然的是，佛罗伦萨之于但丁，就如同彼得堡和整个俄罗斯之于我们的女诗人，虽然阿赫玛托娃在这里用了一种她所说的"隐形书写"的写法，但会心的读者一读即知，她显然是在通过但丁写她自己的"俄罗斯情结"，写她自己与时代、与故土的痛苦而复杂的感情纠葛。

为了内心的尊严和高傲,但丁拒绝手持烛火——一种当众悔过的仪式——回到他深爱的、让他一生回首的"佛罗伦萨",而是忍受着内心撕裂,开始了他的流亡。值得注意的是,对于佛罗伦萨,阿赫玛托娃在这首诗中以"她"相称,这就更耐人寻味了。我们知道在但丁的一生中一直有两种力量在作用于他,一是贝雅特丽齐,一是佛罗伦萨,但在这首诗里,贝雅特丽齐消失了,而佛罗伦萨作为一个唯一的"她",构成了但丁的命运。正因如此,诗人才会带着全部伤痛去爱,才会在流亡中不断回望那唯一的故乡,以至于即使"在天国里"也不能释怀。

因而阿赫玛托娃的这首诗,语言揪心而又苦涩,在节奏上似有一步一回头之感,令人一篇读罢头飞雪。诗的最后看似未完成,但又只能如此,因为诗的强度和深度已到了语言所能承受的极限。耐人寻味的是,阿赫玛托娃在这里使用了"不忠"和"卑下"来形容诗人所爱的"她",即佛罗伦萨:"她"是不忠的(那么现在她又在忠于谁呢?),"她"又是卑下的(也许她生来如此,只是要活,哪怕像牲畜一样苟活!),这使诗人倍感痛心、不屑,但又怜爱有加,以致终生不能释怀。看来,这首诗的写作是一个标志,诗人已开始深入到一些最噬心的悲剧主题,其语言之间的矛盾张力及表现强度也达到了一个前所未有的程度。

然而,只要是爱,尤其是那种悲剧性的爱,就会是对人的一种提升。它会把诅咒变为怜悯,会使痛苦得以生辉,会使一个诗人学会从命运的高度来看待并承受个人的不幸。阿赫玛托娃对得起这么多年来所经历的苦难，她通过这首诗的写作，不仅开始着力揭示一个诗人与历史的宿命般的连接，也把自己推向了一个伟大诗人的境界。

但丁一生没有回到佛罗伦萨，但他的存在，却照亮了一代又一代诗人同自己的时代和国家所进行的痛苦的对话。对阿赫玛托娃这样的诗人来说，但丁的流亡，不仅迫于现实政治，也恰好出自"天意"，这使她意识到在深重的苦难中还有着一种圣徒般的诗歌境界。而但丁此后在《神曲》中对"地狱"的游历和超越，在她看来更是对诗人命运的一种完成。因此，她后来曾对人说，当她在时代的暗夜中一旦敢于开口问缪斯时，诗神的口中唯一吐出的词是："但丁。"而这个名字已意味着一切。"门槛之外，命运痛哭"，她自己早已熟知了这种命运。她也只有在一种但丁式的写作中才能赎回自己。这就是为什么她会用了20年的时间，在孤独和苦难中一遍遍地写她的那首长诗《没有英雄的叙事诗》。这里，是这部伟大作品开篇的诗引：

> 从一九四〇年，
> 　　仿佛从一个塔上，我望向一切。
> 　仿佛我在重新告别
> 　　那在多年前我已告别的一切，
> 　　　仿佛在胸前划了个十字后，

我便往下朝阴暗的拱顶里走去。

　　读后我惊讶了：这分明是一个 20 世纪意义上的"地狱篇"的开头！诗人写这首诗时已过了"知天命"之年，她可以从时间的"塔"上眺望一切了，然而，为了真正认识自己，她又不得不"往下"朝她自己阴郁的历史走回去。这一次她是独自返回去见一个早年的自己以及那些已故的同时代人的亡灵的。这些地狱中的亡灵一直在期待她——也许，这是他们的最后一个机会了！女诗人凭借着一种巨大的勇气（"仿佛在胸前画了个十字"）独自前往，但我感到那里分明又有着一个隐形的引路人：但丁。

20 世纪诗歌中的"审判席"

　　在同时代的诗人中，毫无疑问，阿赫玛托娃与曼德尔施塔姆最为亲近。他们相互理解、赞赏，如同亲人，彼此是对方艰难岁月中的激励和安慰。曼德尔施塔姆说他一生中一直在同两个人做想象中的对话，一是阿赫玛托娃，一是她的前夫、已被处决的诗人古米廖夫，而这种对话"从未停止"。而阿赫玛托娃也日益意识到曼氏是一位在俄国历史上罕见的天才诗人，尤其使她受到震动的是，当曼德尔施塔姆被流放到沃罗涅日，陷入艰难绝境时，一种更为宏伟、深沉的呼吸却出现在了他的诗中：

> 当我重新呼吸,你可以在我的声音里
> 听出这无边黑土的干燥的潮气
> 听出大地——我的最后的武器……

我想正是这种惊异之感,也在日益提升着阿赫玛托娃自己的诗歌境界。可以说他们俩离开对方,各自所达到的艺术高度都是难以想象的。正是在对一种共同命运和血缘的辨认中,在他们俩之间出现了一种深刻而感人的认同。这就是为什么在曼氏流放期间,阿赫玛托娃会千里迢迢前去看他,并和他一起用意大利语朗诵但丁;这也是为什么当阿赫玛托娃陷入困厄时曼德尔施塔姆会这样对她说:"阿努什卡(阿赫玛托娃的爱称),永远记住,我的家就是你的家!"虽然说这话时曼氏自己几近大难临头,但他还是说出了这句让阿赫玛托娃终生难忘的话……

我深受感动,为这几位 20 世纪俄罗斯诗人。他们不仅以他们天才的诗,也以他们的人格力量与灵魂的力量不断激励着后来的诗人们。他们的存在本身就体现了一种尺度,或如爱尔兰诗人谢默斯·希尼所说,在 20 世纪现代诗歌中形成了一个"审判席"。

1962 年,在寂寞的暮年,在曼德尔施塔姆、茨维塔耶娃、帕斯捷尔纳克已相继离开人世的荒凉中,阿赫玛托娃写下了这样一首《最后的玫瑰》:

> 我不得不和莫洛佐娃一起屈膝,

与希律的继女一同起舞,

随狄多的火焰飞灭,

为了回到贞德的灰烬里。

主啊!你看,我已倦于

生存、死亡和复活,

拿走一切吧,但请留下这枝

让我重新呼吸的深红色玫瑰。

读了传记材料我才知道:这枝"最后的玫瑰"原来是当时还很年轻的诗人布罗茨基在阿赫玛托娃过生日那天送给她的!难怪年迈的已"倦于生存、死亡和复活"的女诗人会从心底重新迸发出诗的激情。关于布罗茨基,阿赫玛托娃曾很自豪地对外国友人说这是"俄罗斯的想象力"并未被历史拖垮的一个"有力证明"。是啊,拿走一切吧,但请留下希望,留下诗歌,在曼德尔施塔姆之后再留下像布罗茨基这样的诗人,对于这位无以安慰的"哀哭的缪斯"(布罗茨基)来说,也许,这就够了。

在电话的另一端

据说斯大林并非是个粗人,起码他不想做一个粗人。诗人帕斯捷尔纳克就曾收到过斯大林寄来的一叠诗稿,说是他的一个朋友写的，要帕斯捷尔纳克看一看。但帕斯捷尔纳克一看这些"诗"，即知道它们其实是斯大林本人写的。他考虑再三，最后还是这样做了回复：斯大林同志，您的这位朋友并不适合写诗，他最好还是去做别的……

然后，他等待着厄运的到来。然而，那把高悬的剑似乎并没有落下来。

这就是阿赫玛托娃和帕斯捷尔纳克所生活的那个时代。在今天，除了向他们致以深深的敬意，我们还能说什么呢？

"你来埋葬我。你的铁锹、铁铲在哪里？"

在20世纪俄国诗人中，大概阿赫玛托娃是被批判最多的一位。最著名的自然是日丹诺夫的咒骂。1946年4月，苏共中央做出决议，展开声势浩大的批判作家左琴科和阿赫玛托娃的运动，日丹诺夫对阿赫玛托娃做出了"腐朽""颓废""不知是修女还是荡妇……集淫荡与祷告于一身"的"权威性"结论，并且富于煽动性地宣称："怎么能把对我国青年的教育交到她这种人手里呢？"

然而耐人寻味的是，日丹诺夫的上述"公式"及一些辱骂词汇并非他自己的发明，它可以追溯到20年代批评家艾亨鲍姆对阿赫玛托娃的"研究"：在这位女诗人的诗中"因双重性而令人难以置信的女主人的形象已开始定型，不知她是情欲强烈的荡妇，还是一贫如洗的祈求得到上帝宽恕的修女"；可以追溯到20世纪二三十年代时见于《青年近卫军》等报刊的那些充满"阶级义愤"的指责——"除了爱情,她的诗中什么也没有,既未写劳动,也未写集体……除了爱情和上帝她的'手指尖摸不到任何东西'!"甚至可以追溯到马雅可夫斯基创建红色诗歌教的不可思议的激情——1921年1月19日,在一个号称"清洗现代诗坛"的聚会上他就这样宣称:"安娜·阿赫玛托娃闺房里的隐私,伊万诺夫的神秘诗篇和他的古希腊主题——这些东西对我们这个钢铁般的严峻时代有什么用呢?"

现在回头来看,这一切真是不可思议。这个狂热的、好像中了魔似的20世纪究竟是怎么回事呢?它又是怎样被煽动起来的呢?

同样让人惊异的是,阿赫玛托娃看上去几乎是平静地承受了一切。据传记材料,就在苏共中央决议见报后的第二天,阿赫玛托娃仍不了解发生了什么;在作协办事时,她不解地看着人们急忙躲着自己,而一位妇女见到她后居然在楼道里哭了起来,直到她回家后打开用来包裹鲱鱼的报纸,这才发现上面刊登着苏共中央的决议!

但是,这又有什么呢?用整个国家机器来对付一个弱女子和几首诗,这不是太可笑,也太虚弱了吗?作家协会要开除,那就让他们开除,那个作家会员证又值几分钱呢?人们要表态、要批判,那就让他们表态个够,她不是早已被这样的文人们不止一次地"活埋"过吗?她照样活着。她照样听她的巴赫。她甚至主动每天两次走到阳台边,以便让街上的监视者好回去报告,以便让克里姆林宫的那些"关心"她的人知道:"我们的老修女"并没有"寻短见",她还活着!

只是,在这种骇人听闻的迫害和侮辱中,阿赫玛托娃也许会想起多年前她曾写下的悲哀诗句:

> 你来埋葬我。
> 你的铁锹、铁铲在哪里?
> 在你手中只有长笛。
> 我不会怪罪你,
> 我的早就停歇的歌喉
> 难道有什么可惜?

那些咒骂或伤害过诗人的人,在后来能否面对从这样的"哀婉"中所生发的巨大审判力量呢?当然,对人类的德行正如对历史,都不能指望过高,最起码阿赫玛托娃本人并不抱这样的指望;这并非因为别的,而是因为历史的不公正对她已不重要,因为判断她一生的存在价值的已是另外一些事物。是的,除了追随缪斯的声音,她还有什么必要为自己辩护呢?她不屑于如此。她只是平静地看着人们对她进行声讨和批判,正如她后来平静地、讽刺性地看着人们为她"平反"。纵然她已成为悲剧中的"焦点",但她却无意去做那种过于高大或悲壮的悲剧人物,更不允许自己因与现实的过深纠葛而妨碍了对存在的全部领域的敞开——这就是我所看到的阿赫玛托娃,她不是以自己的不幸,而是以不断超越的诗篇,对自己的一生做出了更有力的总结!

1958年6月,已逾七十的女诗人在科马罗沃写下了这样一首《海滨十四行》:

这里的一切都将活得比我更长久,
一切,甚至那荒废的欧椋鸟窝
和这微风,这完成了越洋飞行的
春季的微风。

一个永恒的声音在召唤,
带着异地不可抗拒的威力;
而在开花的樱桃树上空
一轮新月流溢着光辉……

我不能不惊异,一个承受了一生苦难的诗人在其晚年还能迸发出这样的激情!在这里,漫长的苦难不见了,甚至生与死的链条也断裂了,而存在的诗意、永恒的价值尺度在伸展它自身。仿佛是穿过了"上帝的黑暗",她一下子置身于宇宙的无穷性中发出了如此明亮的声音!是的,这是不朽的一瞬,是对一个永恒王国的敞开。那么,一个写出了或能写出这样的诗的人,还在乎什么历史的公正或不公正呢?……

最后一位对话者

这里，我想再回到阿赫玛托娃与帕斯捷尔纳克的关系上来。因为这种关系不仅揭示了阿赫玛托娃生活中的重要一面，更因为这本身就是"没有英雄的诗"的一部分。阿赫玛托娃的叙事诗中没有传统意义上的那种英雄或主人公（英语中的英雄"Hero"也可译成"男主人公"），然而，却有着与她的生命深刻相连的对话者。而帕斯捷尔纳克，正是这样一位——也许是最后一位——对话者。

我们已知道，在同时代的诗人中，阿赫玛托娃与曼德尔施塔姆最为亲近，而与帕斯捷尔纳克及茨维塔耶娃，长久以来一直保持着某种距离。我想这不仅仅因为他们在起初分属两个不同城市（彼得堡与莫斯科），两个不同的诗歌圈子。阿赫玛托娃非常看重帕斯捷尔纳克，但又一直猜测他漠视自己和曼德尔施塔姆的存在。1940年，在多年的禁锢后，她的诗选在斯大林的批准下出版（据说是因为斯大林的女儿喜欢，但很快又遭查封），帕氏读到后立即给她写了一封高度赞扬的信，但她仍不相信帕斯捷尔纳克认真读了她的诗。在同朋友的谈话中她这样说：他不会真正去读他准备赞美的诗人，甚至对曼德尔施塔姆也如此，他对曼氏作为一个人或诗人都没有多少感觉，虽然当曼氏落难时他为他做了可以做的一切。"也许伟大的诗人都这样，当然他感兴趣于莎士比亚、歌德、里尔克……但不是我们中的任何一个。"

虽然阿赫玛托娃说的并不全是真实，但要改变她的看法却很难。要知道她不仅是位伟大的诗人，还是位十分敏感、因备受伤害而内心十分苦涩的女人。而在这种人的内心里，同她既爱又怨的人就会永远存在着一种争执。比如，阿赫玛托娃知道帕斯捷尔纳克与茨维塔耶娃很亲近，这就足以使她经常忍不住发出一些无名火来。1935年帕氏被指派到巴黎参加国际作家会议，回莫斯科途中他曾在列宁格勒下车专门去看望阿赫玛托娃。但她仍忍不住对别人讲"他同玛丽娜在外面（巴黎）睡过觉"！虽然这纯属臆想，但要我们的女诗人从中解脱出来却很难。

随着曼德尔施塔姆1938年死于流放地，茨维塔耶娃1941年从巴黎回国后在极端孤寂和绝望中自杀，时代巨大的荒凉，促使幸存者更近地靠在了一起。曼德尔施塔姆生前一再讲他以作为阿赫玛托娃的同时代人而自豪，现在，帕斯捷尔纳克也日益意识到命运已把他和阿赫玛托娃推到了一起，这世界上再没有别的，只有他们两个了。1946年，苏联掀起了一场批判左琴科和阿赫玛托娃的运动，是年9月4号，全苏作协理事会决定将阿赫玛托娃开除出作协，帕斯捷尔纳克拒绝参加此会，虽然他很清楚这样做的后果（他的作协理事资格随后被取消）；不仅如此，他还专门为阿赫玛托娃送去了1000卢布，以帮助她在失去供应卡和稿费的前景下生活。可以说，同阿赫玛托娃一样，帕斯捷尔纳克虽然从来不是那种想当"英雄"的人，但他在巨大压力下所做出的一切，却使我们至今仍不能不受到震动。

然而怪怪的是，阿赫玛托娃后来在情况改善后坚持要还钱给帕斯捷尔纳克。这使帕斯捷尔纳克感到惊讶，他拒绝收下那笔钱，他说"我送给你钱完全出于纯洁的动机"，阿赫玛托娃的回答是"我还给你钱同样出自纯洁的动机"。这两个诗人就这样如出一辙，或者说，同一个灵魂上演了这出戏剧。

我想，阿赫玛托娃还钱，不仅出于她那惯有的"谁都不欠"的内心准则，还有着更微妙、难言的原因。虽然帕氏为她做出了最好的一切，但她依然感到他并没有想来真正理解她。尤其使她伤心的是，他一直忽视了她后来在艺术上的发展——在他的某种流露中，她似乎永远没有超出她的第一本诗集（茨维塔耶娃也有类似的看法，她回国后曾对人讲："我真不明白这么些年她都写了什么！"）。而这正是阿赫玛托娃所不能忍受的。她当然是超脱的，她可以完全不理睬整整一个时代对她的不公和冷遇，但是，她在孤独和痛苦的写作中所经历的一切，她作为一个诗人"手艺的秘密"，却希望在她唯一看重的人那里得到应有的关注和理解。如果连帕斯捷尔纳克也不理解了，这个世界上还有什么可安慰的？

遗憾的是，帕斯捷尔纳克是一个好诗人，但却是一个过于自我专注的诗人，或用阿赫玛托娃的话来说，是一个"不懂女人"的人。尤其使阿赫玛托娃不能忍受的是，他居然弄丢了她送给他的长诗《没有英雄的叙事诗》的手稿副本（上面题有"送给俄国第一诗人"的字样）。显然，帕斯捷尔纳克并没有意识到这部长诗对于阿赫玛托娃以及整个俄罗斯诗歌的重要意义，阿赫玛托娃恼火地告诉其他朋友："他告诉我'我把它丢在什么地方了……一定有人拿走了它'。这是他的回答。你知道。当然,谁偷走了它!"

这里,阿赫玛托娃又把怒火转向帕斯捷尔纳克的文学助手、情人奥尔嘉·伊文斯卡娅(《日瓦戈医生》中拉丽萨的原型)。不知为什么,阿赫玛托娃一直认定她是帕斯捷尔纳克身边的一颗定时炸弹、小偷、女骗子、土匪,并拒绝与她来往。就像她认定是普希金的妻子毁了伟大的普希金一样,"她将是帕斯捷尔纳克的末日,人人都了解这一点,除了他自己"!

阿赫玛托娃与帕斯捷尔纳克的关系就这么复杂。无疑,她希望从这个她唯一看重、认同的诗人那里得到理解和安慰,但,一旦他来找她、接近她,她似乎又受不了了。有一段时间,当帕斯捷尔纳克感觉不好或与妻子争吵后,他就来到列宁格勒,在阿赫玛托娃那里待上一两天。据阿赫玛托娃对朋友讲,帕斯捷尔纳克甚至数次向她求过婚,全然忘了他已有了家庭。但,虽然帕氏"苍白、英俊、有一颗高贵的头",但在她看来却"从来不懂女人……在这一点上他不走运"。作为一个历尽沧桑的女性,她尤其受不了帕斯捷尔纳克那种在她看来到老都未能脱尽的"幼稚"。她对朋友说:"昨天他跑来对我诉说他什么都不成。这是什么意思?我对他说:'亲爱的朋友,镇静下来。即使过去几十年你什么也没写,你仍是20世纪欧洲最伟大的诗人之一。'他看上去怎么了?他是老了,但却是一个漂亮的上了年纪的男人。薄薄的灰头发,智慧的充满生命的眼睛。一种可爱的老年。我不喜欢这种孩子气的老男人:你不知道他是35岁还是85岁。"说到这里,阿赫玛托娃的幽默才能进一步调动起来,"有人劝我染发,但我不想。现在他们因为我这头灰发才在公共汽车上给我一个座位,但如果我染了发,他们将说:'嘿,站起来,女士!'"

也许是出自对帕氏没有足够重视自己晚近作品的"回报",阿赫玛托娃对他的《日瓦戈医生》评价并不怎么高。帕氏是在一种巨大的"欠债"之感下离群索居5年多写下这部作品的,他自认为这是他一生的艺术总结,高于在这之前他写的所有作品。但到了阿赫玛托娃那里,首先她怀疑《日瓦戈医生》中的许多篇页出自伊文斯卡娅之手,因为它们完全是"非专业性的"。另外她对帕氏想在书中充当一个先知和使徒的角色也感到不舒服,"我认为这是俄国文学的不幸,它的许多著名人物到了老年就开始想象他们为真理的教师",因而她给《日瓦戈医生》下了诊断:它是"一种果戈理式的失败——第二部《死魂灵》"。

阿赫玛托娃是很有眼力的,只是她没有意识到帕斯捷尔纳克的本意并非去写一部"纯小说",而是要在一个黑暗蒙昧的时代复活俄罗斯文学的良知和它的伟大传统。当然,阿赫玛托娃并没有一概否定《日瓦戈医生》,相反,作品中最独创的部分——激情与风景描写——总是使她赞赏不已。尤其是在作品中一直占着重要位置的风景描写,"在俄国文学中没有什么可以和它相比,无论屠格涅夫、托尔斯泰或别的什么人。它们是卓越的"。

这说明,虽然阿赫玛托娃在内心里一直不停地与帕斯捷尔纳克争执,但也日益看重在他身上体现的那些伟大诗人的东西,并日益意识到历史是注定要选定他们这几个诗人来承担俄国文学中一个多难而光荣的时代的。因此，她的怨气在日渐消失。1960年5月22日，阿赫玛托娃被一辆救护车送到医院，4天后又转院接受心脏病医生的特殊护理。同月30日，帕斯捷尔纳克死于癌症。就在这前两天，她忽然有了一种感觉，感到她应去看看帕斯捷尔纳克，感到那里有一种"和解"在等着她。她就这样带病去了，只是因为帕斯捷尔纳克病情恶化未被医生允许进入帕氏的病房。隔天，就传来帕斯捷尔纳克的死讯，阿赫玛托娃一瞬间泪水盈眶，被悲痛久久控制。这使她的朋友们十分震动，因为他们几乎从未见过她哭，即使在她自己最艰难的时刻。

但到后来，当别人说到帕斯捷尔纳克是那个时代的受难者时，阿赫玛托娃又火了。她一口气列出了这些年来帕氏怎样比她和其他人过得好的事实。只是，当别人提醒她帕斯捷尔纳克10年前还那么有活力，创作还那么旺盛，不到10年后却死于癌症时，阿赫玛托娃不再说话了。

一生的恩恩怨怨过去了，帕斯捷尔纳克作为一个优秀的人，一个似乎比其他任何人更能牵动内心怀念的形象在阿赫玛托娃这里呈现出来。风雪之夜，寂静通宵歌唱的晚年之夜，"而那个只对我出现的人／已和寂静结合为一体／他先是告辞，而又慷慨留下／至死同我守在一起"，在这首阿赫玛托娃于1963年写下的诗中，难道就没有帕斯捷尔纳克的影子？1965年，阿赫玛托娃前往英国接受牛津大学荣誉学位，在同她的老朋友、著名俄裔英籍哲学家以赛亚·伯林见面时,她一再谈到帕斯捷尔纳克:"每个他写下的句子,无论诗或散文,都带着他真实可靠的声音。勃洛克和帕斯捷尔纳克是那种天生的诗人,任何法国人、英国人,瓦雷里或T.S.艾略特都不能和他们相比。"而作为她那一代的最后一个幸存者,她对伯林说她现在"无时不在思念帕斯捷尔纳克的存在"。

而这种思念自帕斯捷尔纳克死后就在阿赫玛托娃那里开始了。帕斯捷尔纳克的离去,使她顿时意识到俄国失去了什么,在她自己的生活中失去了什么——而那是一种比亲人更为骨肉相连的东西。1960年6月11日,即帕氏逝世不到两周,已过七旬的阿赫玛托娃在医院里写出了她的哀歌,也是她自己的天鹅之歌《诗人之死》:

            1

昨天无与伦比的声音落入沉默,

树木的交谈者将我们遗弃。

他化为赋予生命的庄稼之穗,

或是他歌唱过的第一阵细雨。

而世上所有的花朵都绽开了

却是在迎候他的死期,

但是突然间一切变得无声无息

在这承受着大地谦卑之名的……行星上。

没有英雄的诗

2

就像盲俄狄浦斯的小女儿,
缪斯把先知引向死亡。
而一棵孤单的椴树发了狂,
在这丧葬的五月迎风怒放——
就在这窗户对面,那里他曾经
向我显示:在他的前面
是一条崎岖的、翅翼闪光的路,
他将投入最高意志的庇护。

的确,死亡在唤醒和照耀一位诗人。死亡使一棵孤单的椴树发了狂,但也使她开出了自己最不可思议的花朵。这里,阿赫玛托娃,这个似乎生来即是为了唱挽歌的诗人——为那一去不复返的文明,为一个个先她而死去的亲朋和同时代人,同时为她自己的这种命运,以她的哀歌和安魂曲来为她的亲人、为她那一代最后一个光辉的灵魂送别,同时她也清楚地意识到:他就在那里等她。他,甚至包括那些她已忘记的人,都将永远在那里等她。

当代诗歌：在"自由"与"关怀"之间

在中国，做一个诗人并不是一件容易的事，他不仅要倾尽心力从事于写作的艺术，把自己献给他所信奉的那些价值，还要时时面对来自读者和社会上的要求。纵使他执意于成为一个纯诗的修炼者，现实世界也会不时地闯入到他的语言世界中来……在20世纪90年代中期，诗人西川就写过这样一首诗《札记》[①]，大意是从前他写偶然的诗歌，写雪的气味，"而生活说：不！"，现在他要写出事物的必然，写手变黑的原因，"而诗歌说：不！"。

一个中国诗人，无论自觉或不自觉，都处在这两种最执拗的声音之中。这已构成了他们最基本的写作困境。尤其是像我们这一代的写作者，似乎一直就生活在这样的"两难"之中。我们被自己所经历的全部历史所造就，既受恩惠，但也过于沉重。我们一再陷入同时代的复杂纠葛之中。我们仍被这样或那样的观念或

---

① 西川：《西川的诗》，人民文学出版社，1999。

"情结"所左右。但是,如果我们不能从中超越,会不会成为它的牺牲品呢?未来的人们,会怎样看待这一代人的所谓"奋斗"呢?写到这里,我甚至回到了多年前在冬夜里写作《瓦雷金诺叙事曲》一诗时的那种心境:

> 闪闪运转的星空——
> 一个相信艺术高于一切的诗人,
> 请让他抹去悲剧的乐音!
> 当他睡去的时候
> 松木桌子上,应有一首诗落成
> 精美如一件素洁绣品⋯⋯

看来,多年前的困惑、压力和渴望又在新一轮的语境中出现了。再一次,我们被迫在个人与历史、自由与责任之间辨认作为一个中国诗人隐晦的命运,并回答在我们耳边或从我们内心里响起的各种声音。

这是在4月。去年冬天那一场异乎寻常的冰雪还留在记忆里,满天风沙又开始施虐了。就在这样一个树上挂满各色旗帜(废塑料袋)的季节,我和其他诗人应邀到北大讲一讲当代诗歌。我们讲完之后,从听众席中站起来一位女生,她那样年轻,大概属于人们所说的"80后"吧,但没想到,她提出的问题却"老"得超乎了她的年龄。她首先列举了一首在20世纪80年代初颇有影响的写张志新的诗:"她把带血的头颅,放在生命的天平上,让所有苟活者,都失去了——重量。"然后问我们:"你们能不能这样用生命和鲜血写诗?"她的提问引起了听众的连锁反响,此后提出来的,大都是与诗人的"责任"和"勇气"有关的问题。

我失眠了,在这4月的风沙夜。这样的诘问需要回答吗?不必,因为10多年来诗人们在艰难环境中写出的诗已摆在那里,他们对得起自己的艺术良知;然而,这一切又无法回避,因为它毕竟代表了社会对诗歌的某种要求和期望,甚至体现了历史的潜在的未被表达的痛苦。如果说有些对当代诗歌的无端指责不值一理的话,从听众席中站起来的这些真诚而善意的提问者,却形成了一个需要认真对待的"审判席"。

我想到了谢默斯·希尼,于是我起身找到他的《1969年夏天》(*Summer 1969*)一诗来读。我一下子感到和一个远在爱尔兰的诗人挨得是这样近。我想我不仅理解了这首诗的含义,也读出了诗人写作时的心境。当然,我更看重它对今天这个时代的写作的意义。由希尼到20世纪80年代以来的中国诗歌,由当代社会对诗歌的要求到一个诗人对这种压力所做出的反应,甚至,由屈原、杜甫到今天的诗人们一再所陷入的某种共同处境,等等,我在不无艰难地清理着一种写作的历史脉络,我在世界的嘈杂声中倾听那种被掩盖的几乎已听不到的声音。我想,我也许可以借此来回答听众席中的那些提问了。

现在,我们来看希尼的《1969年夏天》。这首诗写于1969年夏天诗人在西班牙度假期间。就在这期间,传来了在北爱尔兰发生了一场暴烈的天主教徒反叛骚乱的事件报道以及随后遭到英军无情镇压的消息。这场令人震惊的暴力冲突,把诗人一下子置于一个揪心的历史时刻。因而,诗一开始就写到诗人自己强烈的焦虑、关注和无奈,在电视屏幕上的开火声中,他只是"在马德里暴毒的太阳下受苦":

> 每天下午,在蒸锅般酷热的
> 寓所里,当我冒着大汗翻阅
> 《乔伊斯传》,鱼市的腥气
> 升起,如亚麻坑的恶臭。
> 而在夜间的阳台上,当酒色微红,
> 可以感到孩子们缩在他们黑暗的角落里,
> 披黑巾的老妇侧身于打开的窗户,
> 空气在西班牙语里,像在峡谷中迂回涌动。
> 我们谈论着回家,而在星垂平野的
> 尽头,民防队的漆皮制服闪烁
> 如亚麻弄污的水中的鱼腹
> "回去",一个声音说,"试试去接触人民"。
> 另一个从山中招来洛尔迦的魂灵。①

---

① 加西亚·洛尔迦(1898—1936),西班牙著名诗人、剧作家,1936 年 7 月西班牙内战爆发后不久被法西斯长枪党杀害。

我们一直坐着看电视上的死亡数目
和斗牛报道,明星们出现
来自那真实的事件仍在发生的地方。

我退回到普拉多美术馆的阴凉里。
戈雅的《五月三日的枪杀》
占据了一面墙——这些扬起的手臂
和反叛者的痉挛,这些戴头盔
背背包的军人,这种
连续扫射的命中率。而在隔壁的展厅
他的噩梦,移接到宫墙上——
黑暗的旋流,聚合、溃散;农神
以他自己的孩子的血来装饰,
巨大的混乱把他怪兽的臀部
转向世界。还有,那决斗
两个狂怒者为了名誉各自用木棒
把对方往死里打,陷入泥沼,下沉。

他用拳头和肘部来画,挥舞
他心中的染色披风,一如历史所要求。

诗一开始就指向诗人自己祖国正在发生的暴力冲突,正是在这种心境下，他强烈而又敏感地感受到一种无处不在的暴力性压抑因素——从山中招来被谋杀的诗人洛尔迦的魂灵，正是为了显示这种暴力的历史。街头上的暴力人人都能看到，看不见的暴力只有诗人才能揭示，"The air a canyon rivering in Spannish"，这一句十分难译，因为它完全不合正常的语法关系，我琢磨再三，把它译为"空气在西班牙语里，像在峡谷中迂回涌动"，以传达原文中的那种压抑和不祥之感。的确，暴力已渗透在人们所艰难呼吸的空气之中了。

主题在深化，"我们一直坐着看电视上的死亡数目／和斗牛报道"，把令世界震惊的政治暴力和斗牛表演并置在一起，可谓一种诗的"发明"，也只有这样才能构成一部"现代启示录"：在当今世界，暴力和与死亡居然也成为一种"消遣"了！的确，人们渴望被"刺激"，否则就忍受不了活着的平庸。什么最刺激呢？死亡、暴力、英雄的出场。斗牛士在死前把剑刺入公牛，这才是这一角色的完成，这才是伟大的一瞬——观众怎能不为之喝彩呢？而当斗牛场上的角逐一变而为血腥的巷战，它给世界带来的激动就更不用说了。媒体会炒作，明星和政客会在电视上出现，然而，有谁会来思考人类为这一切所付出的代价呢？

这些是对该诗主题第一个层面的读解。如果这场暴力冲突事件仅仅使诗人关注时局，而不促使他思索自身的责任和角色的话，希尼也就不是希尼，我也不会在这里谈论这首诗了。必然地，希尼会把对世界的关注与一种内在的审视联系在一起，诗一开始的

"马德里暴毒的太阳下",就喻示着一种严酷的自我拷问。具体讲,他不仅要试图揭示一个暴力世界的逻辑,还必须回答在这种时刻历史对一个诗人的要求,回答缠绕在他自身脑际的那些声音。"'回去',一个声音说,'试试去接触人民'",这声音多么正当!尤其在这样的时刻,它几乎就是某种道德律令。艺术难道不是为了人民吗?诗人难道不应该忠实于整个民族吗?我想,一个中国诗人对此再也熟悉不过了,因为这种"回去"的声音每隔一段时间就会在他们耳边响起,"关怀"与"忧国忧民"已成为对他们首要的要求。当然,这没有什么不好,因为无论如何,这在历史上不是曾造就了像杜甫这样的伟大诗人吗?

然而,希尼在"烈日"的拷打下做出的选择却是:"我退回到普拉多美术馆的阴凉里。"诗人在这里使用了"retreat"一词,它含有后退、撤退之意。与萨特所曾倡导的"介入"相比,这是否就是一种逃避呢?情形正相反,我们看到的是,只有来到这种艺术的"阴凉"里,才能和"火热的现实"拉开一种从事艺术观照所必需的距离,才能看清这个疯狂的、非理性的世界,才能唤起一种超越的心智。"普拉多美术馆的阴凉",这是一种酷夏中的肉体感受,但显然,也是一个耐人寻思的隐喻。

的确,这不是逃避,而是为了从一个更可靠的角度看世界,以"不在"的方式进行艺术本身的"介入"。那么,希尼在此看到了什么呢?也许,这恰好出自天意,他看到的是戈雅后期的名作《五月三日的枪杀》!这里出现了某种耐人寻味的戏剧性,或历史的纵深感。1808年,拿破仑的军队占领西班牙,作为这一残暴、屈辱的历史事件的见证人,戈雅创作了《法国士兵枪杀西班牙起义者》《1808年5月2日的起义》等大型油画,现藏于马德里普拉多美术馆。戈雅奋笔作证的血的历史,与希尼祖国正在发生的一切有着惊人的相似之处。因此,希尼会本能地注意到戈雅——不仅是戈雅所描绘的历史,更是那个世界里的狂暴的艺术灵魂本身,至此,他所关注的一切已集中到这个焦点上。如诗中所描述,由于血腥的历史,这位西班牙风情的描绘者一变而为噩梦中的挣扎者了,他不仅要通过艺术去传达那种被"连续扫射"的恐怖感,其噩梦还"移接"到任何别的对象上:一种绝望和暴力,一种可怕的能量从他的艺术中被释放出来了。

希尼曾在《诗歌的纠正》[①]中引用诗人史蒂文斯的话:诗的可贵在于它"是一种内在的暴力,为我们防御外在的暴力"。而这是否意味着可以用一种"以恶抗恶"的方式对付世界呢?不,艺术永远有其内在的规定性。希尼让我们一起来思索的是,当"巨大的混乱把他怪兽的臀部/转向世界",当戈雅对之赤膊上阵时,他自己是否已被一个暴力的幽灵所攫住?"他用拳头和肘部来画",因为那"扬起的手臂"在呼喊着复仇——历史中最可怕的是什么?不正是复仇,不正是一代代永无了结的血债,不正是这种恶性的循环吗?而戈雅听从了这种血的呼唤,他"挥舞/他心中的染色披

---

① 布罗茨基等:《见证与愉悦:当代外国作家文选》,黄灿然译,百花文艺出版社,1999。

风",不仅作为艺术家,也作为一位斗牛士出场了!

"用拳头和肘部来画",大概也就是"用生命和鲜血来写诗"吧,而这是否就是希尼所赞同的呢?没有结论。其实,我们已可以通过诗中的诗句体察到诗人隐蔽的态度。他理解那复仇的呐喊,但却不能接受盲目的仇恨;他知道一个艺术家的责任,但对"历史的要求"却持一种辨析的态度,无论这要求以什么神圣的名义提出来,而这,与那些指责正相反(希尼的确受到过同胞们的指责),我认为恰好体现了作为一个诗人的良知。诗人作为民族的良知,就在于他能够超越一个时代或民族的集体狂热。他的民族意识,乃是一种批判性的自我意识。在一个充满各式各样的"煽情"的世界,在一个民族和信仰冲突日炽、非宗教狂热往往以宗教面目出现的今天,一个诗人应是种族的良知而非煽动者——希尼的高度清醒与不妥协精神都体现在这里。

这一切,用希尼自己的话来说,一个诗人必须"尝试一种在观照环境之时又超越其环境的写作方式",由此"生发出我一直所称道的'诗歌的纠正'力量"。[①] 这种"诗歌的纠正",让我联想到布罗茨基在《佛罗伦萨的十二月》一诗中所说的"墨水的诚实甚于热血"[②]。

在此意义上,希尼的"诗歌的纠正",也可以说就是"始于热

---

① 谢默斯·希尼:《欢乐或黑夜:W. B. 叶芝与菲利普·拉金诗歌的最终之物》,姜涛译,选自《希尼诗文集》,作家出版社,2001。
② 约瑟夫·布罗茨基:《从彼得堡到斯德哥尔摩》,王希苏、常晖译,漓江出版社,1990。

血"而透出"墨水的诚实"。而这不能不是一个艰难复杂的过程。一方面,他一直坚持着诗歌艺术的内在规定性,另一方面,他所面对的生存与文化困境,他所一次次听到的爆炸声和"绝对、凄凉"的枪声,又使他不可能把诗歌限定在纯粹审美的范围内。因此,他会视1969年北爱尔兰的暴力冲突以及英军进入这个历史事件为自己创作生涯的一个分水岭,他曾这样坦言:"从那一刻开始,诗歌的问题开始从仅仅为了达到满意的语言指谓变成转而探索适合于我们的困境的意象和象征……"①

显然,这种折磨着一个爱尔兰诗人的问题也正是当今世界上很多诗人所面对的处境。美国著名诗歌评论家海伦·文德勒就曾这样说,希尼诗学的意义就在于"他一直以具体和普遍的方式提出在人类痛苦的框架内写作的角色的问题"。②

而这,就是为什么会有那么多的中国诗人对希尼的诗学探索深深认同的原因:他的诗歌是通过一种复杂的"诗歌的纠正"得出的结果,他的艺术是一种能够与时代发生深刻摩擦的艺术,同样,他的自由是在各种压力下艰难获得的自由。因此,希尼的诗获得了它的真实可靠性。或者说,与那些廉价的、在当今时代其实已失去了艺术难度的所谓"纯诗"写作相比,一种希尼式的写作更能体现出现代诗歌所能达到的成熟,而这种成熟不是温室中

---

① 海伦·文德勒:《在见证的迫切性与愉悦的迫切性之间徘徊》,黄灿然译,《世界文学》1996年第2期。
② 同①。

的成熟,恰是一种如希尼自己在《山楂灯笼》一诗中所说的被"点戳"得"出血""被啄食过的成熟"。

的确,"纯诗写作"在今天只是一个神话(虽然我并不一概否定对"纯诗"的追求)。我们只有将写作自觉地置于时代语境的全部压力之下,才能使语言获得它真实的力量。

因此,我愿继续以《1969年夏天》为例,进一步考察诗人是如何置身于各种压力和要求下来实现这种"诗歌的纠正"的。如上所述,社会对文学的要求往往不是一种审美要求而是一种道德要求,例如要求诗人肩负起社会责任,要求诗人表达他们"共同的心声",要求诗人为时代或民族"代言"而不是从集体行军中溜掉,等等。这种种要求姑且存而不论。我所关心的是,社会为什么会提出这样的要求,这种来自"公众"的压力又是怎样形成的呢?我想,这恰恰和文学自身的历史和某种被"简化"的"传统"有关。这使这种要求有了措辞和借口,也有了先例——往往是伟大的先例——可援引。那"占据了一面墙"的戈雅作品,不仅在普拉多美术馆,也在艺术史上占据了一个权威位置。它目睹着也要求着后来的艺术家,在历史呼唤他们的时候加入这种"以拳头和肘部来画"的传统。的确,先辈是强大的,即使他们不"以自己的孩子的血来装饰",他们至少也在要求着后辈的忠诚。

这里谈到的还是艺术。来自文学和诗歌史上的压力则更为直接,以至于希尼避而不谈。他在这首诗中谈论戈雅,甚至也提及乔伊斯——20世纪另一位爱尔兰著名作家。我相信乔伊斯在《一个青年艺术家的肖像》中的"流亡即我的祖国"以及"历史是一个我需要从中醒来的噩梦"这类著名说法已深刻影响到希尼,然而,我想希尼仍在有意识地避开。他要避开谁呢?他要避开诗人叶芝!实际上,希尼所承受的最内在的压力正来自于此。希尼恰是在这位爱尔兰诗歌巨匠逝世那天降生的。叶芝,是他的守护神,但也是一位过于执拗的父亲。

希尼没有提及叶芝,正因为人们太容易把他和叶芝联系起来。实际上,在1969年这个流血的夏天,人们正暗中希望他能成为第二个叶芝——不是那个总是在同自己同胞争执的叶芝,而是奋笔书写《1916年复活节》的叶芝。希尼感到了这种来自公众的压力,那就是期待他作为一个爱尔兰诗人能在这样的时刻站出来,担当起叶芝所曾肩负的为民族招魂的神圣职责。

"那好吧"(我想希尼从心里一定会发出这个声音),希尼做出了他的回答——就是他的这首《1969年夏天》。仅仅这个题目,已足以让人联想起叶芝的《1916年复活节》。的确,无论人们失望或满意,在文学的历史上它与叶芝的名作恰好构成了一个耐人寻味的"对称"。

为了说明问题,我们来回顾叶芝的这篇纪念碑式的作品。该诗写于1916年复活节爱尔兰民族起义失败半年之后。叶芝本来对过激政治和暴力抗争持保留态度,对他所了解的一些起义人物也不以为然,然而,复活节起义及其悲壮殉难仍极大地震撼了他,"一切变了,彻底变了:一种可怕的美已经诞生"(引诗取自查良铮译本，下同），他需要重新看待这一切。如按伊格尔顿在《叶芝〈1916年复活节〉的历史和神话》[①]里所做的分析，起义领袖在起义失败后3个月被处决是一个契机，这使一种对悲剧的认可和肯定成为可能，使历史事件转变为神话成为可能。于是在这首诗里，诗人叶芝的身份变了，由一位局外人（复活节起义时他并不在爱尔兰，而是在英格兰）变为见证人（请注意该诗的起句"我在日暮时遇见过他们"），变为铭记者（"我用诗把它写出来……"），甚至，变为一位悲痛而神圣的招魂人：

> 太长久的牺牲
> 能把心变为一块岩石
> 呵，什么时候才算个够？
> 那是天的事，我们的事
> 是喃喃念着一串名字
> 好像母亲念叨她的孩子
> 当睡眼终于笼罩着
> 野跑了一天的四肢……

诗写到这里达到一个高潮。诗人的情感在一种巨大的悲悯中升华，他甚至在为自己也为整个民族要求一种悲痛母亲的地位。

---

① 特里·伊格尔顿:《历史中的政治、哲学、爱欲》，马海良译，中国社会科学出版社，1999。

至此，历史中的人物成为神话中的祭品，民族苦难被提升到悲剧的高度，盲目的死亡冲动和政治牺牲通过一种艺术仪式获得了让人永久铭记的精神的含义……

这的确是一首伟大的诗篇。它提升了诗歌的崇高地位。因为这样一首力作，诗人再次上升到民族代言人的位置，虽然这并不一定是叶芝本人愿意看到的，"这类具有精神耐力的人物都倾向于淡化他们的成就的英雄面，而坚持他们职业核心那严厉的艺术戒律"[①]，叶芝正是希尼所描述的这种人物。然而问题在于，历史对诗人和诗歌所要求的，却恰恰是其"英雄的一面"，是社会责任、集体认同、政治和道德姿态，等等。正如屈原、杜甫的伟大作品在中国往往被简化到只剩下"忧国忧民"四个字，叶芝也注定会承受被削减，或被"部分使用"的命运。例如，在人们对其民族代言人这一身份的刻意标举中，叶芝本人更为复杂的个人意识和艺术观照视角被取消了，或被有意忽略了。实际上，该诗在正文之外还有着一个重要的副歌：

> 许多心只有一个宗旨，
> 经过夏天，经过冬天，
> 好像中了魔变为岩石，
> 要把生命的流泉搅乱。

---

① 布罗茨基等：《见证与愉悦：当代外国作家文选》，黄灿然译，百花文艺出版社，1999。

> 从大路上走来的马，
> 骑马的人，和从云端
> 飞向翻腾的云端的鸟，
> 一分钟又一分钟地改变；
> 飘落在溪水上流云的影
> 一分钟又一分钟地变化；
> 一只马蹄在水边滑跌，
> 一只马蹄在水里拍打；
> 长腿的母松鸡俯下去，
> 对着公松鸡咯咯地叫唤，
> 它们一分钟又一分钟地活着，
> 石头是在这一切中间。

在一书写民族悲壮起义的诗篇中，这一副歌可谓"出位之思"，它出人意表，也使一般读者困惑，甚至感到"多余"。然而，这恰恰是叶芝作为一位伟大诗人的地方。这个副歌与正文形成了一种强烈的反差，但它恰好在持久的自然世界与短暂的历史动荡之间，在强烈的悲剧情感与非个人的超然和宁静之间，在生生不息的原始自然力与人世间的生死是非之间形成了一种对照；由此，社会、历史被纳入一种艺术秩序中来观照，诗人内在的矛盾得以构成一种诗的张力。

然而，社会的选择是顾不上这么多的复杂性的；它会抹平意义的差异，无视诗歌中公开或秘密的内在冲突，它只是按其需要来设计一个为它所接受的"诗人形象"。因此可以说，希尼面临的压力，不一定来自叶芝本人，而是来自这种借助了叶芝的名义施加给一个诗人的要求。由于《1916年复活节》已在历史上充分具备了"经典"的意义，它的存在，加强了人们对文学的责任和社会承诺的要求。那么，既然在北爱尔兰发生了类似于1916年复活节那样的事件，诗人何为呢？"回去……接触人民"，似乎文学只变成这么一个简单的问题了。

耐人寻味的是，同样的要求也一再发生在我们这里。因为这个民族也经历了那么多的未被表达的苦难，因为对于中国20世纪90年代以来的诗歌，远有艾青这样的民族号手，近有曾激动了一个思想启蒙时代的朦胧诗。值得注意的是，似乎人们已习惯于以朦胧诗"崛起"时在社会上引起的巨大效应来对照诗歌在20世纪90年代的"低落"，甚至有人出来要诗人们对"公众背叛诗歌"这一"事实"负责。这至少说明早期朦胧诗所体现的社会批判性、为正义和人道执言的反抗激情和英雄殉难精神仍为人们所怀念；不仅怀念，而且还要把它们塑造为一种传统，还要借此来指责当下的诗人们，20世纪90年代以来的"个人写作"无非是对时代和社会责任的逃避，等等。有意思的是，人们不仅用北岛早期的《回答》要求后来的诗人们，甚至也用它来要求北岛本人后来的创作，结果他们自然会失望。同样的事情在奥登、策兰等诗人那里都发生过。相比之下，没有"代表作"的诗人倒是幸运些，他们在艺术方面的进展可能会被注意到而不是被遮蔽,他们不至于被钉在那个"代表作"上受难。可是,没有"代表作"又怎会引起公众注意呢?离开"轰动效应",社会又如何感受到文学的"力量"呢?这真是一种诗的悲哀。

然而,真正的诗人并不逃避,这正如希尼所做的那样,在那动荡、揪心的悲剧时刻,他倾听历史的要求,他不可能不关注正在他的国家发生的一切。他知道他作为一个诗人不可能绕过这一切。他知道诗歌要超越历史,也许唯一之途是"彻底穿过它,从它的另一头出来"[①]。我想正是这种自我意识和要求,使他与那些仅仅把诗歌作为一种"最高虚构"的诗人区别了开来。他没有陷入这种非历史的"美学的空洞",相反,他不断返回到他自身的写作境遇亦即历史与生命的现场之中。像《1969年夏天》这首诗,历史要求与现实感受一直作为递增的压力作用于他的自我意识,外部世界的动荡也在加剧着语言内部的冲突,因此,诗人在诗中最终所确立的事物,具有了真实可靠性。的确,这才是一种真正具有艺术难度的写作,其语言,其复杂的诗学意识都带有一种彻底"穿过"历史时才具有的擦痕。

也许正是置身于一个充满了各种蛊惑和要求的历史话语场中,才使"诗歌的纠正"成为一种必须和可能。希尼的可贵还在于:他倾听历史和现实的要求,但他对任何来自群体或传统的"拉力"

[①] 特里·伊格尔顿:《历史中的政治、哲学、爱欲》,马海良译,中国社会科学出版社,1999。

都保持警惕（他甚至在《诗歌的纠正》中引用过西蒙娜·薇依的一句话——"遵守引力的力量，这是最大的罪"）。他关注着民族的苦难，但他的诗却使我们觉悟到，民族主义作为一种集体想象，并不应简单地作为一个诗人的归宿，而应作为反省对象。任何宗教的、民族主义的狂热都不过是"以自己的孩子的血来装饰"。希尼的勇气，正在于他抛开了那种随大流的安全感，而让独立的个人出来，说出被一个时代的狂热所掩盖的东西。以这种方式，可以说希尼既忠实于叶芝，又以其彻底的个人立场消解了文学历史中的那种"代言人"意识。他所做的，正是"把诗歌纠正为诗歌"。

20世纪90年代以来一些中国诗人也在做着同样的努力。这种"诗歌的纠正"，我想，一方面是对"介入"文学的规避，另一方面又是对20世纪80年代以来某种"纯诗"风尚的修正。"90年代诗歌"之所以被有些论者作为一个诗歌史的概念提出来[①]，就在于它体现了这种艺术转变。这场在时代历史和复杂诗学意识相互作用下的深刻的转变，除了如欧阳江河说的旨在"结束群众写作和政治写作这两个神话"外，我想它要结束的还有一个"纯诗"的神话。这种"纯诗"写作在20世纪80年代非意识形态化的文学潮流中自有其意义，但问题在于，这种对"语言本体""诗的纯粹"的盲目崇拜恰好是建立在一种"二元对立"逻辑上的，因此它会致使许多人的写作成为一种"为永恒而操练"却与自身的真实生存相

---

① 程光炜:《90年代诗歌：另一意义的命名》,《山花》1997年第3期；洪子诚:《九十年代中国诗歌》丛书总序,文化艺术出版社,1998。

脱节的行为。20世纪90年代诗学的意义，就在于它自觉消解了这种"二元对立"模式；它在根本上并不放弃文学独立性和自律性的努力，但它却有效地在写作与语境、伦理与审美、历史关怀与个人自由之间重建了一种相互摩擦的互文张力关系。

的确，正是在这种双重纠正中，20世纪90年代的诗歌成为一种对我们的现实命运既有所承担而又向诗歌的所有精神与技艺尺度及可能性敞开的艺术。那种认为当代诗人普遍地逃避现实的印象又是如何产生的呢？其实，只要深入考察就会发现，对于20世纪90年代的诗人们来说，问题早已不再是"要不要"与时代发生关系，而是"怎样"与时代发生关系。正是在这一点上，20世纪90年代写作既继承了早期朦胧诗的某种精神，而又显示出一种深刻的区别。可以说，20世纪90年代诗歌以它的个人承担意识和叙事策略，再一次有效地确立了诗歌与时代和现实的关系，只不过这已不再是一种"反映"或"代言"关系。朦胧诗的确激动了一个时代，但在今天，诗人们还可能那样写诗吗？已不可能。随着社会、文化和诗人们自身的变化，早期朦胧诗所体现的那种对社会历史和公众发言的模式已成为历史，那种二元对立的诗歌叙事已经失效，那种呼吁式、宣告式、对抗式的声音也日益显得大而无当。因此，后来的诗人们包括朦胧诗诗人面临的诗学命题之一就是彻底修正这种写作模式。

这些，正是20世纪90年代诗人们要从根本上去解决的问题。正是以这些各不相同的个人叙事方式和修辞策略，20世纪90年代诗人们的写作开始深切地介入到他们的现实境遇中。他们的写作，不仅有效地确立了一个时代动荡而复杂的现实感，拓展了中国诗歌的经验广度和层面，而且还深刻地折射出一代人的心灵史。当然，来自社会和公众的压力永远会有——那位从听众席中站起来的北大女生，如果她生在爱尔兰，难道不会这样向希尼提出诘问吗？

压力在造就着诗歌，尤其是那种内在的压力。其实自屈原以来，中国诗人一直就处在加拿大著名理论家弗莱所说的"自由的神话"与"关怀的神话"①之间。在屈原的伟大诗篇《离骚》的最后，就出现过这样感人至深的诗句：

仆夫悲余马怀兮，蜷局顾而不行。

诗人在对现实绝望之余要前往他的乌托邦，但是他的马却不愿跟他一起前行了。一个"怀"字，包含了马的全部的眷顾、矛盾和悲哀。那"蜷局顾而不行"的姿态和痛苦令人震撼，正是它将一首诗推向高潮。

这显示了诗人对其生命另一部分的发现，也从此确立了中国历代诗歌在"独善其身"与社会忧患之间、在"入世"与"出世"之间永无解脱的矛盾结构原型。闻一多当年在一篇谈孟浩然的文

---

① 诺思洛普·弗莱：《批评之路》，王逢振、秦明利译，北京大学出版社，1998。在这部批评文集中，弗莱深入考察了"自由的神话"与"关怀的神话"这两种主要的神话在西方文化和文学中的作用。他本人主张在这两种神话之间"达到一种辩证"。

章中就这样写道:"我们似乎为奖励人性中的矛盾,以保证生活的丰富,几千年来一直让儒道两派思想维持着均势,于是读书人便永远在一种心灵的僵局中折磨自己……"①

的确,谁也无法完全解决这个矛盾,然而正是这一切造就了一代代的诗魂。

我们今天仍生活在这种命运之中。"代言人"意识及言说方式被消解了,然而社会关怀仍存在于"个人写作"中。诗人们也不得不把他作为一个艺术家的自由放在具体的历史条件下来认识。"自由,是你忘记如何拼写暴君姓氏的时候",许多中国诗人爱引用布罗茨基的这句诗,然而人们忘了这只是自由的一瞬,甚至是对自由的反讽,而非自由本身。自由,如果不和关怀建立一种联系,就会成为一种可疑的神话,甚至会转向它自己的反面。而希尼的写作给我们以启示,就在于它既是对自由的一种伸张,又是对自由的一种矫正。它在我们这个时代的写作语境中体现了一种把自由与关怀结合于一身的努力。这种努力也许是徒劳的,但仍得去做,因为做一个诗人即意味着他会终生处在这两种最顽固的拉力之中。

---

① 闻一多:《闻一多全集》,第3卷,生活·读书·新知三联书店,1982。

汉语的未来

我意外收到北大附中林芳华老师寄来的她为学生们开设的艾米莉·狄金森诗歌选修课课程小结及学生们的"作业"——诗！我曾到那里讲过一次诗歌。我似乎又看到教室里那一张张纯洁而好奇、稚气而严肃的年轻脸庞。我问这些孩子读过什么诗,他们回答"古典诗";那么现代诗呢,他们则抱怨"读不懂"。似乎我还问过诗来自何处这类问题,他们的回答则和他们的父母多年前的回答一模一样:"诗来自生活。"我当时深感我们的教育仍在遮蔽而非开启心灵。然而,这些幼小的心灵是多么珍贵啊,他们不仅是这个国家的未来,而且也是"汉语"的未来!

但是,当我翻开林老师寄来的这一页页打印稿读下去时,我惊讶了,也感动了。我没想到中国的中学还可以自由开设这样的文学选修课,还有人在默默地做着这样的心灵启蒙工作,而且做得是这样好!更没想到那些看上去与诗无缘的孩子仿佛在一夜间展露了他们的诗心与才华。当然,这些诗仍不无稚气,但在读它们时我却在一瞬间想到了诗人谢默斯·希尼所描述的那阵透过桤木树滴下的雨:"它那低微的益增的声音……每一滴都令人想起/钻石似的绝对!"

这里,我一直在使用"孩子"一词,我想这不仅因为我已属于所谓父辈的一代。1992—1993年间我不在国内,待回国后竟发现还在上小学的儿子的"理想"已完全变了,已由当艺术家变为当什么"总经理",我没想到一个人人下海的时代竟如此迅猛地改变着社会,甚至波及孩子们的心灵!我试图"管一管",但最终还是放弃了。我已深知在这滚滚红尘中坚持做一个"饥饿艺术家"的艰辛和荒谬。我也不忍让孩子长大后再来从事我们这门痛苦的行当了。那就让他们去吧。

但,内心中永远不变的仍是爱,是某种已变得渺茫了的期望。这种徒劳的爱,不仅是对自己的孩子。面对现行教育状况和已变得法力无边的商业消费社会的腐蚀力量,一方面我无比沉痛地听到了鲁迅先生当年的"救救孩子"的呼声,一方面又深感个人的无能为力。似乎中国的作家和诗人很难,也很少介入到教育中去。似乎教育与文学在中国已被默认为是两件互不相干的事。而这种"默认"真是意味深长。我们当然可以为自己找出种种措辞,然而,所谓文学的良知何在呢?我想起了电影《辛德勒的名单》中那唯一的亮色。那是在阴森的死亡的灰惨色调中,当一个孩子出现时才出现的亮色。导演斯皮尔伯格着意对它进行了破例的彩色处理。因为这是绝望中的希望,是他作为一个电影思想家不泯的良知所在。与这种亮色相呼应，电影中还有一句话让我不断想起，这句古老的谚语是：救了一个人也就是救了整个世界。

因此，应当感谢林芳华老师。她在做我们这些所谓"诗人"应该做而未能去做的工作。不仅如此，她还让我不得不重新去想为什么像托尔斯泰、维特根斯坦这样的伟大作家和哲学家会去从事小学教育或编写识字课本这样"卑微"的工作。她让一个鲁迅意义上或斯皮尔伯格意义上的"孩子"重又出现在我们面前，而这比任何力量都更能唤醒我们的良知。说到底，我们需要去"救"的并不仅仅是孩子们，更是我们自己。

从这里引申开去，像林老师所做的工作，不仅是为了孩子，也是为了诗歌，为了一种语言和文化的未来。惠特曼有一句广被引用的话是：伟大的读者造就伟大的诗人。这里他指出了读者与诗人、文化与诗歌的相互造就的关系。这种关系在我看来，也就是一种"荡秋千"的关系：诗歌能"荡"多远，完全依其推力而定。它有赖于读者和文化环境的推力，它不断地回到这种推力，也在要求这种推力。虽然诗歌的创造可以突破时空限制，但它在根本上仍受制于这种和它构成互动关系的文明和语言的作用力。如同什么样的人民会要求什么样的政治，什么样的文化也在产生什么样的诗歌。这里，存在着一只比诗人的手更有力的"看不见的手"。我曾在欧洲快车上遇到一位埋头阅读尼采、知道我是中国人后情不自禁又用英文背诵孔子语录的女士，我以为她是什么"文化人"，后来才了解她原是瑞士的一位理发师！我在德国还认识一位"杜甫迷",他收集有大量的多语种的有关杜甫的资料,并曾数次前往中国,带着一本中国历史地图册,追寻杜甫当年的足迹。然而这并不是一位"汉学家",他只是一位普通的已退休的中学化学老师。他之所以如此热爱杜甫,仅仅因为"杜甫比歌德更能触动我的心灵"。所以,我理解了在欧洲何以会产生像叶芝、里尔克、普鲁斯特这样的作家和诗人,因为它的文明已发展到这种程度。当然,欧洲早已不是什么"高雅"或"精英"的一统天下,然而,无论它受到怎样的大众消费文化的冲击,也不至于愚蠢到仅仅以发行量或读者量作为价值判断的标准,更不会出现像目下中国文坛上这样无聊、恶俗的炒作。这是因为就整体而言,那里的"人民"仍处在良好的文化教养的引导下。

我讲出我的这些感受,其意并非别的,只是为了提醒我们自己对文学教育的注意,提醒一种诗歌建设与整体文化素质的关系。为什么这些年来一再出现"看不懂"的责难?为什么社会上甚至文学界会对诗歌提出种种非文学的要求?为什么诗歌会如此容易地被逐出市场经济的"理想国"?为什么那些坚持把诗歌作为一种对语言和文化的提升的诗人在今天居然又被扣上了所谓"脱离人民"的帽子?这一切说明了文学的启蒙在我们这里仍得从头做起,说明了文学的发展与教育不能总是脱节。的确,很难设想在一种贫乏、发育不良的文化环境中会奇迹般地出现一种心智成熟的诗歌。即使有,它的命运也会不妙;即使有,它也难乎为继,因为它缺乏来自自身文化环境的支持和推力。

好在在教育界"素质教育"已被提到议程上来,虽然有些人对"素质"的理解仍让人啼笑皆非。在这种情形下,林芳华老师没有选择电脑而是选择诗歌作为素质教育的突破口,这不啻是一个创举。因为诗歌是开启心灵的艺术,因为诗歌是对人的文化素质的提升,因为人的自我意识、想象力和创造力才是人生最重要的东西。至于林老师为什么会选择一位19世纪美国女诗人,首先出自多年来她的热爱。这爱对她来说,已带有一种秘密的个人性质。林老师在几年前曾选修过我的比较文学课,她交给我的作业是狄金森与李清照的比较。当时我还以为这是应景之作,现在我才意识到:多年来狄金森的诗歌一直在对她的生命讲话,这使她安于教师的职业,并从中感受到活的意义。她不是诗人,也从不写诗,但是,当她带我穿过北大附中校园去见她的"孩子们"时,我在一瞬间感到在她身上似乎活着狄金森的诗魂。我不得不惊讶于诗歌那种超越生死、穿透时空的力量。现在,她要她的孩子们和她一起来分享这种秘密的爱。她对他们说:读狄金森你会感到"思想着的独立的人的可贵"。她对他们说:"阅读她就是在青铜的历史上的漫步。"孩子们半信半疑地听了,直到他们在这种诗歌漫步中惊讶地发现了他们自己。

的确,林老师的选择再好不过,如果我们了解狄金森的诗歌的话。对于这样一位一生孤独的女诗人,虽然有人说现在美国的男女老幼都读她的诗,但也有人说她的诗很难懂,林老师却认定"诗中充满智慧和性灵的东西正是年轻的时候可理解的"。狄金森的诗虽然超前的"现代"（她被视为20世纪现代主义诗歌的先驱之一），但林老师却从这种非逻辑的语言跳跃中感到了一种直接进入心灵的力量。她相信在这些看似简洁却又"晦涩"的诗中蕴含了人性中最深透、内在、高尚的东西。她相信这样的诗不仅会开启孩子们的心灵，而且还会为它定位、导航。她为她的课做了大量工作。她把狄金森的诗及有关评论文章复印出来分发给学生。她和孩子们一起进行解读、朗诵和讨论。她喜悦地看到对狄金森本来一无所知的孩子们产生了热爱，在一次次讨论中她发现"我们心中总有火花闪耀"，"我发现只要我们的心中水草丰美，尘俗中人依然可以诗意地栖居"。结果是，孩子们不仅喜欢上了狄金森的诗，而且纷纷以自创诗歌的形式，表达"对我们共同热爱的诗人的感激和纪念"，表达他们内心中诗的觉醒。邓倩文同学的诗是《堕落的天使之翼》："没有什么可以用来延续生命/除了此刻奔涌着的液体/那是燃料/直到我看见白色的玫瑰/长出刺来/也无法使它冰冷。"林老师记下邓倩文自己的解释：因为狄金森终身穿白色衣服，因此在这首诗中出现了"白色的玫瑰"。她说生命是有限的，终会死亡。奔涌的液体指血，也可以是激情。林老师很喜欢这首诗，并认为"堕落的天使之翼"这一题目耐人寻味。张冰峻同学的诗是《渴望》："如果给我一把吉他，一片沙滩，我会忘记世间的忧伤/如果世间只有天堂和深透的海洋，我会露出纯真的模样"，孩子们在小小的年龄已开始不无忧伤地思考起人生和他们自己了，林老师在该诗下面写下的则是："狄金森一生都充满爱，虽然她终生未嫁，她一生都在追求美，虽然她并不漂亮。"相信这话对孩子们会是一种启示。还有的学生的诗，透出一种对人生的怀疑倾向，林老师在评语中发出了叹息："为什么要掩饰自己的真心呢？这是让人悲哀的事情。"但她尊重这种"怀疑"，因为怀疑正是独立思考的起点。同时她知道孩子们的心灵绝不像大人们想象的那么简单，她要做的，是去"倾听孩子内心的风暴"，并伸出她的手。她是一位难得的诗歌引路人，远胜于一些高谈阔论的专业批评家。还有一位刘昂同学，本来就有"艺术细胞"，在林老师的鼓励下，他的小本子上已经写满诗了。他的一首诗是《雪花》："孩子在阳光下　采了一株蒲公英　不小心一吹　出现了一朵一朵的洁白的　可爱的　雪花　孩子笑了／老人在寒风中　蹒跚地行走着他的身旁　是一朵一朵的真正的雪花　老人继续走着　什么也没有看见。"林老师对这首耐人寻味的诗的评语是"只有在有生命的自然里，花朵才会绽开"。这本身已是诗或"诗论"了。刘昂的另一首是《头发》："梳子来了　头发倒在了一起　有几根头发　直挺挺的　立在那里　岿然不动／风吹来了　头发倒在了一起　那几根头发　依旧　直挺挺地立在那里　岿然不动／终于　剪子来了　那几根头发　牺牲了。"如此可爱的诗！林老师的评语是："就像狄金森的自然诗，幽默而有情趣。"正是在这样的理解、引导和鼓励下，在孩子们的生命中出现了一道阳光。他们写诗的热情更大了。今年2月，刘昂随校乐团访美，曾住在艾默斯特城，当他谈起狄金森时，房东马上拿出一本狄金森诗歌全集送给他。刘昂返校后找到林老师,一起来分享这喜悦。的确,孩子们听到了某种"召唤"。而我相信,这是一种诗歌对生命的召唤。或者说,诗歌将来到这些孩子们中间,寻找它未来的骑手。

一切刚刚开始,林老师为她的孩子们高兴。下一步,她将通过原文与译文的对照,将孩子们更深地引向对诗歌的自觉,让孩子们去体会"Poetry is what gets lost in translation"。的确,这句话说得不错,诗歌是在翻译中失去的东西。联想开来,"诗歌"也是一种在僵化的教育中失去的东西。因此,林老师所做的一切,与其说是施予,不如说是"恢复",是拂去蒙在心灵上的积尘,让它向着诗歌敞开。"教育不在于给予什么 在于打开 就像诗 给我们第三只眼",这是林老师自己的话。在我看来,这是对素质教育、对文学启蒙最好的理解与实践。孩子们没有辜负林老师的心血。在诗歌的引导下,他们意识到自己的心灵,也重获了自己的语言。他们的诗包含了真正的诗的幼芽,已和那些在中小学黑板报或宣传栏中常见的"表态诗歌"或"节日诗歌"有了质的区别。也可以说,在他们的诗中,迸发出了那些"教育家"意料不到,也难以想象的东西。而这正是希望所在:因为这样的诗歌指向未来,也通向未来。

上个学期放寒假时,林老师说她和她的孩子们用狄金森的一首诗互说再见。现在,林老师给我找出了这首诗:

殉理想的诗人,不曾说话——

把精神的剧痛在音节中浇铸——
当他们人间的姓名已僵化——
他们在人间的命运会给某些人以鼓舞——

殉理想的画家,从不开口——
把遗嘱,交付给画幅——
当他们有思想的手指休止后——
有人会从艺术中找到,安宁的艺术——

  我非常感动。一种在这个时代甚至在所谓诗坛早已失落的诗歌精神,在一个不为人知的中学老师和她的孩子们中间又被重新点燃起来。这使我没有理由为诗歌悲观,也没有理由为汉语的未来悲观。我想,我们同样可以用这样的诗同那些为我们的内心所不能接受的一切说"再见"了,因为我们的生命、我们所要从事的工作,已被某种不死的精神所照亮。

取道斯德哥尔摩

记得在编写出《九十年代诗歌纪事》后,一位诗人朋友在肯定了这个记载着一代中国诗人近10年来写作历程的编年式文献后,在电话中建议我能否把这些年来的诗歌翻译情况也加进去,这个建议颇出乎意外,但我马上意识到他说的其实正是我们应该去做而未做的一切。是的,这才是我们所真实经历的文学的历史。无论承认与否,我想在很多中国现当代诗人的写作生涯中都包含了一个"秘密",那就是对翻译诗的倾心阅读;同样,无论我们注意与否,在现代汉语诗歌的建设中,对西方诗歌的翻译一直在起着作用,有时甚至起着比创作本身更重要的作用:它已在暗中构成了这种写作史的一个"潜文本"。

而在这样一份有待提出来的名单中,有一位正是瑞典现代杰出诗人托马斯·特朗斯特罗姆,以及瑞典诗歌译者李笠。我相信像《黑色的山》这样的译作最初在20世纪80年代发表出来时,一定吸引过不止我一人的注意和喜爱:

汽车驶入又一道盘山公路,摆脱了山的阴影
　　朝着太阳向山顶爬去
我们在车内拥挤。独裁者的头像也被裹在
报纸里。一只酒瓶从一张嘴传向另一张嘴
死亡和胎记用不同的速度在大家的体内生长
山顶上,蓝色的海追赶着天空

这是一首瑞典诗,还是一首现代汉语诗?我只能说这是一首精湛、透明、富有层次感、可以让我们一读再读的好诗:特朗斯特罗姆为它提供了一种奇异的生成方式,而它的译者为它提供了语言(汉语)的节奏和质感。不错,诗是在翻译中丢失的东西,但读了这样的译作我们却不得不承认:诗同样可以是在翻译中找到或"生产"出来的东西。拙劣的翻译在这里不去谈它。一首诗,在另一种语言里,在一种优秀的翻译那里,完全可以达到一种再生——有时甚至是一种比原作更耀眼的再生。

所以,问题只在于翻译,以及怎样来看待翻译。诗歌不是一种简单的意义的传达,诗歌首先是一种语言的艺术——这不仅是写作的前提,也同样是翻译的前提。甚至,有时我们在翻译中会比在一般的写作中更深切地体认到这个前提,因为翻译才是两种语言的交锋、互映,而在这种相遇中,它比其他的写作行为更能唤醒我们对自身语言的意识。从这个角度讲,我们需要翻译并不仅仅是为了读到几首好诗,在根本上正如本雅明所说,乃是为了"通过外语来拓宽拓深自己的语言"。在《翻译家的任务》①中,本雅明这样说道:"更确切地说,因为纯语言的缘故,翻译建立在对自身语言考验的基础上。翻译家的任务在于在自己的语言中将受困于另外一种语言魔咒中的纯语言释放出来,在再创造中将囚禁于一部作品中的语言解放出来。因为纯语言的缘故,他得从自己语言衰败的藩篱中突围出来。路德、沃斯、荷尔德林和乔治已经拓宽了德语的界域。"

我想这恰好正是自"五四"以来几代优秀的翻译家所梦想达到的境界,正是通过他们的这种不懈努力,现代汉语的界域在不断拓宽和更新,现代汉语所包含的语言的可能性在不断呈现。这里,我不拟全面评介李笠的翻译,但我想他起码正是这样来要求自己的翻译的。早在十五六年前,李笠已开始了对特朗斯特罗姆的翻译,从北京到瑞典,在陆续译完了诗人的全部作品后,又回过头来对其译作进行了修正甚至重译。而他这样做,不仅是为了更精确地接近原作,更是因为"纯语言的缘故"——为了语言的纯粹质地和强度,为了最终从他的翻译中透出汉语本身的光亮。在《黑色的山》这首译作中,是瑞典的山和海在闪耀吗?不,是一种已被提纯的汉语,是汉语之光在照耀原作。

正是以这样的翻译,李笠和他的翻译界优秀前辈一样,加入现

---

① 瓦尔特·本雅明:《翻译家的任务》,乔向东译,选自《本雅明:作品与画像》,文汇出版社,1999。

代汉语诗歌的写作历史之中并对之做出了贡献。的确，翻译不是创作，然而它对一种语言的写作史的意义并不亚于许多"创作"。正如我们已看到的，在中国现代新诗不到百年的历史中，许多翻译家对它的建设性贡献其实是远远大于许多诗人的。不妨举例说，一个诗歌翻译家戴望舒要胜于那时的一万个左翼诗人，而作为洛尔迦诗歌译者的戴望舒，其对后来诗人们的影响，也远远超过了作为诗人的戴望舒。这样讲，是因为借助于对洛尔迦诗歌的翻译，汉语作为一种诗歌语言的质地、魅力和音乐性才有可能出乎意料地敞开自身，我们甚至可以说，汉语在戴望舒翻译洛尔迦时几乎被重新发明了一次！也正是因为这样的译作的启示，汉语诗歌的写作才有可能意识到自身的潜能，并被诗人们提升到一个新的境界。

　　这里，我一再使用了"现代汉语诗歌"这个概念。我当然注意到这类"说法"近些年来在诗歌界的广泛使用，它或是体现了一种文化焦虑及诗学意识的觉醒，或是仅仅被作为某种文化策略。然而，无论别人怎样，我不想盲目、空洞地使用这类概念，正如我不想抽象、静止、封闭地来设定语言，尤其是像现代汉语这样一种"新生语言"的本质。这么说吧，我宁愿把现代汉语视为一种历史的话语实践，或一种对文化再生的伟大想象。无论如何，它没有一种先天、既定的本质需要我们来固守，它要求的只是不断地拓展、吸收、转化和创造。我想我正是从这一点出发来谈翻译的。近些年来，在中国诗坛上，似乎对"翻译体"的嘲笑已成为风气，"与西方接轨"也被作为一种罪名扣在一些诗人的头上；然而"翻译体"又有什么不好，多少年来正是它在拓展并更新着现代汉语的表现力，而"接轨"也并非为了成为别人的附庸，相反，如同历史已表明的那样，这恰恰是现代汉语诗歌壮大、成就自身的一种方式。可以说，我们有时是需要"取道"斯德哥尔摩或都柏林或彼得堡才能回到我们所热爱的汉语深处的。诗歌创造——现代汉语诗歌的创造——正是这样一种为那些热衷于文化政治的人所不能理解的事业。

  大概在十五六年前吧，我从南方移居到北京。我开始希望从我的诗歌语言中透出一种能和北方的严酷、广阔、寒冷相呼应的明亮。这时我认识了李笠。我从他那里陆续读到特朗斯特罗姆，我也在不断催促他翻译更多。也许其他诗人特别倾心于像"醒悟是梦中往外跳伞"这类典型的特朗斯特罗姆式的句子，而我则很着迷于像《黑色的山》这样的诗篇（不过那时我读到的是这首诗的初译，它的语言还不像现在这样纯粹、干净）。然后是1987年夏天，我到了大连。我乘车行驶在寒冷而明亮的滨海山坡上，汽车沿着盘山公路上上下下，而我被一种言词的光明所深深陶醉，我感到自己正从阴郁的过去出来——言说光明的时刻到了！而同时，仿佛有一道影子掠来，有一首诗再次找到了我——我相信正是这首《黑色的山》，哪怕当时我可能对此并不自觉。于是我写下了我的《光明》：

  一个从深谷里出来
  把车开上滨海盘山公路的人
  怎不惊讶于

一个又一个海湾的光亮？

（那光亮一直抵及山间松林的黑暗里

刀一样，在脑海里

留下刻痕）

又一个拐弯，一瞬间

山伸入海

海进入群山

又一道峡谷，汽车向下

再向下，进入

悬壁巨大的阴影

（车内暗起来）

然后，一个左拐弯！永远

那车在爬一个无限伸展的斜坡

永远，那海湾扑来的光亮

使我忆起了一些词语

和对整个世界的爱

一首诗就摆在这里，用不着我再多说。它虽然是一首并不成熟的早期之作，但在今天，在经过了风雪雨霜的10多年后，我愿意以此为证，并以此来祝贺《特朗斯特罗姆诗全集》[①]在中国的出版。

[①] 托马斯·特朗斯特罗姆：《特朗斯特罗姆诗全集》，李笠译，南海出版公司，2001。

伽利略测量但丁的地狱

在德国近10年来的诗坛上,杜尔斯·格林拜恩(Durs Gruenbein)可谓一个响亮的名字。自20世纪80年代末90年代初崭露头角以来,他连续获得包括不莱梅奖、毕希纳奖等在内的多种奖项,尤其是被视为德国最高文学奖的毕希纳奖,具有终生成就奖性质,一般只颁给成就卓著、具有广泛影响的作家,在1995年却破例颁给了只有33岁的格林拜恩!诗坛因此而形成"格林拜恩热",有人甚至在媒体上称近百年来"在德语诗界从来没有产生过如此富有魅力、兴趣广泛的上帝的宠儿",哦格林拜恩,你可得小心点,你的名声似乎已快超出了一个诗人所能承受的程度!

"好事来,柏林墙今日洞开;痛苦的等待,黑格尔国枯燥狭窄"①,这是格林拜恩在那个令整个德国和世界沸腾的历史时刻所写下的诗句。似乎是随着柏林墙的倒塌,这位1962年生于东德、成

---

① 杜尔斯·格林拜恩:《X日:七封电报之一》,芮虎译。本篇中引诗如无特别说明均为芮虎译。

长于德累斯顿废墟中("假死之城,易北河边的巴洛克残骸",《关于德累斯顿的诗》)的青年诗人被人注意到了。但我想,历史选中了他,并不仅仅因为他来自令人关注的前东德,更因为他那卓越不凡、令人耳目一新的诗才。的确,不是东德也不是西德而是人们头脑中的那个"黑格尔国"变得枯燥狭窄了,它需要有人来拓展它,需要有人重新标出它语言的边界,而格林拜恩恰好是这样一位诗人。

因此,当慕尼黑诗歌中心乌苏娜女士给我寄来近期的诗歌活动节目单,我看到"格林拜恩"这个名字时,精神顿时一振。慕尼黑似乎有一个让它骄傲的诗歌传统,里尔克当年在这里生活过,许多表现主义诗人也出生在这里,近些年来它的诗歌活动颇引人注目,大都是这个诗歌中心安排的。邀请我来做3个月访问作家的慕尼黑 Villa Waldberta 文学之家和这个诗歌中心也有着密切的联系。因此,我很快就和乌苏娜女士取得了联系。正好我的朋友芮虎译过格林拜恩的诗,我也请他传一份过来。总之,我想见见德国诗坛上的这个怪才,也想更多地了解一下当前德国诗歌的现状。在熟悉了像里尔克、特拉克尔那样的德语现代诗后,我想感受到一种新鲜的、更具有我们这个时代的想象力和现实感的东西。

我们就这样见面了。时间是1月26日傍晚,地点在慕尼黑市图书馆,当乌苏娜把我介绍给刚来到朗诵厅外的格林拜恩时,我站住了:我们不是早就见过面嘛——在1992年荷兰鹿特丹国际诗歌节上?!对,对,他也似乎想起来了:一个中国诗人,不知道他的名字。正如我听说他是一位来自东德的诗人，但不知道他就是"格林拜恩"一样！说实话，当时我和其他参加鹿特丹国际诗歌节的中国诗人恐怕只知道来了阿什贝利这样一位美国名诗人，其他的就两眼一抹黑了。我只是到今天才看清了他：仍留着黑发平头，比当年瘦削了一点，叱咤风云这么多年，但仍依稀带着一种来自"社会主义东德"的感觉，并且还有点羞涩，说起当年在鹿特丹，"哦哦，那还是我第一次出国朗诵……"这位在诗中经常嘲讽一切的诗人居然有点脸红了。

朗诵会开始进行。能容纳150人左右的小演讲厅已经全满，后来的听众只好到后面站着，可见格林拜恩的"吸引力"（头天晚上他还在慕尼黑另一个地方朗诵过，不然来的人更多）。我和慕尼黑大学研究中国文学的博士弗兰克及博士生柯尼蒙斯（柯理）、傅嘉玲等并排坐着。反正我是一句也听不懂，索性坐在那里，在格林拜恩的朗诵声中想入非非，一会儿我想到德累斯顿的轰炸，一会儿又想到东欧的解体，想着想着，我又仿佛坐在原东西德边境公路边的一个小咖啡店里，当时恰好也是一位来自东德、后移居到西德的艺术家莫妮卡开车带我来的（一路经过路德当年躲避宗教迫害时隐居的好几个古堡），我们坐在那里，遥望着那几座现已作废，但仍虎视眈眈的东德边境瞭望塔，而现在，一个鲜艳的西德公司的加油站就夹在它们中间——一幅多么让人感叹的"后冷战风景"啊。就在这次旅途中，莫妮卡告诉我她当年就是想逃，从令人窒息的东德逃出去，她已买了到匈牙利旅游的火车票，想从那里设法逃到西德,但最后又把票退了,因为她就是不能战胜来自肉体中的恐惧!哦,"东德经验",残酷而荒诞的20世纪历史,这一切,是怎样作用于台上这位正在朗诵的诗人的呢?

朗诵会后,诗歌中心请客,在一家阿拉伯-犹太风味的餐馆里,我向格林拜恩问了这个问题。他笑了笑,他承认历史创伤和童年记忆都在作用于他的诗,说着,他在纸上用英文为我写下一句箴言,意思是"过去即是未来,镜中物象比实体更接近我们";而为什么格林拜恩会笑,我想完全是因为他已掌握了一套"以童话来对付神话中的暴力"(本雅明评卡夫卡)、以诗来消解历史的重量的办法。接下来,通过柯理翻译,格林拜恩继续向我讲述了他的东德经验,他说东德完全是一个用可笑的理念"做成"的国家,他试图以"身体"来反抗这种意识形态的控制,但后来发现身体本身都已渗入了它的分量。他讲到这里,我想起朗诵会后柯理对他早期诗的评价:"它们像刀砍在骨头上,或像外科医生把手术钳伸进病人的身体里。"我正要赞赏这个比喻,柯理却摇起了头,"但你听听他刚才念的诗,写得都不错,但发飘,早年的那种感觉没有了……""哦,是这样吗?"我问。我从芮虎那里读过他那些早期诗的中译,的确,东德经验给格林拜恩带来的因痛苦而幻灭的深度自我意识、怪异的想象力、犀利而充满睿智的嘲讽和社会批判性,以及在语言形式上的张力,这一切曾令睡思昏沉的人们精神一振,这一切,成了格林拜恩诗歌的标记。我注意到他最新一部诗集叫作《嘲讽以后》,那么,在这个"之后",他又给人们带来了什么呢?

我点的饭菜终于送上来了,这是柯理给我推荐的一道菜:犹太-阿拉伯式的"饺子"。格林拜恩从旁边探头一看:"哦,馄饨!"于是大家都乐了起来,柯理解释说这不是馄饨,是饺子,我则笑着说你可以把这个"馄饨"写入诗中;我还告诉他我很欣赏他写孔夫子的一句诗"我是一只南瓜,子路,只是外貌吗"(《"爱滋"》),我这么一说,格林拜恩也笑了起来,然后很认真地对我说:"我很欣赏孔子的'正名'。我认为诗歌就是一种'正名'。"我听了心里一动:不愧是格林拜恩!他居然用两千多年前孔子的一句话把他自己和众多现代诗人在诗学上的努力都准确无误地说了出来!像刚才他这句诗不就是一种"诗的正名"吗?像他那样关注于词语、力求刷新诗的语言以求重新说出事物的努力不正是一种"诗的正名"吗?

我们这样谈着,话题又回到"中国"上来,格林拜恩说他的确对中国古老的智慧感兴趣,并从中受到很多启示,"但是,我很难把古代中国,把一个想象中的、哲学的中国和现在的中国联系起来。"说到这里,他像是说出一件长久困惑着他的问题一样问我:"比如,在现在的中国,'社会主义'怎么可能和'市场经济'拉扯在一起呢?"

听到这里我笑了。我知道许多西方人都对此困惑不解,但我没有正面回答,只是笑着说:"怎么不可以,你不正是这样来写诗的吗?你不是最擅长把相互矛盾的东西在诗中强行组合在一起的吗？"于是格林拜恩连连点头，似乎有点明白了。借着酒劲，我不知怎的又扯起了前社会主义国家的诗人都熟悉的马雅可夫斯基："马雅可夫斯基不是口口声声要打倒西方的资本主义嘛，可他打的领带却是德国的，穿的皮鞋却是意大利的……"我说到这里，格林拜恩也兴奋地接上了："对，对，当他漫步在布鲁克林大桥上时，他这样说：'纽约，多美呀，但，它不属于人民！'"

我们都笑了起来。说到马雅可夫斯基，我问格林拜恩他那些有点"阶梯式"的诗在形式上是不是曾受到他的影响，他承认："但只限于我的第一本诗集，后来我就只读曼德尔施塔姆……"于是我接着念"阿赫玛托娃"，他则马上跟上说："茨维塔耶娃……"嗬，这简直就像对接头暗号似的！我们又笑了起来。

格林拜恩视野开阔，力求创新，这不仅体现在他经常在诗中运用哲学、科技、艺术、文明史、医学，甚至解剖学等方面的知识，显出一种特异的想象力和诗意转化能力，更体现在他对诗的"每一'单行'的好奇"和对诗的语言形式的特殊关注上；而他对诗的认识也恐怕是其他诗人想都想不到的："抒情诗有时用它那伟大的动物的目光放眼世界……"(《我的巴比伦大脑》)还有，"从优秀的诗歌里人们可以听到，颅缝是怎样缝接的……"(《关于诗与躯体的信》)出人料想，可又多么精确到位！

夜已经很深了，我们仍在边喝边谈着。我们谈到知识与诗歌、经验与智力的关系问题，他说他的一切思想仍是从经验出发的，人们不妨把他的一些诗看成一种"论"，但这不是平面的、连续的，而是把思想"断开",让它们相互矛盾、冲突,从中产生某种东西;另外他说这种"论"也是一种透视,其中出现的思想和事物都要能够被清晰地"看到";他的目的就是要打开这样一个诗的空间——为了"哲学性地了解自己"。

当然,我完全理解他在说什么,因为我已不是一个生活在古老中国的诗人〔格林拜恩读过一些中国古诗,在这之前他曾连续两次问我:"他们(指中国古代诗人)是不是都生活得很悲哀?"〕。对于这类写作问题,我想我们已无须多说。我最想了解的,是另外一些问题,比如为什么格林拜恩的诗读起来不是让我想起了德语诗而是想到了20世纪英美现代诗以及布罗茨基他们的诗?我想这已涉及一个所谓"文化身份"的问题,这大概是目前的诗人们最敏感的问题了(比如在中国)。但既然已熟悉了,我还是向他提了出来,格林拜恩有点惊讶于我的"眼光之准"(这是他对柯理说的),但他还是很坦率地回答了这个问题:他说他的确读了很多英美20世纪现代诗歌,因为那是一种"理性的锤炼";而德国本身的现代诗,有许多他却感到和他自己没有什么关系。他自认为他在这个母语传统中很特殊。"但你却扩大了德语诗的范围,也使它变得更有活力了。"我说。是的,也许正因为格林拜恩这样的"反俄狄甫斯"式的写作,我们才从这个"黑格尔国"里看到了一种新的语言的可能性。

而当我问起近年来他在写作上有什么变化时,他回答说:"有,但是一种奥维德式的变化。我想使我的写作更具个性,纳入更多的时间和私人经验,同时在形式上会更严格一些。"后来话题转到他的一本很有影响的散文集《伽利略向往但丁的地狱》上,我说我期望它能被译成中文,因为这个书名本身我就很感兴趣,格林拜恩听后兴奋起来:"你知道吗,'向往'一词在德语中还会使人联想到'测量'这一意思。""是吗?那就'更有意思'了!"在这一刹那,我感到仿佛被照亮了似的!是的,从他写的那些被人称为"伟大"的文化批判散文《过境柏林》,到他的那些无畏地深入到"内心视界的档案",或像犀利的楔子一样切入一个正在解体的世界里的作品中,我们不是正好看到了一个一直在"测量"着"但丁的地狱"的现代意义上的伽利略吗?是的,我宁愿把我面前的这位诗人和其他众多现代诗人的写作置于"伽利略测量但丁的地狱"这一背景下来想象和认识,因为这使我的视力得以扩展,使我得以从现实转向一种诗的神话,更重要的是,使我得以把我们自身的艰辛劳作和那神圣、古老的使命及职业技艺联系起来!

再见,格林拜恩;再见,从德累斯顿的火光和废墟中诞生的"伽利略";既然"但丁的地狱"隐不可见而又无处不在,那么,下一次我们会在什么地方见面呢?

费尔达芬札记

1月4日

飞机从首都机场起飞。机翼下冬日的中国北方。赤裸的燕山山脉。山川的纹理。山沟里的贫寒的村落。然后我看到星星点点雪雾缭绕的山头,进入雪国……

飞机降落在米兰机场。雪。小雨。四周墨黑的树木。从这里转机去慕尼黑。昏昏沉沉中,有人在谈论足球……

1月5日

从亚得里亚海上升起的曙光,透过阿尔卑斯山脉的积雪和云层,照亮了黎明的施塔恩贝格湖。破晓的艰难,犹如一曲马勒的交响乐。

起床,靠近窗户,凝望远山和湖中的天光云影。托马斯·曼在这里凝望过,康定斯基、里尔克、本雅明等也曾来到这里凝望过。一片神示的山水。

莫妮卡的邮件(信与CD)先我到达。这还是我第一次听到布鲁赫的《第一小提琴奏鸣曲》。无可挽回的爱。令人心碎的美。布鲁赫,一个弱而敏感的音乐中的灵魂……我想起了一位诗人的诗:

> 我热爱她传给我的,伤疤犹存的艺术,
> 但我愿与你一起,从那里继续向前,
> 与把痛苦变成职业的诱惑斗争。

1月6日湖滨庄园的顶层:面向远山和湖区的窗户,华贵的枝形吊灯,墙壁上19世纪的海景画("物质起了波浪"),楔形的木头屋顶,被漆黑的屋梁和屋椽,我生活在"古老的肋骨"下……

这就是慕尼黑附近著名的Villa Waldberta文学之家。它曾是施塔恩贝格湖费尔达芬(Feldafing)一望族的家产,后来捐献给市政府。1972年慕尼黑奥林匹克运动会期间,这里是联邦德国奥林匹克总部,当时的西德总理还在这里居住过,办公,接见外国首脑和体育官员。现在,它被用于文学和艺术。我是他们请来的第一位中国作家。

但是现在,其他的作家和艺术家尚未到来。窗外,雪在无声落下;楼房内,只有我自己留在楼梯上下的脚步声。我想起了一个词语"古堡幽灵",还有那些沉默不语的雕像,那些过去时代的主人留下的奇怪家具……

我想就这样下去，我恐怕会化为寂静本身。

1月9日作家们这两天都陆续来齐了。有来自欧洲其他国家的，也有来自德国的。他们之中，让我感到最亲近的是来自巴黎的老作家、诗人、哲学家法伊（Jean-Pierre Faye）。他是50本书的作者，多项重要文学奖的获得者，20世纪知识分子的见证人，列维－斯特劳斯的学生（"哦，他的那些黑色笑话呵……"），福柯、德勒兹、夏尔、昆德拉的朋友和同时代人……一见到我，法伊也十分兴奋，原来，他一直有着一种"中国情结"——从中国古老的哲学，到中国现代的政治。他在昨天和我认识后的第一句话是："家新，天安门的'安'怎么理解，是不是就是'和平'？"今天，他又给我带来了一张手稿，原来，他把我的《蝎子》一诗从英文转译成了法文。他一面给我看译稿，一面翘起大拇指连声说："道！道！"哦，原来他从我的诗中读出了老子的"道"！

1月11日

去山坡下看托马斯·曼的房子。它处在一个军事通讯学院里，两层小楼，保存完好，门口钉了一个铜牌，上书"托马斯·曼，德国作家，诺贝尔文学奖获得者，1919—1923年在此居住"。这座房子，原本是曼的一位医生朋友的夏季别墅，因曼在慕尼黑的家中太吵（他有5个孩子，最小一个刚出生），便躲到这里修改、完成他的巨著《魔山》。因为是夏季别墅,没有取暖设备,曼在冬季写作时只好披着两床被子,以抵御那来自施塔恩贝格湖上的彻骨寒气。现在,这座"秘密写作间"成了一个纪念馆,除保存有曼当年在这里用过的物品和写下的手稿外,还有大量的有关曼及其所处时代的文献资料。

看完展览,站在曼当年写作的窗口,眺望不远处的施塔恩贝格湖及远山,我在想什么?过去我从他的《魔山》知道,这是一位文学巨匠、一位精神分析家和生活的雕塑者,现在我意识到曼还是一位精神王国的圣徒和斗士,由他,才体现出20世纪德国知识分子和艺术家仅存的良知。在第一次世界大战前后,曼还是一位所谓民族主义者,"只有德意志灵魂的保持和发展才意味着更高的文明进步",然而现实的发展教育了他。纳粹的兴起,他们"对德意志民族浪漫本能的无耻利用",他们与"魔鬼"的合作,引起了曼本能的抵制。在慕尼黑,他开始不断收到恐吓信和匿名电话,甚至还收到一件"包裹":被焚为灰烬的《布登勃洛克一家》!然而曼没有屈服,就在希特勒上台后,他仍公开他的信念:"德国是伟大的,她对自由和理性的意识和要求,从根本上要比那些草莽之辈和蒙昧主义者所相信的要更有力量。"这样,曼被迫于1932年离开德国,随后慕尼黑电台报刊和"知识界"对他发动的杀气腾腾的围攻使他明白了"我回国的道路已被中断"。1936年底,曼被"取消国籍",随后,波恩大学宣布取消曼的名誉博士头衔,曼随即发表声明,坚决脱离纳粹德国并拒不承认"占据在德国土地上的灭绝人性的政权"。就在这份声明中,曼说出了到现在仍震动人心的话语:"与其说是生就的殉难者,不如说是命定的体现者。"

在这样的精神圣徒和"命定的体现者"面前,我还能说什么呢?即使在纳粹统治的黑暗年月,还有着"另一个痛苦而光辉的德国";即使在恐怖主义和蒙昧主义大行其道的时代,也不可失去对理性和良知的信念——这就是今天我在这里所上的一课。

1月12日

马上就是春节了。给母亲打去了长途电话,然后坐着发愣。我似乎又回到了多年前的那次旅行:我们的对面,是一对在北京打工、回四川老家过年的夫妇,女的抱着一个孩子,男的在啃一只烧鸡,而我的儿子不愿看他们,一直把头扭向车窗外……

乡土中国啊,和这里的一切是多么不同!似乎我又坐在了那列火车上,穿过北中国蒙霜的原野,在时而河北梆子时而河南豫剧的伴奏下,带着我的儿子回老家,回到那一片古老大陆的深处……

1月23日

美丽的、慕尼黑的"明珠"施塔恩贝格湖。这里最受崇拜的人物是"茜茜公主",她在成为奥地利王后后,每年都要回到这里度夏,就在山坡下那个百年老饭店里居住。而她的表兄,怪异而富有艺术家气质的路德维希二世,因为"精神失常",则被变相地软禁在湖对岸的一个宫殿里。他们就这样遥遥相望。据说路德维希二世有时渡湖而来悄悄访问表妹,据说他们曾在湖中那个"玫瑰小岛"上相会。但这一切仅仅是"传说"。确凿的是,路德维希二世最后自溺于深蓝色的湖水中(他是那么热爱"蓝",在参观他的"新天鹅宫"时,我注意到他的床也是蓝色的!);确凿的是,自表兄死后,茜茜再也没有来过施塔恩贝格湖!

但是,我对这一切似乎都没有多大兴趣(把这种兴趣留给那些游客吧)。除了风景外,我真正对施塔恩贝格湖产生兴趣,是在我知道它曾被 T. S. 艾略特写入诗中的时候。的确,它就出现在《荒原》的第八行:

> 四月是最残酷的月份,在荒地上
> 孕育出丁香,把回忆和欲望
> 混合在一起,用春雨
> 搅动那些迟钝的根。
> 冬日使我们温暖,以遗忘的雪
> 覆盖大地,用干枯的块茎
> 喂养弱小的生命。
> 夏天使我们吃惊,它越过施塔恩贝格湖
> 带来阵雨;我们躲进柱廊里,
> 天放晴后再出来,进入霍夫花园,

喝咖啡，谈了一小时。

我不是俄国人，我来自立陶宛，地道的德国人。

这就是《荒原》的开篇。那著名的开头几句就不用去说了，诗自第八行起陡然转入叙述，叙述的则是典型的慕尼黑一带阴晴不定的天气及社交生活，由此，诗人由对自然世界的观照把我们带入人类生活的具体场景。遗憾的是，可能是对慕尼黑一带不熟悉和德文知识的缺乏，我们已有的好几种《荒原》中译本，大多都译得不对，施塔恩贝格湖（Starnbergersee）被译成了"斯丹卜基西"，这里的"see"是"湖"的意思，但译者不了解，就把它音译成"西"了；对 Hofgarten（一个著名的位于慕尼黑市中心的法国式御花园）的翻译也犯了同样错误，"garten"在德文中是"花园"，译者也不了解，所以就把它译成了"霍夫加登"……

当然，我的德国语言文化知识也很有限，所幸的是，在慕尼黑的经历使我获得了对《荒原》的具体性的体悟以及它和一个更广阔的文化语境的关联。我再次感到艾略特不是那种时过境迁的诗人，相反，重读这个开头及全篇，我仍有一种强烈的新鲜感，并再次惊讶于《荒原》本身那种很奇妙的在对照、反讽和拼贴中不断产生诗歌含义的结构及叙述方式。多少年过去了，《荒原》过时了吗？没有，和历史上那些历久弥新的经典性作品一样，它已成为一种要求我们不断去"重读"的东西。所以，当有朋友前来施塔恩贝格湖访问我时，我笑着说："你看，我生活在《荒原》的第八行!"

是啊,《荒原》的第八行!也只有找到这个说法,我自己的思想和想象力才被"点燃"起来。由此,我才由生活转向了文学,转向一个我真正渴望进入的领域。

1月24日

收到"老杜"(杜培华)发来的电子邮件,题目是"句子",原来她是谈读我的那些诗片段的感受,"让人感动的句子,像让人感动的美景一样,是物化的生命体,又是无限的隐喻……"

她谈得是多么好,胜过那些专业评论家!

1月25日

法伊开车带我去湖对岸看当年里尔克和莎乐美住的房子。一座处在陡峭半坡上的两层小楼,有点怪,有点童话色彩,并且从那里可远眺阿尔卑斯山,正好和它有点传奇色彩的神秘女主人公相称。1897年春夏,里尔克和莎乐美在这里住了6个月,然后他们一起去了柏林,再到俄罗斯,在俄国里尔克见到了他所崇敬的托尔斯泰,并和莎乐美分手。

莎乐美,这位美丽而有着神秘魅力的著名女性,当时她比里尔克大很多,而在这之前,尼采是她的情人。我有点不解地问法伊:"尼采不是不大喜欢女人吗?""不,"法伊笑着回答说,"他要通过女人弄出一种更危险的哲学!"说到这里,法伊告诉我他最近出版的一本书,书名就叫《尼采,莎乐美:危险的哲学》。

告别了这座童话小屋,顺着陡峭的石阶路逐级而下,我们向山坡下的那座有着数百年历史的巴伐利亚风格的教堂走去。路上,法伊有点不好意思地告诉我他就是在里尔克逝世那天出生的,"是吗?"我站住了,"也许里尔克的灵魂转入了你的身体!""但愿如此,但愿如此!"法伊,我的可亲可爱的老朋友,在那里大笑了起来。

1月29日

见德国诗人格林拜恩,参加他的朗诵会,一起到一个阿拉伯-犹太风味的餐馆吃饭。就他的诗和我们的会谈写了一篇文章《伽利略测量但丁的地狱》。

"抒情诗有时用它动物的眼光放眼世界",这个怪才!

2月2日

访谈在今天的《慕尼黑信使报》上发出来了,题目很亲切:《绿茶与香烟:访中国诗人王家新》。不愧出自年轻女记者之手。记得前几天她到我这里来时,我首先给她沏了一杯从中国带来的绿茶,她抿了一口,赞叹起来,采访时我又点起了从中国带来的中南海牌香烟,她一闻:"哎,这烟味挺好闻啊。"

访谈时她谈到她读过一些德国汉学家顾彬翻译的我的诗,说很喜欢,说着就随口背诵了一段"早上的德式面包,中午的中式面条,晚上的梦把你带回到北京……"(这还是我大前年在斯图加特时写下的诗)我看着今天出来的报纸,大概她把这节诗引到访谈中了。一会儿,文学之家的主任从楼下打来电话,说她刚看了这个采访,很有文学味,云云。但愿如此,但愿他们对中国诗歌的了解能更深入一些。

然而我知道,这不过是"一种绝望背景下的希望"罢了。且不说要西方人了解中国当代文学和诗歌是多么困难,据说黑格尔临终前也曾说了这样一句话:只有一个人能理解我,不过,即使这个人也理解错了。

2月11日

慕尼黑大学的弗兰克博士打来电话,说看到我的诗片段系列《冬天的诗》,很喜欢,已把它译成德文,并征求我的意见,因为他想在莱比锡一家文学杂志上发表,他曾在上面多次发表过中国古典诗歌译作。我知道弗兰克专攻中国古典诗歌,其博士论文是《论姜夔》,没想到他对新诗也产生了兴趣,我当然高兴。弗兰克还告诉我他马上通过 E-mail 给我发来他在译这组诗时的一些想法,要我过一会儿打开看。

我打开看了,没想到他的研究和翻译是这么深入,他的这封E-mail也不一般,于是我边看边试着译了出来,其大意是:比起抓住过去时代的回声,似乎更难把握现今的诗歌的声音。我译得很慢,因为这使我更加注意到你运用意象的方式,包括它们怎样出现在冬日的氛围中。你创建了一种结构,一个时代的艺术空间,在这一空间结构中既使这些诗歌片段分开,又使它们相互连接。在一种不断变化的透视中,包容了复杂的生活经验。语言形式虽然简洁,却极具开放性,在直接的、几乎可被当即认可的日常语言与不时地向歧义和多重含义的突围之间无拘束地往返。

另外,他还谈到他对中国诗的认识:写诗在中国一直是精神传承的尝试,但现在,诗歌作为人性、道德、政治和社交的尺规的时代在中国已渐不存在。诗歌踏上了其漫游之路,它的漫游穿过当下,但其意义似乎游离在现时之外。即便家园是它的目标,那么它只能是每个读者的倾听。

不错!的确很有眼光。他谈得也如此"专业",对我也有启发。

2月16日

昨晚,终于赶完了一本给国内出版社的文稿,登上了从慕尼黑通向罗马的欧洲快车。

一觉醒来,已是清晨,离罗马大概还有一个多小时的路程。这是在意大利中部的丘陵地带。从地图上看,意大利像是从欧洲大陆伸出的一只靴子,一脚踏进地中海,溅起了一种古老文明的曙光。我睡眼惺忪地望向窗外,这还是我第一次游历意大利,显然,她看上去要比德国穷,然而,在窗外闪过的山谷里,我看到了在欧洲其他国家都很少见的有着蓬勃树冠的松树,看到了墨绿的橄榄树林,而在曙光照临的山顶上,则处处可见荒废的塔堡和庙宇——过去时代神圣的遗迹!

我醒来,车厢里弥漫着一种意大利咖啡特有的浓郁的香味……

2月17日

老友李笠陪我逛罗马。他的瑞典妻子在瑞典驻意大利大使馆工作,他现在是外交人员"家属"。他带我先看了"恺撒的罗马":凯旋门、纪功柱、权力、帝国、神殿、拱门、浮雕、青铜英雄雕像……当我们穿行在威尼斯宫那高大宏伟的廊柱下时,李笠问我的观感,我忍不住说了一句"太过分了!"意思是这种对空间的征服和扩张,这种对世界的睥睨和傲视,也不免太狂妄了——一种在神面前的狂妄。看来我在骨子里依然是个中国人。也许,我仍是在以那种"顺应自然"的眼光看出现在我面前的这一切?

然后,去看"费里尼的罗马"!恺撒未能保住他的帝国,却把它的废墟献给了千年后的电影业。千年前的用大理石廊柱搭好的舞台和背景依然矗立,慷慨地供人上演。尤其是在夜间的灯火映照下,这一切看上去多么像是幻境!我们到了著名的"西班牙阶梯",似乎费里尼的女主人公仍正从那上面心思恍惚地跑下。我真是惊叹这设计,似乎"大理石石阶的溪流"正从两侧汇合并一层层跌下(有上百层吧),一直跌落到街心小广场上,最后从大理石喷泉里喷溅而出,变成游客的欢笑……

然后穿过"天使桥",去看"神圣罗马":梵蒂冈。我一走进圣彼得大教堂,脚步就走不动了,身体似乎也在骤然间变沉,因为我看到了教堂右侧米开朗琪罗的名作《哀悼基督》!似乎一种音乐,一支悲歌就从那大理石雕像的内部喷薄而出,伟大的米开朗琪罗!你居然把石头的雕塑变成了音乐和倾诉,把一种巨匠的劳作变成了对人类无尽的悲悯和爱……我在那里久久站住了。

2月18日

"鲜花广场"(Campo dei fiori)在罗马只是一个最普通的小广场,市民们早上到那里买鲜花,如此而已。它不是一个"景点"。但正是在这里,在几百年前的一个早春二月,升腾起了宗教裁判的烈火。我们来到这里时,广场上竖立的布鲁诺塑像前仍摆着两个青翠的花环,以纪念这位"自由思想家"殉难401周年。

广场边上卖鲜花的小贩告诉我们说,纪念仪式是在昨天进行的。我望着布鲁诺头戴荆冠的青铜头像,思绪中展开了人类黑暗的历史:布鲁诺接受并发展了哥白尼学说,坚持认为宇宙有它自己的规律,并不像教会宣称的那样由上帝安排,因而被天主教廷宣布为"异教徒"。布鲁诺从此被迫长期流亡在国外,1592年回国后被捕。在宗教裁判所长达七八年的监禁和审讯中,他始终拒绝认错,1600年2月17日被判以火刑,烧死在我眼前的这个"鲜花广场"。

宗教裁判的可怕这里不去说它,让我惊讶的是他们选择了"鲜花广场"这样一个场所。古老的惩罚不同于现代的秘密解决,它必须具有一种"示众"的效果:为了杀一儆百,为了以此对公众进行"教化",为了造成一种心灵和肉体的恐怖。不难想象,在烧死布鲁诺之前,恐怕免不了还要拿他游街示众,蒙昧的人们恐怕还会朝他吐唾沫、扔石头子的!

让我受刺伤的就在这里。毫无疑问,布鲁诺可以去死,他是"死不悔改"的,他的受难也就是他的光荣,但在那样的时刻,在万头攒动之中,他能否承受得住同胞们满街的欢呼和咒骂?是什么样的绝望在推动他一步一步走向火刑场?他那沉重、屈辱的步子我们需要怎样的尺度才能丈量?

看来,鲁迅笔下的那种嫌"枪毙不如砍头好看"的看客,不独是中国的产物,他们早已出现在这个"鲜花广场"上了!而这是一些怎样的看客?一位异教徒的蒙难,不仅可以满足他们的"道德感",而且还会给他们带来一种奇异的刺激和享受!可以想象,那些"穷凶极恶"的市民(这不是我发明的用词,请看但丁在流亡途中所写的《致穷凶极恶的佛罗伦萨市民的信》），大概就是早上在这里买下鲜花送给太太或情妇，下午来到这里兴高采烈观看那升腾而起的火焰，并送上他们对可恶的异教徒的诅咒的！

由此我还想到米沃什的名诗《鲜花广场》，它也含有这种对历史的沉痛。米沃什是1943年在华沙写下这首诗的。他所经历的屠杀和流放，他所目睹的对罪恶的欢呼或默许，不仅促使他以笔来叙述20世纪人类的噩梦（我难以忘怀他那但丁式的笔触："街上机关枪在扫射，子弹把路面的鹅卵石打得蹦了起来，就像豪猪身上长的箭刺"），也使他看清了几百年前究竟是什么发生在罗马的那个小广场上：那带着人类皮肉焦煳味的黑烟尚未在"神圣罗马"的上空消失，看客们"已回到他们的酒杯旁"，或是继续同集市上的小贩"讨价还价"！多年之后，纪念者也许会到来，但他们在这里读到的，不过是"在火堆熄灭前已诞生的遗忘"！

还有什么比这一切更能显现出人类历史可怕的真相，更能刺伤一个人的良知呢？

再见，布鲁诺，你临刑前在沿街的欢呼和诅咒中被淹没的话，你在烈火的撕咬中咬住牙关未能说出的话，几百年后，部分地由一个来自波兰的诗人在一首诗中说了出来——自由的舌头并没有被全部割掉，痛苦在语言中变成了化石：

> 那些在这里死去，孤独的
> 被世界遗忘的人，

我们的舌头对他们

变成了一个古老行星的语言。

直到当一切都成了传说,

许多年过去,

在一个新的鲜花广场上

愤怒将点燃起一个诗人的诗句。

2月19日

庞培。本来李笠要陪我去,我推却了。还是让我一人去看吧,看那埋在火山灰下的庞培。

我就这样来了。灰,灰色的火山灰,生命的灰,文明的灰!那让人忍不住要把自己的头埋进去的灰……

就这样,在这座从火山灰中挖出来的废址里,我漫无目的地走着,看着……仿佛是在履行一种仪式,仿佛是在进行一种自我哀悼……因为,在我们自己的生涯中,我们也曾不止一次地活埋掉我们自己?

而在从庞培回到那不勒斯的路上,我的头也一直在向回看着,看那曾吞没过庞培的维苏威火山,它呈圆锥形,只是山尖已不存在,远远看去,像刀砍过一样齐。如今,火山喷发的熔浆痕迹已很少看到,满山青翠,红色和白色的各类建筑已从山脚开始漫到了半山腰。我只是遗憾没有足够的时间登上火山口,并在它的边缘向内俯视。远远看去,但见火山口上空云雾缭绕,仿佛是在提醒它曾有的喷发……是的,仍有某种时间化解不了的劫后余烟在缓缓燃烧。于是我想起了一位诗人的诗:

> 每一个顶峰都是一个火山口……没有深度,没有燃烧的核心,就没有高度。

枕山临海的那不勒斯:欧洲最古老、景色最优美的城市之一,市区呈半月形,沿海湾铺展开来。在欧洲甚至有一句俗语,大概是看到那不勒斯,死而后已。然而,我却不是为观光来的,而是为了一个人来的,确切地说,是为了了却一份情结来的。我来了,却有意没有带上她的电话。为了一种"完成"?为了带着这种伤痛继续生活下去?总之,这是我自己的生活,我忠实于它。无论怎样,我就这样来了,脚步沉重,望着在大海上铺展的金色黄昏,身体深处也似乎充满了史前的荒凉,而渐渐地,她那向我凝视的目光,幻化开来,在我面前,在海湾的上空竟无所不在……

就在这时,环海山坡上那层层叠叠的金色灯火一起亮了……

我离去,在最后一分钟赶上了从那不勒斯通向罗马的火车。

2月20日白天去看古罗马斗兽场。除了打破已沉积了两千年的寂静,还能看到什么呢?不过,在晚上我们却看到了一场真正的角斗:足球!

临行前颇为悲壮,因为如果今晚意大利输了,说不定他们会拿外国人出气,所以李笠的妻子以她外交官特有的敏感,要我和李笠多带一件毛衣,万一瓶子砸来时就赶快蒙在头上。等我们乘上了通向奥林匹克体育场的巴士,情形果然异常,大街上摩托车震天动地,再看巴士上的那些罗马球迷,眼中似乎都充满了一种报仇雪恨的光——今晚罗马的米拉佐队将与西班牙的马德里队决战,而在一周前,米拉佐队在西班牙以二比三输给了马德里队!

在进入赛场前,李笠要我注意看脚下,原来在砖石路面上还残留有墨索里尼时代的拼贴画,大多是人物造型,粗犷呆板,颇像咱们"文革"时期的工农兵宣传画。"你再看——"李笠把手指向河岸上的那些高大雕塑,原来它们也是墨索里尼时代的产物:高大、粗犷,充满尚武精神,不过是对米开朗琪罗的《大卫》的拙劣的模仿。

巨大的椭圆形的足球场。比赛还未开始,一面胜利的旗帜已提前插上了最高峰,在球场右侧上方巨大的电视屏幕边上来回摇动。显然,今晚的助战队伍都是一边倒——为罗马米拉佐队。罗马米拉佐队进场时,全场礼花齐放,欢呼雷动(真够疯狂的,好像武士和猛兽冲进了斗兽场似的!),西班牙马德里队进场时,却伴以阵阵嘘声。难道就没有向着西班牙马德里队的?有,但他们都不敢出声,看看我们周围,全是狂热的"意大利党",我和李笠只好装出一副"无党派人士"的样子。这时再看我前排的一对意大利父子,那种"爱国热情",也真够"赶(感)人"的!当爹的一激动,就一抬屁股坐在铁制的椅背上,全然忘了他后面还有我等观众,那孩子呢,则不时地用右手捅自己的左臂弯,我开始还纳闷,后来才明白那是一种叫"我×我×"的语言!更为"感人"的是,每当罗马米拉佐队进一球,这父子俩就要抱着滋哑有声地猛亲一番。而到某个关键时刻,全体"意大利党"则由欢呼一变而用脚跟摇动地板,那声势如雷霆万钧,也真够恐怖的!不过,有一个道理人们还没明白,那就是"哀兵必胜",在没有啦啦队并且倍受凌辱的情势下,西班牙马德里队奋力拼搏,最终将战局扳平,最后以二比二收场。

谢天谢地,这是最好的收场了!如果西班牙马德里队胜了,后果不堪设想;如果罗马米拉佐队胜,那全场狂欢乃至全城狂欢的局面也会让人受不了。看着我们担心的样子,李笠的朋友彼特笑着说:"别担心,今晚不会出大事!如果是一个罗马队对另一个罗马队,肯定会打起来,因为罗马的球迷们分为两大派,但今晚,你看,他们都成了一派,顶多向球场扔几个瓶子,但相互之间不会打起来……"

噢,原来如此!这时我的脑海里突然出现了一句话:枪口一致对外,而这就叫"爱国主义"!

2月21日

和李笠一起在他家的平台上喝酒、谈诗,从那里望去,圆形的、太阳形的罗马尽收眼底。

似乎那些宫殿和古迹都看厌了,唯一亲切的,是山坡上那些挺拔青翠的罗马的松树。

然后进城,在一个卖明信片的小摊边停住了:一个古罗马的饰雕,题为"一张真实的嘴",一个悲苦的老人,在真实的震撼下张开的嘴,张开,却又孤苦无告……

在那一刹,我似乎更深地理解了悲剧和宗教的起源。

我明白了数千年的文学,不过是在试图说出这位老人想说出的话。

在此意义上,他就是我们的父亲(我从小在我自己的父亲那里就熟悉这种表情),或者说,他就是我们自己——在我们尚未生下来之前。

2月22日

但丁的佛罗伦萨。这是我来意大利最主要的目的。在世上所有的诗人中有两个伟大的心灵让我终生崇敬,一是杜甫,再一就是但丁。

到了佛罗伦萨,让我难以相信的是,我马上就找到了但丁的故居——在两位女大学生的带领下!在熙熙攘攘的人流中,我碰巧就叫住了她们,而她俩就住在但丁故居的隔壁,"跟我们走吧。"她们把头一偏。于是,穿过拐来拐去的古老深巷,最后在一座有三四层楼高的黄色方形塔堡前,她们站住了:"这就是!"

像所有诗人故居一样,这里门庭冷落,而这正合我愿。在深不可测的寂静中,我从一个房间到另一房间,从一件展品到另一件展品,并一再抬起头来与墙上诗人的画像相遇,而在数幅但丁的肖像中,我最喜欢他头戴方巾的那幅,显然,画像上的但丁是流放前的但丁,一位年轻、充满英气的诗歌圣徒,但从那抿紧的嘴角及向前凝视的眼神中,未来的命运已遥遥在望……

离开但丁故居后,穿过几条小巷便来到市中心的杜奥莫广场,这里不愧是文艺复兴的金色摇篮:建于14世纪高达84米的"乔托钟楼",饰满青铜浮雕的古老的洗礼堂(但丁就是在那里面成为一位教徒的),建于15世纪的有着非凡圆顶的佛罗伦萨大教堂:它的外面镶以墨绿和粉红的大理石,内部则布满了文艺复兴时期的浮雕和绘画等艺术珍品。其中有一幅关于但丁的绘画:作为地狱、炼狱和天国的见证人,他左手执诗篇,右手向人世摊开;他的左侧是佛罗伦萨的教堂钟楼古堡的尖顶,右侧则是一队前由吐火怪兽带路后有狰狞的牛魔王驱赶的赤裸人群,他们双手摊开,苦苦无告,或羞愧难言或发出痛苦的狂笑;而在诗人右侧的背后是一座神秘的锥形七层石塔,赤裸的生灵匍匐着,背着石头沿石塔而上,带翅天使就坐在石塔中腰的门口,迎候着那些渴望获得解脱的生灵。我被这幅画吸引了:是通向天堂的路更难呢,还是通向地狱的路更难?哦,佛罗伦萨!

然后去看旧宫,看著名的乌菲齐美术馆,排了一小时队,我才得以进入这座文艺复兴的宝库!达·芬奇、米开朗琪罗、提香、波提切利!尤其是从波提切利的绘画中,我听到了一个伟大时代最纯粹的音质:天使飞来、大海上花瓣纷飞、美神诞生,那修长的人体,那美丽含情而又无比纯洁的眼神……还有,那傍晚的蓝色天空,黑色的生机勃勃的树干和被镀上了金色夕光的枝叶,在那里,三女神手拉手成环形……而到了提香那里,我看到的已不是刚刚从大海里诞生的纯洁女神,而是娇慵地斜躺在床榻上的维纳斯了……

从乌菲齐美术馆出来,便是流经佛罗伦萨的阿诺河。我踏着已被磨得坑坑洼洼的古老的青石路,不断躲避着沿狭窄河岸轰鸣的摩托车(这可是但丁游历地狱时没见过的怪物!),走上了那座最著名的在桥面两侧搭有拱廊的"老桥"。走上去看,拱廊里竟是一家家小店铺,再细看,卖的都是金质首饰,简直是一座"金桥"。我开始还没有在意,走到桥中央发现那里立有一座文艺复兴时期著名金匠和雕塑家切利尼的半身塑像时,我才明白,哦,原来这些小贩子都在沾过去时代大师的光啊!

但无论如何,这是一座让人流连忘返的桥,它的中古气息、民间色彩和嘈杂人声,真让人的眼睛不够使。说不定,布罗茨基当年就是在这座桥上写下了他的《佛罗伦萨的十二月》一诗的!"过路美人那松散的金发/在拱廊下忽然放出耀耀光华/如黑发王国中天使的遗迹",写得是多么美啊!

然而,像布罗茨基这样的诗人却不是为了猎奇而来的。他来到这里,是为了眺望佛罗伦萨那永不凋零的金色黄昏,并同他的但丁对话。在这首诗的开头,他即引用了阿赫玛托娃《但丁》一诗中的首句:"甚至死后他也没有回到/他古老的佛罗伦萨。"但丁自流放后一直未能回到佛罗伦萨,但他的存在,他那痛苦而伟大的诗篇,却照亮了一代代诗人同他们的故土和时代所进行的对话!

再见,但丁的佛罗伦萨!时间到了,我也很累了,于是朝火车站走去,我要在今晚赶回慕尼黑。但在经过一个寂静的小广场时,一个空无一人、灯火通明的儿童木马转篷吸引了我。那些彩色小木马是多么可爱啊,我忍不住坐在那里,久久凝视着,甚至想伸手抚摸它们!我忽然不胜忧伤起来。我的乡土中国可没有这样的童话世界,如今即使有,我也永远失去了自己的童年……

看来这次要"再见"的,已不仅是但丁了。

3月1日

晚上,慕尼黑歌德学院总部演讲厅,我和张枣的朗诵会。他们还特意请来顾彬教授为这次朗诵会做主持人和翻译。待我们进去时,有两三百个座位的台下已全部坐满,这使我们多少有点惊讶,在这之前顾彬还担心来的人少,因为他认为票价过高(12马克)。慕尼黑不愧是一个"高文化"城市,同时说明人们对中国文学和文化的兴趣在增加。

朗诵会以"北京"为主题。首先顾彬介绍了我和张枣的生活与创作情况,然后开始朗诵。我和张枣照例是用中文分别朗诵自己的诗。我读了上10首和"北京"有关的诗,然后由顾彬读他的译文。顾彬的朗诵声调低沉而又清晰,质朴而又富于内在的魅力,看得出,听众被他的这种声音抓住了。顾彬的主持也很出色,有着德国人的严肃认真,但又不乏味,朗诵会的成功在很大程度靠他的主持。朗诵完后他与我和张枣的对话也吸引了全场听众。因是"北京"主题,顾彬首先问我有没有一种北京人的感觉,我回答说:"不,我不是北京人,我是中国人。""那么你是在湖北出生在北京长大的?"他又问。"不,我的儿子在北京长大。"(全场笑)然后他又问张枣是否喜欢北京,张枣回答说不喜欢,因为北京的东西不好吃(全场笑),中国的文化就体现在一个"吃"上,北京有上海那么好吃的东西吗?北京这个城市太官方化,没有上海那样的市民生活,云云。由于张枣这样说时煞是可爱,所以我也说"张枣说北京没有生活,那是因为他戴了一副上海的眼镜"(全场笑)。最后顾彬问我北京对一个诗人意味着什么,我想了想这样回答:"我在北京生活了十五六年,好的和不好的方面都有体验。北京生活的特点在于其丰富性和包容性,比如传统与现代、中与西(方)、南与北、日常生活与政治氛围,等等,各方东西都在那里汇集和混杂,可以说,它是中国现实的总汇,而这是任何一个城市都不能比拟的。正因此,它会给一个作家的写作提供丰富的资源。可以说,北京之于中国诗人,就如同佛罗伦萨之于但丁。"

关于"北京",我们就谈到这里,听众报以热烈的掌声。使我感动的是,顾彬在最后还读了一首他自己的诗,题目是《没有英雄的诗——给王家新》,结束这场已进行了两三个小时的朗诵会。顾彬不仅是学者、汉学家,也是诗人。他的这首诗写我们一起游慕田峪长城的经历,从听众的掌声来看,这首诗感动了他们。而在听众的掌声中,我仿佛再次看到这位为我所敬重的汉学家在长城上的身影,他总是走在我的前面,在我走不动的时候,他还要向最高处的那个烽火台走去——我知道,他要从那里来眺望中国北方,眺望这片虽然贫寒但却为无数中国诗人和他自己所热爱的大地……

3月12日

时而蒙蒙细雨时而阳光迸射的3月,苏琳的父亲开车带我去看康定斯基和他的女友蒙特曾住过的房子。从费尔达芬出来,越过施塔恩贝格湖,风景渐渐开阔起来,在丘陵起伏的远方,雪山闪耀,那便是德国境内的最高峰楚格峰,而在雪线以下,在阳光的反射下,山果真是深蓝色的!我对苏琳的父亲说:"风景愈来愈像康定斯基的画了!"

说话间,我们来到阿尔卑斯山下巴伐利亚小镇穆拉。远远看去,那神话似的"蒙特之家",那座诞生了著名的"蓝色骑士派"的房子,就处在雪峰映衬的山谷口的一道斜坡上。难怪康定斯基和蒙特一眼就看上了这个地方!据说当年他们买这所房子时,附近连路也没有。这里的一切由他们自己"开发"。来到屋里面,我看到一幅康定斯基手持铁锹、挽着裤腿在花园劳作的照片,那样子还真像是一个农民,只不过嘴上多了一支大雪茄!康氏深爱这个花园,在他的作品中就有一幅《穆拉的花园》,气势饱满,色调丰富,在半抽象半具象之间,可辨认出他亲手栽种的金色的向日葵。登上房子的二、三层时我更是受到触动,这两口子把这个家设计得像一个童话,处处倾注了他们的爱和化平凡为神奇的艺术天赋,大小家具经他们一上色一描绘都已成为艺术品,连木头椅子也被涂成了深蓝色,好像是从他的画中搬出来似的!使我不胜喜爱的是,在二楼通向三楼的旋梯挡板上,康氏别出心裁地用不同颜色画了一队奔驰向上的骑手,因为楼梯旋转向上,所以给人一种奇异的动感,我仿佛听到一支爱之歌,又仿佛听到那嘚嘚的马蹄声……而蒙特也身手不凡,这位康定斯基的学生、情人,在卧室的墙壁上用赭黄色画了一幅朦胧女体,她在叶片伸卷的龙舌兰中隐现,好似她会径直走到地板上,但若受到惊动,她又会回到墙壁深处……看到这两口子是怎样把一座荒坡上的房子变成了一个充满音乐和童话色彩、神灵出没的所在,我只是遗憾自己不是一个艺术家!

更重要的是,"蒙特之家"不仅是两位艺术家生活的见证,它也是20世纪现代艺术的一个摇篮。康定斯基向抽象主义绘画过渡的最富有开创性的几年正是在这里度过的,而另一位艺术天才马克(以画蓝色动物著称,他笔下的那些马、老虎、狐狸,仿佛来自大地,展示神秘大地的起伏和节律而又融入大地……)也经常到这里来。正是在这里,他们策划了一系列"蓝色骑士"的重要艺术活动,也正是在这个偏远的房子里,蒙特保存了众多康氏和其他"蓝色骑士"的重要作品,使它们在纳粹统治时期幸免于难,得以秘密地保存下来。

的确,"蒙特之家"几乎可以说是现代艺术的一个神话,只不过这个故事的结局却是悲剧性的。1914年第一次世界大战爆发,一夜间,作为一个俄裔艺术家,康定斯基成了"德国的敌人",他被迫移居到瑞士,并从那里回到俄罗斯。由于不能回德国,他和蒙特在斯德哥尔摩相约见面,但没想到的是,在痛苦的两年通信后,这却是他们最后一次见面。因为在这分开的期间,康定斯基有了一位俄国女人。可以想象蒙特所承受的打击,自此,她一直很伤心地避开那房子,直到20世纪30年代初才回到那里。1962年逝世前,蒙特把她用一生珍藏的康定斯基以及她自己的作品捐献给了慕尼黑人民,使该市的林巴赫之家市政美术馆一夜间声名鹊起,成为世界上收藏最为丰富的表现主义绘画专馆。

这些不可重逢的人物,这些在历史上闪耀着他们的天才但也带着不可慰藉的伤痛离去的人物!我就这样在"蒙特之家"的窗口久久伫步:窗外,山峰积雪闪耀,室内,那些绘画和平凡而神奇的家具仍在颤然欲语……是的,我从内心里听到了,那些让我怀念的骑士的马蹄声仍在震动着阿尔卑斯山下的大地!

3月16日

格平根,一个靠近斯图加特的有七八万居民的城市。我的朋友、策兰诗文选的合译者芮虎就在这里居住。他先是带我上山看了有六七百年历史的"红胡子皇帝古堡"的废址,然后又开车带我去著名的巴德波尔温泉。我们在蒙蒙细雨中来到,还没入浴,先闻到一股强烈的硫黄味,我知道这是真正来自大山内部的热流!更让人舒心的是,这座处在半山腰的浴池是露天的,在一阵阵热雾浮动中,可以看山景,看蓝天白云,看那棵在蒙蒙雾气中开出细碎花雾的樱桃树!

晚上,市文化中心的朗诵会。这个文化中心什么都做,从诗歌朗诵到哲学讲座,从围棋班到教孩子们烤面包,看那墙上的照片,孩子们抱着烤煳了的面包就像抱着战利品似的,一个个露出了笑容!

朗诵会的布置特别温馨,有一种"家庭"气氛,朗诵桌上则摆着一个盛满清水的大玻璃碗,水里漂着鲜嫩的花瓣。原来估计来人不多,但当天的报上报道了一个中国诗人将在这里朗诵的消息,一下子来了五六十人,凳子都不够坐了。我在德国有过多次朗诵,但在一个小城里朗诵还是第一次。这使我有机会了解西方的一般听众是怎样看待中国文化及诗歌的,下面是我朗诵完后一些听众的提问:"为什么你的诗中没有那么多的政治?""在中国写诗可以养活自己吗?""你的诗很严肃,但你的一些回答却很幽默,这让我想起了犹太人在苦难中的幽默,你能否就此谈一谈?"

总之,我感动了。朗诵会散时一位老太太问我到哪里可买到我的诗的德译本,我说现在还没有,她握住我的手:"那我会耐心等待!"还有一对夫妇自我介绍说他们是移居德国的波兰人,我马上说:"肖邦、密茨凯维支、米沃什……"他们连声很自豪地说:"对,对……哦,你一定要到波兰去朗诵,那里还有我们很多亲戚呢!"

3月19日

20世纪过去了,但它留下来的那些黑暗的谜仍在折磨着人们。不用说,"奥斯维辛"即是其中最残酷、最不可思议的一个。身为人类却又制造出如此骇人听闻的反人类暴行,产生过巴赫、歌德的文明高度发达的民族却又干出如此疯狂野蛮的事,这一切,恐怕到如今仍超出了人类理性所能解答的范围。

歌德是多么睿智,其文化心胸又是多么宽广,然而,就在几年前我前往魏玛访问由他亲手设计的魏玛大公园时,有人告诉我,在不远处,就是布痕瓦尔德集中营!可以想象,那些纳粹分子在虐待甚至枪杀犹太人后,说不定还会到这里的"歌德小屋"瞻仰一番呢!也许,那棵刻有歌德名字的树是这一切的见证!

慕尼黑,在历史上有过"德国的雅典"之称,但很不幸,它的名字也和纳粹的历史联系在一起。20世纪二三十年代,这里是希特勒政治活动的中心,正是在这里他成为纳粹党魁,在市中心圣母广场上召开万人大会,并成立了第一支可怖的党卫队。而在离市区仅 10 公里之外的达豪,便是在德国本土最大的、第一个修建的集中营——美军当年攻打那里时,还以为那是一个军营,直到进去时,才发现堆成山的骨瘦如柴的犹太人的尸体!

我去了这个地方,这是我在离开德国前上的最重要一课。在这个恐怕连但丁也难以想象的黑色展览馆里,我震动得说不出来。我看得两眼发黑,喉咙梆硬,甚至想哭……

据称德国总统曾在犹太人受难者纪念碑前跪下,除了跪下他还能做什么呢?在这样的历史面前,每一个人都应"跪下",都应把一场历史上的暴行引向对自身人性及文化的反省。今天,达豪纪念馆里的神父是这样开始的:"我们德国人的罪……"那么,我们这些不是德国人的人又怎样开始自己的忏悔或反省呢?

达豪、奥斯维辛……这是整个人类的噩梦。也正是这种绝对的黑暗,照亮了我们自己的历史和我对许多问题的思考,还需要我说出来吗?

3 月 21 日

雨与雪的慕尼黑。已近 4 月,昨晚竟又下起了雪!但同时,春天也在到来。从克罗地亚来的女艺术家安雅,在湖滨山坡上最引人注目的地方,用彩色绒线缠住了一棵树的分叉处,并告诉我这是她的"作品"!

看着那棵被套上了彩色"围脖"的树,和那在稀疏雪花中迎风无尽飘拂的彩色绒线线头,我感动了。是的,这是一颗美好的心灵在向春天发出信约!

是的,我也该回去了。在那一刻,我仿佛看到燕山脚下的各类树木开始泛绿,我感到那神秘的汁液已再次涌上了枝头,是的,"只需要一个词",那片我所思念的山川大地就会腾起美妙的光芒!该准备行程了。

火车站，小姐姐……

> 没有人可以伴哭，没有人可在一起回忆。
> ——阿赫玛托娃

1989年3月下旬，海子在山海关卧轨自杀。最早把这一消息传给我的是老木，当时他在文联大楼的文艺报上班，我在他们楼下的诗刊社上班。老木一贯风风火火的，遇到这事更显得火急火燎，他匆匆来到我的办公室，劈头盖脸地告诉了我这一噩耗后，还没有等我反应过来，他的人影已不见了——大概去筹备追悼会或其他什么活动去了。

而我愣在那里！怎么会呢？不可能吧？就在大半个月前，海子还来过这里，一如既往地和我在一起谈诗，我们甚至还一起上楼去文联出版公司买书。没有任何征兆，没有任何迹象！唯一的迹象是他在同我的谈话中，谈到了他春节回老家安庆期间的一个发现：黑暗不是从别处，是在傍晚从麦地里升起来的！

但在当时我并不怎么在意他的这个"发现",直到后来我在他的遗作《黑夜的献诗》中读到这样的令我战栗不已的诗句:

　　黑夜从大地上升起
　　遮住了光明的天空
　　丰收后荒凉的大地
　　黑夜从你内部上升

也许正是在那一刹那,我才如梦初醒般地理解了海子的死。我知道了一个写出如此诗篇的人必死无疑,因为他已径直抵达到生与死的黑暗本原,因为他竟敢用一种神示的语言歌唱,因为——他已创造了一种可以让他去死的死!

然而,我却不愿轻易说出这一切。海子的壮烈的死,在我看来,也使一切的言说显得苍白。在此后的日子里,我推却了陈东东的约稿,他将在《倾向》第2期出一个纪念专辑;而在更早,不知怎的,我甚至没有去参加海子的追悼会。我知道我需要更长的时间才能理解这不可理喻的一切。我在内心里如此执拗,就是不愿相信海子及后来骆一禾的死——正如我不敢相信那一年在北京所发生的一切一样!

那是在4月初,海子死后还不到一周。我在家里闷着,但又坐立不安。我似乎也隐隐感到了一禾所说的雷霆(他在整理海子遗作期间写下的诗:"今年的雷霆不会把我们放过"),但又不知这是一种什么样的雷声。就在这种茫茫然中，我一再想到一个人，那就是诗人多多，想骑车去新街口附近他的家去（那时北京的普通家庭中还很少有电话），想告诉他这一消息，想和他在一起谈论，或者干脆在一起沉默——在沉默中默默分担这像雷霆和乌云一样笼罩着我们的一切！

是的，在那时我最想见到的就是多多。我们认识的时间不长，但相互间却有一种难得的默契。他经常一个人到我家来，一谈就谈到很晚（当时的《天涯》杂志准备出一个多多诗歌专辑，他还特意请我写一篇关于他的文章，但这个专辑后来因故未出，我们的稿子也全被弄丢了）。可以说我热爱多多，不仅喜爱他的诗，还赞赏他的人本身。说来话长，在那时的北京诗人圈子里，虽然对多多的诗歌天才早有公论，然而对他的人，许多人却敬而远之——他的傲气，他的暴烈和偏激，让许多人都受不了。传说有一次他和一个老朋友发火时，在人家的阳台上掂起一辆自行车说扔就扔了下去！然而很怪，对他的这种脾性，我却能理解。一次在一个聚会上，多多一来神就亮起了他的男高音歌喉，接着还念了一句曼德尔施塔姆的诗，"黄金在天上舞蹈，命令我歌唱"，然后傲气十足地说："瞧瞧人家，这才叫诗人！哪里像咱们中国的这些土鳖！"可以说在那一刻，我一下子就喜欢上了多多！

当然，多多的生活中还有着另一面，那就是独自面对命运的黑暗并与它痛苦搏斗的一面。记得有一次在我家，当他看到我刚过5岁的叫他"多多叔叔"的儿子（顺便说一句，多多特别喜欢孩子,在他临出国前还不忘要我选一幅他的画送给我爱画画的儿子),颇动情地问我:"家新你知道吗,我也曾有个女儿……"我当然知道,因为"多多"这个笔名就是他早夭的小女儿的名字!但我一直没有问及此事,怕触及他的隐痛和创伤,也不便问他为什么这样做(是为了纪念,还是为了让死亡在他那里活着?)我所知道的是,他一直在以内在的暴力抵御着外在的暴力。可以说从一开始他就是一个顶着死亡和暴力写作的诗人。这就是我所知道的多多。他自己一直为死亡所纠缠,他的性格那样暴烈,他在孤独和痛苦中承受的又是那么多,我怎能把这样的消息传递给他?!

我就这样压下了去找多多的念头。但是,我没有骑车到多多那里,他却到我这里来了!时间是 4 月初的一个深晚。那时我和我的家人住在西单白庙胡同一个有着三重院落的大杂院里。夜里 11 点左右,我听到屋外一个熟悉的叫我的声音,开门一看,正是多多!他在院子里那棵黑乎乎的大枣树下放好自行车,然后像地下党人似的紧张而神秘地走进屋来,还没有坐下,就这样问:"家新,我听说海子自杀的事了!是不是因为我啊?"声调里有一种抑制不住的惶惑和不安,我心里一震,嘴上一面赶紧说:"不,不。"一面安顿他坐下,并赶紧找杯子沏茶。

我当然明白多多说的是什么。他指的是头年在我家举行的"幸存者"活动。"幸存者"是 20 世纪 80 年代后期由芒克、唐晓渡等人发起的一个北京诗人的俱乐部,多多和我都是它的首批成员(虽然多多和我都对"幸存者"这个名字有异议),海子是后来才加入进来的。那一次,轮到在我家举行活动,去了二三十人,屋子里挤得满满的,根本没有那么多地方坐,人们只好站着或靠着;屋子里唯一的单身沙发,人们留给了多多,多多当仁不让地在那里坐了下来,并点起烟,一副大师的派头。那么,怎么开始?像往常那样"侃"诗?静默了两三分钟,也没有人挑头,"那就念诗吧",有人提议。这一次,海子自告奋勇地打头。他先念了一首,没什么反响,"我再念一首吧"。接着念了一首新写得比较长的和草原有关的诗。这一首节奏更为缓慢,在我的印象中,只能算是海子中等水平的诗(我想我还是比较了解海子的诗的)。这之后,依然没有什么反响,气氛有点尴尬。这时,多多说话了:"海子,你是不是故意要让我们打瞌睡呢?"就是这句话,使多多后来深深地内疚不安。但了解20世纪80年代诗歌圈子的人知道,那时的人们就是这样在一起谈诗的,不像现在有那么多的矜持和顾虑。多多这样一说,气氛有点活跃起来。在我的印象中,人们七嘴八舌地提了一些意见,但并没有像后来所传说的那样把海子的诗"贬得一无是处"。人们也并不是有眼不识天才。如果当时海子念的是像《黑夜的献诗》这样的诗,我想说不定多多会一下子站起来拥抱住这位"兄弟"的!多多就是这样一种性情。我了解他对诗的那种动物般的敏锐直觉,更知道他对诗的那种赤子般的热爱(这里仅举一例:多多出国前一直在《中国农民报》编副刊,一次他很兴奋地对我谈到一个农村作者寄来的诗稿《我是田野的儿子》:"写得好哇,就跟我写的一样!他妈的,我也是田野的儿子啊！"）。海子可能在当时受到刺激，但我想他并不会因此而对多多和其他诗人有什么看法，或改变他一直对多多所抱的崇敬之情。后来有人把这件事和海子的自杀联系起来，我更是不能同意。那晚人散后，因太晚不能赶回昌平，海子就住在我家。一同留下的还有另一个朋友，他们一人睡在长沙发上，一人睡在折叠床上。我记得在睡前我们又谈了一会儿，海子是有点快快不乐，但我想他是在想他自己的诗。他并没有说任何人的不好。他不是那种人。在这方面，他永远单纯得像一个孩子。

　　话再回到4月初那天晚上。多多在屋子里坐下后，我关了大灯，开了书桌上的台灯。我的妻子和孩子已在里屋睡了，只有我们俩在外屋低声聊着。夜色的深邃和宁静并不能使人平静。我们都被海子的死深深地震撼了。"家新，今年一定有大事发生，你等着吧，一定有大事发生！"多多在谈这一切的时候，就像大地震前的小动物一样躁动不安（后来发生的一切才使我理解了他那惊人的预感）。一会儿，话题又回到海子的死上。这一次，多多不解地、若有所思地问我："家新，你说怪不怪，这两天我翻海子的诗，他写过死亡，写到过火车站、小姐姐，哎，我也写过这些呀！我这样写过：小姐姐向火车站走来……"而我抑制着内心的战栗听着。后来我曾想从海子和多多的诗中找到有关的诗篇，但又作罢，还有必要去找吗？死亡一直就在那里！在童年的铁锈斑斑的火车站上，在"小姐姐"那贫困而清澈的眼睛里，更在我们自身生命中那不可理喻的冲动里……是到了让死亡来造就一位诗人的时候了！想到这里，尤其是想到近年来我自己也曾经历的那种几乎要"越界"的精神危机和冲动，我这样对多多说："海子是替我们去死的。"

一时间多多无语，我亦无语，在 10 多年前的那个愈来愈深重的夜里。

两个月后，多多去了英国。当我闻知这个消息后，我心中的一块石头落了地。

四五个月后，西川在到我家的路上，在西单路口碰到一个人，他对那个人说他梦到了海子和一禾，他们一起要他到他们那里去。待他到我家后，我大吃一惊：数月不见，西川一下子变苍老了，配上那件他穿了多年的浮士德式的破旧的蓝色长工作衫，像是刚从地狱里出来似的！

3 年后，当我在伦敦乌云翻滚的天空下再次见到多多时，我更是不敢相信：多多的头发几乎全白了。

而在这之后的第二年春天，也即 20 世纪 90 年代的第一个春天，仿佛是从寒冬里刚刚出来，当我经过北京西北郊一片荒废的园林，当我看到一群燕子飞来，在潮润的草地上盘旋并欢快地鸣叫时（是在那里寻找蠕动的小虫子吧），我不由自主地站住了。这就是梦幻般的春天吗？是的，然而生命的复苏却使一种巨大的荒凉感重又涌上了我的喉咙——在那一刻，我想起了我们曾经历的苦难青春，想起那曾笼罩住我们不放的死亡，想到我们生命中的暴力和荒凉……我想起这一切，流下了眼泪。于是回来后我写下了一首诗：

  车站，这废弃的
  被出让给空旷的，仍留着一缕
  火车远去的气息
  车轮移动，铁轨渐渐生锈

  但是死亡曾在这儿碰撞
  生命太渴望了，以至于一列车厢
  与另一列之间
  在呼喊一场剧烈的枪战

  这就如同一个时代，动词们
  相继开走，它卸下的名词
  一堆堆生锈，而形容词
  是在铁轨间疯长的野草……

  就这样，我写下了我的哀悼和纪念。现在，当我回想这一切时，已是 2001 年 7 月 14 日。昨夜彻夜的狂欢似乎仍未平息，连我也受到感染。我衷心为这个国家祝福，更为广场上那些因申奥成功而狂欢的青年祝福——是的，7 年后的中国将属于他们，7 年后的他们正是登上所谓"历史舞台"并大展身手的时候，他们甚至还不知道"苦难"这个词,为什么不狂欢呢?但同时,就在我这样想时,我更深切地感到了一种寂寞。的确,一切全变了,这已是一个和10多年前甚至三四年前都不大一样的时代。然而苦难并没有变为一种记忆,因为没有人记忆。于是,恰恰就在电视中传来的举国狂欢中,我感到一切正离我远去。我再次想起了海子——死亡已使舞者和那最后的舞蹈化为一体,使他永远定格在永恒的25岁;想起了多多——他现在仍侨居在欧洲的某一个国家,带着一头白发,眺望那已看不见的黑暗田野;想起了新街口马相胡同、前门西河沿街、西单白庙胡同这些我曾居住过的、现在恐怕已逐一从新版北京市区地图上消失的地名。是的,一切已不存在或将不存在,一切甚至还没有来得及化为一支挽歌。唯有不灭的记忆仍留在心中,唯有那不灭的记忆仍在寻找着流离失所的人们。想到这里,我再一次找出多多的近作《四合院》,它写的是多么好啊。我读着它,惊叹于诗人语言天才的再度迸发,同时,又禁不住泪流满面——为一位游子的家国之思,为那"撞开过几代家门的橡实",为那些在神话的庇护下"顶着杏花""互编发辫"的姐妹,也为那一阵为我们所熟悉的"扣错衣襟的冷"……是的,无尽的文化乡愁、多少年的爱与恨、一种刻骨的生命之忆,这一切,找到了一个名叫多多的诗人:

> 把晚年的父亲轻轻抱上膝头
> 朝向先人朝晨洗面的方向

胡同里磨刀人的吆喝声传来

　　张望，又一次提高了围墙……

除了久久凝望这些令人战栗的诗句并梦呓般地重复它们外，我还能说什么呢？是的，在这里，在这个寂静的远离市区的燕山脚下的乡村院子里，当我遥想多年前的那个一去不复返的时代，当我怀念着那些光辉的生者和死者，我只能这样喃喃自语地重复说：张望，又一次提高了围墙！

承担者的诗：俄苏诗歌的启示

最初接触到俄罗斯诗歌，还是在 1975 年前后，那时在知青中流传着普希金的《致大海》《给凯恩》《致恰达耶夫》等诗。《致大海》这首名诗，正如人们所知，自它问世以来，就感动了无数热爱自由却又身处逆境的人。它在中国有好几种译本，戈宝权的译本庄严、雄浑、韵律谨严，但我更喜欢查良铮即诗人穆旦的译文，它更亲切，也更个人化，它的首句"再见吧，自由的原素"（戈译："再见吧，自由奔放的大海"），一语道出大海的本质。可以说中国读者面对的已不仅是普希金的大海，还是穆旦的大海了。

在穆旦的译文中，诗人与大海有一种更深沉的默契，"仿佛友人的忧郁的絮语/……最后一次了，我听着你的/喧声呼唤……"就这样，大海与诗人相互辨认，相互倾吐，仿佛他们具有同样的精神血液。这样的译文，真是具有一种沉郁之美。

穆旦译文中的那种前途渺茫、壮志未酬的荒凉感，在那时也深深地打动了我们。当诗人远眺大海，"在你的荒凉中"，隐隐出现了一片陡峭的流放地,"啊,是拿破仑熄灭在那里",这里,穆旦没有像有的译者那样直译为"逝世",而是用了"熄灭"这个词,这不仅更有诗意,这隐喻着拿破仑是一道照亮世界、照亮诗人生命的精神之火,如今在那个荒岛上悲剧性地熄灭。

"紧随着他,另一个天才/像风暴之声驰过我们面前",那就是天才诗人拜伦。他的离去,"使自由在悲泣中"!读到这里,我们也仿佛听到了诗人的哽咽声。我们知道,穆旦在他生命的盛年却被迫放下了诗的创作,他把他的个人身世之感,个人对自由的渴望,还有他那优异的语言禀赋,都寄托和转移在这样的翻译上了。

但是,大海的永恒存在就是一种不屈的象征。在诗的最后,诗人再一次向大海道别,他不仅在岸上久久地徘徊,还要"……把/你的山岩,你的海湾,/你的光和影,你的浪花的喋喋,/带到遥远的森林,带到寂静的荒原"。这些金属般的富有质感的诗句,不仅真切传达了海在"黄昏时分的轰响",也有力地传达出诗人与大海道别时的内心震颤。大海,将永远与诗人为伴。

在那些荒凉的青春岁月里,这样的诗,我每次读,都引起肉体的一阵阵战栗,虽然我说不清这是为什么,直到多年后,我读到茨维塔耶娃在《我的普希金》中的一段话"三十余年过后,我清楚了:我的去海边,就是去普希金的怀抱";"'自由的元素'原来就是诗,而不是大海,原来就是诗,也就是那我永远也不会与之道别的唯一的元素……"我这才更多地明白了普希金对于我们这一代人的意义。

至于戈宝权译的《给凯恩》，我认识的许多人都会背诵它那著名的开头："我记得那美妙的一瞬：/在我的眼前出现了你……"但该诗之所以如此感人，更在于忧郁、苦闷的流放生活与爱情奇迹般地重现这两个"声部"的相互交织与融合。的确，读了这样的诗，正如诗的最后所写的那样，"我的心狂喜地跳跃，/有了它，一切又重新苏醒，/有了神性，有了灵感，/有了生命，有了眼泪，也有了爱情"——这就是普希金的诗歌之于我们的意义。

《致恰达耶夫》更是一首不可轻易谈论的诗！记得第一次从一个外地来的知青的小本子上读到它时，我真不敢往下看！我像偷吃禁果似的慌乱地吞咽下了它的每一个字。虽然因为当时还太年轻，没想到去学写这样的诗，但总有更勇敢，也更早觉醒的人发出了他们的声音——在早期"今天派"的诗中，我们就明显听到了这首诗的回响。毫不夸张地说，没有普希金的影响，黑暗王国就不可能出现一线光明。我们完全可以用《致恰达耶夫》一诗的那个著名的结尾"在专制的废墟上/写下我们的名字"，来概括早期朦胧诗在那个时代的意义。

除了穆旦、戈宝权等人的翻译，爱伦堡的《人·岁月·生活》也成为那个时代的人们接触俄苏诗歌的隐秘的渠道。该书是《解冻》的作者伊利亚·爱伦堡于 20 世纪五六十年代完成的一部长篇回忆录，在苏联《新世界》上连载后引起强烈反响。从 1962 年 12 月至 1964 年 1 月，人民文学出版社陆续出版了该书的前 4 部，当然,是把它作为一份"供批判用的反面教材"("黄皮书")"内部发行"的。在北岛、多多等人的回忆中,都曾多次提到《人·岁月·生活》对他们的重要作用。

作为苏俄文学的见证人、众多俄罗斯天才诗人的同时代人,爱伦堡回忆了他与曼德尔施塔姆、阿赫玛托娃、茨维塔耶娃、帕斯捷尔纳克等诗人的交往,这是《人·岁月·生活》中最吸引"文革"后期那一代中国文学青年的地方。爱伦堡以历史见证人的眼光,以他高度的文学修养和敏感,描述了他对这些诗人的记忆和印象。他声称他要描绘的"既不是一尊圣像,也不是一幅漫画,而是肖像的习作",比如"可怜"的天才诗人曼德尔施塔姆在他那个时代为"争取诗人的社会尊严和地位而进行的纯普希金式的、低级侍从的斗争",读了就让人感叹不已。在回忆中,他还引用了曼德尔施塔姆的《彼得堡》一诗:"彼得堡啊,我还不想死——/你有我的电话号码。/彼得堡啊,我还有一些地址,/根据它们,我能找到死者的声音。"接着,他还提及了这样一个细节:"1945年,我听见一个回到故乡①的列宁格勒女人在吟诵这首诗。"②这看似不经意的一笔,却具有催人泪下的力量!

正是通过这样的追忆,爱伦堡给人们带回了那些不朽的诗的声音,并使普希金之后俄罗斯诗歌一个神奇的、苦难而光荣的时

---

① 战争后回到故乡。
② 伊利亚·爱伦堡:《人·岁月·生活》,冯南江、秦顺新译,花城出版社,1991。

代第一次展现在中国读者的面前。他所引用的诗,也像陌生而奇异的种子一样落在了北岛那一代人的心中。至于他对帕斯捷尔纳克的回忆,更是创造了一个纯粹诗人的神话。他说在他认识的诗人中,帕斯捷尔纳克"口齿最笨,又最接近音乐的要素",最"自我中心",但又最富有吸引力。帕氏不擅演说,1935年在巴黎的和平大会上,他只简单地应付了几句,诸如"诗歌不必到天上去寻找,要善于弯腰,诗歌在草地上",等等,没想到听众顿时为之倾倒,他受到了热烈欢迎。的确,诗歌不必到天上去寻找,也不必像象征派那样频频使用"永恒""无穷""无际"这类的字眼,诗,就在帕氏所说的"万能的爱情之神,万能的细节之神"中!对此,爱伦堡引证了诗人这样的诗句:

> 认为你不贞洁——那可是罪过:
> 你带着一把椅子进来,
> 从书架上取得了我的生命
> 还吹去了尘埃。①

爱伦堡没有注明诗的出处。它出自诗人早期的爱情诗《出于迷信》(该诗一开始就是一个隐喻:"这藏着一只橘子的火柴盒/就是我的斗室"。这是多么独特,又多么亲切!诗中还这样写到爱人

---

① 伊利亚·爱伦堡:《人·岁月·生活》,冯南江、秦顺新译,花城出版社,1991。

的衣裙："像是一朵雪莲，在向四月请安／像是在轻声曼语……")。我相信，这些已融入《人·岁月·生活》作者生命记忆中的诗篇和诗句，对北岛、多多那一代人，具有了某种决定性的启蒙意义。它是一个人一生只能偷吃一次的禁果。用北岛的说法，它们是精神的"接头暗号"，用曼德尔施塔姆用过的一个比喻，它们是带"硫黄"的火柴，点燃和照亮了中国的又一代年轻诗人！

当然，不仅是这些诗人和诗篇吸引了人们，这部见证了数代俄罗斯作家、诗人和艺术家悲剧命运的回忆录，本身就是一部启示录（附带说一下，和《人·岁月·生活》同时"内部发行"的肖斯塔科维奇的《回忆录》，对中国的诗人也很有影响，比如欧阳江河就曾写下《肖斯塔科维奇：等待枪杀》一诗）。在这部回忆录的一开始爱伦堡就这样坦言：在过去的世纪，果戈理那样的作家还可以对心灵和时代做出从容不迫的勾画，"而我们将在身后留下些什么？只不过是一张张的收据……"他慨叹他自己经历的时代"宛如一辆飞快的汽车，对汽车不能大喝一声：'停下，我要仔细看看你！'只能谈论谈论它的前灯的急骤的亮光。只能不知不觉地落在它的车轮之下，而这倒也不失之为一条出路"。这种对"人·岁月·生活"的感叹，包括它的叙述文体和语调，也深深影响了朦胧诗那一代人。在北岛后来的《失败之书》与《时间的玫瑰》两部散文集中，我们就听到了这种音调的回响。

20世纪俄苏诗歌再次对中国诗歌产生实质性影响，是在20世纪80年代后期以后。曼德尔施塔姆、阿赫玛托娃、茨维塔耶娃、帕斯捷尔纳克等诗人,对近一二十年来的中国诗人具有特殊的意义。我们不仅在他们的诗中呼吸到我们所渴望的"雪",而且在某种程度上,正是通过他们确定了我们自己精神的在场。我甚至说过这些诗人"构成了我们自己的苦难和光荣"。显然,这不是一般的影响,这是一种更深刻的"同呼吸共命运"的关系。

我们先来看曼德尔施塔姆这位天才的、悲剧性的诗人,正因为这位诗歌榜样,诗人柏桦在20世纪90年代初的一首诗中发出了"今天,我承担你"这样的令人震颤的声音。当然,中国诗人从曼德尔施塔姆那里学到的,不仅是诗,也不仅是苦难和流放,还有那种"献身文明和属于文明"的诗学意识。曼德尔施塔姆把"阿克梅主义"定义为对文明的"怀乡之思",这和他那个时代的吵吵嚷嚷的先锋派们是多么不同!布罗茨基的长文《文明之子》(*The Child of Civilizatio*n),就独具慧眼地从这个角度揭示了曼德尔施塔姆作为一个诗人的意义。曼德尔施塔姆的《关于但丁的谈话》,在我看来是20世纪最伟大的诗学论述之一。在这篇谈话中,他讥讽人们只是"把但丁钉在与那些雕刻作品相似的地狱风景上"就算了事,一个作为"诗歌乐器的大师"的但丁尚未被聆听。[①]曼德尔施塔姆本人,即是一位"诗歌乐器的大师"。他的天赋,几乎不可能为我们所穷尽。

---

① 曼德尔施塔姆:《关于但丁的谈话》,选自《时代的喧嚣》,黄灿然等译,作家出版社,1998。

对于茨维塔耶娃这位天才性的女诗人，爱伦堡在回忆中说她"始终怀疑艺术的权力，同时又离不开艺术"[①]，但她给中国诗人的印象一直是诗歌青春、诗歌的激情和冲动的化身。"文学是靠激情、力量、活力和偏爱来推动的"，茨维塔耶娃曾如是说。她自己的诗也正是这样。她早期诗中那种心灵力量的迸发，那种"抒情的冒犯"，对早年的多多成为一个诗人，就产生过某种重要的影响。当然，不止一位中国诗人从她的诗歌中感到了这种力量或"打击"。记得1992年旅居伦敦期间，一次我参加一个诗歌节，朗诵会散场后我在泰晤士桥头的路灯下翻开一首诗"APPOINTMENT"（《约会》），没想到只读到前两句我便大惊失色："我将迟到，为我们已约好的／相会；当我到达，我的头发将会变灰……"这是谁的诗？再一看作者，原来是茨维塔耶娃！我读着这样的诗，我经受着读诗多年还从未经受过的战栗，"活着，像泥土一样持续"，我甚至不敢往下看，往下看，诗的结尾是"在天空之上是我的葬礼"！

这样的诗之于我，真像创伤一般深刻！从此我守着这样的诗在异国他乡生活。我有了一种更内在的力量来克服外部的痛苦与混乱。可以说，在伦敦的迷雾中，是俄罗斯悲哀而神圣的缪斯向我走来。

阿赫玛托娃则是另一位让我愈来愈深刻认同的伟大女诗人。

---

① 伊利亚·爱伦堡：《人·岁月·生活》，冯南江、秦顺新译，花城出版社，1991。

"既然我没得到爱情和宁静，请赐予我痛苦的荣誉"[①]，这是她的著名诗句（顺便说一下，英国女诗人安妮·史蒂文森所撰写的西尔维娅·普拉斯的传记 Bitter Fame，书名和传记的主旨就出自这句诗），悲伤的女诗人在对她的上帝祈求，而命运也就这样答应了她。与其说她作为"未亡人"活了大半个世纪（她的友人、丈夫和伴侣都相继悲惨地死去），不如说她是被诗歌"留下来"的人，以完成一种更艰巨，也更光荣的诗歌命运。可以说，正是这样一位俄罗斯女诗人告诉了我们怎样以诗来承担历史赋予的重量。似乎在她的每一首简约克制的诗背后，都有一个隐蔽的命运悲剧的"合唱队"。布罗茨基曾称她为"哀泣的缪斯"，对我来说，这是一位说俄语的但丁。

阿赫玛托娃很早就出名，纵然在 20 世纪 20 年代后她不再写作，她早期那些独具个性和魅力的诗已充分具备了"经典"的意义。但阿赫玛托娃却不是那种昙花一现的诗人。"我于 1936 年开始再次写作，但我的笔迹变了，而我的声音听起来也不同了。"（《日记散页》）什么在变？什么不同了？早年，阿赫玛托娃的缪斯是那位让人琢磨不透的爱神，到后来，则是那位更严峻的把《地狱篇》"口授"（dictate）给但丁的命运女神——在阿赫玛托娃有了足够的阅历、承受了更深刻的磨难后终于进入了她的诗中。

但阿赫玛托娃的诗，又始终是一种十分个人化的"没有英雄

[①] 阿赫玛托娃：《被爱的女人总有那么多请求》，全诗见《跨世纪抒情：俄苏先锋派诗选》，荀红军译，工人出版社，1989。

的诗"。这对我们在当下的写作也很有启示。"没有英雄的诗"从该诗的英译"Poem without a hero"而来，国内现有的一些译介文章一律将这首长诗译为"没有主人公的叙事诗"。但，我仍倾向于把阿赫玛托娃一生的创作置于"没有英雄的诗"这样的命名之下来解读。的确，这就是我心目中的阿赫玛托娃：没有英雄的诗。这是诗，无须英雄的存在；或者说，这种诗里没有英雄，没有那种英雄叙事，但依然是诗，而且是苦难的诗，高贵的诗，富于历史感的诗。正是这样的诗在今天依然保持住了它的尊严和魅力。

现在该谈到帕斯捷尔纳克了！我心目中的"诗人"和"诗歌精神"正是和这个名字联系在一起的。这个名字所代表的诗歌品质及其命运，对我几乎具有某种神话般的力量。他的完美令人绝望。

帕斯捷尔纳克的早期诗有一种惊人的比喻才能，如"高加索山脉就像一床堆得乱糟糟的被褥那样铺展着"，"冰川露出了脸庞，就像死者灵魂的复活"，[①]等等。即使在他的散文作品中，也用隐喻和叙述相交织，形成了特有的诗性文体和风格。这样的散文，其实如诗人自己所说，是在新的"移居点里建立一栋杜撰的抒情的房舍"。如他的自传性作品《安全保护证》，诗人在回忆他的少年时代时，曾这样动情地说"不管以后我们还能活几十年，都无法填满这座飞机库"，为什么呢？因为"少年时代是我们一生的一部

[①] 马克·斯洛宁：《苏维埃俄罗斯文学》，浦立民、刘峰译，上海译文出版社，1983。

分,然而它却胜过了整体"。①

帕斯捷尔纳克用这种诗的修辞,实现精神与自然之间的转换,以创造一个诗的世界,"揭示或表现无人知晓的、无法重复的、独特的活生生现实"(诗人致美国译者信)。对此,我们来看他早期抒情诗代表作《二月》(荀红军译)著名的开头部分:

> 二月。墨水足够用来痛哭,
> 大放悲声抒写二月,
> 一直到轰响的泥泞,
> 燃起黑色的春天。

这首诗强烈而又悲怆,致使早春二月的雪水、泪水和缪斯的墨水浑不可分。"二月。墨水足够用来痛哭",一开始就出手不凡、震动人心。这里,不是二月的雨水、雪水而是"墨水",而这墨水不是用来书写而是用来"痛哭"的,这真有一种奇特的说不清楚的力量!

从此早春二月和缪斯的墨水就注定和帕斯捷尔纳克联系在一起。

除了诗,帕斯捷尔纳克的《日瓦戈医生》对中国诗人也产生了很大的影响。在我看来,帕斯捷尔纳克的诗固然令人着迷,但《日瓦戈医生》则是一种更伟大的见证。也许正因为这部作品的启示,

---

① 帕斯捷尔纳克:《人与事》,乌兰汗、桴鸣译,生活·读书·新知三联书店,1991。

从此从我们的诗中发出了不同的声音。

我是在20世纪80年代末那些难忘的冬日彻夜读《日瓦戈医生》的。那时别的书都读不下去,而这样的书我生怕把它读完!帕斯捷尔纳克说他写这本书是出于一种欠债感,因为同时代很多优秀的人都先他而去了(他多次对人讲"茨维塔耶娃的死是我一生中最大的悲痛")。他写《日瓦戈医生》就是为了还良心的债,历史的债。帕斯捷尔纳克之所以让我敬佩,就在于他以全部的勇气,承担了一部伟大作品的命运。

就是这样一本书,还有书中透出的那种精神氛围,使我整整一个冬天都沉浸其中。"这里所写的东西,足以使人理解:生活——在我的个别事件中如何转为艺术现实,而这个现实又如何从命运与经历之中诞生出来"[1],这是帕斯捷尔纳克对《人与事》的叙述,同样适合于来描述《日瓦戈医生》的写作。所以卡尔维诺在《帕斯捷尔纳克与革命》一文中一开始就这样写到"在20世纪的半途中,俄国19世纪伟大小说又像哈姆雷特父亲的鬼魂一样回来打扰我们了,这就是鲍里斯·帕斯捷尔纳克的《日瓦戈医生》"。[2]的确,《日瓦戈医生》的意义,就在于它恢复了一个民族的文明记忆和诗歌记忆,在一个粗暴的、践踏文明和人性的年代,恢复了19世纪俄罗斯文学的伟大传统。正如卡尔维诺指出的那样,它"创造了一个

---

[1] 帕斯捷尔纳克:《人与事》,乌兰汗、桴鸣译,生活·读书·新知三联书店,1991。
[2] 伊塔洛·卡尔维诺:《为什么读经典》,黄灿然、李桂蜜译,译林出版社,2006。

深邃的回音室"。

还有,《日瓦戈医生》给中国诗人的启示还在于如何来进行一种艺术的承担。帕斯捷尔纳克完全是从个人角度来写历史的,即从一个独立的、自由的,但又对时代充满关注的知识分子的角度来写历史,他把个人置于历史的遭遇和命运的鬼使神差般的力量之中,但最终,又把对历史的思考和叙述化为对个人良知的追问。而这,也正是20世纪90年代中国诗人要去努力确定的写作角度和话语方式。

诗人对爱的复活力量的赞颂,在《日瓦戈医生》中也得到了更为感人的交响乐式的回响。那里的爱情描写不仅令人心醉,也令人心碎。帕斯捷尔纳克通过这个故事,就是要在一个践踏人性的年代重新达到对美的价值、对精神的尊严包括对爱情的高尚力量的肯定。有人说拉丽莎这个人物在帕斯捷尔纳克的生活中有原型,但这并不重要,重要的是他以一种富有想象力的方式展开了对他那一代人在那个时代的命运的描述,并通过这种苦难中的相遇和爱,富有诗意地证实了人的存在的意义,证实了那些更伟大的精神事物对人的庇护。正因为如此,这个故事被注入了神话般的力量。

小说中的日瓦戈到后来猝然死去,因为只有死亡才使悲剧得以完成。应该说,不是日瓦戈必须去死,而是他可以去死了!因为他已经历了一种命运并从中领受到那无上的神恩,因为灵魂的远景已为他呈现,他可以去死了。就在日瓦戈的葬礼上,有一位迟来的女来宾,那就是在小说的后半部几乎消失了的拉丽莎。她就这样神秘地出现了（几天后她又被抓进集中营，并永远消失在那里）。拉丽莎伏在日瓦戈遗体上说的那些话，每次读都使我禁不住内心战栗："我们又聚在一起了，尤拉。上帝为什么又让我们相聚？……你一去，我也完了。这又是一种不可改变的大事。……永别了，我的伟大的人，亲爱的人；永别了，我的骄傲；永别了，我的水深流急的小溪，我多么爱听你那日夜鸣溅的水声，多么爱纵身跃入你那冰冷的浪花之中……"①

这就是《日瓦戈医生》，一部以一生来写就的伟大诗篇。

北岛、柏桦等中国诗人十分推崇帕斯捷尔纳克早期的诗：独特而奇妙的词汇，令人震惊的隐喻，充满新奇的陌生化和紧张感，等等。但我自己更倾向于那些沉着、缓慢，带着内省、沉思性质的诗。收在《日瓦戈医生》最后部分"日瓦戈的诗"中的第一首诗《哈姆雷特》，正是这样一首诗，它像墓碑一样照亮了全书：

喧哗声止息。我走上舞台。
依着一道敞开的门
从那回声中，我试着探测
给我预备着一个什么样的未来。

上千的测度夜色的望远镜

---

① 帕斯捷尔纳克:《日瓦戈医生》，力冈、冀刚译，漓江出版社，1986。

已经对准了我。
亚伯天父,如果可以的话
请移走我的苦杯。

我珍重你的执拗的构思
并准备担当这个角色。
但是这正在上演的和我无关。
请免去我这一次。

然而剧情的布局已定,
最后的结局已经显示。
在伪君子中间我孤身一人,
活着并非漫步于田野。

  这是我从企鹅版的帕斯捷尔纳克英译诗选中试着转译的。这是小说主人公日瓦戈的诗,也是帕斯捷尔纳克后期的一种内心独白。
  这个俄语版的哈姆雷特从往事的回音中探测着未来,这就是说,他已意识到他的"人生之谜"是由历史——那尚待认识和澄清的历史——来决定的。他不可能摆脱历史来获得他的自由。
  也正由于这种人生的重负,他仰望星空,而星空也用上千的"望远镜"对准了他。他在接受一种众神的目睹。
  他对他的天父吁求。他的全部生活把他推向这一吁请。这说明写《日瓦戈医生》时的帕斯捷尔纳克,已由早期的异教徒式的、泛神论式的世界观,转向一种准基督徒式的虔诚。

他像受难前的耶稣一样,祈求天父"移走我的苦杯",因为这已超出了他的承受力。然而,这苦杯能移开吗?这苦杯就是肉体生命本身。

耐人寻思的是"这正在上演的和我无关"一句。俄语版的哈姆雷特已经出场,但是他却发现这正在上演的一切和他无关。这暗示着日益严峻的时代和个人良知的冲突。对于20世纪初期的俄国革命,帕斯捷尔纳克和他那一代的许多人一样,并不持一种拒绝的态度,因为俄国专制、腐朽的社会需要一场暴风雨的冲刷。但他后来渐渐发现,历史改变了方向,革命的音乐变成了令人恐怖的噪音。这正是诗中的哈姆雷特陷入困境的主要背景。

帕斯捷尔纳克为什么选中了哈姆雷特,是因为他从这样一个矛盾的悲剧性艺术形象那里看到了自身的命运。他曾把《哈姆雷特》出色地翻译成了俄文。哈姆雷特的著名道白是"To be, or not to be: that is the question",中国现有的多种译本多少都有点把它简化了,或者说,取消了它的形而上的维度。"To be, or not to be"——"存在,还是不去存在",对存在的追问就是从这里开始的。哈姆雷特的全部遭遇和内在矛盾把他推向了这样一个终极性的临界点。

帕斯捷尔纳克的哈姆雷特也处在这样一种困境中,甚至比莎士比亚的哈姆雷特面对的困境更为荒谬。莎士比亚的哈姆雷特还有着统一的角色感,他可以在这一角色里完成他的命运。而帕斯捷尔纳克的哈姆雷特却深深感到了加缪在界定"荒谬感"时所说的那种"角色与环境的疏离"(《西西弗的神话》),因此他再次请求:"请免去我这一次。"

然而,生命的苦杯无法移开,历史赋予的角色也无法免去。这就是帕斯捷尔纳克的哈姆雷特的命运:他唯有承受。小说中的日瓦戈和帕斯捷尔纳克本人都属于那种知识分子艺术家类型。他们都不是救世的英雄,他们是个人意义上的"承担者"。他们在他们生活的历史条件下没有发现别的出路,唯有通过承受和牺牲来达到拯救。

所以,在诗的最后一节里,哈姆雷特出于对命运的觉悟,顺从了历史的意志。似乎这历史的意志中就隐含着上帝的意志。但这并不意味着他对自身良知的放弃。他清醒而痛彻地意识到"在伪君子中间我孤身一人"。他感到"活着并非漫步于田野"。他要求自己的,是最大限度地去承受。

正是在这样一种承受中,产生了一种真正的悲剧的力量。"活下去。活到底。活到最后"[1],这是帕斯捷尔纳克在那个艰难的年代说出的另一句话。显然,这里的活绝不是苟活。这里的活需要全部的良知、勇气、信念和耐力!

在20世纪90年代初的那些日子里,我们就这样和帕斯捷尔

---

[1] 马克·斯洛宁:《苏维埃俄罗斯文学》,浦立民、刘峰译,上海译文出版社,1983。

纳克的诗守在一起。那时我写下了那首诗《帕斯捷尔纳克》。诗人柏桦在一篇论文中说"王家新借《瓦雷金诺叙事曲》《帕斯捷尔纳克》两首诗深入地介入了中国的现实"[①]。就诗而言，诗中那种内在的强度，那种精神的迸发性和语言的明亮，一生中似乎也只能闪耀一次。其中的一些诗句比如"终于能按照自己的内心写作了／却不能按一个人的内心生活"，也唤起了广泛的共鸣。这些，都是我写这首诗时没有想到的。但我理解人们为什么会如此认同这首诗，因为它如梦初醒般地唤起了他们的感受，他们由此感到了自己生命中的那种疼，那种长久以来忍在他们眼中的泪……

但是相对于帕斯捷尔纳克这样的诗人，我深深感到我们还没有"说出"，这就像《帕斯捷尔纳克》这首诗的最后所写到的，还需要以"冰雪"来充满我们的一生：

> 这是你目光中的忧伤、探询和质问
> 钟声一样，压迫着我的灵魂
> 这是痛苦，是幸福，要说出它
> 需要以冰雪来充满我的一生

[①] 柏桦：《心灵与背景：共同主题下的影响——论帕斯捷尔纳克对王家新的唤醒》，《江汉大学学报》2006年第3期。

诗与诗人的相互寻找[①]

约瑟夫·布罗茨基,20世纪最优异的俄语诗人之一,生于列宁格勒一个犹太人家庭,生性叛逆,15岁时的一天上午,他突然走出那令人窒息的教室,并且永远没有再回去。从此以后,他干各种零活,甚至在医院的太平间里当过搬运工,后来随一支地质勘探队到边远地区探矿,这自由而艰苦的岁月,也是他自由地"猎取知识"、成为一个诗人的岁月。他的这种经历,使我想起了他一生所崇敬的奥登所写的《兰波》[②]一诗:

夜,铁路的桥洞,恶劣的天空
他的可气的伙伴们并不知道
在那个孩子身上修辞学家的谎言
崩裂如水管:寒冷造就了一个诗人

[①] 该文据作者在中央美术学院的讲座整理。
[②] W. H. Auden: "Rimbaud", *The English Auden: Poems, Essays and Dramatic Writings 1927-1939*, Faber &Faber, 1988.

这样的诗句,用来描述布罗茨基的早年也正合适。似乎他一生下来就在"寒冷"中长大(他说他在 7 岁时便感到了对犹太人的歧视),他更知道那种内在的"崩裂"是怎么一回事。这使他不再生活在"修辞学家的谎言"之中(他后来在回忆青少年时代的生活时曾这样说,在那里"草也是宣传")。他不能让一张《真理报》掩盖了他的一生。退学以后,他边打工边大量读书,并自学波兰语和英语,写诗,并开始翻译他所喜欢的诗,还结交了一些写诗的"哥们"。据他当年的朋友、诗人耐曼回忆,那时他们在一起时常说两个像"暗号"似的短句,一是日本作家芥川龙之介的"我没有世界观,我只有神经",一是福克纳的"不幸的狗崽子"(这不仅指他们自己,还指一切人,人类!)。耐曼就这样见证了布罗茨基的"脱颖而出"。据他回忆,临近 1962 年,布罗茨基"开始用自己的声音讲话"(这一年他写出了《黑马》),而到了 1964 年(那时他刚完成《悼约翰·邓恩》这首在后来曾令奥登刮目相看的了不起的长诗),他们拜以为师的阿赫玛托娃"就知道他是一个大师级的诗人,而我们都不知晓"。不过,耐曼也不迟钝,他以三言两语就道出了他对他这位朋友的诗才的敏感:"他以一种独特的方式形成了自己的独一无二性";他"就像他歌颂过的猛禽一样,知道该往哪儿瞧才能找到猎物";他在诗艺上的进展有一种"超出常规"的"神速",等等。①

这样,布罗茨基的诗开始在地下流传。这样的"另类"在当时自然很难见容于社会:1964年初,他被当局以莫名其妙的"寄生虫"罪名弄了起来,理由是他"不工作"。后来经阿赫玛托娃等作家的营救,没有被判刑而是流放到偏远地带劳动改造。1972年,因为布罗茨基在西方也引起了很大的关注,苏联当局嫌麻烦,干脆把这个"寄生虫"送出去,据说当局给他指定的去向是犹太人的祖国和定居国——以色列,但布罗茨基选择的首先是奥地利,因为那里有他所崇敬的诗人奥登在等候着他!

布罗茨基后来定居美国并加入了美国籍,他用俄语写诗,用英语写诗论随笔和散文,犹如登上人类文明的山巅"静观两侧的斜坡",取得令人瞩目的成就,用米沃什的话来说"光彩夺目,不到10年就确立了他在世界诗坛的地位"。1987年,布罗茨基因其"浓郁的诗意,优美的智识和高超的语言"以及"历史想象力"获诺贝尔文学奖,成为该奖有史以来最年轻的获奖人之一。

正因为这个奖,布罗茨基进入到中国读者和诗人的视野中。一读到其诗,我便有一种惊异和深深的认同。我惊异在20世纪俄罗斯的现代诗歌版图上还有着这样一位不为人知的天才性诗人。

---

① 阿纳托利·耐曼:《哀泣的缪斯:安娜·阿赫玛托娃纪事》,夏忠宪、唐逸红译,华文出版社,2002。

黑马

黑色的穹窿也比它四脚明亮,
它无法与黑暗融为一体。

在那个夜晚,我们坐在篝火旁边,
一匹黑色的马儿映入眼底。

我不记得比它更黑的物体。
它的四脚黑如乌煤,
它黑得如同夜晚,如同空虚。
周身黑咕隆咚,从鬃到尾。
但它那没有鞍子的脊背上
却是另外一种黑暗。
它纹丝不动地伫立,仿佛正在沉睡。
它蹄子上的黑暗令人心惊胆战。

它浑身漆黑,感觉不到身影。
如此漆黑,黑到了顶点。
如此漆黑,仿佛处于针的内部。
如此漆黑,就像子夜的黑暗。
如此漆黑,如同它前方的树木。

如同肋骨间的凹陷的胸脯。
恰似地窖深处的粮仓。
我想：我们的体内是漆黑一团。

可它仍在我们眼前发黑！
钟表上还只是子夜时分。
它的腹股沟中笼罩着无底的黑暗。
它一步也没有朝我们靠近。
它的脊背已经辨认不清，
明亮之斑没剩下一毫一丝。
它的双眼白光一闪，像手指一弹。
那瞳孔更是令人畏惧。

它仿佛是某人的底片。
它为何在我们中间停留？
为何不从篝火旁边走开？
驻足直到黎明降临的时候？
为何呼吸黑色的空气，
把压坏的树枝弄得瑟瑟嗖嗖
为何从眼中射出黑色的光芒？

它在我们中间寻找骑手。

(吴笛 译)

该诗为诗人早期的一首代表作(请想想吧,写这诗时,诗人才21岁)。它显示了布罗茨基不同凡响的心灵禀赋和诗歌才华。怪不得阿赫玛托娃当年逢人便讲布罗茨基的诗是"俄罗斯的诗歌想象力并没有被历史拖垮"的一个有力证明!

的确,这是一个奇迹,这是俄罗斯诗歌这棵伟大的创伤累累的生命之树上开出的最奇异的花朵。在谈到曼德尔施塔姆、阿赫玛托娃、茨维塔耶娃等为他所崇敬的诗人时,布罗茨基曾这样说"在最好的时辰里,我觉得自己仿佛是他们的总和,——但总是小于他们中的任何一个个体"(《诺贝尔奖受奖演说》,刘文飞译)。是的,是总和,但又并非"小于一"。布罗茨基的诗,不仅体现了俄罗斯诗歌最精华的东西,还充分吸收了英语现代诗歌的诗艺,体现了不同文明视野的高度融合和一种惊人的创造力。在一篇论述茨维塔耶娃的文章中,他这样写道:"她最终摆脱了俄国文学的主流终究是一件幸事。正如她所热爱的帕斯捷尔纳克所译的她热爱的里尔克的一首诗所写的,这颗星,有如'教区边沿上最后一所房舍'的窗户里透出的灯光,使教区居民观念中的教区范围大大地扩展了。"[①]

布罗茨基自己的诗,也正是这样的从"教区最边缘的房子里

---

① Joseph Brodsky: "A Poet and Prose", *Less Than One*, Farrar, Straus Giroux, 1987.

诗与诗人的相互寻找

透出的灯光"。

现在我们来看这首《黑马》。它不仅充满了"俄罗斯式的诗歌想象力",它所展露的语言天赋更是令我们惊异。《黑马》全诗充满了新奇、独到而精彩的比喻,一读到这首诗,我们便被一种来自语言本身的力量所征服,"黑色的穹窿也比它四脚明亮,/它无法与黑暗融为一体",诗一开始就不同凡响。这其实是布罗茨基自己的精神自画像。他"无法与黑暗融为一体",所以他成为一个诗人。

我看过布罗茨基很多诗歌随笔和访谈,他始终强调的就是"语言"与一个人的"个性"这两样东西。据说在如今的俄国,仍保存着当年的审讯记录。当女法官问及他的姓名和职业时,他回答:"我是一个诗人。"女法官问:"何以证明你是一个诗人?"年轻的布罗茨基这样反问:"何以证明我是一个人?"女法官被问住了,但她转而又这样问:"在我们苏维埃,许多作家都受过专门的教育,你说你是诗人,谁教你写诗?""上帝。"这就是布罗茨基最后的回答![1]

仅凭这两个回答,一个不同凡响的诗人就出现在我们面前。

诗人定居美国后写下的诗,更是把他的语言天赋和语言的技艺发挥到一个极致,如《言辞片断》中的"并非我在失控:只是倦于夏季。/日子荒于你伸手抽屉取衬衣之际"[2],多么精彩的瞬间

---

[1] 刘文飞:《布罗茨基传》,新世界出版社,2003。
[2] 约瑟夫·布罗茨基:《从彼得堡到斯德哥尔摩》,王希苏、常晖译,漓江出版社,1990。

感受！我想，这恐怕是任何散文语言都无法写出的一种感受，它达到的，乃是一种"诗的精确"（因而它也有了一种诗的张力）。还有他的《来自明朝的信》①一诗，该诗似乎是以一个在"明朝"为皇太子当老师的西方人的口吻写的，第一部分写对中国皇帝和宫廷生活的描述、讽刺及感叹，第二部分写诗的叙述人自己返归故乡的无望、徒劳和艰难，诗的最后是：

> 风把我们吹向西方，如黄色的豌豆
> 迸出干裂的豆荚，在城墙屹立处。
> 顶风的人，形态丑陋，僵硬，有如惊惧的象形文字
> 有如人们注视着的一篇难解的铭文。
> 这单向的牵拽把我拉成
> 瘦长的东西，像个马头，
> 身子的一切努力消耗在影子里，
> 沙沙地掠过野麦枯萎的叶片。

最后这个比喻达到了一种诗歌修辞的极致，一方面命运的强力牵拽使"我"变成了一个瘦长的像马头的东西，另一方面身体的挣扎和努力又只能徒劳地消耗在自身不断拖长、消失的影子里，并像一个怪物一样"沙沙地掠过野麦枯萎的叶片"。还有什么比这

---

① 约瑟夫·布罗茨基：《从彼得堡到斯德哥尔摩》，王希苏、常晖译，漓江出版社，1990。

更能道出存在的悲辛、荒谬和无奈?! 这或许是被放逐的人类令人惊惧的写照之一。

"语言比国家更古老,格律学总是比历史更耐久",在其第一本随笔集《小于一》(Less Than One)中,布罗茨基这样宣称。在他那里,语言具有了一种神话般的、本体论上的意义,而他把他作为一个诗人的一生,献给了他所信奉的这种价值。而这,还要感谢他的流亡的命运,因为正是这种生涯"提供了极大的加速度,将我们推入孤独,推进一个绝对的视角"[①],这使他与母语构成了一种更深刻的相依为命的关系。他就是他的母语所要寻找和期待的那个诗人!

在了解这些之后,我们再来看《黑马》:它无法与黑暗融为一体,不是因为它白,恰恰是因为它黑,它比黑还"黑"。为什么不写一匹白马而是黑马?因为黑马更神秘,也更有力量。一匹来自黑暗而又无法与黑暗融为一体的"黑马",更能显现和照亮一种命运。因此,诗人会运用种种修辞手段极尽黑马的"黑"。这些精彩的比喻和描述,不仅使人印象深刻,更显示了诗人深刻独到的诗歌感受力:"我不记得比它更黑的物体。/它的四脚黑如乌煤,/它黑得如同夜晚,如同空虚。"如果说"黑如乌煤"的比喻人们都可以想象,但这个"黑得如同夜晚,如同空虚",恐怕只有布罗茨基这样的诗人才可以道出。它写出了一种黑的形而上。

---

① 约瑟夫·布罗茨基:《从彼得堡到斯德哥尔摩》,王希苏、常晖译,漓江出版社,1990。

耐人寻味的还有"它仿佛是某人的底片"这个比喻。是谁的"底片"？是我们自己，还是命运的神秘的使者？记得最初读这首诗时，我在这一句前停下来了。我不得不去思索它的含义。说诗人写出了一种黑的形而上，还在于这一句"可它仍在我们眼前发黑"，这样一来，黑马的"黑"就更神秘、更不可言说了。正是这种感受，使布罗茨基的这首诗超越了一般意义的诗，而成为一种"不可言说的言说"：它要把握的乃是存在本身，它要接近的，是存在的闪光的黑暗本原。

但是《黑马》这首诗又没有坠入玄虚。它是一种虚与实、有形与无形的结合。它充满了想象力和精神性，但同时又结合了富有质感和造型感的语言。从黑马蹄子上的黑暗，到它"肋骨间的凹陷的胸脯"，从它的脊背，到它的双眼"白光一闪"，我们仿佛身临其境地看到了这一切。不仅看到，黑马所带来的生命的声息（"把压坏的树枝弄得瑟瑟嗖嗖"），也仿佛被我们真切地听到。正因为这样的富有质感的语言描述，我们切身感受到马的力量，感受到它的出现、到场，感受到它的渴望、呼吸和寻求……直到最后，感到它"眼中射出黑色的光芒"！

这首诗层层递进深化，不时有惊人之笔，然而最精彩的是它的最后一句："它在我们中间寻找骑手。"（这里顺带说一句，如果我来译，我会译为"它来到我们中间寻找骑手"）这不仅出人意料，也在陡然间提升了全诗的境界，使这首诗一下子变得不同寻常起来，也使该诗的作者作为一个杰出不凡的诗人出现在我们面前！

读到最后一句我们不由得感叹：什么是诗？这才是"诗"！

为什么？因为它一下子扭转了寻常的逻辑思路（比如"骑手在寻找马"），而打开了一种天启般的境界。布罗茨基在他的第二本随笔集《悲痛与理性》中极力推崇弗罗斯特、哈代等诗人，称他们"在最难预料的时候和地方发出更漂亮的一击"。比如哈代的名诗《两者合一——关于泰坦尼克号的沉没》由"处女航"一词所展开的奇异的诗思——船和冰山是命定的情人，布罗茨基说"在我看来是天才的灵光一现"。①

布罗茨基自己这首诗的结尾，也正是"天才的灵光一现"，是一个诗人天赋的最精彩也最深刻的表达。

不是骑手在寻找马，而是它来到我们中间寻找骑手！（类似的"出人意表"的诗的表达，我们在策兰那里也感到了："那是春天，树木飞向它们的鸟。"）也可以说，不是我们在写诗，而是诗在写我们。海德格尔就有过这么一句很著名的话："我们从未走向思，思走向我们。"②

不过，话虽这么说，但问题并不这么简单。这匹神秘的黑马并不是说出现就出现的，没有深刻独到的诗歌感受力和想象力，没有过人的语言才能，这匹马就无法被赋予生命。

同样，并不是谁想当这个骑手就能当，这还要看这匹神秘的

---

① 布罗茨基关于哈代的长篇讲稿"Wooing the Inanimate"，见他的第二本随笔集：*On Grief and Reason: Essays*，Farrar, Straus Giroux, 1996。
② 海德格尔：《诗·语言·思》，彭富春译，文化艺术出版社，1991。

黑马是否选中了你，或者说，是否答应了你。我们要问自己的是，当这匹神秘的黑马出现的时候，我们自己是否有所感应？我们是否已完全准备好了？布罗茨基就是准备好了的一个骑手，所以当这匹黑马向他靠近时，他不当也不行，他不当这个骑手，教他写诗的"上帝"也不答应！

显然，这里的"准备"，就是一种全身心的投入，就是为诗歌工作，甚至为诗歌献身！你不为它献身，诗歌要你干什么？！诗歌所要求的，就是这么一种奉献。所以在那些真正的艺术家的身上，我们都会看到某种圣徒的精神。

这就是布罗茨基的《黑马》。它的特殊意义，就在于它显示了一种马与骑手、诗与诗人的相互寻找。一般读者很容易把诗中的这匹神秘的黑马看作是命运的象征，但对诗人而言，它就是前来寻找他的诗歌本身。布罗茨基给我们的启示就是：马与骑手、诗与诗人的相互寻找，才能构成一种诗歌的命运。正是在这种相互寻找中，一种被称为诗歌的命运发生了。

当然，在最初，这种寻找往往是一个人对诗的寻找，或者说，一个人为诗所吸引并开始了他的寻找。但是如果他在这条路上更深入执着地走下去，他就会渐渐地感到诗歌对他的期待，诗歌对他的要求。当他试图回应这种来自诗的要求和期望时，一种更深刻的相互寻找就开始了。

的确，诗与诗人的相互寻找，在根本上就是与诗歌发生这种

"相依为命"的关系,就是与语言、与诗歌建立一种如马丁·布伯所说的那种"我与你"的最亲密、内在的关系。

"诗与诗人的相互寻找",往往也是诗人与诗人的相互寻找。这同样带有一种很深切的性质,因为这意味的是要在浩瀚的文学时空中寻找那来自同一个"星座"的诗人。这种寻求,乃是一种最深刻意义上的自我辨认。当这样一位诗人为你出现、到来,当你不无惊异地发现他"仿佛是某人的底片",而他"具有你自己的眼睛"(这同样是布罗茨基的一句诗)——在那一瞬,两个诗人化为了一个诗人。

附录

回答四十个问题[1]

童年经验是非常重要的,尤其是对于一个诗人,它往往是一种写作方式和一种诗歌理想的实际根源。1987年在山海关,你曾跟我谈到你在湖北乡间的童年生活,对你而言,童年经验意味着什么?

童年并不是我专门去写的一个主题。对我而言,诗歌不是个人的传记,只有当童年经验在要求我去接近一种本质的东西时,它出现在诗中才是必要的。严格来说,不是童年生活,而是我们在童年时代所惊讶的一切,比如"自然",从麦田上面掠过的天

---

[1] 提问者为诗人陈东东,也由他综合了诗人黄灿然的一些问题,汇集为"四十个问题"寄至伦敦,王家新回答了其中大部分问题,在后来刊出时,仍以"回答四十个问题"为题。该书面访谈最初刊于陈东东主办的《南方诗志》1993年秋季号,后收入1994年6月出版的《中国诗选》(闵正道、沙光主编)并在《诗歌报》月刊1995年第1期、第2期上连载刊出。

空,你曾提到的"第一次面对死亡"(它肯定发生在童年),正是这些非个人的、谜一样的东西在决定着我们后来的写作。

因此与其说"追溯童年",不如说在进入一种记忆的可能,进入我们在童年时所经受的某种"洗礼"(荷尔德林的诗句"我在神的怀抱里长大",向我们提示的正是这一点)。正因为如此,对一个诗人来说,童年即永恒。实际上我经常感到青春时代很虚幻,更遥远的童年和少年却时时出现在眼前。静下来想想,决定我一生的,恐怕仍是我在童年时代所遥望的天空。

对于一个诗人,或者说对于你,最理想的生活方式应该是怎样的?你在多大程度上努力去接近这种生活方式?

我要努力去接近的,恐怕是诗而不是某种生活方式。至于对生活本身,我要求不多,更不曾去幻想某一种"理想的生活方式",可以说我不是那种想要通过写诗来"改变命运"的人。诗歌就是诗歌,即使生活不完美,我们也无法把它作为一种补偿。实际上对于一个诗人,当他进入写作,诗歌便开始加剧着他与一切外部生活方式的偏离。看不到这种区别,把诗歌人生化,或是把人生诗歌化,那只是一种错误的两个方面。与此相关,作为人而生存与作为诗人而写作,这也是大有区别的。里尔克在创作《杜伊诺哀歌》前为自己编造了一个神话,但实际上"神话"只有当他真正进入语言与灵魂的历险后才开始产生;这就是说,诗人只存在于诗中。

北京的生活带给你什么？从湖北到北京，除了环境的改变，也改变了你的诗歌吗？从北京到欧洲呢？

在北京的生活给我带来了某种精神性的东西，而这主要取决于中国北方那种严峻的生存环境，开阔的天空，秋天横贯而过的大气流，在霜寒中变得异常美丽的红叶，以及更严酷，但也更能给我们的灵魂带来莫名喜悦的冬天。我在北京生活了七八年，我接受着它们的洗礼。我想这和北京的政治文化生活一样深刻地影响到一个人的写作。

而当中国北方的气候、大自然景观和它的政治、文化、历史相互作用于我们，在我的写作中就开始了一种雪，或者说"北京"与"北方"作为一种主题就在我的诗中出现了。我想这是必然要到来的东西——在一种隐秘的内心呼应下，这北方的风暴、在飞雪中轰鸣的公共汽车，以及北京上空那时而阴郁、时而异常高远的天空，必然会加入诗歌的进程，从而成为内心生活的某种标志。

我想，这即是我蒙受的恩惠：在北京的生活，使"一种从疼痛中到来的光芒，开始为我诞生"，这形成了1988、1989年以后我的诗歌，更重要的是，它在要求着一种与之相称的个人诗学的建立（如果可以这样说的话）。我的诗中开始了一种与整个北方相呼应的明亮，而这正是我忍受住一切想要达到的。

即使现在，我想我仍在写作中呼应着从那时开始的"我们自己的时代"。如果说叶芝的"精神幻象"是一个想象中的拜占庭,那我只能朝向那深刻地触动我、赋予具体的生命感受以意义和形状的北京。而且我相信这具体、确凿的地点和事物,一经诗歌的转化,就更会成为铭刻在灵魂里的风景。总之,我相信"北京"这个主题(或是作为音乐中的一个声部)会一再在我的写作中出现。往往是当我对目前这种旅居异国的生活深感恐惧时,我就要求自己回到诗歌中的北京,而那正是我的所在之地。的确,一种语言中的流亡,是需要有某种更坚实、确定的东西来为其提供保证的。

如何看待一个中国诗人在欧洲的处境?你到过西方数国朗诵,作为诗人在中国的活动与在外国有何不同?

中国诗人在外面的已有不少,各自的情况不一样,但我想他们对"孤独"的感觉可能相同。撇开个人情况不谈,这在根本上源于汉语诗歌在另一种语境中的"失语症",或者说源于中国文学在世界文学中的孤独。有一次当我听到有人称中文为一种"地方语言"时,很受刺激,但情况又的确如此。汉语作为一种诗性语言固然伟大、美丽,但作为一种世界范围的交流语言,几乎不可能。正是由于这种语言的限制及文化上的隔膜,致使中国文学无形中被排除在某种"中心"及"视野"之外,从而成为一种偏远的外省语言——纵然人们时时会不无好奇地到那里采猎一番。

所以作为个人必然会为这种整体状况付出代价,这是他们的命运,他们——在欧洲,在西方的中国诗人们——必须接受。即使经常被请去朗诵,或是作品被出版介绍,也不过"梦里不知身是客"罢了;时间一长,他还会发现他成了双重的局外人:他现在所难以进入的西方与回望中遥不可及的故国。而后一种情况,不仅是孤独,而且是需要他全力去克制的某种更深刻的恐惧了。

因此可以这么说:对于任何一位中国诗人,真正的考验是在出来之后。正是在这一艰巨的天路历程中,他才有可能对诗歌有了一次更具有实质性质的进入。某种在词语中早已开始的"流亡",现在进入到它的现实空间,正是在这一转换中,一个诗人才有可能更深切地体悟到他自身存在的根本命运(如卡内蒂所言"我只有从我的恐惧中才认出自己")。当然,我这样讲只对那种冥冥中自有"神助"的人有效。

至于对西方当代诗界,要谈的很多,但在这里我只想谈它"安静"的一面。的确,在欧洲似乎并不存在像中国那样热闹的"诗坛",沃尔科特在伦敦"南岸中心"朗诵完后(这是他获诺贝尔奖后第一次来英国朗诵),并没有一大堆诗人、记者什么的簇拥着,只有一长队读者在静静地等着他签名。一个刚从中国来的诗人或许会不习惯于此,但是当诗歌来到一个"边缘",它会发现那里正是它本来的位置——在这之前它与时代的纠葛与混战倒成为不可理解的了。

的确,这就是卡夫卡、里尔克、叶芝的故乡,它那从深处透出的文化意蕴,也使我安静了下来。而在这之前,西方对许多中国人来讲的确是一种"幻象",从它的政治,到它的诗歌。但我想只有把它"看破",我们才能进入到一个新的境界——我感谢欧洲,正是在它的这种"安静"中,我想我才有可能经历了一种无名的再生……

读书对于一个诗人是重要的吗?你的写作是否跟读书是紧密联系着的?你从书本中得到了什么?

读书当然重要,尤其是那种深入的阅读,它意味着的是对"钟的秘密心脏"的进入(这是我正在读的卡内蒂的一本书的书名),是掀开内心中淤积的时间泥土……我爱我生命中那些秘密读书的日子。写作于我,从来就与这种对文学的"秘密的爱"连在一起,虽然这并不意味着我读了什么马上就去写什么。

每一个诗人都有自己秘密的营养系统,或者说存在着他自己的对应关系。坦率地讲,我从不信任那些从不读书的人——纵然他们再有"天才",他们仍在文学之外。我想,这即是我的一个基本信念,即只有从文学中才能产生文学,从诗歌中才能产生诗。荷尔德林在里尔克和策兰那里要求着再生,而埃利蒂斯为了他自身的存在不得不把荷马再一次创造出来……一部文学史,无非就是文学自身的这种不断重写和变通。而一个诗人如果脱离了文学的这种"重写"或者说"被写",他就不对文学构成意义。因此,我从不认为我的写作就是一种"创新",我只能视它为一种对于文学的敬礼,一种"还愿"——为了它的养育之恩。同样,我记得圣琼·佩斯一篇演说辞的题目就叫"为了但丁",而不是"关于但丁",或者更为低劣:我与但丁。

请你谈谈你心目中的大师。这种大师级的诗人对于你(或我们)是一种激励呢,还是种障碍?

现在我很少使用"大师"这个称呼,除非在某种特殊的语境下。的确,存在着一些真正杰出不凡的、一再提升着我们的诗人,但这种诗人并不多。我们称之为"大师"的,往往只能部分地是(例如博尔赫斯)。

而这几乎已成为中国当代诗界的一个普遍现象,即"大师"成为一种无所不在的"氛围"。诗人们竞相形成一种气度,对此请看看他们说话的口气与做出的姿态即可。但是,这种"仿大师"却忽略了大师之所以成为大师的更重要的因素——那是什么?

的确,大师已成为"幻象"或"神话",不破除这种幻象,就很难说真正进入了诗歌。我在上面曾谈到文学自身的"重写"问题,即文学的存在会一再地要求再生、对应与改写,以成就它自身。有时我甚至感到在文学的发展中还存在着一种所谓"灵魂转世"——当你从李商隐那里认出你的"前世",或是在叶芝那里感到了一个你所秘密熟悉的灵魂,谁说这不是一种可能呢?

这就是我要说的:诗歌终归是精神的领域,因此只能取一种心灵的尺度。如此，一个虽然不"大"但却极其优秀的诗人，如保罗·策兰，就有可能对你产生比"大师"们要重要得多的激励；即使呼应大师，也能透过其气度与规模而直达其内在的灵魂。诗歌就是这么一个精神感应、同气相求，不仅是技艺更是内在灵魂在决定一切的领域。

对你来说，写作是一种怎样的活动？它在你的生活中处于一个怎样的位置？

我不是一个每日必写的诗人，因此很难说写作在我生活中的位置。甚至可以说我是在经常地、下意识地逃避写作，因为它对人的正常生活是一种剥夺和摧毁；或者说对终生要写的东西保持沉默，一再推迟它的到来，却时不时开出一些不经意的花朵来。

话虽这么说，一旦我感到了某种召唤，我就只能"中断"我的生活而进入写作，因为不这样就更加不得安宁。我相信几乎每一个诗人都如此，那就是在他身上体现了一种相互分离：作为一个人他要生活，但是作为一个诗人他又不得不去写作……神学为解决这一矛盾而创造了寺院，而诗歌呢？

因此我经常感到自己是一个欠了债而又无法偿还的人。这使我愧对诗歌。当电影《莫扎特》中莫扎特的妻子问他为什么还不着手写那支《安魂曲》时，莫扎特的回答让我暗自惊心不已："写出了这支曲子我会死的！"纵然如此，又必须去完成，必须把自己不再保留地交出去。的确，这正是我所说的那种"欠了债"的人。

写作的过程愉快吗？在写作中，你希望的是尽可能快地完成还是尽可能地延续？你的写作习惯是怎样的？

似乎我从不考虑写作是否"愉快"这个问题。问题在于它是否出于一种"必要"。如果写作出于必要，即使它艰难，我们也不得不把它深化下去。我经常在怀疑写作的意义，但有时，当这种写作深入到某种境界，似乎在无意间惊动了上苍（或"语言本身"）时，我就感到了一种无以名之的战栗——在这种情况下，我不想说我有了一种蒙受神恩的喜悦，但我要说是写作本身达到了对它自身的肯定。

我经过这种时刻，但我并不能复制它。因此写作（诗的）每次都处在一个生死不明的起点上，而成为一种对"天意"的试探。而这一切和你个人的痛苦或愉快已无关系，因为开始时是你在写诗，但接着就是诗在写它自己——它有时甚至还会回过头来抹去你在开始所"表达"的东西。这就是诗歌的"写作"：你只要深入其中就会被诗歌本身的那些东西所支配。看来一个诗人对语言的欲望，只能在诗歌之外得到补偿。

至于写作的快慢，这里不谈具体的。我总的想法是：在一个加速的时代，写作应该慢下来。只有这样，我们才不至于与一个喧嚣的时代"同步"，而是进入到诗歌自身秘密的领域中。我欣赏米兰·昆德拉的一句话:艺术以对抗时代的进步而获得它自身的进步。

你的一首诗通常是怎样完成的?修改多吗?好的诗篇是修改的结果吗?

通常来说,在写作之前我往往感到了某种情感的、精神的东西或是几个相关的词及句子。但诗歌是只有在进入词语后才真正产生的。这样的写作过程必然伴随着修改,何况那诱惑着我们的诗歌,又总是在它不在的地方。因此我不相信那种"一口气"写下来的东西,而且也从来不喜欢"流畅"。相反,我喜欢写作过程中的障碍——与其让语言的轮子漂亮地空转,不如让它吃力地接触到大地上。也可以说,这就是我们在一些优秀诗人那里所发现的"难度的设置"。诗意的呈现,尤其是诗歌可能性的呈现,总是伴随着对某种难度——有时甚至是一种"看不见的难度"——的克服。因此,让我们在别人(或我们自己以前)轻易就滑过去或绕开的地方停下来,或者说,让我们以一种有别于竞技的方式来进入诗歌的地带。

对于你,诗歌中最大的难题是什么?在诗歌的技巧方面,你有解决不了的困难吗?

诗歌写作中最大的难题是语言，人们通常所设想的"技巧"是非常次要甚至是不存在的问题。语言问题集中了一个诗人所有的焦虑。在散文那里，凡是能说的都能说清楚，而在诗人这里，要达到一种他所设想的诗歌的"言说"，这几乎是一种不可能：不是语言迫使他意识到他自己的限度，就是他迫使语言做起它以前从未做过的事情。

但是因此卷入与语言的"搏斗"无济于事，那种刻意的、自以为聪明的语言实验也从来没有给我带来过对语言的领悟。我相信这只能是一种"功到自然成"所达成的境界，甚至不以诗人的主观意志所转移。一方面，我们笔下的语言似乎永远达不到所设想的程度，但有时，语言突然间向我们奇妙地展示它自身——这种"神助"，只能出自一种语言达到成熟时的突然一跃。

诗人与诗歌，在根本上就是这样一种与语言的关系。他的"焦虑"也正是他的"使命"所在。人们（或者说整个民族）只是在使用着语言，而它却在向诗人提示它潜在的可能。在此意义上，可以说诗歌几乎就是一种"未知的语言"，它只有经过一种严格、深入、有时是出其不意的写作才有可能将自身呈现出来。经过伟大的诗人或一代诗人，语言从日常格局中脱颖而出，它达到一种无以名之的境界，它仿佛再生了——这即是一个诗人的语言梦，纵然在实际写作中他会一再地碰上他的限度。

"人与世界的相遇"是你的一本评论集的书名，它可能也是你的诗歌理想,至少在某一阶段。"人与世界的相遇"必须通过诗歌来达成吗?

"人与世界的相遇"至今仍可以说是我的"诗歌理想",或这一理想的某一说法。我一直不主张诗人过于封闭在他的主观性之中;在我看来,诗歌永远是人与世界相互演变(在语言中)而成的一种境界。与一些人理解的正相反,诗人们要做的,不是所谓"自我表现",恰恰是不断地将自己置于人类生活的无穷之中。

不过这一切比我以前所想的要更为深入。人与世界相遇,具体到当代写作,还意味着一个诗人对当下生存的进入以及对他自己的时代所做出的反应。因此,这一切比古典诗歌中的那种"相遇"要更为尖锐,也更为复杂。例如米沃什诗歌中那种对"政治"及"20世纪历史"的处理,请注意我在这里使用的是"处理"一词,一种比"介入"更能导向开阔语境的语言姿势。实际上我从来不去读什么"政治诗",但是如果一个诗人在对政治、历史的处理中透出一种对人类存在的广阔视野,并由此打开一种诗的可能,那我就不能不服。的确,这是一种更为成熟的诗歌的构成。"纯诗"是对诗歌语言的要求,不应导致题材或素材上的洁癖,更不应成为某种画地为牢的口实。而一个诗人听到的召唤,永远是把现实转化为语言,使存在成为一种诗的可能。

另外,这种"人与世界的相遇",当然只能在语言中进行。狄兰·托马斯把《圣经》中的第一句"太初有光"改为"世界的开始是词",这昭示着另一种伟大的进程;中国古典诗学中的"神与物游",实际上也是人被语言引导,人进入语言,由此对抗着存在的被遗忘,在语言活动中恢复与万物、与精神的联系。而这一切,要求于一个诗人的,就不是所谓"介入现实",而是进入语言。的确,在世界的开始只能是词。

一个成熟诗人的标志是什么?

对此我当然可以举出一些例证,但就目前中国诗界来说,一个成熟诗人的标志就是深刻地意识到自己还不够成熟。

来自诗歌或诗人内部的威胁是什么?

我们只能问来自一个诗人内部的威胁是什么,而这又几乎不可问。例如海子,在他临死前半个月我们还见过,我们谁也没有觉察出在他的内心中已被决定的事。的确,这是一种最深的禁忌。来自生命内部的威胁,一个诗人终生将对之缄默不语,他或是与之达成默契,或是极力将其抑制⋯⋯

但是这却在成就着他们,如果这种威胁性的冲动,能够转化为一种写作上的内驱力。"死亡成为一种加速度",这就是我们在海子,在西尔维娅·普拉斯那里看到的。的确,在他们那里,死的激情也就是一种创造的激情,并且,它在一个诗人的精神内部构成一种异乎寻常的,相互威胁与激发的尖锐关系,也恰恰是这类诗人能打破常规,把诗歌带向一种不可能的可能。

因此,死亡并不是一种威胁。在某种意义上,正是死亡在创造着一个诗人,在唤醒和照耀着他们。真正的威胁是一种写作内驱力的减弱与消失,它会使一个本来不错的诗人浮到生活的平面上,以至于到最后什么也不想写,什么也不是。

是否真正存在现代汉语的破坏与重建,又是否必要?你在这方面有所努力吗?

我想并不存在"对现代汉语的破坏与重建"这样一个大的问题。虽然我们使用现代汉语写作,但一旦进入诗歌,它就成为另一种语言,即在现代汉语这样一个大的语境与系统中自成一种语言;而这种语言,在其性质上是"不可推广与普及的"。变化的只是诗歌本身的语言,在日常生活中,人们永远只能用一种有别于诗的方式说话。

当然,也不排除诗人们尝试一种对诗歌与日常话语都有效的"言说"方式。我自己在一些诗尤其是在诗片段系列《反向》和《词语》中也有意识做过这种努力,即使诗歌的语言形式从一种过紧的束缚中松开而延伸到日常话语中,但又保持着诗本身的意味和光辉。我最早从聂鲁达那里体会到这种不是"写"而是"说"的方式,米沃什则再一次加强了我的信念。我相信那是一种成熟而开阔的境界——它把诗歌从一个矫揉造作的时代解放出来。

而这种努力，面对的也只是一种诗歌语言的可能。说实话，一个诗人是无法"破坏与重建"民族语言的（这只是历史进程本身的事）——那种高喊这类宣言的人，我不知他们在干些什么。我并不反对"实验"，诗人对诗歌尤其对语言应持一种"日日新"的精神，但是这种"新"，应是一种可能性的呈现，是成熟一种语言并把它提升到一种光辉里……而众多的"实验"并未使我感到这一点，坦率地说，它们倒是留下了满地的垃圾。有时看到某些杂志和诗作时，我惊讶人们怎么把民族语言弄成了这个样子，而且是以"诗的名义"！

诗人不是语言学家，但他却应在更高的意义上对民族语言负责。汉语曾是一种伟大、光辉、美丽的语言，何以见得？李白、杜甫的诗会将这一点呈现出来。因此，一种语言的命运最终要靠它的诗人们来体现，而且体现到什么程度就是什么程度（语言的本质就在于它是一种可能）——当我们面对母语，但愿我们能够感到这一无言的"天意"所在。

你诗歌的风格和语言有过一次或几次明显的变化吗？其中不变的因素是什么？你现在是否仍保持着你的诗歌写作的初衷？

我的写作，一般来说呈阶段性变化，一两年或两三年一变。但对我自己来说，这是一种自然的生长或更新，是从自身的黑暗中出来,突然置身于明亮的海风中,而不意味着其他。我的信念是与其刻意求变,不如默默地生长。我知道"诗神"会给人们一些重要的时刻,而一个诗人要做的只是一种"迎接"。

我当然会要求自己保持作为一个诗人应有的敏锐,但与时代的"创新"相比,我更倾向于取一种"反向"的方式。我无意于与我的同时代人竞技,相反,在古典篇籍那里发现革命的源泉,在对时间黑暗的深入中寻找灵魂的秘密对话者——这样做有时几乎使我与我的时代到了恍若隔世的程度,虽然有时我会以一种所谓"新"的方式回到那里……

维特根斯坦在他的札记中这样写道:"必须说新东西,可是它肯定全是旧的。事实上,你必须限定自己讲旧东西——它肯定仍然是新东西。"这对我而言,几乎就是一部启示录。

话再回到开头,变化的是某种风格与境界,不变的是"灵魂"——这在一开始就被注定,却需要我们以漫长、迂回的一生来发现。在此意义上,我想我仍保持着我作为一个少年最初写诗时的初衷;当我们长大,来到一个开阔的斜坡上时,才从那里看到了我的"童年",而它已不仅仅属于我。

在你1989年以后的诗中,经常出现"词"这个词,最近你的长篇散文诗更叫作《词语》,这是否包含了你对"词"的发现的一种喜悦?我想对"词"的发现必有一段曲折的经历,许多人半途而废,你能否谈谈你的体验?

其实对"词"的关注早在1986年前后开始，亦即从我写作《触摸》《蝎子》等诗时。的确，这对我来说意味着一个开始。从"词"入手而不是从所谓抒情或思考进入诗歌，导致的是对生命与存在的真正发现，并且在引领我渐渐从根本上去把握诗歌。现在对我来说，不仅诗歌最终归结为词语，而且诗歌的可能性、灵魂的可能性，都只存在于对词语的进入中。布罗茨基在评论曼德尔施塔姆的文章中最后这样写道"这一切是我们的变形记，我们的神话"，只有我们不是从政治历史的变迁，而是在对词语的进入中才能感到这一点。曼德尔施塔姆遭受过放逐，但他也曾把"列宁"作为一个肯定性的词来处理。事实上，任何现实都是一个借口，随着对词语的进入，诗歌造就的是它自身。再例如"流亡"一词，看似政治色彩挺浓，但对它的进入恰恰是一个去政治化的过程，直到我们发现它是一个闪耀着的"来自精神王国的语汇"……

《词语》是今年年初我在比利时根特写下的一个诗歌文本，我把它献给我们这个时代——其方式是在文本中形成一个与之相对应的我们自己的时代。也可以说通过这个文本写作，我希望诗歌做出一种双向运动：在把我们与这个时代联系起来的同时又从根本上区别开来。我想这即是一个当代诗人在写作中要做的事：在一个扼杀精神的时代闪耀起诗歌的明亮。

另外，我不倾向于"长篇散文诗"这种说法，毋宁代之以"文本"或"诗片段"这样的命名。实际上在我写《词语》时并没有拘泥于任何形式，我想达到的是一种比以往更为自由、开阔的表达，同时又使它们以有意味的片段形式呈现出来；换言之，在不采用诗的完整形式的同时又力求使之成为诗歌的文本，成为可以编号的"作品"。许多诗人仍在那里视诗歌为一种自我表现甚至自我发泄的工具；但是诗歌的写作——无论它取什么形式——都只能是一种文本的构造。唯其如此，才能把诗歌限制在它自身的领域里，或者说，使语言保持在它的肌质、张力和不灭的光辉里。

而采用这种诗片段形式，或许更接近于诗歌的本来要求——它迫使诗人从刻意于形式的经营转向对词语本身的关注。诗歌，只要我们深入考察，就会发现它并不一定是一种从开头到结局的纵向完成，它往往趋向于"横向的独立"，或者在中途就达到一种"词的自治"：它会迫使我们在阅读中停下来，去面对这种语言的存在。现代诗如此，在中国古典诗歌中也是如此。那么，为什么不去试试把这些"词语"解放出来或显现出来？《词语》出来后，有朋友讲它的许多片段都可以"发展"为一首诗，但我无意去做这种生发。只要是文本的构造，无形中自有章法，或者说残缺中自有完整，一种通过修补反而会失掉的完整。更重要的是我看到："词"的显现是必须伴之以代价的——整个诗歌甚至还有哲学的无畏历程都让我感到了这一点。20世纪构造了什么，比起但丁和黑格尔？但是它的深刻，却体现在维特根斯坦的"哲学口吃"和策兰晚期那愈来愈破碎的诗歌语言中……

《瓦雷金诺叙事曲》和《帕斯捷尔纳克》是你1989年以后在北京写出的为人注目的两首诗，它们涉及同一个苏联诗人。帕斯捷尔纳克是否曾经是你的（或我们的）一个自况？现在，当你走在伦敦的街道上时，你认为这种自况仍旧是合适的吗？

我不能说帕斯捷尔纳克是否就是我或我们的一个自况，但在某种艰难时刻，我的确从他那里感到了一种共同的命运，更重要的是，一种灵魂上的无言的亲近。帕斯捷尔纳克比曼德尔施塔姆和茨维塔耶娃都活得更久，经受了更为漫长的艰难岁月，比起许多诗人，他更是一位"承担者"（这包括了他对自己比死去的人们活得更久的内疚和压力），而他在一个黑暗年代着手写作《日瓦戈医生》时所持的信念与所经历的良知上的搏斗，也恐怕是我们任何人都难以想象的。正因为如此，他会"找到我，检验我，使我的生命骤然疼痛"，似乎他那皱紧的眉头，对我来说就形成了一种尺度，以至于我一直不敢放松自己……

现在，当我"走在伦敦的街道上"，我仍然不会亲近拉金们而疏远了我曾以生命所热爱的一切。这是注定了的事，我无可改变。西方的诗歌使我体悟到诗歌的自由度，诗与现代人生存之间的尖锐张力及可能性，但是帕斯捷尔纳克的诗，茨维塔耶娃的诗……却比任何力量都更能惊动我的灵魂，尤其是当我们茫茫然快要把这灵魂忘掉的时候。我曾在一篇散文《岸》中谈到我在伦敦偶然读到茨维塔耶娃一首诗的英译《约会》时的情形，从它的开头"我将迟到……当我到达，我的头发将会变灰"，到它的结尾"在天空之上是我的葬礼"……我当时读着它，我几乎不敢往下看。我想我到现在仍震慑于这首诗的威力。的确，从茫茫雾霾中，透出的不仅是俄罗斯的灵感，而且是诗歌本身在向我走来：它再一次构成了对我的审判……

我注意到你的诗比较着重深度意象的挖掘，并且非常出色。这种诗具有某种普遍性，即，如果译成外文，"存真"的机会相当高。请问你是否有意走一条既保持汉语的张力又能面向国际的路线？你是否有把你的诗"国际化"的愿望？

我没有把自己的诗"国际化"的愿望，就像我同样也不想把自己的诗弄得富有"中国特色"一样。我想当一个诗人写诗时，他面对的只能是诗歌，而不是诸如此类让人费尽心思的问题。在诗歌中是没有捷径可走的：侥幸的取巧与对翻译的迁就，这与一个诗人的品性格格不入，而且构成了对他自己的母语的背叛。至于说注重"深度意象的挖掘"，这很可能取决于当我开始写诗时我父亲无意间说出的一句话："你要写诗？诗歌要有意境！"而那时我还是一个少年，处在"文革"的中后期，那时我还不知道美国在哪儿！

为什么一个西方诗人不会提出这个问题，而一个中国诗人却被如此的焦虑烦恼着？这倒是我们要去思索的。的确，我们渴望交流，因为过去我们一直生活在一个封闭的语言文化体系里；我们希望得到"认可"——在中国"五四"以来的文学中，一直存在着这种不无自卑的情结；但是，这又是通过所谓"国际化"可以弥补的？

我又想起了帕斯捷尔纳克、阿赫玛托娃……在他们写诗时，西方的现代主义正处在巅峰期，但他们似乎并没有去迎合这种潮流，也无意于要把自己"化"进去；相反，在那个时代他们发出的，是一种"古典主义的声音"（帕斯捷尔纳克评茨维塔耶娃），这倒成就了他们自身，以至于后来的布罗茨基只能以他们的传人自居，并在一个英语的世界里不无骄傲地宣称："俄语是寄寓灵魂的最佳场所。"

我多么希望这话能由一个中国诗人说出！虽然为此我们在实际上还得加倍努力。

"深度意象"诗有一个局限，就是音乐变化不大，复杂不起来。你好像也感到了这点。你写散文诗、评论似乎是为了调和这种矛盾？也许这只是我对你的"误读"。

我不是一个追求复杂的人，纵然我可能并不缺乏这种能力。问题是我们可能被那种随处可见的"貌似的复杂"唬住了，但我想那是一种刻意制造出来的"复杂"，是精心布置的迷魂阵，其中却并无神秘可言——那样的人搞别的可能比写诗更为合适。而诗歌要达到的,却是某种不可诠释的境界,是写只有诗歌才能写的东西;它不是一种句式和装饰上的复杂,而是一种本质上的不可说;而在语言的要求上,是把生命集中到眼睛中最明亮的那部分,生命的强度与纯粹度由此而生……

一个诗人是有限度的,即使他没有意识到这一点,他的一生仍在写着同一首诗,是这一首诗不断的重写——深化,扩展,回到起点上又朝向它新的可能,而这一切唯有从"根"上开始。甚至一部文学史也是一种"同义反复"——正如人们所看到的那样,荷马史诗中的"阳光融入海水"这一意象,构成的是整个文学中的明亮。一生二,二生三,三生万物。而这种"同义反复"只有当我们不再眩惑于其变而是直达其不变时才能把握住。当然,我这样说并不意味着我不去加大诗歌与精神内部间的张力,我想说的是:不要为复杂而复杂,更不要因为这种对复杂的追求而导致了对本源的遗忘。

至于我写散文随笔和评论,并非为了调和某种矛盾,而是"从诗中松开我自己,而在别的地方生长起来"。在诗与散文、评论之间,存在着一种"钢琴和乐队的对话"的关系;它们仍是一个整体,甚至包括我偶尔的翻译。

整代诗人几乎是在读外国诗人(译诗)中成长的,你如何看待这种情况?

整代诗人读外国诗,这意味着"心灵长在肉体之外",很荒诞,但又很正常。我们并没有一个可以直接师承的传统——古典诗歌由于语言的断裂成为一种束之高阁的东西,"五四"以后的新诗又不够成熟,它在今天也不会使我们满足;它有一种内在的贫乏。因此,目前这种状态实在是势出必然。也正是这种 20 世纪诗歌精神的"血液循环"(郑敏),使中国诗终于摆脱了几千年的封闭式生长,出现在与西方现代诗同一的地平线上。我相信这并不是一件坏事,并且我相信这种影响将逐渐减弱、消退,起码在一部分自身已成熟起来的中国诗人身上。只要中国诗人用他们的母语写诗,而又更加深入他们自己的现实和传统,中国现代诗最终就不至于成为西方诗的一个变种:它加入了整个文学的精神循环,但又会获得它自身不容取代的意义,在好的情况下,它很可能还会从它自身的角度照亮我们这个世纪和下一个世纪的诗歌。

你认为 20 世纪 80 年代末是一代诗歌的转折点吗?为什么?

20 世纪 80 年代末对我个人很重要,但它是否成为一代诗歌的转折点,这很难说。从大体上看,1989 年标志着一个实验主义时代的结束,诗歌进入沉默或是试图对其自身的生存与死亡有所承担。作为一代诗人——不是全部,而是他们其中经受了巨大考验的一些——的确来到一个重要的关头。

作为个人,我现在经常怀念并珍惜那一段日子。我不能不感到那时在我的内心里所经历的一切，超越了具体的历史时期，而对我的一生都具有了意义。的确，不仅是死亡在唤醒和照耀着我们，我们在苦难和恐惧中所深刻经历的自我意识及反省，更成为我们所蒙受的神恩。最起码来讲，所谓诗歌的良知并未在诗歌中创造出来，这使我们在黑暗中震颤不已。诗歌由此被置于一种更高也更严格的尺度之下：它发出了和以前大不相同的声音。

至于"一代诗歌"，如果可以这样说，它意味着的也不再是群体写作或流派写作，而是一种既不同于早期朦胧诗也有别于所谓新生代的个人化写作，而这样一种"转折"，应该说是从20世纪80年代后期逐渐开始。同时我也希望渡过了艰难关口的所谓"一代诗歌"，不至于在今天又松懈下来——当我看到人们付出巨大代价才得到的东西正在如此轻易地被失去，我更相信我们在那时常说的所谓"坚持"，其实是在以后。

如何看待"今天派"或所谓"朦胧派"诗歌？我曾跟你谈及"朦胧诗"的夭折问题，并说你1989年以后的一些诗作可以说是对"朦胧诗"的纵深发展，当然那是从一个新的出发点突入其纵深的，你如何看待这一问题？

首先在我看来，存在的只是"今天派"，所谓朦胧诗只不过是它在历史上形成的某种"氛围"而已。然后再谈正题："今天派"诗歌是从一个黑暗王国透出的第一线光明，但是随着这个王国以人们意料不到的速度全面解体,"今天派"作为一派也就很快成为历史。光明与黑暗是相互依存的。只有"今天派"诗人(包括受他们影响的)不再只从社会而是从他们自己内心的黑暗中重新寻找创作的动力时,他们才有了新的发展——这已是作为个人,不是作为一派。作为一派,他们曾经超越了时代,但时代很快又超越了他们——虽然在当时能做到这一点已非常了不起,这从整个历史来看也是如此。

至于我在那一阶段的诗作,看似部分地又回到了"朦胧诗"那里,但实质上有根本的区别。北岛的《回答》在历史上只能有一首,作者本人也不会再写第二首。"今天派"早期诗歌中的那种单一性,无法为1989年以后的中国诗歌提供其"纵深发展"的可能性,虽然它在早年所体现的诗歌精神并没有过时。回想1989年后那一两年间的写作,我们并没有向社会去要求什么,而是把问题集中在诗歌的内部——一种更为深刻的经历在那里发生,虽然它也与外部时代构成了一种前所未有的张力。我尊重"今天派"在历史上的开创性意义,但恰恰正是在那时,我们明确意识到了我们的写作与早期的"今天派"再无直接关联。就我个人来说,在那时对我产生重要作用的,除了国内的朋友外,有另外两个:帕斯捷尔纳克激励我如何在苦难中坚持,而米沃什把我导向一个更开阔的高地。

你对当代中国的诗歌状况有何评价?是否有一种"当代中国

诗歌"存在，还是仅仅只有"当代汉语诗歌"？在怎样的情况下当代中国诗歌才能得到确立？或是它已经确立了？

　　我无法就这么大的题目说话，我也不是那种专下结论的专家。不过我想当代中国诗歌即"当代汉语诗歌"（我不明白人们为什么要弄出这么多的概念），它存在着，只是无法"确立"。它正在展开、生长，正在一个复杂的过程中，而且还会经历挑战和变化，因此任何结论都为时过早；而诗歌是这样一个进程（在我看来），那就是随着对它的每一次逼近我们都将发现我们以前是处在某种虚幻里。

回答普美子的二十三个问题[①]

一、你相不相信通过写诗这种对你命定了的工作,最终才能到达一个灵魂可能被拯救出来的地点呢?那里,可以说是灵魂的"故乡"或"归宿"。你是在相信有可能抵达得了那个"故乡"的前提下而要把诗写下去呢,还是在永不到达的前提下想把这种境遇本身表现出来?你现在对这个"故乡"的设想(或信心?)有没有变化?你诗中的流亡者意识是否与它有关?

灵魂能拯救吗?我现在时常怀疑。我只是感到自己需要拯救,这才去写诗。有时我在停顿很久后重又拿起笔来,那完全是因为有了这种内在的要求。现在许多人为炫耀写诗,为了跟上一些什么写诗,但我始终认为,一个人只有在他听到并服从良知的召唤

[①] 佐藤普美子,日本中国现当代诗歌研究者,东京驹泽大学教授。该书面访谈载《诗探索》2003年第1—2合辑,日译本载驹泽大学中国诗歌研究刊物《九叶诗会》创刊号,2004年第1期。

时才能成为一个诗人。不然,诗歌就会无视他写下的一切。我所理解的写作的"严肃性"就体现在这里。

另外,有没有一个"故乡"?在隐喻的意义上,可以说人们已永远失去了这个故乡。问题是怎样来面对这种境遇。就我来说,我现在早已不再"眺望",不再"寻找",也不再设置一种精神流亡的情景。我想说,我接受命运带来的一切。我就在"这里"。如果一个人经历了漫长的艰难的生活,却感到某种更高的力量依然在他身上存在而没有被毁灭,那么这个"故乡"就是与他同在的。说到底,"故乡"不可能是外在的。我看过一个电影,我已忘了片名,但那里面的一句话却让我不断想起:"在一个人的躯体里,治疗的泉水开始涌动。"

至于"抵达"或"永不到达",我也不再思虑这个问题。我已在生活中经历了很多,想想历史和我们自己就知道了,我们来到,但无非是为了消失,或者说,无非是为了证实人生的盲目、虚无和徒劳。生命被赋予却无法完成,这已是一种宿命。正因为如此,要从深入不懈的写作中,去找到那种奇迹般的复活的力量;最起码,要把这种不可能完成的"境遇本身"不是草草地而是深刻有力地勾勒出来。

二、你新写的诗中,我最喜欢的是《八月十七日,雨》。读着它,我好像能随着那雨进入你的诗国里去。所用的意象联结自然而又新奇,富有感官性、哲理性。全篇洋溢着现代性忧愁,使人反思生与死。我似乎感觉到你诗人的脉搏。不过,还有一个小问题,《练习曲》(1988)和《八月十七日,雨》(2001)是用同一素材来写的吗?

《八月十七日,雨》是我在昌平燕山脚下的家中写的一首诗,与《练习曲》分属两个不同的人生阶段,不能说它们用了同一题材。也可以说,在燕山脚下为我落下的雨,已不再是早年的雨。我只是在这首诗中有意用了《练习曲》中的一个细节,以使这两首诗发生一种"互文"关系,或者说,使早年的人生再次出现在现在的视野里。

同样,不知你注意到了没有,我在1994年写的一首诗,题为《纪念》,而它是我多年前的一本诗集的集名。这样做,也是有意识地让过去与现在相遇,为了用一种新的眼光来重新打量自己。

三、你的其他新作,如《母亲》《带着儿子来到大洋边上》《一九七六》,读后都给我留下很深的印象。写"文革"时期的作品和文章我读过不少,但读了你的《一九七六》后,我才有了一种很切实的感觉。我认为,你在为诗歌探索着一条与社会历史和文化语境相关的道路。按不少评论家的说法,你为这种个人化写作注入了一种独特的时代意识。是这样吗?

其实"时代"是不邀自来的。比如,你讲到在我的诗中始终贯穿着一种沉郁、内向的气质,但我的童年却不是这样的。大概是从上初中开始吧,因为父母"出身不好",我开始感到一种说不出的压抑,性格也愈来愈内向,后来就干脆躲在文学中。这就是我所经历的"历史",它不仅影响了个人的生活和命运,也必然会在写作中显露出来。对于个人与历史的这种关联,我相信人们在生活中多少都能意识到,但能否把它化为一种深刻独特的诗学意识,能否有能力在写作中把它揭示出来,那就是另一回事了。

坦率地说,在这方面我与同时代的许多诗人都不同。当然,"纯诗"永远会是一个理想,我也一直相信诗歌有其独立的语言价值和精神价值,诗歌有足够的力量拒绝成为历史的附庸。你看我20世纪80年代的诗和诗论,那里面就有一个或半个纯诗主义者,并且到现在"诗的纯粹性"仍是我在写作时的一个重要尺度。但是,这些都只是问题的一个方面。问题的另一面是:在中国这样一个语境中,我们怎么来承担历史赋予的重量?我们的写作怎样与人生发生切实的遭遇而不是陷在某种"美学的空洞"中?或者说,我们怎样把文学的超越性建立在一个更坚实的、可信赖的基础上?你看看,作为一个诗人,我们能不面对这样的问题吗?

四、我认为,你的诗歌的特色之一是空白感。它形成着你的诗歌品格。它大概与思考的深度有关。它显示出沉思的痕迹,也就是"沉默"的表现。我们读者能从那种沉默里听得出一般无法发出的声音。我认为无论在哪个时代哪个国度,这种空白感都是伟大作品的品质，使人读后感觉到世上仍然有无限说不出的东西。一篇诗能否给人带来这样的感觉，或许与一行诗的长短、字数的多寡无关。你自己是怎样看待这种空白感或"沉默"的声音呢？

当然，我自己也一直在倾听这样的"沉默"，并且在写作时，给它在诗中留下了位置。如《冬天的诗》中的一个片段，"城里的朋友来了，来到乡下欣赏雪景。就在这里住下吧，不仅看迸放的晚霞，也和我们一起倾听——那起于夜半的、在你我灵魂的裂隙中呼啸的西北风……"当这种声音在夜半开始呼啸时，我就必须停下。因为它会告诉我们更多。它比诗人的笔更能摇撼我们生命的根基。

这也许是一种悖论：一个诗人是"有话要说"的人，但他又应是一个知道如何"沉默"的人。比如我的那些"诗片段"，有的朋友说它们很多都可以"发展"为一首诗。但我宁愿它们以这样的形式出现。这样做，也许正是为了让"沉默"也加入进来。从方法论上讲，不是把自己的"思"强加于人，而是学会调动人们去"思"，这才是最重要的。我一直告诫自己要相信读者。

你说得很好，空白感是所有伟大作品的本质。按照这个标准，我其实"沉默"得还不够。生活是喧嚣的，而诗歌教会我们沉默。这完全是另一种纠正性的力量。有人说诗歌是一种慢，我自己也曾谈到诗歌是一种"减速"，因为在这种"减速"中我们才能听到某种东西。有朋友在来信中说在读《回答》这首长诗的结尾时他想到了杜甫的"篇终接混茫"这句诗。我不敢说《回答》就写到了这种程度,但我写诗,就是为了把自己带到这样的境地,带到更伟大的生命存在面前,否则它又有什么意义?

五、最近因为研究工作的需要,我看了不少对你的评论,有人这样评论你,"尽管取材上带有自传的痕迹,但诗歌的声音却是由乔装过的代言人角色发出的"。你怎么看待这个问题的?

我不明白这样的评论要表达一种什么意思,我所知道的是:我所认同的诗人,无论古今中外,都会或多或少地运用他们自己的"自传材料",但他们在这样做的时候,又无一例外不在奉行着某种"非个人化"的诗学原则,以使个人经验上升到一个更具有普遍意义的层次。因为这是在写诗,不是在写什么自传。无论人们怎样声称他们"拒绝升华",但那种不经过转化和修辞处理的写作在诗歌领域里是从来不存在的。同样,罗兰·巴特提出的"零度写作",只是他消解"资产阶级意识形态"的一种策略,但弄不好,也会成为一场新的意识形态幻觉。

说实话,这里有太多的"误读"。但我还是要说一下:我无意为任何外在的东西"代言",即使我的那些被人们视为最具有"时代感"的作品,也都是首先出自对个人内在声音的挖掘。就说《帕斯捷尔纳克》这首诗,它几乎像标签一样被贴在我的身上,但实际上10年来我本人从不曾谈论它或在公众场合朗诵过它,因为在其内在性质上它并不是对公众讲话的。如果说这类作品具有某种"时代感",那也是在写作与语境、个人与历史的张力关系中产生的,并不是刻意去写的。

话说回来,在今天,"个人"已被普遍视为写作的基石或立脚点,但这并不意味着它是一个绝缘体。个人与历史从来就存在着一种深刻复杂的联结。从古到今,在诗人与他的时代之间,也一直有着一种痛苦的对话关系。这样做,我并不认为他们就犯了什么"美学错误"。我的意思是,过去那个时代常见的"代言人"意识被消解了,但历史关怀依然应该存在于诗人们的写作中。我当然希望我的写作愈来愈具有一种深刻独特的个人性质,但我知道,身在中国这样一个国家,作为一个诗人又不能不以某种"痛苦的视力"来观照他自己的时代。而这样做,与其说出于对时代的"责任感",不如说出自一种"墨水的诚实"。按照布罗茨基的说法"墨水的诚实甚于热血"(《佛罗伦萨的十二月》),在我看来,它也甚于那些各式各样的对诗的狭隘而武断的限定。

六、我注意到你诗中和随笔中的一些细节,如"系好鞋带",它好像拉满的弓,同时又充满着忍耐与决断;还有在回湖北老家的火车上,你的儿子不愿看对面正在啃烧鸡的民工,"一直把头扭向车窗外",某种东西超越时空而出现在这一瞬间,使我好像亲眼看见过一样栩栩如生,又感到一种无法形容的忧伤但却无限深邃的感觉。

"细节"的确很重要。就我而言,我只是到了很晚才学会用细节讲话。细节的发现和运用,还有诗的"叙事",对我这样的人来说,也是从过去的写作模式中摆脱出来的方式。当然,我是不会专门去写细节的,因为细节只是诗的一种要素。我的看法是,细节之妙或细节的重要,都在于怎样运用。一个诗人要有眼力去分开现象之流,找出那些真正凝聚了诗的关注力的事物和细节。这样,它们出现在诗中才能成为一种"语言"。比如《伦敦随笔》中的送牛奶的在门口所放下的"账单",这本来是日常经验的一部分,谁都不会在意,一旦出现在诗中,却有了不同寻常的含义。再比如,在北京冬日从远郊到城里的上班路上,我注意到了一些"细节",于是有了"道路两侧蒙霜的荒草灿烂"这样的句子,也正是这样的细节比任何言说更能使人感受到北方冬日的精神、冬日的美。

但是在这方面我是做得很不够的。我读别人的诗,经常感叹于那种细节的力量,例如以色列诗人耶胡达·阿米亥的《烧毁了的轿车上的第一场雨》一诗中的"减震器比死者更平静/死者不肯这么快安静下来",我读了真是感动之极。我甚至从中想象出了更多的东西,例如把"减震器"换成反转过来的轮子:死者平静了,但轮子却不肯安息下来。是的,我看到了那轮子依然在转,它不仅在言说生与死的悲剧,而且直达它的悲剧起源。

七、在你写于德国慕尼黑的文章中,有一句"一种绝望背景下的希望"。在你的一些诗中，也有这种感觉。这意味着什么？意味着一种人间交流的徒劳和放弃吗？

不管怎样，不是一时的冲动使我写下这句话。它出自多年来我对诗人命运及人类生活无穷的差异性和荒谬性的认知。可以说，我近些年来的写作都可以置于这个背景下来看。但我想这并不意味着"放弃"，因为在这个短句中，在希望与绝望之间仍体现着某种张力。只是我愈来愈深地体验到某种"徒劳感"。就拿曹雪芹而言，写到最后，不也就是"满纸荒唐言，一把辛酸泪"吗？一个诗人只能得到部分理解，更多的时候是曲解，或根本没有人去理解。

你可以说这是"悲剧性"的，只是我并不"悲观"。相反，它会从更深刻的意义上激励一个诗人。你曾讲到在某位中国现代作家那里有一种"失败的美学"，我恰好也多次写到这一点。但我感谢这种"失败"，因为这种"失败"才能把我导向一种更深刻的肯定。事实上，对一个诗人而言，真正的灾难并不是不被理解，而是他太渴望理解。的确，不要指望一个诗人会在这个时代产生多大的"影响"，会有多少崇拜者、追随者，那都是一种权力意识，一种有害的幻觉。他只能怀着"一种绝望背景下的希望"来从事写作。难道我们可以把这句话反过来说吗？不可能。

八、中国旧诗中有一种"赠答诗"的传统，有些当代诗人也在这么做，你的诗中似乎只有一首《来临》，是给一个具体对象的。

说到旧诗的传统,你有怎样的看法?

是有这样一个传统。它不仅体现在诗题上,如李白的《黄鹤楼送孟浩然之广陵》、杜甫的《赠卫八处士》,还是一种令人感到无限亲切的诗人间的交流方式,它已成为那个时代的文明的一部分。但我在写《来临》等诗时,并没有想到这一点。说到"赠答诗",我倒是在读普希金的诗时留意过,他有很多这类诗,无论是写给朋友,还是题赠给某位夫人,随手拈来,而又机智有趣。而我的诗,更多的是一种与自己的对话,或者说,与一个在现实生活中并不存在的人的对话。

说到旧诗的传统,这是一个大话题。我对它的态度也是很复杂的,一方面,诗无论新旧,中国古典诗我每过一段时间都会重读,即使我不直接学它们,作为一种"缺席的在场",它仍会不断地作用于我的诗歌意识;但另一方面,在今天,作为一个写作者我们又必须形成自己的精神语言和表述方式,而这就必须对自己身上的那种"俄狄浦斯情结"进行某种抵抗。在中国,回到传统的屋檐下是很安全的,也是不需要多大才能的。但历史究竟向我们要求的是什么?

其实我的态度你是知道的。无论别人怎么说,我都会"一意孤行"。不过,我想我以后会在中国古典上投入更多的精力。我深感我们这一代人文化底蕴不足。所谓"底蕴",那是从一个写作者的语言和修养中透出来的。有底蕴的人,虽然是在言说眼前的事物,但也会透出无限深远的历史和文化的背景。问题就在于,与传统的割裂,使我们这一代人几乎彻底失去了这种底蕴。

九、你曾把"承担"精神解释为"伦理与美学的合一"。你所说的"伦理"是一切外在的势力都永远侵犯不了的圣域——个人内心——的主宰,比如"良知""自我反省精神"等等,对不对?

是这样,写作的伦理和人们常说到的道德是很有区别的。其实我一直反感在诗中从事道德说教,诗人也不是任何道德的化身。但是他却必须面对自己的艺术良知。当他写作,他还必须自觉地锻造一种美学和精神的品格。事情在我看来就是这样。

至于"承担",很难设想一种大而无当的承担。我自己也从来不喜欢那种看上去很"宏大"但却很空洞的诗。在我看来,"承担"首先是"向内的",是对个人命运的承担,是对困扰着个人的那些人生和精神问题的承担。我的经历你是知道的。如果我写得过于轻飘,它就与这种经历不相称;不仅如此,它还是一种对内心的羞辱。"承担",首先是承担生命之重。除此之外,一个诗人当然还应有一种更大的关怀,因为"人生的"也就是"历史的","语言的"也必然会是"文化的"。在此意义上,一个诗人不想承担也得承担。当然,是以诗的方式承担。在这方面,他的专业限度意识与承担精神同样重要。

说到"承担",我强调的是在我们的写作中缺乏的东西,这并不意味着我会忽视写作的其他方面。比如，我希望写作能够是一种"伦理与美学的合一"。它不同于苍白的唯美主义，但也不同于那种简单化的"为人生而艺术"。这么说吧，我希望能够在这两者之间形成一种足够的张力。重要的是，"承担"不仅是诗歌意识上的，对一个诗人而言，还意味着要去形成一种与之相称的承担的方式。比如在写《伦敦随笔》这首诗时，我就有意识地运用了一种不是单一风格的而是"整合"式的写作方式。在伦敦的两年生活，生命体验的深度、广度及内在冲突的强烈、复杂程度都是前所未有的，而单一的写法就不能胜任。于是我把抒情的、叙事的、追问的、反讽的、经验的、想象的、互文的、细节的等等要素和艺术手段整合在一起，把多种不同的相互冲突的经验熔铸为一个有着不同层面的艺术整体。这样来写，使它成为一首诗，但又具有了更大的包容性。这种"包容性"来自对复杂的艺术经验和精神资源的整合，而不是拼凑。用一个批评者对这首诗的评价来说，那就是"以内在的痛苦来克服外在的混乱"。

在我看来，"写作的难度"就体现在这种整合式的写作中。杜甫和叶芝中晚期的写作往往就是一种"整合"式的。这不仅体现了他们对自己人生的总结，甚至也体现了对一个时代的诗艺和整个诗歌史的某种整合。我愈来愈认同于这样的写作。灵机一动的诗，单一风格的诗，我想我都可以写，但它已不足以体现我对生活和艺术的全部体验。写到今天，我需要去面对真正的艺术的难度。我也需要有一种写作方式，能够把自己的全部经验、想象和技艺都投入进去。我所渴望的就是这么一种写作。

十、还有一个问题,所谓诗人,是职业呢,是人格呢,抑或说是精神呢?诗人究竟指称什么样的人?我想知道你是怎么看,想知道一个中国诗人和我们一般日本人对"诗人"这个称谓的看法有什么区别。

说实话,我经常是羞于在人们面前说自己是一个"诗人"的。如果我是一个画家,到哪里我都可以讲"我是一个画家",但是,作为一个"诗人",我现在的感觉恐怕仍和我 10 年前在《词语》中所写的一样,那就是"当我开出了自己的花朵,我这才意识到我们不过是被嫁接到伟大的生命之树上的那一类"。

我想这就是我的回答。"诗人"肯定不是一种职业,也不是一种身份。诗人是一种语言和精神的存在。我心目中的"诗人"是那种具有优异的诗性语言能力,而又以其灵魂的存在唤起和激励我们的人。也正是这样的诗人在历史上赋予了"诗人"这一称谓神话般的光辉。在今天,我当然愿诗人们依然能够保持这种"家族"的尊严。一个诗人,不仅以其作品,而且也会以他作为一个诗人的"形象"出现在人们面前,总不能"一代不如一代"吧。

我想说的是,诗歌是有一个高贵的出身的,但这种高贵和我们在眼下所看到的种种作秀无关。"诗人"是为诗歌工作、为一个民族的语言和精神工作的人。一个诗人,如能深入到这种工作内部,并和某种创造性精神深刻结合在一起,他就有可能受到天地的祝福,整个文明的祝福。他的某些作品或句子,甚至看上去"有如神助"。然而,即使如此,除了感谢诗歌的赋予和造就,一个诗人没有任何理由把自身神话化。诗人有写出好诗的责任,但却没有口出狂言的特权。

十一、我知道生活和艺术这两件事不能相提并论,不过,也知道诗与非诗的区别很复杂。你有过"生活的艺术化"这种想法没有?你对生活与艺术的关系有什么看法?

这里面的关系的确很难说清。我自己有很长一段时间习惯于把这两者对立起来,并且有一种叶芝式的决绝:"是生活的完美还是工作的完美,一个诗人必须做出抉择。"但现在,我不是这样的态度了。这倒不是像有人所说的,是到了与自己的肉体达成妥协的年龄了,而是我不再考虑这类问题。现在,即使我长时间不写诗,而是忙于其他一些事情,我也不焦虑。一切皆为天意。如果你的园子里出现了杂草,那是因为野草也有它生长的权利。那就任野草疯长吧。如果你没有一种彻骨的生命的荒凉感,你也就没有必要坐下来写诗。

十二、思考与感觉的融合是现代诗应有的条件之一,有种感官性会变成另一种感觉而同思想融在一起打进人心里去。最近我听说过所谓"下半身写作",听起来像是胡闹。不过,他们的用意是不是在强调诗中的身体感觉?你是否看重诗作上的身体感觉或感官性?

起初,有人提出中国诗歌缺乏"下半身",如果撇开其文化政治的一面,是有某种意义的,但这个"下半身写作",我就不知其为何物了。但一些问题仍需要我们去辨别,比如臧棣把诗的力量与"力比多"区别开来,就一语中的。至于"身体感觉"或"感官性"之类,我记得王佐良等人在谈穆旦的诗时都谈到过。但我想他们都不是在谈论一种写作内容或题材,更不是在谈论什么上半身或下半身,而是在谈论一种诗的感性和语言的质地。我们知道,诗不是空洞的,而应是具体可感的,这样的感性最终要靠语言来体现。富有质感的语言就像某种"物质"一样,可以被人感觉到,甚至"触摸"到。这才是一个诗人梦寐以求的。可以说,恢复语言的"质感"或"质地",并在写作中呈现语言的潜能和力量,这从来就是诗人的工作。我看过一些人的东西,但很遗憾,它们大都是在"观念"上做文章,在"道德"上比大胆,恰恰缺乏语言本身的力量,缺乏语言的新鲜深刻的质感。语言的质感,这才是和"写作的难度"相伴随的一个尺度。而这不仅和语言能力有关,还和一个诗人感受力的深度有关,比如里尔克写豹的"目光"被铁栏"缠得这般疲倦",读了就让人难忘;比如阿尔谢尼伊·塔可夫斯基的诗(他是苏联导演安德烈·塔可夫斯基的父亲):"雨下个不停,而且有点晚／枝丫冷缩，雨珠滴不完……"这样的语言，不仅使事物历历在目，仿佛被我们亲眼看到，而且我们读时确有一种"身体的感觉"。我们的身体和精神都在经历这使人"冷缩"的一切。

至于我是否看重诗中的身体感觉或感官性，我想我已部分地回答了问题。每个诗人对自己的语言都有一种想象。我希望自己的语言是一种出自生命体验而又富有质感的语言，或者说，是一种能与我们的生活经验——它当然也包括了身体经验——发生一种深刻"摩擦"的语言。这样的语言不仅要有效地作用于人们的感官，更要抵及人们的内心。至于别的，我倒真的没有去多想。

十三、读你的诗，尤其是早期的诗，我就想起杜甫的"独立苍茫自咏诗"。也许这和你在诗中屡次使用的静态性动词有关，如倾听、守望、眺望、抑制、凝视、包括"踟蹰不前""坐而不动"等等。但这又不是静态性的，而是包含着一种极大的张力。这种坚持的姿态内含着一段反省的时间，也表现着人的意志具有的一种美丽、隐秘的抒情性。我常想起这种静态意味着什么。当你使用这些包含张力的静态性动词时，你心里是否有很大的矛盾？一方面觉得茫然不知走向哪里，但一方面要坚持定位于一处（那里也许是"内心"吧），而决不漂移到别处，是不是这样？

是这样，最起码在我写那些诗时是这样。你提到了杜甫，而"望"，就是一种典型的杜甫式的语言姿态和精神姿态。李白就不是这样的姿态。这里面也许真有某种遗传基因在起作用。也许仍是老杜甫在通过我们眺望，不是眺望破碎的山河，而是眺望伤痕累累的汉语。你说呢？

不过，我同这位老父亲之间也有一种争执。埃兹拉·庞德曾在一首诗中说他要与惠特曼签一份"合同"，说"你砍下的树林，现在是用来雕刻的时候了"。但很遗憾，像杜甫这样的巨匠，似乎并未给我们留下这样的未被雕刻的大树。似乎一切都被他们写绝了。看来我等后辈还必须另辟生路。

话说回来，一种杜甫式的"眺望"是永不完成的。不过，如果老是固定在一个地方，就容易僵化，就容易被人"捕捉"。我的意思是，一个诗人还必须同语言和自我姿态的僵化进行较量。写作是很容易模式化和僵化的。对这种僵化进行挑战，说到底，是一种与死亡的较量。以语言来战胜带来死亡的时间，这永远是一个诗人最内在的驱力。这些都是近年来我在考虑的问题。例如在《变暗的镜子》《冬天的诗》里，我不断变换位置和视角，造成一种多重经验和空间的转换；在"语感"上更为内敛、不确定；在一些用词和联想方式上也更注重"出乎不意"，让自己也想不到。这样的写作使我体会到，要避开死亡的"捕捉"，一个诗人就必须"追随造化"，化者无穷，追随亦无穷，直到我们能够把诗写到一种"无以名之"的境地。

十四、闻一多当年提出诗歌的绘画美、音乐美、建筑美，在这之前,他还说过:美的灵魂若不附丽于美的形体,就会失去他的美。这种看法使人想到贝尔(Clive Bell)的重要美学概念"有意味的形式"(significant form)。你对诗歌的形式问题注重吗?

当然注重,虽然我经常探讨其他一些诗学问题,但落实到具体的写作,形式问题就摆在面前,一个诗人不可能绕开它们。尤其是20世纪80年代末期以来,我在形式和写作方式上就比以前要更自觉一些。例如写《瓦雷金诺叙事曲》时,我有意识在诗中加进了一些"叙事"因素和自我对话的情境,但又使这首诗有别于传统的"叙事诗"。说实话,当时这样写我并无多大把握,但我就那样写了,并且干脆称它为"叙事曲"。到了后来写《帕斯捷尔纳克》时,精神更为内聚、沉痛;与之相称,我采用了四行一段的形式,在形式上显出一种"朝向经典的努力"。但我注意在形式的整饬与内在精神的运作之间构成一种张力,不然它就显得"四平八稳"了。而在这首诗后,我感到那种诗的强度和精神的迸发性已难乎为继,这就是说,它只能有一首,于是我转向《反向》这种诗片段形式。为此我深感喜悦。我感到它不仅在形式上,也在精神上为我打开了一个新的空间。是的,我发现这种形式特别适合我,它能调动我的写作欲望和想象力。它能持续不断地对我构成一种"召唤"。换言之,我感到我可以在艺术上把它写成一种"王家新式"的。因为它不单是一种形式,而且它和一种写作方式及诗学意识结合在一起,在艺术经验上也具有了更大的包容性。它不是一次性的，它可以"写下去"了。

"诗片段"系列我已写了上十年，当然，细心的读者会发现，每一个诗片段系列其实都是有区别的。我不想使它们成为一种复制。你的感觉很对，写到今天，应在形式问题上投入更多的关注。但我想对我这样的人来说，今后对形式的探索不会是"单向度"的，即在某一方面刻意发展，而很可能是"整合"式的。这种整合式的写作我在前面已谈到过了，这是和复杂的心智及经历，和艺术的包容性、凝聚力与艺术的锤炼有关的一种写作。对一个具有多年写作经历的诗人来说，这往往还是一种总结式的写作。我感到只有经过这种整合式的写作，才能把复杂的、矛盾的、多样性的东西"锤炼成一个整体"。但是这里面不应有误解，以为整合式写作就是那种"大诗"写作。相反，我现在愈来愈看重"简练"的力量。在一首简练的短诗中，似乎更能透出一种整合的性质。这就看你怎么写了。

十五、对于风格和技巧问题，你自己怎么看呢？

人们通常认为风格是一个诗人的标志。但我认为恰恰要警惕过早地风格化。风格化会把一个诗人过滤得过于干净，甚至会使他失去与"大地"的接触。而大地是鱼龙混杂的。我的诗大概是我自己才能写出来的，但却不是"风格化"的。如果缺乏更充分的资源和内在支持，风格化就是一个诗人的死亡。我一直在提醒自己这一点。

　　说到技巧，不少人认为我不是一个注重技巧的诗人。那就让他们这样认为吧。只不过人们忘了诗人们的形式感、技艺以及他们各自在写作中要解决的问题其实是很不一样的。一个人活到什么程度，就只能说什么样的话，相应地，就会有一种不同的说话的方式。在诗的问题上也是如此。一个年轻诗人看重形式和技巧，往往是为了把一首诗写得"像"诗，但是一个更成熟的诗人就不会像他年轻时那样了。他不仅要面对眼下的时代，还要面对整个文学史和诗歌史。换言之，他还要在某种历史视野里来考虑所有当下的写作问题。他的"历史感"在决定着他怎样来发展一种属于他个人的才能和技艺。

　　此外我还想说的是，诗歌是一种精神性的劳作，这决定了它虽然需要技术但它却不是工艺。它的技艺也不是可以复制，或加以推广的，因为它总是出自个体的生命。在技巧问题上我的原则是：宁肯更笨拙一些，也要抵制人类的那些所谓的聪明。我甚至认为，把一首诗写得过于聪明，是一件有损于诗的尊严的事。一个诗人当然要发展出一套诗的技艺，这是判断他作为一个诗人的重要标志，但一味地在诗中讨巧，也就到了山穷水尽的地步了。看到某些精心修辞的诗，不过是一个华丽的空壳，我想起了尼采的一句话："他们在挖掘，不过他们挖掘出的都是他们自己埋进去的东西。"既然这样，还挖个什么劲呢。

　　的确，技巧是很重要的，但它并不能保证一首诗的力量和创造性。在我看来，诗歌创作是一种精神和语言的兴发创化活动（顺便说一句，如果说起"赋、比、兴"，在目前的中国诗中最缺乏的就是"兴"）。进入到这种写作内部，一些出乎意料的东西出现时，一个诗人才算进入了"创造性"的时刻。在此意义上，一个诗人是不能单靠技巧来决定自己的命运的。他还必须在更重要的方面准备好自己。这里，我愿意引用一位英国诗人的一句话，作为对年轻人的忠告，这句话是："除非你把理解世界的全部努力包容进去，否则诗就会枯竭。"

十六、看到一些你写母亲和儿子的诗作，我很感动。不过，我对母亲、孩子的那种形象没有你那么纯洁。实际上他们常常在我心里引起矛盾和相反的感情。这里有一种"骨肉情的复杂性"。你诗中的那些亲人的形象和感情无疑是真的，但是不是有一些纯化？

你的感觉是对的，我也很认同你这个说法："骨肉情的复杂性"。我同我父亲以及我和儿子的关系，就有这种说不出的复杂性。不过，一首诗不同于小说，可以对这种复杂性进行充分的揭示，诗是"有所不为才能有所作为"的。

说到这里，我承认，我有一种"中国情结"。我不是一个超脱的人。我不仅同自己的亲人，同我生活的历史、国家、时代、文化、环境等等，都有你说的这种"骨肉情的复杂性"。我在写亲人间的关系时，也往往把它放在这种更大的"骨肉情的复杂性"中来写。

比如,在《带着儿子来到大洋边上》中我写到对孩子的亲情,但我的笔端不可能局限于此。你知道,这是我在美国西北海岸写的一首诗;在那里,一个中国人必然会眺望大洋对岸他所来自的那个国家,他的眼睛会因这种眺望发酸,他内心的一切也都会调动起来,因此我会这样写道:"孩子,你需要长大／才能望到大洋的对岸,你需要另一种／更为痛苦的视力,才能望到北京的胡同／望到你的童年的方向……"你看,这种"痛苦的视力"就这样出现了,而它照亮的,不仅是父与子这个主题。

需要多说的是,作用于我本人的这种"中国情结",是不同于许多人那里的"文化中国"的。那个古色古香的带有仿古性质的"文化中国",其实和我们自身的存在并无多少深刻的关系,但是我们和我们父辈在中国这样一个国家所生活的历史,它给我们带来的苦难和希望,在内心中却永难化解。我读过一本移居国外的作家的书,作者说他写这本书就是为了了却他的中国情结,并且他已"了却了这个情结"。我理解这种写作夙愿,只不过这样说是不是过于轻易?看来,我真的不是一个超脱的人。

十七、看到诗歌论争中一些批判你的文章,我觉得它们有些令人讨厌。因为它们的口吻里完全没有对于诗歌本来应有的灵魂的恐惧和虔诚。凡当以严肃的态度批评别人时,内心里总会有某种痛楚伴随着。但是它们都没有显露出这种痛苦和精神的高度。我不相信它们。我相信你,不是因为我已认识你,而是从你的诗和文章中看出了你可贵的品质。不过,我有些担忧。

到了中国你就明白了,不过,即使到了中国你也不一定明白,因为在中国的一些朋友和读者也曾像你这样很困惑地发问。不过,对某些所谓的"批判"完全不必理会。他们的目的并不在诗歌本身,又何必同他们去理论呢。我欢迎批评。我自己也一直在反省我的创作中存在的问题。但如果有的人并不具备你所说的那种批评品格和能力,那就随他们的便吧。

不过诗歌论争的确把我们的文化环境和文化问题凸现出来了,这才是一个有良知的写作者应该去面对的。比如,过去一个世纪"革命文化"和极端主义的历史再现,那种否定一切、调侃一切的价值虚无主义,那种对诗歌和精神问题的可怕"简化",那种商业社会的蒙昧主义和文化炒作,那种对暴力、时尚和所谓"身体"的粗痞推崇,这一切都搅和到了一起,构成了我们这个时代的"文化气候"。但这又有什么?在春天,如果你是一个中国人,你还不是需要顶着沙尘暴上班?没有人给你放假。

十八、还有一个重要的问题,即诗歌的"标准"问题,你能否谈一谈?

诗歌怎么可能没有标准?诗歌永远有它的标准。正是这些标准——它并不是干巴巴的理论和教条,而是一种精神,一种无形不可见而又确凿无误的尺度,在秘密地激励和提升着一个诗人。诗人的所有写作,最终要达到的就是对这些标准的确立。诗的力量就来自这种肯定。

只不过诗的"标准"从来就是个人的。要提防的就在这里,那就是一个诗人把他个人的标准变为一种公共标准。这样的事情在你们日本是不是出现过?我倒真的想了解一下。

十九、我看过一些文章,似乎中国很多诗人都在谈诗歌的"日常性",你怎么看?

在有些诗人那里,这是一种使写作"重新回到事物本身"的努力,但在另一些人那里,我就不知道是怎么一回事了。其实,"生活"可以在任何地方体现出来。难道"知识分子"就没有他们的日常生活?事实是,对任何一个诗人而言,缺乏的都不是什么生活,而是把生活转化为诗歌的能力。因此,我一般不卷入这个话题。我用的是"诗歌的具体性"。日常性不是诗歌的一个标准。如果说有诗歌的"日常性",那它也是一种诗的发明。

二十、你在诗中有时使用"伟大"这样的词,可能一般的日本读者不大习惯。比如《第四十二个夏季》的结尾:"现在,我走入蟋蟀的歌声中,/我仰望星空——伟大的星空,是你使我理解了/一只小小苍蝇的痛苦。"这里的"伟大"是否可以换一个别的词?

换一个别的什么词?"浩瀚"?"广阔"?不,还是"伟大"这个词。因为用这个词才能传达那一瞬内心的强烈涌动,才带有一种诗的力量。从诗的角度看,才构成一种强烈的对比:因为这首诗写的是肉体存在的盲目性和卑微性,以及一种痛苦的自我醒悟。因此,"伟大"一词用在这里也许并不显得空洞。

不过,我感谢你这样提问,这显示了你的敏锐。你讲到是永骏教授对我的一些诗句的分析,也非常有眼光。他讲到《预感》(1986)中的"你听到无数声音,经历了/一个又一个世纪",这里的"一个又一个世纪"比较空泛,减弱了诗的纯粹性,而《临海孤独的房子》第九节的最后一句"你忍受的无数个冬天是值得的",这里的"无数个冬天",他认为却是恰到好处的。这里有一种在汉学家中少见的语言的敏感。这样的研究是值得信任的,也是很有益的。的确,应该有一种对"大词"的警惕。像我这样的人,自幼就被一种"宏大叙事"所书写。纵然我一直在竭力摆脱这种书写,比如,在20世纪80年代,我所做的工作之一就是把"啊"这类词从我的诗中清除出去,但有时它们仍会很顽强地冒出来。记得德国汉学家顾彬对杨炼在诗中爱用"人类"这个词也很敏感。的确,我们这一代人(又一个大词!)可以说是在历史上过渡的一代。是什么在我们身上过渡?现在可以看清了,是一种语言、一种话语方式、一些词和句法在我们身上过渡。纵然有时我对别人的诗很敏感,如看到海子的一句诗"我抱着高大的蒙古马漂洋过海"时,我曾问他"为什么要用'高大'这个词呢,我见到的蒙古马实际上都是矮小的";还有骆一禾的诗句"我伸出亚洲的胳膊",我也曾向他提出异议。但是,类似的大词却经常在我自己的诗里冒出来。看来"话语转型"并不是一件容易的事。也许每一个诗人身上都宿命般地带有一种他那个时代在语言上的规定性,而他们自己对此是浑然不知的。你谈到艾青的某些诗在历史上是激动人心的,但是现在看来就缺乏深度。岂止是艾青,即使像穆旦这样的曾写出优异、纯粹的诗的诗人,他的有些诗也显得有些空洞。那么我们自己呢?真是值得警惕和注意!

但是,从另一角度来看,"伟大"这样的词为什么就不能用?完全可以反讽式地来用,如《回答》中的"虽然伟大的史诗尚未产生,/你却仿佛已走过了远远超过一生的历程",这里的"伟大"就是一种对20世纪80年代以来诗人们的"史诗情结"和"伟大情结"的自我反讽。这样看来,"语言的敏感"还应和一种"历史的意识"结合起来,或者说,对语言的敏感本身就应包含一种历史的意识。说到这里,我理解日本读者对"大词"的不习惯。似乎日本的审美传统一直是精微的、唯美的、空灵的,和中国不大一样,是不是?我最近读到一首小林一茶的"河水悠悠/上有浮枝/枝上虫鸣",就很感动。我欣赏这样的简洁和空灵。而中国的传统似乎就更复杂一些,或者说,有一种更大的包容性,比如在唐代有王维这样的诗人,但也有杜甫这样的诗人。当然,我在这里并不是为"大词"辩护,而是想提示一种"文本"和"语境"的关系,一种语言意识和历史意识的关系。提出这些问题来,也是为了和你讨论。

二十一、你的诗中不断在写一种痛苦,但读得多了,有的读者也许就会对"痛苦"这个词有疑问。这种词用多了,会不会减少诗语的表现力?

或许是这样吧,最起码应该感谢你的提醒。似乎我的诗中都有一个痛苦的内核。我的生活并不总是这样的。但写起诗来,那种东西就开始出现了,而我只能面对它。可以说,我珍惜这种痛苦,因为它是"最个人的"。欢乐可以与人分享,但在这种痛苦中我才与一个更内在的自己相遇。我甚至要说,这个痛苦的内核照亮了我的写作和生活。至于"痛苦"这个词是否用得过多,我需要回头把我的诗再看一遍。也许这不单是一个词的问题。

二十二、我是在读到你的诗论《阐释之外》时才注意到你的。因为你对诗的看法和态度和我所了解的其他中国诗人是如此不一样。你让我意识到:诗还可以这样!

很巧,国外有一位专门研究顾城的朋友也曾这样对我说:我以前一直认为诗是非理性的细节,看了你的诗,我这才意识到,诗还可以这样写!

说实话，在中国当代诗人中我一直是不那么"合群"的。我不属于任何流派或圈子，和一些纯诗的写法也很不一样。不仅不一样，我想我一直在冒着一些人的非议在写作。他们的写作都值得尊敬，但我宁愿我的写作是另一回事。

也许，像我这样的写作者，不仅是孤单的，也很可能是最后一个，是一种行将被历史的所谓"进化"淘汰的物种。不知你注意到没有，我的诗中一再出现"孩子们在长大"这句话。这些在游戏机、电脑、流行音乐和种种时尚中长大的新一代人，能否理解他们父辈的痛苦？我不知道。我所知道的是，即使没有任何人理解，我也会这样写下去。那么，我是在为谁写作？

二十三、有一位日本诗人兼评论家曾这样评论日本当代诗：很多诗人没有用敏锐的眼光精确地观看事物，他们的这种视力衰弱了，因而诗中往往缺乏明确的形象。关于中国当代诗，我阅读的范围并不大，不过，是不是也有同样的问题呢？它们往往缺少"凝结成屹然不动的形体"这种感觉，所以最初觉得有趣，随后很容易忘掉。但是你的诗不一样。多半是一旦读了，明确的形象就一再浮现在心里，有时"凝结成屹然不动的形体"，永远忘不了。我认为，这就是你的诗的一个独特性，它能够形成一个印象深刻的有张力的意象。我记得瓦雷里说过，诗就是一字一句都不能改变地完全照原样一再浮现在心里的语言表现。我看，这不仅跟押韵、节奏这种语言的音乐性有关，更重要的是怎样形成一个活生生的形象,你说呢?

你的感觉很值得注意。中国当代诗中的确有这么个问题。记得在20世纪80年代,一位荷兰汉学家读到一些中国的"先锋诗"后,那里面繁复的意象和比喻让他大为惊讶,他称之为"意象爆炸"。只不过在"爆炸"之后很少有什么能够留下。那不过是一种"泡沫经济"。这样为炫耀而形成的密集和繁复,导致的往往是诗的虚无。在这方面,我想我们应该向经典作家学习。比如在一些中国古典诗人那里,在但丁、叶芝、阿赫玛托娃那里,意象、细节和比喻都不是太多,但一旦出现,就让人难忘。这一切,真是值得我们去研究。

谢谢你的夸奖,但我在这方面做得是很不够的。诗人最基本的艺术能力,就是把复杂深刻的感受"凝结成屹然不动的形体",反过来说,通过意象或细节,来道出那最深刻有力的一切。我知道为什么里尔克要向罗丹的雕塑学习,因为诗的语言要有一种雕刻的效果,要有一种质感,一种黑白照片式的表现力。但是这样的问题是无法仅仅通过技术来解决的。你提到的那些诗,我猜它们的作者其实都是有一定的语言才华的,但是,为什么又不能进入人心?我想问题就在于,诗人一定要有一种体验的深度,对其表现对象一定要有一种精神贯注,要有一种直达事物本质的洞察力,最后,还要在写作中把这一切化为一种刻骨的语言本身的力量。我有时达到了这种要求,但很多时候也是力不从心的。《带着儿子来到大洋边上》的最后一段是"滚滚波涛仍在到来／人们离去，带着盐的苦味，消失在宇宙的无穷里／仍有人驱车前来，在松林间支起帐篷／仍有孩子伸出手来，等待那些飞来的鸥鸟／海边的岩石，被海风吹出了洞……"我这样写，写到最后，目的就是为了让人"看见"。不仅使诗中最终出现的事物——那承受着海风吹蚀的岩石——可以被"看见"，而且看了就得接受它的注视。因为这样的"形体"出自痛苦的历史，所以它会在心灵的视野里一再出现。

越界的诗歌与灵魂的在场:王家新访谈[①]

《今日中国文学》编者按:

经过20世纪80年代早中期朦胧诗歌的洗练,在中国当代具有深远影响力的诗人当中,王家新是为数不多的一个。他现在是中国人民大学文学院的教授,不仅以诗人身份著称,也是重要的编辑、翻译家和文学评论家。王家新的写作,因其独特的国际化特点和植根于经验的风格,被很多人归类为所谓的知识分子写作——对大多数西方读者来说,"知识分子"一词带有某种"学术"意味,但单纯以此来评价他的诗歌显然不够准确。通过这次与汉学家江克平的访谈,读者能强烈感

[①] 该访谈由《今日中国文学》委托美国柯盖特大学教授江克平(John A. Crespi)进行。该访谈及王家新一组诗刊发于2011年美国俄克拉荷马大学出版的《今日中国文学》(总第3期)。该访谈中文版曾刊发于《中西诗歌》杂志,其中"《今日中国文学》编者按"、江克平的访谈前记及问题由史春波译成中文。

受到王家新既主观隐秘又完全国际化的诗学观念,他从对西方诗人保罗·策兰、艾米莉·狄金森等诗人作品的探讨,谈到写诗与译诗的关系,谈到诗人需要面对的外部/物理世界的存在与内在/心理空间脱节的现实,正如他本人那样,身处故土之外,却创作出具有重要意义的作品。

访谈前记(John A. Crespi/ 江克平):

对我来说,访问中国诗人总有种难以抑制的诱惑,即设法提出只有中国诗人才能回答的问题。而当访问对象是王家新这样一位集诗人、编辑、批评家于一身,并在中国近30年间不断变幻的诗歌场域中经历阅读、写作与出版的诗人时,这种感觉便尤为强烈。不久前,当我在过去的一份手抄本《今天》杂志订阅者名单上看到他的名字时,我意识到了他这30多年的起点。《今天》是"文化大革命"结束后出现的一份具有突破意义的刊物,朦胧诗人曾借此平台在诗歌界崭露头角。时为20世纪70年代末,王家新还是武汉大学的一名学生。而仅在七八年之后,他的名字便作为北京《诗刊》的编辑再次出现。在中国20世纪80年代中后期风起云涌的文学实践进程中,《诗刊》可谓重要的诗歌刊物之一。同时,王家新也成为诸多书籍的作者和编者。据我上次统计,他的名字已出现在16本书的封面上,其中包括4本个人诗集、若干本诗歌合集和多部个人散文集,而以下访谈中涉及的他极具价值的诗歌翻译也不容忽视。此外,他的英译诗集也在酝酿之中。让我们期待美国诗人乔治·欧康奈尔与译者史春波这两位词语的工匠所编译的王家新诗集尽快与英文读者见面。

除了上述身份,王家新目前还是中国人民大学的文学教授,因此,向他提问有关一名中国诗人对中国诗歌的看法就再恰当不过了。然而要回答这个问题,恐怕一本书,甚至几本书的容量都不够。所以,针对此次访谈,我决定让话题从距离中国遥远的美国纽约州上部的哈密尔顿小镇开始——2007年秋天,王家新作为由Freeman基金会慷慨资助的柯盖特大学的驻校中国诗人,曾在这里与他的家人生活了4个多月。访谈后所附诗歌均为他在驻校期间写成,后由我和我的学生John Cavanagh合力译成英文。如此神秘的交集令我想到一个有趣的问题:"汉语"诗歌,或者诗歌本身,究竟从何而来?

你去过很多国家,通过你的诗歌和文章我了解到,每当你身在欧洲或者美国,访问一些已故诗人的故居总是必不可少的。能否请你解释一下,是什么驱使你朝向这种诗歌的朝圣?譬如,前几年在马萨诸塞州的阿默斯特,你就造访了艾米莉·狄金森的故居,这对你来说意味着什么?

我希望有时候能够出国,借用保罗·策兰的一个说法,是为了"换气"。我想,我们每个人都需要这种"换气",为了我们的写作,也为了"呼吸"。在国外时,我访问过一些我所热爱的诗人、艺术家或思想家的故居,但这和一般的游览,甚至和人们所说的"朝圣"都不大一样。这里面有一种深刻的自我辨认、自我对话的性质。如艾米莉·狄金森,为什么我要去访问她在阿默斯特的故居?因为她的写作,扎根于她个人的存在,高度简练、独特而又有深度。在她的诗中,是我们自己心灵的"密码",也是我自己作为一个诗人的命运。因此我一定要去看她的故居。我甚至认为她在等着我去。我一去就看到了花园里那棵古老的橡树,它在诗人死后多年仍在生长,我想,它也在等着我。在纽约,我还去寻访过奥登在《1939年9月1日》中写到的"第五十二街一家下等酒吧"。1939年9月1日是德国进攻波兰、第二次世界大战全面爆发的日子。就是在那里,奥登写下了这首名诗。当然,是否找到了这家酒吧并不重要,重要的是这种寻访本身会激发我自己对"诗与时代"这些问题的感受和思考。我想我们到了今天,可能仍在写他们没有完成的那首诗。

随着阅历的增多,我愈来愈感到天下的诗人其实都出自同一个心灵。如果叶芝生在中国晚唐,他很可能就是李商隐;如果我自己生在19世纪美国的新英格兰地区,而且恰好是一位孤独的女性,那么我就很可能是另一位艾米莉·狄金森。的确,我不成为"艾米莉·狄金森",谁会去成为她呢?"艾米莉·狄金森",这就是我要成为的人!我以这些伟大诗人为例,并没有抬高自己的意思,我的意思是说,我们的一生,虽然会分属于不同的语言和文化,但又都是进入这"同一个心灵"的过程。这就如同我这些年对策兰的翻译,我最初是从英译中翻译策兰,后来更多地参照了德文,现在我明白了——也许从一开始就知道了,我既不是从英文也不是从德文,而是从我自身中来翻译策兰。如果在我们自身中没有这样一个策兰,那就最好趁早放弃这种翻译。顺带说一下,策兰恰好也翻译过艾米莉·狄金森的诗。那么多英语诗人,策兰为什么选中了她呢?这就是心灵的奥秘。这些忠实于自己心灵认知的诗人,就这样创造了他们自己的"精神家族"。

我很好奇,你说你对策兰的翻译既不是从英语也不是从德语,而是从你自身来翻译,这具体指的是什么?我猜想这种非常个人的翻译并不简单发生于任何一位外国诗人身上,一定是策兰或其他你所翻译的诗人以这种方式在对你说话,是这样吗?另外,当中国读者阅读你所翻译的策兰时,他们还是在阅读策兰吗?

我那样讲,只是一个说法。翻译,不同于创作,当然要依据于原文,不可能脱离原文。但这种翻译同样有赖于我们对自身的发掘和认知。我举一个例子,前不久,有一位长期遭受磨难的诗人离开了我们,他的离去使我深感悲痛。为悼念这位亡友,我特意翻译了策兰的一首诗《安息日》。我们知道,策兰是犹太民族苦难的见证者和哀悼者,他的这首诗,就是哀悼、纪念那些大屠杀

的受难者的。以下是我对策兰这首诗的翻译:

在一条线上,在
那唯一的
线上,在那上面
你纺着——被它
绕着纺进
自由,绕着
纺进束缚。

巨硕的
纺锤站立
进入荒地,树林:来自
地下,一道光
编入空气的
垫席,而你摆出餐具,为那些
空椅子,和它们
安息日的光辉——

在屈身之中。

对策兰的翻译,我其实一直是很严谨的,我要求自己尽量做到忠实。但对这首诗尤其是它的结尾，我翻译得很大胆。这首诗的结尾一句德文原诗为"zu Ehren"，美国费尔斯蒂纳的英译为"In honor"，在汉语中本来应译为"在尊敬之中"或"在荣耀之中"。我琢磨再三，最后，几乎是在突然间，把它译成了"在屈身之中"。这样来"改写"，连我自己当时也很惊异，但又感到再好不过。我甚至这样想：策兰会同意这样来译吗？他会的。因为这是另一种忠实。这样来译，不仅是为了一种语言的质地和张力，为了汉语的表达效果，也为了更深刻地表达原诗中的和我自己的那种哀悼之情。的确，我们只有"在屈身之中"，才对得起那些受难者的在天之灵。并且，我们只有"屈身"，才能进入到策兰所说的"我们自身存在的倾斜度"中。

说来也是，这首诗好像一直在等待着我似的。我已译过策兰两三百首诗（策兰一生写有七八百首诗），但以前我并未留意到这首诗，在我想到要为亡友的"头七"（按照中国的习惯，死难者的第七天被称为"头七"，要举行悼念）做点什么时，它出现了。它就这样出现了。博尔赫斯在谈论英国诗人菲茨杰拉德对《鲁拜集》的翻译时曾这样感叹："一切合作都带有神秘性。英国人和波斯人的合作更是如此，因为两人截然不同，如生在同一个时代也许会视同陌路，但是死亡、变迁和时间促使一个了解另一个，使两人合成一个诗人。"

诗的翻译，我想，在根本上，正是为了"使两人合成一个诗人"。而翻译之所以有可能达到这种"契合"，是因为这样一个策兰就存在于我们自身之中。这里借用诗人布罗茨基的一个比喻:照片的底片冲洗出来了,你发现"他"就具有你自己的眼睛!

至于中文读者读到的策兰,肯定不是"德语中的策兰",而是"汉语中的策兰"。在我看来,一个称职的策兰译者不是什么"翻译机器",他的译文必得带着他的创造力,带着他自己的精神气息和独特印记,带着原著与译文之间的那种"必要的张力"。我永远不会满足于一般的语言转换,而是要求自己从自身艰辛的语言劳作中"分娩"出一首诗,或者说,要求自己不仅忠实于原作,还要无愧于原作,甚至还要用汉语来"照亮"原作。

我想,这就是这些年来我所做的工作:不仅要使策兰在汉语中存在,还要把他变成一个"我们这个时代"的诗人。使这样一个诗歌的灵魂在汉语中"复活",并开口对中国读者讲话,这就是我要做的一切。

现在你给我出了一个难题,就是如何把你汉译里面的"屈身"再回译到英文之中!那就是我的事了。而在我看来,你所谈到的对策兰的翻译似乎在某种程度上呼应了你2007年访美期间写下的诗。一种暗示性的悲剧的埋葬,拒绝,或者广大的遗忘,却依然存在于当下。其中还有那种对某种原初力量的敏锐辨认,诗人必须与之角力。每当我阅读你2007年间的那些诗,我会觉得那是你身在美国的写作,而不是关于美国的写作,它们体现了那种你作为一个诗人无论身在何处的持久的关注。是这样吗?

你的感觉很对，在我的翻译和创作之间的确有一种共鸣。我也在一个地方讲过了，我不是一个文类意义上的写作者，而是存在意义上的写作者。我全部的写作，无论写诗、写文章或从事翻译，都是立足于我自身的存在的，或者说，都是围绕着同一个"内核"的。我全部的写作就是这样一个整体。说到1997年冬我在美国哈密尔顿，也就是在你们柯盖特大学做驻校诗人期间写的诗，我在中国的朋友、大学同事余虹教授的自杀（他是从他家的楼顶上跳下来的），对我起了很强烈很深的作用。借用策兰的隐喻，"牛奶"就在那一刻为我变黑了！我记得那是12月初的一个晚上，我带着家人从纽约坐长途大巴冒雪回到哈密尔顿，回到家里一打开电脑收信，便是那令人震动的消息……一连好几天，我都悲痛地说不出话来，于是我写了《悼亡友》那首诗，在那首诗的结尾，不是我拖着行李箱，而是"我的行李箱拖着我／轰隆隆地走在异国12月结冰的路上"了。

在我这一生我已经历了太多的死亡和磨难。孔子说他"三十而立，四十不惑，五十而知天命"，我想我们不可能拥有那样明智的、线性演进的人生。不管怎么说，我这种"饱经沧桑"和困惑的人生在要求着一种与之相称的诗。许多读者和诗人朋友对我那首《和儿子一起喝酒》的结尾"然后，什么也不说／当儿子起身去要另一杯／父亲，则呆呆地看着杯沿的泡沫／流下杯底"印象很深刻，问我是怎么写出来的。我回答说就那样写出来的。甚至可以说不是我写的，而是我所经历的时间和岁月本身在通过一个诗人讲话。你知道我以及我在美国读书的儿子的经历，似乎一个人的全部生活，都在啤酒杯的泡沫沿着杯沿"流下杯底"的那一瞬间了，对不对？请想想那样一种呆呆地凝视，那样一个缓缓流下的瞬间。我想，也许这就是你在我的那些诗中感到了某种"在场"的原因。你的感觉是对的，尽力确定出一种"现场感"，这也正是我写作的目标。我那首《晚来的献诗：给艾米莉·狄金森》，在书写一个诗人永恒的孤独后，结尾一句是"黑暗的某处，传来摇滚的咚咚声"，这不仅与艾米莉·狄金森的世界形成一种反讽性对照，也想传达出一种当下的现场感。诗歌经由想象，经由词语的探测和引导，又回到哲学家们所说的"我们未曾在场的当下"。这个"当下"，正是我们存在的立足点。我的那首《在纽约州上部》也是这样：

在纽约州上部，
在一个叫哈密尔顿的小镇，
在门前这条雪泥迸溅、堆积的街上，
在下午四点，雪落下时带来的那一阵光，
一刹那间，隐身于黑暗。

这首只有5行的短诗，就是对"当下"的一步步确立，就像摄影的聚焦一样，但我想这比摄影的聚焦要困难得多。我想写出冰雪的力量（雪泥在门前"迸溅、堆积"，就像刀锋一样！），写出对雪落下时带来的那一阵光的艰辛辨认,写出我们自己究竟身在何处,因此这会是一种对自身全部感受力的聚焦。艾略特在《四个四重奏》的最后一章这样宣称:"在一个冬日的下午,/在天色变暗之时,在一座僻静的教堂,/历史就是现在和英格兰。"我写《在纽约州上部》时并没有想到艾略特的诗,但现在我也可以说:我自己的全部历史、全部存在也就在诗最后的那样一个瞬间——那正是一个"永恒的当下"。

我想讲出这些,也就回答了你最后的问题,那就是我在美国写的诗似乎并不是关于美国的,而是体现了我的另外一些持续的关注。似乎很多中国诗人都是这样,比如欧阳江河说一场成都的雨等他到了威尼斯才下。我想,诗歌不是一般的记录(你知道我写的长篇随笔《"驻校诗人"札记》,很多就写到美国,包括在你们柯盖特大学的感受)。诗歌总是关切到个人最受困扰的内在现实。它可能会带上美国背景(比如说那一场场在中国很罕见的雪,古老的橡树,坐"灰狗"旅行,等等),也可能会带上中国背景,但它们仍不是关于美国或中国的,而是关于我们自身的存在的。诗在那一刻找到我们,我们就为它而工作,如果幸运,我们还会因此进入到我们自身存在的深处,如此而已。现在,我在精神上也更自由了。我没有那种民族或国家的观念。我不想给自己挂上"中国诗人"之类的标签,正像我不想给自己挂上任何别的标签一样。我当然关心世界上和中国发生的很多事情,但作为一个诗人,一些别人没想到的事物或细节,似乎更能触发我的诗兴。比如离开哈密尔顿回国的前夜,我收拾我们的房间,在那燃烧过后的壁炉前,我坐了下来(那炉膛里还燃烧过你给我们送来的劈柴呢)。在那清凉的壁炉前,我又一个人坐了好一会儿。这就是我对美国、对我们在这里度过的一段生命时光的告别吗?不管怎么说,只要生起火,就总有面对余烬的时候。正是这样的时刻,让我进入了一种"存在之诗"。

2010 年

后记

虽然早在我上大学时，我就曾暗自立下志愿，要做一个像闻一多那样的诗人兼学者，但我不是一位"诗论家"，也不是一位"批评家"。作为一个习诗者，我们在创作的同时不得不从事一种诗学探讨，这就是我写作许多诗论文章的一个内在动因。

至于我在后来所涉足的诗歌翻译研究，这也是一个足以吸引我的领域。乔治·斯坦纳说"伟大的翻译比伟大的文学更为少见"，对此我深以为然。我从事这方面的研究，不仅引领自己洞悉翻译艺术的奥秘，而且同我其他的诗学探讨一样，也试图以此彰显出语言的尺度、诗的尺度，甚至试图以这种方式"对我们这个时代讲话"。

自20世纪80年代前后到现在，我在诗歌的路上已跋涉了40多年了。这三卷诗论随笔集就折射出这一曲折历程。说起来，我所出版的诗论随笔集远多于自己的诗集,我在这方面所耗费的心血和精力也超过了我在创作上的投入。但是我也"认了",因为这同样出自一种生命的召唤:成为一个自觉的而非盲目的诗人,加入我们这个时代的诗学锻造中来,并在今天尽力重建一种诗人、批评者和译者三者合一的现代传统。这就是这些年来我和我的一些同代人所要从事的"工作"。

在诗学探讨、诗歌批评和研究之外,我也写有许多和我的诗歌经历、人生经历相关的随笔文字。这些随笔文字,有更多的生命投入和"燃烧",在语言文体上,也更多地带有我个人的印记。不管怎么说,"把批评提升为生命",这就是我要试图去做的。

我也曾经讲过,我的全部写作,包括创作、评论、随笔写作和翻译,都是以诗歌为内核,也都是一个整体,虽然它看上去"不成体系"。我没有那种理论建构能力和野心。我也从来不喜欢那种模式化的体系。

谢谢广西师范大学出版社"纯粹"的约稿,谢谢多年来读者和诗人们的激励。30多年前,我的第一本诗论集《人与世界的相遇》出版后,我以为那是一本薄薄的小书,但是当我听到一些年轻的诗人满怀感激地谈到它时,我感到了一种责任。在后来,当我收到海峡对岸一位杰出的女诗人来信,说她整个傍晚都在阳台上读我的诗论集《没有英雄的诗》,天黑后又移到屋子里开灯继续读,读到最后发现自己脸上已流满了泪时,我不由得想起了汉娜·阿伦特的一段话:

> 即使在最黑暗的时代中，我们也有权去期待一种启明（illumination），这种启明或许并不来自理论和概念，而更多地来自一种不确定的、闪烁而又经常很微弱的光亮，这光亮源于某些男人和女人，源于他们的生命和作品，它们在几乎所有情况下都点燃着，并把光散射到他们在尘世所拥有的生命所及的全部范围。

这是我一生中读到的最激励我的一段话。我感谢这种激励。不用多说，我的许多随笔写作就来自这样的激励。

这三卷诗论随笔集是从我已出版的10多种诗论随笔集中选出来的，其中第三卷《以歌的桅杆驶向大地》的大部分文章为近两年来尚未结集出版的新作。编选这三卷诗论随笔，对我来说是一件难事，有时真不知道怎么编选才好，尤其是早些年的一些诗论文章，它们在今天很难让我满意。因此，这次我在"尊重历史"（因为它们已出版发表过）的前提下，又对许多"旧文"进行了修订。我想这种修订还会伴随我们的，因为艺术和人生就是一个需要不断"重写"自己的历程。

王家新

2021年7月28日，望京

人与世界的相遇
REN YU SHIJIE DE XIANGYU

图书在版编目（CIP）数据

人与世界的相遇 / 王家新著． --桂林：广西师范大学出版社，2023.2
（王家新作品系列）
ISBN 978-7-5598-5671-5

Ⅰ．①人… Ⅱ．①王… Ⅲ．①诗歌评论－中国－当代－文集 Ⅳ．①I207.22-53

中国版本图书馆 CIP 数据核字（2022）第 225498 号

广西师范大学出版社出版发行
　广西桂林市五里店路 9 号　邮政编码：541004
　　网址：http://www.bbtpress.com
出版人：黄轩庄
全国新华书店经销
广西民族印刷包装集团有限公司印刷
　南宁市高新区高新三路 1 号　邮政编码：530007
开本：880 mm × 1 230 mm　1/32
印张：14.375　　字数：270 千
2023 年 2 月第 1 版　2023 年 2 月第 1 次印刷
印数：0 001~7 000 册　定价：74.00 元

如发现印装质量问题，影响阅读，请与出版社发行部门联系调换。